味

秦直道 著

陕西新华出版传媒集团

太白文艺出版社

图书在版编目（CIP）数据

味 / 秦直道著. -- 西安：太白文艺出版社，
2020.7（2022.1重印）
ISBN 978-7-5513-1751-1

Ⅰ.①味… Ⅱ.①秦… Ⅲ.①长篇小说－中国－当代
Ⅳ.①I247.5

中国版本图书馆CIP数据核字（2020）第116396号

味
WEI

作　　者	秦直道	
责任编辑	刘　涛　任佳宝	
封面设计	李渊博	
版式设计	侯梅梅	
出版发行	陕西新华出版传媒集团	
	太 白 文 艺 出 版 社	
经　　销	新华书店	
印　　刷	三河市华东印刷有限公司	
开　　本	787mm×1092mm　1/16	
字　　数	334千字	
印　　张	23.5	
版　　次	2020年7月第1版	
印　　次	2022年1月第3次印刷	
书　　号	ISBN 978-7-5513-1751-1	
定　　价	62.00元	

出版社地址：西安市曲江新区登高路1388号（邮编：710061）
营销中心电话：029-87277748　029-87217872

01

一大早，在一声声的鸡鸣声中，西祥庄人又开始了新的一天。

远处，太阳一步步升起来了，渐渐露出了红彤彤的笑脸。此刻，天空和大地都在肃穆中迎接着新一天的到来。

从睡梦中醒来的人们，又开始了新的劳碌。男人们拿起扫帚打扫着大门内外，女人们在收拾清整了住处后，走进了厨房，燃起了一天的第一缕炊烟。窑背烟囱上飘出的那一缕缕灰白的炊烟在天空袅袅上升，最后所有的炊烟都连接起来了，似乎要去向天空的白云倾诉西祥庄人家的光景。远处，不时传来一阵阵狗吠鸡鸣声。

祖父很早就起来了，然后在院子里生着了他的黄泥小火炉，熬上一壶酽茶。茶熬好后，倒进一只瓷杯里，坐在窑洞前的门槛上，一边吹着热气腾腾的茶水，一边望着升起的太阳。茶很浓，它和被火烧得已经变黑的杯子几乎是同一种颜色。楚默然起来后，就跑到祖父跟前去了，爷孙俩坐在那条已经被磨得残破不堪的门槛上，望着不断升高的太阳。这时，太阳笑眯眯地看着西祥庄的一切，也看着一脸懵懂的楚默然。祖父喝了一口茶，抬起头来看了看天空，又看了看楚默然说："早上凉，快回去把衣裳穿上。"楚默然则说："爷爷，我不冷。"

在夏日晴好的日子里，楚默然和祖父都是如此开始一天的生活，直到母亲喊他洗脸吃饭。在这个时候，楚默然才知道了祖父人生里的一点

一滴。

　　祖父的老家在陕南栗乡，一个生产板栗和核桃的小山村。然而，那儿的土地物产却不养人。兵荒马乱民不聊生的年代，家里几亩薄田难以养活十几张嘴。作为长子的祖父只好在十六岁的时候含泪辞别亲人外出自谋生路了。

　　那一天傍晚，当祖父拖着饥饿而又羸弱的身子走到频婆街时，街边一个系着长布围裙的理发匠看着他有气无力的样子，关切地问了一些他的情况后，就领着他去街上一家叫"三水饸饹"的小饭馆吃饭。饭桌上，又累又饿的祖父一下子吃了三碗饸饹。

　　"小兄弟，你晚上住哪儿啊？"理发匠关切地问。

　　"大哥，我也不知道。"祖父不好意思地说。

　　"那这样，你就跟着我去住吧！"理发匠最后说。

　　祖父跟着理发匠来到了他的家里。理发匠的家，是频婆街南边西沟旁一孔破烂的窑洞。窑洞的对面是一条大沟，沟对面是覆盖着白雪的塬畔，上面长着远远看去像指头一样粗细的树。进到窑里，靠门窗的地方有一个土炕。炕上铺着一张已经发黄的苇席，苇席上面的毛毡上铺着棕色老虎图案的床单，炕旮旯堆着一床被子，上面放着一个被枕得十分油腻的枕头。这时，祖父缓过神来了。他坐在炕边朝窑里不停地打量着，理发匠去外面捡了一笼硬柴，准备烧炕。

　　炕烧热了，窑里一下变得有了热气。理发匠让祖父一起上炕来坐着说话。当祖父将双脚从那双早已破烂不堪的棉鞋里抽出来时，才发现他的脚已经冻僵了！此刻，他再也忍不住自己的眼泪，感激地说："大哥，谢谢您了！您的救命之恩我终生难忘！"

　　理发匠一边抽着烟，一边问："小兄弟，你以后有什么打算？"

　　"大哥，我在你们这儿举目无亲，也不知道下一步该怎么办。"祖父说。

味

"唉！现在这么一个兵荒马乱的年代，干什么都不容易啊！"理发匠停下了吧嗒吧嗒抽着的烟说。

"大哥，这儿只有你一个人？你是豳邑县人吗？"祖父转换了一个话题问。

"小兄弟，我的老家在西府的凤鸣县，因为家里弟兄太多，娶不起媳妇，就一个人出来了。"理发匠说。

"大哥，看来我们是同病相怜啊！"祖父说。

"唉，现在这年头，有几个人过得顺心呢？！"理发匠在窗台上的一个烟灰缸里磕了磕烟灰说。

接着，俩人之间一阵沉默。

过了一会儿，祖父终于鼓起勇气对理发匠说："大哥，你看我能不能留下来给你当徒弟？"

这时，理发匠沉默了。

又过了一会儿，理发匠说："小兄弟，不是我不想收你，只是理发这个行当有几个人能够看得起呢？！剃头的、唱戏的、呜里哇啦送葬的，都是些让人瞧不起的行当！"

"大哥，我现在就是想谋生活下去，哪还顾得上想这些！"祖父说。

"是啊！可不是人人都能像你这么想。这样吧，小兄弟，既然你能看得起我干的这个行当，那你就留下来吧！"理发匠说。

"谢谢大哥！大哥，你就是我的救命恩人，再生父母。"说着，祖父扑通一声，跪在了理发匠的面前。

"使不得！使不得！快起来！快起来！"理发匠把祖父拉了起来，"小兄弟，我还没有来得及问你叫什么名字呢。"

"我姓楚，叫楚庚申。大哥，不知道你怎么称呼？"

"我姓祁，叫祁鸣玉。"

"大哥，那我以后就叫你祁大哥吧！"

"行啊！"理发匠笑着说。

从此以后，理发匠就收留祖父做了徒弟，他就成了楚默然以后口中的大爷。

大爷带着祖父每天出去摆摊理发，祖父在旁边打下手，烧水磨刀、递刷子扫头发等。祖父常常一边看着大爷理发，一边在心里琢磨着该怎样拿推子，怎样往上推，到了耳朵边应该怎样剃。祖父发现，要给剃头的人刮胡子时，大爷总是先在他们的上下唇、下巴及两鬓抹上一层白白的泡沫。祖父就问："大哥，这是怎么回事？"大爷说："抹上这一层泡沫，刮起胡子人就不会感觉疼了。"

看大爷剃头的时间长了，祖父就问大爷能不能让他试一试，大爷同意了。来了剃头的人以后，大爷就把推子交给祖父，然后坐在旁边一边喝水，一边指点。一开始祖父是给小孩剃头，后来就给大人理发。

终于有一天，大爷笑着说："庚申啊，你现在可以出师了！"

"这都是大哥指点的结果。"祖父笑着说。

"虽然有我的指点，但与你个人的爱琢磨也是分不开的！你不像我以前带过的几个徒弟，怎么也教不会！"大爷说。

"大哥，为了表示对你的感谢，明天我们在频婆街上的'德昌隆'庆祝一下，你看怎么样？到时，我想告诉你一个想法。"

"你有什么想法呀？非得到明天才说。"大爷问。

"大哥，到时候你就知道了。"祖父说。

"我也有个好消息要告诉你！"大爷接着说。

"也是明天要告诉我吧？"祖父笑着问。

"那当然。我看明天咱们把南街村的宋友仁和张广运，丰登村的李方内和田耕兴也叫上。我刚到频婆街的时候，就是他们给我寻的地方，然后我才有了一个安身之处。"

"好，后晌我就去告诉他们！"祖父说。

第二天中午，祖父和大爷早早地来到了频婆街东面的"德昌隆"饭馆，等待宋友仁、张广运、李方内和田耕兴的到来。

饭馆的雅座间，一张暗红色的八仙桌边，大爷坐在上首，宋友仁、张广运、李方内和田耕兴分坐两边，祖父坐在靠门的地方。酒菜上齐了之后，祖父站起来说："各位大叔大哥，我来咱们频婆街也快一年了。想一想这一年来，如果不是我祁大哥的收留和帮助，也不知道我现在会咋样呢！今天，我在这儿略备薄酒，对我祁大哥及各位大叔大哥对我的帮助表示感谢！"

宋友仁眯着眼笑着说："鸣玉是一个好人，从凤鸣县来到咱们频婆街上糊口也不容易。"

"是啊，刚来时也是要吃没吃、要穿没穿的，多恓惶啊！"穿着长衫的李方内接着说。

"当时多亏几位兄长的帮助。"大爷说。

等大家说完，祖父站起来说："大叔大哥们，今天当着大家的面，我想和我祁大哥正式结拜为兄弟，不知道祁大哥愿不愿意认我这个兄弟？"

听完祖父的话，大家一时感到好像有点突然。

大家都静静地看着大爷。

"鸣玉兄弟，快说句话吧！大家都等着呢！"李方内说。

"我愿和庚申结为兄弟。"大爷清了清嗓子，站起来大声说。

"好！"大家鼓起掌来。

"那你们是不是应该有个仪式啊，我们也好做个见证！"宋友仁说。

"对，堂倌，快拿两个碗来！"张广运说。

"再用一下你们的刀子吧！"祖父说。

堂倌拿来碗，倒满了酒。祖父拿起刀子，划破了右手的食指，血滴在了两个酒碗里。大爷也拿起了刀子，划破了左手的食指，血滴在了两个酒碗里。白瓷酒碗里，两滴殷红的鲜血融合在了一起，像一朵盛开的梅花。然后，两个人端起酒碗，一饮而尽。看到俩人喝完酒后，其他四个人一齐

说："咱们也端起酒杯，为鸣玉和庚申俩人结为兄弟，干杯！"

大爷和祖父又倒了一碗酒，和大家一饮而尽。

"1936年3月12日，凤鸣人祁鸣玉和栗乡人楚庚申俩人在豳邑县频婆街'德昌隆'结拜为终生兄弟，永不反悔。见证人宋友仁、张广运、李方内、田耕兴。"粗通文墨的李方内大声说道。

"德昌隆"里再一次响起了热烈的掌声。

这时，大爷站起来说："借此机会，衷心感谢各位大叔大哥这些年来对我的关照。今天，我也有一个想法要告诉大家，我准备置办一套家具，让庚申和我一起干。"

祖父则像突然反应过来一样，然后笑着说："那就太好了！这样，我和我大哥以后就可以再多挣一些钱了！"

宋友仁说："鸣玉、庚申啊，你们真是有缘人啊！"

祖父说："这是我的命好啊，遇见了大哥。"

张广运接着说："你们两个同是天涯沦落人，无论谁见了谁互相都会帮一把的！"

大家接着喝酒吃菜，你一言我一语，似乎多少年没有说的话都堆在今天这个结拜仪式上了。

平时，大爷和祖父除了在频婆街上理发之外，还到多福沟煤矿去给工人理发。理完发回去的时候，有时两个人就在街上顺便买一些东西吃了，有时他们回去凑合着做顿饭吃。大爷除了做豳邑县人吃的旋子馍、花卷馍和玉米面斜子以外，还会做凤鸣县的臊子面；祖父则像刚开始学习理发时一样，在一旁给大爷打下手。

一天吃饭的时候，大爷对祖父说："庚申，你现在年龄也不小了，也该有个家了！"

"哥，不着急，等以后我能转过向了再说吧！"祖父说。

"还不着急？等你年龄再大了就找不到媳妇了！"大爷说。

祖父不说话了，他的头深深地低了下去。其实，他也不是没想过成家，只是觉得现在大爷连家都没有，怎么能考虑到自己呢！再说，现在哪有能力去成家呢？

"庚申，你是担心钱的问题吧？这些你不用操心，我这些年也攒了一些钱，完全够用了！"

"可是，大哥，你现在也没有成家！"祖父终于说出了心里话。

"你不用管我！你先成了家再说吧！你成了家，咱们每天回到家里也不再是冰锅冷灶的，冬天也都能吃上热饭热菜了。"

"可是，大哥，谁愿意跟我过呢？再说，咱们现在连一院像样的地方都没有！"

"住的地方我已经打听好了，宋友仁说他家对面有一个院子，主人一家搬到泾滩县城去了，想卖给别人。我准备把那个院子买下来。"

"那得多少钱啊？！"

"我让宋友仁去说价。估计三十个银圆就差不多了。"

"那价钱倒也不算贵。"

"不算贵。整个院子很大，前面有门房，中间有厦子，后面是一大块菜地。咱们只简单收拾一下就可以了。以后咱们就在门房的一间开理发室，另一间还可以租出去。"

"那太好了！"祖父说。

"那地方就这样解决了。然后，我让张广运去给你说平庄村的一个女子。听说这个女子针线茶饭各方面都没有可说的。家里兄弟姊妹五个，她是家里的老小——庚申，你还有什么想法没有？"

"哥，我没有。像我这样的身世能有个家就不错了，只是太亏欠你了！哥哥，你就是我的再生父母啊！"祖父说着，忍不住眼圈红了。

"人说长兄如父，没有什么亏欠不亏欠的。记着，以后咱们兄弟之间不说这个话。只要你能行，我就让张广运去给你说这个媒了！"

"我能行，不知道人家行不行？"

"这，你就不用操心了。"

祖父成家以后，先后有了七个孩子。除了楚默然的父亲楚食力外，先后还有献力叔叔、雪兰姑姑、凝力叔叔、雪梅姑姑、雪菊姑姑和奋力叔叔。

每年除夕的晚上，祖父总要早早地把炕烧热，把大爷叫到自己的窑里来。这一年也不例外，为了纪念他们相识结拜四十年这一人生的重要事件，这天晚上祖父要和大爷好好地喝几盅。祖母在窑后面的案板前正在和雪梅姑姑做菜，凝力叔叔和奋力叔叔正在外面扫院子。

炕上，祖父把一个装满旱烟叶末的小篮子放在炕中间让大爷抽。大爷用手摸了一下毛毡下面的炕席，感到有点烫，就让祖父将被子卷起来放在炕旮旯儿，让炕凉一会儿。他们两个人靠着墙边红色的长条桌子坐着。

"今天早上我看天变了，就让奋力烧炕的时候往炕洞里多填了些柴。"祖父对大爷说。

"今年冬里天旱，一直没有下雪，看这一回能不能落一场雪。"大爷说。

"要是能落一场厚雪就好了！人说'瑞雪兆丰年'，这样地里快旱死了的麦子就有救了！"

"那样的话，咱们明年就不愁吃不上白面馒头了！"

正说着话，雪梅姑姑将菜盘子端来了。祖母一共做了七个菜，有凉粉、粉条、炒洋芋、咸菜、豆腐、酸辣汤和暖锅，盘子里还放着一些玉米面馒头。

"雪梅，去把你娘也叫来，咱们一起坐下吃吧！"大爷说。

过了一会儿，祖母和几个姑姑叔叔都来了。他们让祖母坐上炕去，祖母说："你们吃，过一会儿我还要给咱们去下饺子。"然后，祖母就和雪梅姑姑坐在了炕沿两边。祖父和大爷坐在炕的正中间，父亲和三个叔叔分别坐在炕的两边。

"让孩子们多吃点，他们经常要到农业社参加劳动，现在正是凝力、雪梅和奋力他们长身体的时候。"大爷说。

"食力和献力，起来给你伯敬杯酒吧！"祖父说。

父亲先站起来给大爷和祖父敬酒，并对他们说："祝伯伯和父亲在新的一年里身体健康！"

"谢谢食力！食力，你的年龄也不小了，该成家了！伯盼你赶紧结婚！我和你大、你娘还想着抱孙子呢！"大爷温和地笑着说。

接着二叔、三叔、四叔依次给大爷敬酒。大爷接过酒喝了，这时他的脸已经红了。雪梅姑姑还要敬酒时，大爷用手挡住说："雪梅，伯已经喝不了了！"

"你伯喝不了了就不要再喝了。"祖父对姑姑说。

"孩子，今天晚上也给你娘敬一杯酒吧！你娘为了你们兄弟姊妹几个，真是把不吃的苦都吃了！她没有过过一天好日子。"

父亲端起酒杯敬祖母酒。祖母喝了一口后，辣得直吐舌头。其他几个叔叔看见祖母喝不成酒，就不让祖母喝了。

"哥，你吃菜。"祖父不停地劝着大爷。

"孩子们，看着你们长这么大了，伯真高兴啊！"

"我们每天见到伯伯也高兴。"站在大爷对面的奋力叔叔说。

"孩子们，咱们这么一大家人走到今天不容易啊！想一想我当年刚来频婆街的时候，数九寒天连一双棉窝窝也没有，两个脚指头还露在外面。身上的棉袄到处都是窟窿眼，那时真不敢往前想啊！要不是你伯收留我，谁能想到咱们还有今天啊！"说着，祖父有点哽咽了。

"孩子们，无论你们今后干什么，都不能忘了你伯。没有你伯，就没有咱们这么一大家人啊！"祖父接着说。

"庚申，今天晚上高兴，咱们兄弟之间不说这个了！"

"哥哥，我应该说给娃娃们听，让他们记住咱们一家人是怎么来的，以后他们才会懂得做人、学会感恩啊！"

这时，大爷从口袋里淘出一沓托人换来的新钱给叔叔姑姑们散钱，父亲和献力叔叔他们都大了，就把接到手里的钱递给了凝力叔叔、奋力叔叔

和雪梅姑姑。

看大家菜吃得差不多了，祖母说："你们吃菜，我去给咱们下饺子。"祖母走了以后，雪梅姑姑也跟上去了窑后面的案板前。

很快，饺子端来了，大家一人吃了一碗。吃完饺子后，大爷似乎有点醉意，就靠在炕旮旯儿里的被子上。祖父正准备让凝力叔叔和奋力叔叔将大爷搀到前面的厦子里去休息，这时，大爷醒来了，他说："我刚才喝得有点多，都睡着了！"

这时，奋力叔叔给大爷递过来一杯茶，说："伯，你醒醒酒。"

喝完茶后，大爷完全清醒了。祖父看看表，这时已进入了新的一年。西祥庄响起了噼里啪啦的鞭炮声。凝力叔叔、奋力叔叔和雪梅姑姑去院子里放鞭炮。大爷又和祖父说起了话。

"庚申，过了年我们就又老了一岁了！"

"是啊！我今年已经五十六了。哥哥，你过了年应该有六十五了吧？"

"都六十六了！"

"哥哥快七十了，人生七十古来稀啊！我真为哥哥感到高兴。"

"庚申，我怕活不到七十了吧！"

"哥哥，除夕夜你千万不要这么说。不要说七十，咱们兄弟俩都要活到八十、九十，咱们等到将来孙子们'坐夜'的时候来给咱弟兄俩敬酒，咱们再给他们散钱。小子们到时候不敬酒，不散钱！"

大爷笑了笑说："庚申，我怕是等不到那个时候了。你比我年轻，将来你身边会围着几个孙子，你每天忙都忙不过来。今天，几个孩子都在跟前，我只请求你一件事。我死了以后，每年除夕和正月十五的时候，别忘了让孩子们在我的坟前烧几张纸。"

"大哥，你越说越离谱了，什么死呀活呀的！咱们都要好好地活着！"祖父虽然嘴上在不停地劝说着大爷，可是他的心里却有一股隐忧在默默地升起，一种莫名的忧伤开始弥漫。

……

真是一语成谶。这一年的6月13日，正当人们准备收麦的时候，大爷因胃癌去世了，享年六十六岁。祖父为他定做了一具柏木棺材。入殓的时候，棺木里放着大爷生前最喜欢的那套理发工具。安葬了大爷之后，祖父一连几天都吃不下去饭，每当想起流落到频婆街以后和大爷朝夕相处的一点一滴，他的眼泪便会不由自主地落下来。

　　以后，每到除夕和正月十五，吃过晌午饭以后，祖父都要在柜盖上将一沓沓正方形的麻纸用一枚枚的硬币压上印痕，然后一脸严肃地叮咛凝力叔叔和奋力叔叔拿去在大爷坟前烧掉。在窑洞正中的小方桌前，祖父则在大爷的遗像前点燃了香，作三个揖以后，将香庄重地插在香炉里，并在遗像前的白瓷盘里摆上苹果、橘子、瓜子和花生等祭品。

味

02

晚上，睡不着觉的时候，母亲常常会向楚默然讲起娘家秦氏家族的故事。母亲的讲述常常是从外祖父开始的。比起楚氏家族的故事来，秦氏家族的故事更凄凉，也更曲折。

母亲说："你外公是一名医生，在酃邑县一个叫作'第界'的地方工作。"——那是一个名字听起来都让楚默然觉得十分遥远的地方。"第界位于酃邑县东部山区，那里山大沟深，森林茂密，地形复杂。每到六七月瓜果成熟的季节，你外公就用蛇皮袋子将苹果、梨、杏、桃、西瓜和梨瓜这些东西从第界那么远的地方给我们背回来了。那时瓜果月里，我和你姨、你三个舅舅、你外婆就没有断过瓜果。"母亲说这些话的时候，常常沉浸在一种幸福的回忆之中。母亲似乎在用这样的回忆来衬托自从外祖父去世以后他们兄弟姊妹几个在物质和精神上的短缺。而楚默然却从母亲的讲述中体会出，一个人命运的前后变化常常与父母的健在与否有着密切的关系。

"小时候，我们村里的一个小孩有一次翻墙偷了一户人家的梨。那家的主人一气之下，将那个小孩扯着领口拉到学校里，让他站在班里的讲台上，当着全班同学的面，给他的嘴里塞了一个专门从树上摘下的梨。"母亲讲完这个故事说，"这是丢人的脸哩嘛！娃娃嘛，啥也不懂，为了一个梨，跟娃娃上什么计较！"。

“你妙龄姨那一年耍回家，想吃梨，想到那户人家去要几个梨，可是人家一个梨也没有给，她哭着回来了。问清原因后，你六外公去村里另外一户人家给买了一提包梨，把你妙龄姨送回家去了。”母亲说，“要不是你六外公六外婆照管，我看你妙龄姨早都没命了！”

大外公没有儿子，只有两个女儿。他的大女儿嫁给了频婆街丰登村的一个工人，后来一家人去了兰州，从此就再也没有回来，家里只留下了小女儿妙龄姨。妙龄姨因为小时候有一次发高烧，得了小儿麻痹，她最后嫁到了和清风乡毗邻的泾滩县伏敬乡宁家村一户人家。

这一天，天上下着细雨，远处的田野一片空蒙。楚默然和对门的剑峰在门口玩"摔马炮"①。它神奇地让许许多多贪玩的小孩子聚集在一起，享受着泥巴带给他们的快乐。

这时，楚默然看见五外公的大儿子修身舅舅来了，他看上去很焦急的样子。"默然，你妈在家吗？"他问。"在。"楚默然回答。然后，修身舅舅什么也没说，就进家里去了。

没过多长时间，修身舅舅出来了。他看了楚默然一眼，一句话也没说就走了。这时，剑峰说："我不想玩摔马炮了。我妈今天做了饺子，我要回去吃饺子了！"楚默然也只好回家了。

窑里，母亲坐在炕边上，默默地流泪。楚默然不知道发生了什么事情，但他猜测母亲的眼泪肯定和刚才修身舅舅的到来有关。他问母亲发生了什么事情，母亲说："你树人舅舅殁了！"他一时愣住了，此刻他真不知道该怎样安慰母亲，只听母亲说："你快到砖瓦窑上去叫你大，回来后咱们一起去你外婆家。"

从砖瓦窑上回来后，父亲借来了剑峰他大百焕叔叔的自行车，前头带着楚默然，后面带着母亲就朝溪头村骑去。溪头村和西祥庄挨着，

---

① "摔马炮"是雨天小孩子玩的一种游戏。

虽然房不连脊，地却连畔。天空浓云密布，久久不散，依然在不停地下着雨。泥泞的土路上，父亲骑一会儿，停一会儿。平时只走半个小时的路程，这一回用了将近一个小时。一路上，楚默然听见母亲不停地啜泣着。

树人舅舅的遗体停放在位于溪头村村口麦场的烤烟炉里。到了村口，他们径直朝着那座烤烟炉骑去。一下自行车，母亲就放声哭起来。听到哭声，寒笑姨和几个舅舅从烤烟炉里出来，赶紧来迎接搀扶母亲。漆黑的烤烟炉里，铺着白纸的灵桌上两支火焰跳动的白烛让里面显得更加漆黑和压抑。母亲来到灵床前，姨揭开苫在树人舅舅脸上的红布，母亲泣不成声地望着他的遗容。只见树人舅舅面色凝重，两眼紧闭，他已经沉沉地睡着了，成了另一个世界的人。姨也被母亲的哭声感染了，和母亲一起伤心地哭了起来。

当母亲的情绪渐渐平静下来以后，姨详细地告诉了母亲树人舅舅去世的前后经过。原来他是在泾滩县伏敬乡巩家川给一户人家盖房时，不小心从房架上跌下来了。一开始家里人觉得没有什么大问题，没想到树人舅舅后来病得越来越严重了，他总感到大脑严重供血不足，始终处于昏昏沉沉的状态中。在豳邑县和泾滩县的医院，医生都没有检查出来是什么问题，医生建议家人带到秦城市或省上的大医院做进一步的检查。于是，在金城工作的六外公让家里人赶紧将树人舅舅送到金城医院，在那里他认识几个有名的医生。然而，在金城医院，医生检查后表情严肃地告诉家里人要做好两手准备。想不到，树人舅舅第二天晚上就在医院里去世了。

家里，几个先后们②安慰着本已疾病缠身的外祖母。每当天一冷，外祖母的哮喘病就发作，常常咳嗽得上气不接下气，满脸涨得通红。树人舅舅去世的消息大家一开始都瞒着外祖母，但她似乎已经感觉到一点什么了。在她的再三追问下，大家才慢慢地告诉了她。外祖母听完后，一下子

---

② 豳地方言，妯娌的意思。

昏了过去。她醒过来后，只是靠在炕旮旯的被子上呆呆地望着被烟熏黄了的顶棚。

三天后，树人舅舅下葬了。出殡的时候，表姐秀娟双手捧着树人舅舅的遗像，她的肩膀上搭着一条长长的白布，布的另一端拴在拉着树人舅舅灵柩的手扶拖拉机上。长女为大，她来"扯纤"。寒笑姨和母亲伏在树人舅舅的灵柩上泣不成声，亲戚们边哭边劝着姨和母亲。天下着大雨，路上泥泞不堪。手扶拖拉机艰难地将树人舅舅的灵柩拉到了溪头村的公坟里，大雨交织着人们的眼泪。村里的人拿着铁锨、镢头来为树人舅舅拢坟③。

树人舅舅去世后，留下了妗子、表姐秀娟和表妹丽娟三个人。树人舅舅已经准备好了给家里盖房的木料，就堆在他们家厦子的台阶上，听说第二年想要在院子里把上房盖起来。

树人舅舅去世一年后，外祖母因为病痛和伤心也去世了。

外祖母特别害怕受凉，人一到冬天就不敢出门。母亲说："这病根都是睡冰炕落下的。那时，家里没有柴，冬天炕总是烧不热。烧了的炕常常是只热中间的一块，两边都是冰的。就那么一块热炕，你外婆都让给我们姊妹几个，而她就睡在靠墙的一边。"

"头前没有了你外公，家里的日子难过啊！"母亲缓了一口气说，"你外公殁了以后，你犯承舅舅看见人家在街上卖麻子，一勺子麻子一分钱，他也就端上一个碗拿上一个勺子去卖麻子。结果到外面转了一天，出门的时候满满一碗麻子，回来的时候还是满满一碗。你外婆看见了就说，娃呀，你不是做生意的料，咱还是另想其他办法吧！后来，那一碗麻子被一家人分着吃了。"

"为什么我独承舅舅一勺子麻子都卖不出去呢？"楚默然问母亲。

---

③ 拢坟，就是当逝者的棺材放入墓窑，孝子安放好墓窑内的一切，风水先生看了棺材摆放的位置以后，孝子们开始哀哭，唢呐再次吹奏。这时墓坑周围的青壮年劳力开始挥动铁锨往墓坑里撂土，直到将墓坑填满并在上面堆起一个坟堆。

"那是前面没有大人给壮胆呀，所以就缩手缩脚。"母亲说。楚默然想起了频婆街上人们常说的"长精神"这个词。对于一个年幼的人来说，父母是他们物质和精神上坚强的后盾。人的软弱，可能常常源于这种精神后盾的缺失。

"你还记得我外婆去世时的情景吧？"楚默然似乎更关心外婆去世这件事。

"记得呀！那几天，我刚好去你外婆家了。前一天的晚上，我和你姨都睡在你外婆的身边。半夜里，你外婆醒来了。听见她醒来了，我和你姨也睡不着了，于是你外婆就和我们说话。不知为什么，你外婆那一天晚上的话特别多，她好像预感到了什么似的。她对我和你姨说：'我刚才做了一个梦，梦见在咱们村里的路边站着好多人，有的拿着镢头，有的拿着铁锨。他们已经挖了一个长方形的坑子。我说，娃娃们，你们这是给谁打墓哩？邻居永锋说，给你呀！姨，你怎么又活过来了？我说，姨活得好好的，你们给我打什么墓呀？于是永锋就对其他人说，不打了！不打了！姨身体这么好，咱打什么墓呀？这不是咒姨嘛！快，快把这个坑子填了，咱们赶紧回家。我说，娃娃们，人都是要死的，你们不要填了，接着打吧！我已经是土埋到脖子上的人了，还能再活几天呢！忽然，我听见身后有人叫我，刚一转身，就被惊醒了！'

"'娘，梦都是反的，你就不要胡思乱想了。'你姨给你外婆说。

"你外婆说：'娃，我的病我知道，我就是丢心不下你们姊妹几个。我活了一辈子，虽然一个字也不识，但人情世态我能看来。娃有他大他娘了，就能给娃遮风挡雨；娃没他大他娘了，狗屙下的也是娃屙下的。我殁了，这世上就剩下你们姊妹几个人了，你们几个之间以后要一个帮扶一个，不敢变得和仇人一样。'

"那一晚上，我和你姨静静地听你外婆说着。慢慢地，我们都有了一些睡意。过了一会儿，我和你姨听见你外婆不说话了。我就赶紧叫'娘，娘'。可是，你外婆再也没有应答。我叫醒了你姨，然后又推了你外婆一

下，你外婆没有任何反应，你姨将手放在你外婆的鼻孔下，这才发现你外婆人已经没有呼吸了。

"我和你姨一下子都慌了，不知道该怎么办。外面漆黑一片，只听见风吹得窗上的破塑料纸呼啦啦地响着。你姨赶紧穿上衣服，去对面的厦子把你独承舅舅叫起来，让他赶紧去叫你其他几个外爷。那一个晚上，整个空荡荡的院子里，只有我和你姨的哭声，我们一时哭成了泪人。过了一会儿，你几个外爷都摸黑跑进院子里来了，隔壁永锋他妈还有其他邻家人听到哭声也都跑过来了。

"我和你姨一辈子都忘不了那一夜，我现在一想起那晚来都觉得害怕。"母亲最后说。

"是啊，那是你们和我外婆生离死别的一夜。"楚默然说，"妈，那我外婆去世了，我思变舅舅回来了吗？"

"回来了，埋了你外婆，就去部队了。"母亲说。

"我一直有个问题弄不明白，你们都是亲兄弟姐妹，为什么现在却像路人一样，一个不认识一个？"

"这个说来话长。"母亲接着说，"我们兄弟姐妹几个，除了我没念书外，你三个舅舅和你寒笑姨都念了书。你姨高中毕业，算是我们家里学历最高的。你树人舅舅念到小学二年级，你思变舅舅初中毕业后去当了兵，你独承舅舅念到初二。"

"妈，那你小时候为什么不上学呢？是上不起吗？"楚默然问。

"也不是。我也不知道我为什么不爱念书。那时，你外公把我领到学校里去报了名，我在学校里待了半天后，就偷着跑出来了。我那时好歹是不想念书，为此，你外公还狠狠地打了我一顿，可是念了几天后还是不想去了，你外公对我彻底失望了。那时，村里上学的女孩子也没几个。你外婆看见我这个样子，就对我说，好了，咱不念了，我和你大也不用费这个神了，还是回来打牛后半截④吧！你以后长大了，可不要埋怨我和你大！我说，不会的。"

"妈，那你现在后悔当初不好好念书吗？"楚默然问。

"后悔呀！可是后悔能顶什么用呢？如果我当初好好念书，也不至于是现在这个样子。"

"那我思变舅舅当初是怎么参军去的？"楚默然又转换了一个话题。

"你思变舅舅这个人心野，整天在家里待不住，东游西逛。他看到你外公殁了以后，家里的生活是一天吃了上顿没下顿，就想着找个机会出去，刚好当时乡上征兵，他就报名当兵去了。为了当兵，他也算是为了难。他借钱买了一条烟和两瓶酒给村上的书记，让书记帮着推荐。体重不够，在体检前他就使劲地喝水，把自己喝得肚子胀胀的。"

"那也是为了混一口饭吃。"楚默然说。

"是呀，当时农村许多人当兵都是这个目的。当上兵以后，部队的伙食好，穿得也好，你思变舅舅原来骨瘦如柴的身子越来越结实了，就跟变了一个人一样。每次回家探亲的时候，他都会带回来同州那儿产的花生、黄花菜和蜜枣。那些东西我们以前哪吃过呀！我们都想着，你思变舅舅这回当了兵，家里就有指望了，以后也能跟上他沾光了。

"可是，我们都想得太简单了。人是会变化的。后来，有人给你思变舅舅介绍了一个对象，就是你这个格心妗子。因为家里没有钱，也没有举办什么正儿八经的婚礼，为了面子，你思变舅舅就给部队和村里的人撒了一个谎，在部队说是在家里举办了婚礼，在村里就说在部队举办了婚礼，其实哪儿都没举办。"

"那也是没有办法的事情，还是太穷了！"楚默然说。

"那一年，他把你妗子引到咱们家里来，让我看人怎么样。"

"你当时是怎么说的？"楚默然问。

"我能说什么？人说宁拆十座庙，不毁一桩婚。只要人家两个人愿意，我还能把人家给拆散了？但是说一句心里话，我不太喜欢你这个妗

---

④　当农民的意思。

子。人家好像念过几天书，把我们这些没有念过书的人就不放在眼里。那一天，我让你大去街上称的肉、买的酒，给他们想着法子搭配着吃。可是，到离开时人家也没有叫我和你大一声'姐姐''姐夫'，更不要说到厨房里给我帮忙了。如果是你寒笑姨，怎么会看着我一个人在厨房里忙来忙去，然后就等着把饭端到桌子上吃？"

"人家可能是第一次见面，有点拘束，不太习惯吧！"楚默然说。

"那也看是什么样的人呢！那时我就觉得我们之间有隔阂。

"你思变舅舅退伍回来以后，没想到我和你寒笑姨、你独承舅舅光没沾上，罪倒来了。那时还没有分家，他两口子经常为吃饭的问题和你姨、你大妗子闹矛盾。有一回，因为从家里的面柜里发现了还有白馍，你思变舅舅就说是你大妗子故意让他们吃红馍⑤，不让吃白馍，一气之下他将柜里的馍一个个扔在了院子里。你不知道呀，那一天，日头底下，院子里白晃晃的一片，看着真是心疼呀！如果你外公外婆在天有灵，看到家里闹成这个样子，真不知道心里是什么滋味！从此以后，家里真是大闹天宫，三天一小吵，五天一大吵。你姨被夹在中间，真是不知如何是好。

"后来，谁也没有想到你思变舅舅竟然愿意搬到你格心妗子家去住了。走的时候，连抽屉里的钉子、炕洞里的灰也拉走了。村里人说，这是上了人家的门，给人当了上门女婿了！

"从那以后，你思变舅舅就不再和我们来往了。不知道为什么我们都成了他的仇人。

"你不知道，你思变舅舅刚回来那几年，因为家里缺少人手，动不动就会来让我和你大去给他割麦碾场，出粪拉煤，我们真是把力出扎了！可最后人还是没维下！"母亲说。

……

在这样的夜晚，屋子里的情景常常是：母亲还在一个人讲着，不知什

---

⑤　用杂粮做的颜色发黑、吃起来口感比较粗糙的馍。

么时候，楚默然已经不知不觉地睡着了。窗外，只有夜空里一明一灭的星星仿佛在听着母亲的诉说。

味

03

　　母亲要去参加村里生产劳动的时候，就把楚默然交给了祖母。闲下来的时候，祖母就带他去地里给猪和兔子捋草，或者去窑背上转一转。春天的时候，窑背上长满了许多叫不上名字的小草，在窑背的右边立着一根高高的烟囱，那是窑里灶上的烟囱。

　　每天吃完早饭后，楚默然撂下饭碗就到祖父祖母的窑里玩去了。祖父找住在从多福胡同上去的公路边的李善爷爷玩花子牌去了，只剩下祖母一个人在窑里待着。窑里待得没意思了，他就缠着祖母带他出去。祖母说："你就像我的小尾巴一样，我走到哪儿你就跟到哪儿！""因为你是我奶嘛！"他说。祖母看着他就笑了，然后放下手里的活儿就带他出去了。祖母带他去的是斜对门的阿强家。阿强的太奶奶在门道和其他几位奶奶做针线活。阿强的太奶奶是一位高大端庄的老人，坐在一个暗红色的杌子上纳一个鞋垫。她的旁边是斜对门宝牛叔叔的母亲王奶奶，王奶奶坐在一个矮凳子上正在合线。她合线的时候，拨一下那个白胖的橄榄形线拐子，它便飞快地旋转起来了。还有一位奶奶目光呆滞地坐在门槛上静静地看着她们做活。几位奶奶看见祖母来了，就笑着说："默然，你一天就离不开你奶。没迟到早①都跟着你奶。""我爱我奶，我奶也爱我嘛！"楚默然笑

---

① 不管什么时候。

021

着对几位奶奶说。这时，秀华姨过来了，她笑着对几位奶奶说："我娘说她今天有些头疼，我准备带她去医院看一看。"说着，她对坐在门槛上的那位奶奶说："娘，走，咱们现在去医院看一看。"只见那位奶奶站起身来对秀华姨说："我说不去了，你非要带我去！""你年龄大了，媳妇带你去看一下对着哩！"阿强的太奶奶劝说着。秀华姨带着她的婆婆走了。"唉，难得秀华这样好的儿媳妇，比自己的女儿都强！""是啊，咱西祥庄谁不说秀华好！"几位奶奶感叹着说。

一天，祖母在院子里坐在凳子上端着簸箕拾掇麦子，楚默然在院子里无聊地滚着铁环，这时外面传来一阵阵越来越清晰的"收——头——发"的叫喊声。楚默然一听到这个声音，就知道可以换玩具和好吃的东西了。

楚默然赶紧停下来，跑到祖母跟前说："奶，你听外面，收头发呢！我们出去看看嘛！"

"人家收头发跟我们有什么关系？"祖母装出很不在意的样子笑着说。

"我们去看看嘛！"他缠着祖母说。

"你怕又是嘴馋了吧？"祖母笑着站起来。

祖母把簸箕端回窑里去了，出来后从院子的墙缝里拿出了一把长长的头发——楚默然不知道大人们为什么喜欢把剪下来的头发塞在墙缝里，那是祖母和雪菊姑姑平时剪头发时留下来的。雪菊姑姑过一段时间就会让祖母坐在镜子前，给祖母按照她喜欢的样子剪一下头发。

曲折坑洼的多福胡同里，一个穿着灰色中山装的人推着一辆破旧的自行车，车把上挂着拨浪鼓、咪子②和毽子等，后面的座架上固定着一个长方形的木匣子，里面整整齐齐地放着香烟、水果糖和针头线脑等。车轮两边是两个蛇皮袋子，里面放着收来的头发。

收头发的人旁边围了一群大人和孩子，小孩子都目不转睛地看着前面的玩具和后面的糖果，一个个用手指着那些东西告诉大人自己想要的。

②　一种小气球，通过开口处的小竹管吹气后变得膨胀，能够发出一种简单的声音。

"姨，你给默然准备换什么东西？"邻居胡惠玲姨问祖母。

"我想让我奶给我换一个拨浪鼓。"楚默然抢着对胡惠玲姨说。

等其他人都换完了东西，孩子们手里拿着好吃的，大人们手里拿着针线。这时，祖母将手里的头发递给收头发的人。楚默然指着前面的拨浪鼓说："叔叔，我要这个！"收头发的人从车把上取下了一个拨浪鼓递给他，又从后面的木匣里拿出两把线和一包针递给祖母，然后推起车子往前走，在多福胡同里又拖长声音喊了起来："收——头——发！"仿佛要将多福胡同家家户户剪下来的头发都收到他的袋子里一样。

多福胡同里，顿时响起了孩子们摇着拨浪鼓、吹着咪子的声音，似乎在比赛着谁摇的声音更响，谁吹的声音更大。这是小孩子的世界，和着他们的声音，不知谁家的狗叫起来了，然后公鸡也跟着打起鸣来了，母鸡也咕咕地叫起来了。西祥庄的空气一下子被搅动起来了，它被密密麻麻的声音围绕起来了。

夏日的频婆街，是瓜果的季节。那黄里透红的接杏、粉中含红的桃子、绿中染红的香蕉梨、黄中铺粉的苹果，对于人们尤其是小孩子总是充满了无限的诱惑，不要说吃上一口，就是一看到它们那诱人的果色，便会馋涎欲滴。这些水果都是从频婆街下面的各个嘴子或者河滩拉上来的，只有这些地方的人们在地里种着果树，而在塬上只有一些人家在院子里零星地栽着几棵果树，树上的水果也是供自家人吃的。在频婆街上，只有西祥庄的潘兴文老汉在频婆街的西沟边种着二亩苹果。

逢集的日子里，几个姑姑都来了，和祖母在家里待上一会儿后，她们就上街去了。回来的时候，手绢里常常包着几个苹果或者香蕉梨等。回来后，切分给家里的每一个人吃。大家一边吃着水果，一边说着话。院子里的鸡闻到水果的香味后也跑进窑里来了，祖母就将剩下的果核扔给鸡吃。鸡在人的脚下费劲地啄着，很专注的样子。

盛夏的日子里，祖母会在频婆街上摆一个小摊卖凉粉。凉粉是先一

天晚上做好的。第二天早上从脸盆里倒出来的时候，就成了实心脸盆的样子，看上去晶莹洁白，会凉到人的心里。

卖凉粉的时候，祖母用一个浅浅的小漏勺轻轻地在凉粉坨上面搂着，搂过去的地方，从漏勺一圈圈的小孔里就神奇地钻出来了一条条晶亮细长的凉粉，好像一截截洁白的短绳。盛在浅蓝色花纹的小瓷碗里后，祖母会先倒上漂着细碎的韭叶和点点油星的醋汁，然后再撒上一小勺盐，放上一筷子的油泼辣子，一碗凉粉就做好了。

赶集的人坐在一个低矮的长条板凳上津津有味地吃着。祖母的凉粉让每个坐下来吃的人都很解馋，也很解暑。他们的嘴里常常发出吸溜吸溜的声音。

有时候，楚默然也跑到祖母的凉粉摊跟前去，让祖母给他调上一碗凉粉。祖母对他说："凉粉不能像馒头一样嚼着吃，它要吃到嘴里以后直接咽下去，这样才能够吃出来凉粉的冰凉和光滑，要不然就是一堆冰碴儿一样的东西，就没有什么吃头了。"可是，他却怎么也得在嘴里咀嚼一下，否则就觉得好像没有吃凉粉一样。

这一天吃晌午饭的时候，祖母在家里那个宽大的梨木案上晾了一案又光又短的玉米节子。玉米节子是家里的主食。漆黑的窑洞后面，这一案黄亮的玉米节子让那儿透出了一些亮色。

这时，正在院子里土堆旁用从炭糟壕里捡来的破碗底玩拓馍游戏的楚默然看见有个人进来了，原来是多福沟的朱葆定。在西祥庄甚至频婆街，大人小孩都很熟悉他。没想到这一回他竟然跑到家里来了。朱葆定高高的个子，穿着一身破烂不堪的衣服，一双肮脏的黑布鞋前露出了两个长长的脚指头。他的头发好像糊了一层糨糊，上面沾满了小柴草。他本来就很黑的脸又好像被胡乱抹了一层锅黑，显得更黑了。看着他的形象，楚默然感到难受极了。

平时，在多福胡同人们看见朱葆定过来了，许多人都会回家把门紧

紧地关上，好像躲避瘟疫一样躲着他。朱葆定向人要饭的时候，什么也不拿，只是伸出两只皴裂得像龟甲一样的手，用低低的声音说："给我点吃的吧！"于是，有好心的人就回家从馍算子上拿出一个切成菱形的黄玉米面斜子递给他。接过馍后，他就一边吃一边走了。

楚默然明白了，朱葆定是要饭来了。"奶，朱葆定来了！"他赶紧跑到窑里去告诉正在锅边洗锅的祖母。

这时，朱葆定已经走到了窑门口，他只是默默地站在那儿，似乎等着祖母出来一样。祖母看见朱葆定以后，便从窑后面的锅里拿了两个白馍递给他，上上下下怜惜地看着他。朱葆定看着祖母，又看看身旁不屑地望着他的楚默然，这回他没有立刻走，而是突然问："你多大了？"

"六岁了。"楚默然有点漫不经心地回答着他，似乎朱葆定不配问这样的问题一样。

然后，朱葆定自言自语道："六岁就该上学了！这孩子将来一定能够考上大学，比我强！"说完，他又默默地走开了，留下楚默然和祖母站在院子里。

"比你强？我肯定比你强！"楚默然心里想。

"奶，你就说咱们家没有馍了不就行了，怎么还给了他两个白馍？"楚默然有点不解地对祖母说。

"他哪能像你一样经常吃上白馍啊！"祖母说着，又洗锅去了。

多福胡同是一条曲曲折折、坑坑洼洼的胡同，因为通往生产煤炭的多福沟，所以叫多福胡同。胡同的两边，住着西祥庄大大小小的人家。这条胡同，不仅胡同两边的人走，溪头村的人走，从溪头村下去的泾滩县煤店乡黄家村的人也走。当人们来频婆街上赶集的时候，在走过了一条漫长的生产路之后，就走进了西祥庄的多福胡同。出了胡同口，就到了频婆街上。

冬天，多福胡同里铺满了厚厚的积雪，踩上去会发出咯吱咯吱的声音，就像冬天的音符。晚上，家家户户的烟囱里吐出来的浓烟让整个胡同显得雾蒙蒙的。这个时候，楚默然常常站在自家漆黑的梢门外，焦急地等待着母亲的归来——母亲可能去哪一个大婶家借鞋样子去了。家里，父亲在炕上靠着被子睡觉。这个时候，窑洞里所有的温暖仿佛只有母亲能够带来一样。冬日的多福胡同是漫长的，忧伤的，沉闷的。在白雪和烟雾中，它好像裹藏着什么秘密一样。

夏日，多福胡同则轻松而清新。一场持续了几天的大雨结束后，大人们一个个从家里出来，拿着铁锹挑一挑水渠往出排水，好像要排走雨天带来的所有霉气一样。小孩子们穿着各色的雨鞋在水坑里走来走去，将坑里的水溅得飞起来了。大人们不停地呵斥着小孩，但小孩子们依然我行我素，乐在其中。

雪兰姑姑嫁到了西祥庄。吃完早饭后，楚默然就经常一个人跑到她家去玩。

然而，每一次从姑姑家回来的时候，楚默然最害怕遇见一群和自己年龄相仿的孩子。他们是西祥庄一个大家族的一群孩子。看见他们，他便明白了什么叫人多势众，也明白了什么叫势单力薄——虽然他还一时无法用这样的成语表达出来。这是一群十分霸道的孩子，他们看见他走过来的时候，就常常挡在路的中间，不让他过去。他走到右边，他们就追到右边；他躲到左边，他们就跟到左边。他一时气得差点掉出眼泪来了，他们倒觉得这样好像很好玩一样。在他的眼里，这真是一群霸王。此刻，他想喊父亲或者母亲来给他解围，可是他们都不在他的身边。真是叫天天不应，喊地地不灵。他真希望有救星能够出现。过了一会儿，从路边的梢门里出来了一个大人，高高的个子，黑红的脸膛，胡子拉碴，朝这群小坏蛋喊了一声："你们这些碎尻干啥呢？"听到大人的呵斥声，他们才如同抢食吃的鸟儿一样被驱赶得一哄而散了。

颇婆街东边席家胡同一户人家准备将院子里的土窑挖了盖上房。盖房需要大量的胡基，他们就到处找能打胡基的人。最后，他们找到了父亲。

第二天早上，父亲和母亲就扛上打胡基的模子、铁锨和锤子一起去了。

到了席家胡同后，主家将父亲和母亲领到打胡基的地方。来的时候，主家提了一壶水、一笼炕洞灰。他把灰放在地上，递给了父亲一包"羊群"烟，然后就走了。剩下的活儿就是父亲和母亲的了。打胡基的地方是在一处土崖下，那个土崖下不知已经被多少人挖过土了，留下了一道道明晃晃的镬痕，一些盘根错节的树根裸露了出来。

很快，父亲和母亲就忙起来了。父亲从崖上往下挖土。他先在下面掏一个深坑，然后用镬头在上面轻轻一敲，土块就下来了，这时候他赶紧远远地躲开。天刚下过一场雨，土块湿而酥，有一股潮湿而清新的味道，不用泼水，很快就可以用了。父亲支起模子，在模子里撒上一层灰，母亲往里面填土，当土填满了，父亲就抡起锤子嗵——嗵——嗵地打起来，前后左右几下，很快一块瓷实的胡基就打好了。然后，卸开模子，用双手将胡基扶起来，端到前边不远处已经平整好的一块土地上。父亲返回来的时候，母亲已经将模子里的土填好了。

太阳升起来了，早上刚来时的露水已经不见了，周围的一切都从昨夜的睡梦中清醒过来了，一切显得清明而宁静。远处，有的人家的烟囱已经升起了炊烟。很快，太阳变得红彤彤的，好像涂了油彩的娃娃，笑眯眯的。席家胡同里，不时传来一阵阵狂乱的狗吠声和隐约的说话声。

到了上午9点多的时侯，主人来叫父亲和母亲吃饭了。第一天，主人家早上的饭蒸的是花卷蒸馍，熬的红豆稀饭，炒的洋芋菜，调的腌白菜、芹菜和红萝卜。主人陪着父亲和母亲一起吃。当父亲和母亲碗里的饭快吃完了的时候，主人就叫正在上学的儿子去端饭。

吃饭的时候，主人的老婆从外面进来了，围裙还系在她的身上。她笑着说："给你们做的都是一些省手饭③，你们再不嫌了，只要吃饱就好！"母亲笑着说："嫂子，你的饭做得这么好，你也坐下来一起

---
③ 简单的饭菜。

吃吧！""你们吃，我做饭的时候，在灶房里已经吃饱了！"女主人笑着说。

早饭吃完了，主人让儿子把盘子端回去。他收拾了吃饭的桌子，将桌子立起来靠在了墙边。然后，在一个白瓷茶壶里泡了一壶茶。父亲和母亲坐在炕边歇一会儿。主人递给了父亲一支烟，父亲点起烟抽起来。母亲说："你就不能少抽点烟，烟对人身体有什么好处？""你们女的不抽烟不知道抽烟的好处。"男主人笑着说。

过了一会儿，母亲提醒父亲："歇得差不多了，该走了！"主人说："不急，再歇一会儿。""现在白天时间越来越短了，咱抓紧时间多打上些胡基。"说着，她和父亲一起走出了主家的厦子门。男主人提着一壶水也准备一起去，父亲说："我提着，你就不用去了，你忙屋里的事吧！"说着，从男主人手里接过了水壶。

吃了早饭，人好像一下子又有了劲，父亲和母亲又忙起来。慢慢地，他们打的胡基已经垒了三排。父亲边打胡基边对母亲说："胡基要摞在通风向阳、离水远的高处，要交叉着摞成一个有点弧度的形状，要不然很容易倒。""这还用你说，不说我也能想来。"母亲边填土边对父亲说，"好像我啥都不懂一样。"

……

这一天，当太阳下山的时候，一摞五排高的胡基稳稳地立在那儿，就像大地上出现的新风景。在主人家喝完汤，当父亲和母亲回到家里的时候，楚默然已经在祖母的窑洞里睡着了。

冬日里，祖父常带楚默然去在职田街供销社工作的朵川二婶位于席家胡同的娘家。祖父是去找他的亲家——二婶的父亲谪闲传。二婶的娘家干净整洁，宽敞明亮。二婶的父亲——楚默然叫他外爷——是一位退休干部，高大的身材，整洁的中山装，一副茶色眼镜，宽厚慈祥，说起话来慢条斯理。到了外爷家，外爷总是和祖父坐在沙发两边。沙发中间是一个小

味

茶几，上面放着一个白圆小瓷盘，里面放着白茶壶和带盖的瓷杯，还有一个棕色圆形的玻璃烟灰缸。这些东西上面苫着一张绣有"幸福吉祥"字样的方形针织巾帕。茶几是金黄色的，清新而光洁。两边的单人布面沙发是暗红色的，背上苫着白色的镂空靠巾。

祖父和外爷在屋子里说话，炉子上的茶水在吱吱地冒着热气，仿佛祖父和外爷说话时的背景音乐。过了一会儿，外爷将壶提下来，把水灌进保温瓶里。说话的当儿，外爷不停地站起来，给祖父的茶杯里加水。

这个时候，外奶正坐在炕上纳鞋底。她一头整齐的短发，脸上布满了细密的皱纹，戴着一副老花镜和一副金耳环，穿着棕色的中式对襟罩衫。炕上收拾得干干净净，两床叠得整整齐齐的缎被靠在炕旮旯，上面苫着绣有"喜上梅梢"图案的被巾，炕上铺着一张印有翠竹图案的绿色炕单。外奶忙着自己手里的活，静静地听外爷和祖父说话。

外爷家靠南是两孔窑，窑是人工箍成的，上面是平展的窑背。院子的东西两边各是三间厦子。外爷住在阳面，舅舅——二婶唯一的弟弟——住在阴面。一进外爷家的大门，正前方有一个高大的砖砌照壁。照壁的正中间是一个凹进去的小龛，里面供奉着银髯白发拄着拐杖的土地爷。院子正中有一个花式砖墙花园，花园中间是一座假山，一丛丛挺立的竹子下面种满了各种各样的花草。

这是一个多么幸福的家庭啊！楚默然觉得幸福的家庭就应该是这样的。直到许多年之后，他才明白即使是这样幸福的家庭，也有痛苦和不幸，而这种痛苦和不幸，却是和二婶紧紧地联系在一起的。

二婶的右脸下方有一块深深的伤疤。楚默然从来没有想过这块伤疤到底是怎么回事。就像对待许多人和事物一样，人们常常自然地去接受它们的存在，直到有一天才明白，世间的许多人和事物并不是无缘无故存在的，它们是有着自己的前因后果的。发现了这一点以后，人们仿佛对生存、生活和生命的认识才又往深掘进了一层。

听大人们说，二婶右脸的那块伤疤是她小时候和小伙伴们去地里撅苜蓿时，被狼袭击而留下来的。后来，楚默然有时会想象着在那个噩梦一般的夏日午后，二婶和一群小伙伴提着一只只枸木条编成的小笼去地里撅苜蓿时惨遭不幸的情景。然而，很快地他再也不愿想象下去了。在他幼小的心灵里，他希望二婶的这一次人生遭遇永久地埋在岁月的深处，永远不再去揭开它。

味

04

  母亲、六外公和六外婆开始托熟人给姨寻婆家。给姨说媒的人很多，但姨都不满意，不是家里太穷，就是地方太远，要么就是人长得不满意。生活虽然将姨逼到了墙角，但她对生活还没有失去最后的信心。毕竟，姨是一个体态匀称、性情温和、心灵手巧的人。

  最后，姨寻下的对象是泾滩县伏敬乡沟畔村一户伊姓人家的小儿子，叫伊最。这一门婚事是祖父在街上理发时说下的。伏敬乡人常常习惯到频婆街上来赶集，不知什么时候，在街上理发的祖父和伊最的爷爷认识了。伊最的爷爷身材矮小，头发稀疏，常常穿着一件对襟灰白短袄。他是一个石匠，常常錾一些门墩、石槽和碾盘之类的东西，拉到频婆街上来卖。

  这一天，频婆街上逢集。姨和未来的姨夫伊最来家里了。伊最是一个高大魁梧的人，和姨两个人走到一起倒也挺般配。父亲陪他聊着家常，母亲和姨一起做饭。

  "姐姐，你看伊最怎么样？"姨问母亲。

  "人看起来倒不错。"母亲说。

  "伊最告诉我，他大说了等我们结婚以后，就让我去他们村里的小学当民办教师。"

  "如果你能去当民办教师，你的高中也算没有白念。只是这事牢靠不牢靠啊？"

"伊最说，没有一点问题。"

"那也不一定。"母亲有点担心地说。

下午，伊最和姨回到了溪头村，又去了六外公家。

六外公、六外婆热情地招待着伊最，倒水拿烟。然后，不停地上下打量着他。

伊最在六外公家的院子里转着的当儿，六外婆关切地问姨："寒笑，伊最他屋里的条件怎么样啊？"

"听说路对面有七间大房，伊最他大他娘住着；路的另一边是地坑庄子，伊最他爷和他哥住着。"

"他家在什么地方啊？"六外公问。

"就在伏敬街下去的沟畔村。"

"伏敬街倒不远，你五叔家的大艳和二艳就嫁到了伏敬乡的芦村和苇村。沟畔村我去过，不过那可是在嘴子里，不像咱们塬上这么方便。从那儿到咱们这儿，一路都是上坡路。"

"嘴子里地多，不像咱们塬上这么缺粮。而且伊最他大是村里的书记，他说我们结婚以后，就让我去他们村小学当民办教师。"

"我看这事不太牢靠。我看伊最的脾气好像不太好。"六外公说，"我看你还是再考虑一下吧，婚姻毕竟是一辈子的大事，人寻不好，你一辈子都过不好的。"

姨不说话了，她觉得母亲和六外公说得都有道理。虽然她现在想着结婚去过自己的日子，但也不是嫁不出去，就这样草草地嫁个人了事太草率。

这一天下午伊最准备回家去的时候，对姨说："咱们两个的事，你看行还是不行？你给我个话，我也回去好向屋里人交代。"

姨说："你先回吧，让我再考虑一下吧！"

伊最回去后，不断地捎话来问姨："考虑得怎么样了？如果实在不愿意，提早见个话吧！家里着急，我的年龄也不小了！"

正当姨犹豫不决的时候，一件事让她迅速做出了嫁给伊最的决定。这一天吃饭的时候，侄女翎儿不小心将稀饭倒在了地上，思变舅舅赶紧拿来笤帚和簸箕将倒在地上的稀饭扫起来。格心妗子啪的一巴掌打过去，侄女哇的一声哭了。格心妗子骂道："你长着眼睛是出气的？都这么大的人了，我还要把你养到哪一元去？"

坐在旁边吃饭的姨实在听不下去了，就说："嫂子，你有话对我说，不要指着孩子在说我。"

"我哪敢说你！我说一下自己的娃还不行吗？"

说着，格心妗子竟然大哭起来，对着思变舅舅哭诉道："你们这家里我实在待不下去了，大小的人都在欺负我。"

本来心里就不舒服的思变舅舅一听妗子哭哭啼啼的声音，气不打一处来，腾地一下子从小凳子上站起来，将桌子掀翻在地，嘴里骂道："咱们不吃了，吃他娘的腿，这日子没法过了！"

看见思变舅舅发火了，姨一时不知道说什么好。她放下了饭碗，一个人跑到对面的厦子里哭起来。陪伴在她身边的，是柜盖上外公的遗像。他仿佛在默默地倾听着姨的哭诉。独承舅舅也放下碗，跑到厦子里去了。两个人沉默了好一阵后，姨最后做出了一个大胆的决定："我决定嫁给伊最。"独承舅舅说："你就这样决定了？"姨说："嫁给伊最我就是再吃苦受累也比受这种窝囊气强！"

……

姨决定嫁给沟畔村的伊最了，无论周围的人怎么劝她再考虑考虑，她说什么也听不进去了，她只想脱离眼前的这个苦海。见姨心意已决，周围的人也不好再说什么了。

姨出嫁的日子定在了腊月二十。这一天，舅舅家低矮的梢门前站了许多大人和娃娃。唢呐在寒风里断断续续地吹着，日头在人们的脸上像有又像没有一样地照着。人的脸上一时感到凉飕飕的。

然而，没想到的事情发生了！溪头村的屠户李一刀来了。他是借机来要独承舅舅借他家的两斗麦子的。

忙前忙后的六外公说："一刀，今天是寒笑结婚的日子。等这事过了，独承借你的粮就给你还了。你放心，娃少不了你的两斗麦子！"周围的人也都劝说着李一刀。

李一刀蛮横地说："不行，今天他必须还给我。他们走的走了，结婚的结婚了，我以后问他们谁要去呀？他独承今天要是不还给我的话，我就把寒笑结婚的这辆自行车推走。"

这时，六外公的二儿子锦程舅舅生气了。他跑上去一把揪住李一刀的领口说："李一刀，你今天要是敢把我姐结婚的自行车推走，我非让你白刀子进去，红刀子出来不可，你信不信？我还就不信我光脚的害怕你穿鞋的！"

六外公赶紧上前制止道："锦程，一刀你叫叔哩，胡说啥哩！"

锦程舅舅说："就这么个样子，还给人当叔哩！"

李一刀没有想到平时见了人彬彬有礼的锦程舅舅这时却像个不顾一切的二杆子，他的口气一下子就软了下来，赶忙说："好——好——好，你娃厉害，我今天不要了！"

锦程舅舅这才松了他领口，李一刀一个趔趄差点跌倒在地，然后灰溜溜地走了。

站在大门口的一个中年人说："唉，一刀都算咱们溪头村的能行人，没想到这一回简直是把粉往尻子上抹哩！"

"是啊，简直连个轻重缓急都掂不来！"站在一旁吧嗒吧嗒抽着旱烟的一个老汉说。

频婆塬上的风俗习惯：腊月二十五以后，娘家人看出嫁的女儿，人们称之为"送核桃"。娘家人上自父母、叔伯，包括兄弟姐妹，下至侄儿侄女，可谓人多势众，浩浩荡荡。大年初一这一天，一家人在自己家过年。

一年中千呼万唤来的日子倒显得没有意思极了！可是，到了正月初二，频婆塬上一下子又变得热闹起来了。这一天是女儿女婿一家看望父母的日子。无论刮风下雪，还是阳光普照，人们的心里都因亲情而暖暖的。

每年的正月初二，楚默然和父亲母亲都要去外婆家。外公外婆去世以后，准确地说，他们是去六外公六外婆家。这一天，他们自然也要去五外公家、大妗子家和独承舅舅家。

树人舅舅去世后，大妗子招了一个人——楚默然的新舅舅康抚谷。康抚谷舅舅是离溪头村不远的康家村人，人精干壮实。大妗子家在独承舅舅家的斜对门。从她家低矮的围墙里那个半圆形的土门洞里进去，右边是四间厦子，三间住人，一间作为厨房。厦子的对面是一块高地，春季里上面种着各种各样的蔬菜。高地的前面是一个猪圈，养着两头黑色的大猪和一群猪娃，走进院子就能听见它们哼哼的声音。听说康抚谷舅舅会照相。走进厦子的门，一眼就可以看见一张油漆已经脱落的黄色写字台上方墙上的两个相框里，贴满了一家人大大小小的照片，尤其是表姐秀娟和表妹丽娟两个人的照片，几乎占据了大半个相框。照片上，她们两个人紧紧地挨在一起，表姐手里捧着一束花。她们红扑扑的脸蛋，看上去是一副喜气洋洋、无比幸福的样子。

厦子里，康抚谷舅舅热情地招呼父亲母亲喝水，吃瓜子、花生、水果糖和核桃。大人们谈论着一年来的日子。小孩子在厦子里待不了多长时间就跑到外面玩去了。表姐秀娟带着楚默然和表妹丽娟一起去外面玩"滚核桃窝"的游戏，直到一阵乒切炒炸焓的声音不断地从厨房里传出来，一缕缕的香味不断从厨房里飘出来，康抚谷舅舅出来喊吃饭了，三个人才恋恋不舍地回到饭桌边。吃完饭，放下饭碗，他们嘴一擦又跑出去玩了。

正月初五，频婆街上就开始有卖灯笼的了。有了灯笼，和家家户户大门上还没有撕去的春联、大街上燃放鞭炮后留下的碎屑，频婆街就有了一种红火而温暖的感觉。摆圭在街道两边的灯笼，有一些是摊主从西安进回

来的大红宫灯，但更多的还是豳邑县本地的灯笼，像西瓜灯笼、火罐灯笼和牛屎噗嗒灯笼等。

差不多从这天晚上开始，多福胡同里已经有小孩挑着灯笼，拿着"出出花"跑来跑去了。灯笼有搭在玉米秆上的，有搭在铁丝钩上的，有手里提着的。孩子们手里的出出花也叫手花，是一种以黑色炮药做燃料、用麻纸卷成的细长的烟花，用火点着以后，就无声息地闪出一丝丝的红色。伴着孩子们的前行，这些细碎的烟花就消失在月光下静默的空气里了。还有一种更高级的出出花，做工更加精细，外面是一层彩色的纸，点燃以后会刺——刺——刺地响起来，但很快就会花飞烟灭，小孩子们只是偶尔用来玩一玩而已。

孩子们挑着灯笼，呼朋唤友，走东串西。走到这个伙伴的家里，灯笼里的蜡烛快用完了，大人们就给其又换上一根新蜡。然后两个小孩挑着灯笼拿着出出花又高高兴兴地出去寻找别的伙伴了。

从多福胡同出来，放眼望去，一盏盏的灯笼汇成了一片火红的海洋，大街上成了娃娃们的世界。这个时候，不仅有西祥庄孩子们的灯笼，还有席家胡同、张家胡同、丰登村、南街村孩子们的灯笼。这时，只听见街中心传来一阵阵铿锵有力的锣鼓声，听说是官道咀村的竹马上来了。竹马声越来越近，队伍到频婆街西边来了。只见一个穿着绿色绸缎裤子、黑色绣花褂子的年轻媳妇，双手扶着一个纸糊的黑色小竹马一进三退，左摇右摆，红润的脸上露出羞涩的笑容。一个头上缠着白羊肚手巾，身上披着羊皮袄，右手握着鞭子，左手扶着烟袋的老汉左摇右摆地跳着秧歌。此刻，路两边已经挤满了大人小孩，说笑着，指点着。个子矮的踮着脚，手搭在旁边人的肩膀上，害得人家不停地用手往下拨着。

竹马队伍渐渐地朝前走去了，他们在频婆街上的每个单位前都要停下来表演一下，这些单位早已指定专人摆好了烟酒糕点，在迎接着竹马队伍所带来的吉祥和喜庆。表演竹马的队伍像一股神秘的力量，热闹着这个月明星稀的夜晚，伴着鼓声和铙钹声向前方走去，不知要到什么时候，他们

才会停止敲打，回到官道咀村去。

正月十五这一天，是频婆街上的人们过完春节之后第一个隆重的大集。这一天，人们又开始称肉买菜，准备这一天的节日盛宴。大街上不时传来燃放烟花和鞭炮的声音，人们的心情好像也随着它们的爆破而绽开了。卖烟花的摊主好像是给买烟花的人演示他们的花炮质量一样。这一天是烟花、鞭炮、灯笼、蜡烛和香表组成的世界。整个大街上，赶集的人们摩肩接踵，空手而来，满载而归。

下午吃完饭后，一家的男性要去给家里的亡人上坟发灯。他们手里提着竹笼，里面放着香、纸、阴票和蜡烛等。西祥庄的人们常常三个一群、两个一伙。家里有可以云发灯的孩子的，一定要带上孩子。有的人肩上还扛着一把铁锨，准备去铲除一下祖先坟上的荒草。如果坟上被水冲了一个洞，他们拿上铁锨顺便能将那个洞填一填。

天色渐渐暗下来了，一轮暗红的夕阳沉没在远处天地相接的地方。发完灯后，穿过一个个的坟头，人们就陆续回家了。每个坟头，都插上了一个亮堂堂的灯笼，灯笼前面一根根黄色的、紫色的香燃起的青烟正在袅袅上升。这时，田野里已经看不见几个人了。频婆街上，则接二连三地响起了噼里啪啦的鞭炮声，绚烂的烟花不时在天空辉煌地绽放着，此时的天空似乎难有一刻的安宁。每家每户的厨房里，主妇正在准备着丰盛的晚餐。在一派祥和里，同欢共庆。

每年的农历二月二，频婆街上都要举行物资交流大会，庄稼人则叫作二月二过会。

二月二过会的时候，庄稼人最兴奋的是镇上的戏园子来了省上或市里的秦腔剧团。这时的戏园子就成了整个频婆塬上的公共文化娱乐场所，而西祥庄涝池前面的麦场里则会有不知从什么地方来的马戏团或杂技团的表演。除此之外，频婆街两边搭起了各种各样大大小小的帐篷，有照相的，卖日用杂货的，而更多的则是一些摆在街边的小摊点，有穿着藏族服

饰卖药的，有掷骰子的，有摆小人书摊的，有卖豆腐脑、油茶、凉粉等各种小吃的……这些摊点令频婆街上大大小小的人在过会期间都开了一回眼。

戏园子位于频婆街北边左侧。所谓戏园子，其实就是在一大块坑坑洼洼的空地前面，有一个高高的土台，南北西三面都是高高的土围墙。过会前的几天，就有人在土台子上用一根根端直的松木椽、破旧的草绿色帆布搭戏台了，他们都是来自频婆街上某一个村子里的青壮年劳力。在戏台的左边，他们还会立起一根高大粗壮的蜡烛，这高大明亮的烛台让整个戏台在夜晚变得肃穆而神秘。戏台搭好后，晚上就开始唱戏了。

频婆街周围的人都跑来看戏了。有架子车上拉着老人来的，有骑着自行车一前一后带着家里的小孩来的，有一群小伙子一起来的，有带着自己的新媳妇来的。除了频婆街上各个村子里的人以外，还有跑了好几里路从驰道乡和清风乡来的。来看戏的人有的手里拿着小板凳、椅子或者马扎，有的人手里则提着能坐三四个人的长条板凳。

在戏园子前面的大房窗口前，看戏的人递进去两毛钱，然后递出来一张彩色的戏票。拿到戏票后，人们便走进用几根弯弯曲曲的木椽挡起来的戏园子的侧门，将戏票递给收票的人，高高兴兴地进去了。有些好像很有脸面的人则没有买票，直接给收票的人说一声就进去了。戏园子所在的位置属于西祥庄，镇上就给西祥庄的农民每家每户发了五张戏票。这让西祥庄人在亲朋好友面前一下子感到长脸极了，也让其他村子里的人羡慕极了！

有几个流着鼻涕的小孩子不想买票，想从戏园子正中间大铁门下面的空隙钻进去，结果被镇上市管会里穿蓝制服的人发现了。一个孩子被恶狠狠地揪着领口给提了出来，其他几个孩子只好瞪着眼睛无奈地望着收票的人。收票的人警告说："下次再让我看见你们几个碎尿往进钻，我非剥了你们的皮不可！"

走进戏园子，高高的戏台下面一眼望去全是密密麻麻的人，人们穿着

或新或旧的衣服。人群中，有坐在马扎上、椅子上的中年人和老年人，有站在小板凳上、立在自行车后座上的年轻人，有两腿架在大人肩膀上的孩子，有坐在两边高高的围墙上的小伙子。这时，旱烟味、纸烟味、煤烟味交织在一起，说话声、哭喊声、吆喝声、嗑瓜子声、小孩吹咪子声混杂在一起，热闹极了！

开戏了，戏园子里稍微安静了一下。老人们聚精会神、津津有味地品评着戏台上的吹拉弹唱、唱念做打。年轻人有点三心二意，看了不到一会儿要么就出去了，要么就到人群后面卖凉粉、豆腐脑、油茶、油糕和油饼的摊点前去了。一些不安分的小孩子是狗看星星，看不了个稀稠，却一直不断地向戏台上蹭摸。然而，他们刚一盘腿坐在戏台的一侧，管理戏台的人就把他们撵下去了。可是，过不了一会儿，他们又上来了。

戏唱到多一半的时候，戏园子的大门打开了，人们就可以自由地进出了。有的人进去看了一个戏把子，有的人进去一会儿就出来了。这时候，门口查票的人早已走得无影无踪了。

到吃晌午饭的时候，戏结束了。人们提着板凳，拿着椅子，说笑着拥出了戏园子的大门。身后，戏台上大喇叭里通知着晚上要演出的剧目。街上一下子变得熙熙攘攘起来。家近的，直接回家了，主妇们早已准备好了饭菜；家远的、领着小孩的，就坐在路边的小吃摊上吃起来；带着老人的，则走进了东街的"四季来财""达三江""味美鲜"这些馆子。

这一天，常爱国拉着架子车出去卖麻花的时候，他妈金莲在后面叮咛："这一向街上人多，你来回小心着！"常爱国说："妈，没事，在咱们频婆街上，能有啥事！"说着，拉着架子车就出去了。

常爱国家的麻花已经做了好多年了。他们家的麻花做得好，酥黄脆亮，来频婆街赶集的人回云的时候，总要顺便为家里买上一捆子麻花——就像人们买李善爷爷炸的油糕一样。麻花、油糕、油饼、凉粉、豆腐脑和肉夹馍这些东西是频婆街人的美味佳肴。常爱国家的麻花分为两种，细长

的小麻花和粗壮的大麻花。小的五分钱一个，大的一毛钱一个。

二月二是频婆街上过了年后的重要节日，也是小摊贩卖东西的好时机。常爱国家的麻花这一段时间卖得特别好。一家人常常要熬夜炸麻花，赶天亮前晾干后整整齐齐地放在几个装过"太白"酒的纸箱子里。时间长了，这些纸箱子都渗出了油渍。这几天，他们分两摊卖：父亲常克传在家门口卖，常爱国则拉着架子车到戏园子的门口卖。母亲金莲与两个弟弟常建国、常卫国和妹妹玲儿则在家里接着炸麻花。

这一段时间街上的人特别多，四面八方三教九流的人都拥到频婆街上来了。许多人与其说是看戏来了，还不如说是逛黄会①来了。各个地方的地痞流氓也来了。女人小孩上街前，家里的男人总会叮咛："把钱装好，小心贼娃子。"女人便别出心裁，将钱塞在袜子里或压在鞋垫下。

常爱国一边卖着麻花，一边和旁边卖豆腐脑的王老汉说着话。王老汉是张家胡同人，平时走街串巷地卖豆腐。他早已是频婆街上的名人。大人小孩一听"卖——豆——腐"的声音，知道是王老汉过来了，就赶忙端着碗或者盛着一升子黄豆从家里出来了。

王老汉知道常爱国是西祥庄常克传的大儿子，就亲切地和常爱国拉起家常来。王老汉问常爱国："爱国，你娶下媳妇了没有？"

常爱国说："还没有。"

王老汉说："那叔给你介绍一个怎么样？"

常爱国有点羞涩地说："屋里已经说下一个了，准备最近成事。"

王老汉说："那就好，你大你妈明年就可以抱上孙子了。"

这时，一个女人过来要一碗豆腐脑，王老汉赶忙用勺子在大瓦缸里给搂起来。谁知这个女人后面却尾随了一群留着长头发戴着墨镜的地痞流氓，他们中的一个人手里拿着一把镊子，已经伸到这个女人的裤子口袋里了。

"大姐，小心你的钱包！"常爱国忽然大喊起来。

---

① 指什么事也不干，专门闲逛看热闹。

"妈的，谁动她钱包了！让你皮干！"说着，旁边的两个人一人一脚踢到常爱国的麻花摊上，另一个用手里提着的啤酒瓶子朝常爱国的头上砸去。

"不好了，出事了，有人打人了！"王老汉大喊着。

那几个地痞流氓见势不妙，赶紧四下逃跑了。

这时，街上的人都朝常爱国的麻花摊前围拢过来。常爱国被一下子砸晕了，人立即倒在了地上，头上的血汩汩地流了出来，顿时地上殷红一片，变得刺眼极了。

"快往医院送！"有人大声喊。很快，有人将常爱国抬上了架子车，跑着往频婆街医院送去。剩下的人帮着将那些撒在地上的麻花一根根往箱子里拾。然而，已经没有几根完整的麻花了。

这时，有人已经将警察喊来了。警察详细了解了一下情况，并在一个本子上做了记录。警察最后说："我们会尽快速到凶手的。"说完就走了。

在家门口的路边卖麻花的常克传，看到有人拉着架子车朝频婆街医院跑去，后面跟着一群人大呼小叫，像疯了一样地跑着，他一看觉得怎么像是自己家的架子车，只是一时还不知道发生了什么事。只听见跟在后面的张虎说："克传，快，快往医院走，娃出事了！"似乎有着某种感应，在家里炸麻花的母亲与两个弟弟和妹妹突然觉得心慌，一时在家里待不下去了，正准备从屋子里走出来，就看见父亲惊慌失措地回来了，喊道："快走，快去医院，爱国出事了！"

然而，常爱国终因失血过多，人再也没有醒来。

05

　　从频婆街中心小学对面一条坑坑洼洼的土路上去，是一条汽车路，不知它从什么地方来，也不知它延伸到什么地方去。庄稼人都叫它汽车路。虽然是汽车路，但架子车和手扶拖拉机，甚至牲畜也都走，而只有汽车可以威风凛凛地走在路的正中间，至于其他的车辆、行人，只能自卑地或者说自觉地走在路的两边。

　　汽车路旁边的小土坡上，远远望去，是一座低矮而精致的小房子——它可以看作汽车路旁边的一处景观，不知道当初它是怎样在这样的斜坡上盖成的。说是斜坡，其实它的下面就是住人的窑洞。这个小房子是南街村人李光祖家开的小卖部，他们家是频婆街上最早的个体户。

　　频婆街人无论是去幽邑县城，还是泾滩县城，都从家里来到这儿等车。于是，这里就成了频婆街上的汽车站。有时，因为逢集，车不经过频婆街道，而那些开往乌金市的车则根本不经过这里，司机们好像根本不知道有频婆街这个地方一样。

　　这儿常常聚集了三三两两等车的人。等车是一件很让人无奈的事情：你不等车的时候，它们一辆接一辆从你的面前开过去；而当你急需坐车的时候，却左等右等怎么也等不来。当人们等车等得无聊的时候，那些很会享受生活的人就进李光祖家的小卖部去买上一包"大前门""宝成"或者"羊群"烟，再称上一两瓜子，抽着烟嗑着瓜子等车。好不容易等到车来

了，这里的土地上就留下了一堆堆的烟头、瓜子皮，跟地上的尘土混在一起。那些等车的人然后就坐上车走了。

父亲第一次带楚默然去黝邑县城的这一天，他穿着母亲做的黑色松紧鞋，戴着一顶浅蓝色的鸭舌帽。时间是春天，刚刚下过一场雨，空气中混着一丝清洌的泥土气息，路边的柳树刚长出了浅绿色的嫩芽，远处不时传来布谷鸟的叫声。布谷鸟的叫声是春天最令人浮想联翩的乐音，楚默然的心情就像这一天的天气一样美好。

从车窗里望出去，路边的树木、田野飞速向后闪去。楚默然来不及欣赏路边的景色，长途汽车便沿着一条蜿蜒曲折的汽车路开到县城了。只见整个县城夹在两座大山中间，原来所谓县城就是密密麻麻地竖立着一些高高低低的房子。抬头望去，只见远处的山上弥漫着一股白色的雾气，透着神秘，令人向往。

中午，一群小学生排着整整齐齐的队伍，沿着一条宽大的沟渠走过来。沟渠的两边，是一棵棵低矮的垂柳，笼罩着空蒙的绿烟。只见每一个小学生的双肩上都背着一个五颜六色的书包，漂亮极了！今天看到这一群孩子背着的书包，楚默然突然惊奇地发现，原来世界上还有这样的一种书包。想一想，频婆街上的孩子，包括那些家庭相对富裕一些的孩子，要么单肩挎着他们的母亲晚上在昏暗的煤油灯下用布片做成的书包，要么就是斜挎着一个黄背包，上面印着"红军不怕远征难"这样一行红色的毛体字。

不知为什么，他突然觉得要是能够背上这样一个色彩鲜艳的书包，一定很幸福。虽然，他并没有将自己的想法告诉父亲。愿望，一定是不能告诉别人的，它需要一个人在内心默默地祈盼。然后，有一天当这个愿望真的实现了以后，他就可以幸福地享受这种快乐了。

楚默然正式上小学了。

西祥庄初级小学就在离频婆街医院不远的九间大房那儿。这一天，吃过早饭后，父亲领着楚默然走进校园时，他看见一群小孩正在院子里追来赶去，仿佛校园就是他们的乐园。没想到，他竟然看见了前两年他回家时在多福胡同围堵他的一个孩子，正在院子里疯狂地追着另一个孩子。还有一个孩子，他的一条腿搭在另两个小孩左右手挽起来的"座驾"上，胳膊搭在他们的肩膀上，那两个小孩在他的"驾——驾——驾"声中飞快地向前跑着。

教室位于大房的右侧，大房前面是一个稍微宽敞点的院子，院子前方是西祥庄的饲养室。所谓饲养室，其实就是两孔安着破门烂窗的土窑。教室跟前有一个碾子，青石做成的巨大碾盘泛着冷幽的青光。碾子旁边停着一辆大马车，那个车轮看起来比父亲还要高大。

看见楚默然和父亲走进来了，一群孩子立刻跑去告诉老师。一会儿老师出来了，老师的一条腿瘸着，看上去态度和蔼。老师领着他和父亲进了教室，教室里摆放着大小不一的十多张桌子和板凳。斑驳的土墙上，挂着一块凹凸不平的黑板。

报名的过程十分简单。老师问父亲："娃叫什么名字？"

"楚默然。"父亲说。然后，老师在一张写着一列列名字的纸上写下了楚默然的名字。

父亲问："老师，学费是多少钱？"

"两块。"老师说。

"老师，您贵姓？"

"我姓彭，是咱彭家村人。"

"老师，那什么时候发书？"

"中午我和几个学生去中心校拉书，下午就可以给学生发了。"彭老师说。

"好了，没有什么事情了，你可以先回去忙家里的活了，让娃就留在学校吧。"彭老师说。

"老师，那让你费心了。如果娃不听话了，你该打就打。"父亲说。

“你回吧，这儿娃娃多，娃很快就会习惯的。”彭老师说。

父亲给楚默然报完名后就走了，中午他还要和母亲一起去地里掰玉米。楚默然一个人留在了学校里，从今天开始他进入了另一个世界，这个世界将他和父亲母亲、祖父祖母等许许多多的人分隔开来了。这会是一个什么样的世界呢？

父亲走了以后，楚默然静静地站在教室门前看着一群生龙活虎的小伙伴，他们都是西祥庄的，有认识的有不认识的。过了一会儿，彭老师让几个学生和他一起去中心校拉课本，大家都抢着要去。中心校就是频婆街中心小学，从彭老师这儿他第一次知道了省略语。于是，许多孩子都跟着走了。低矮胖硕的张冠儿拉着架子车，吴悠、方勇说：“你把我俩拉上吧！”然后就跳上了车厢。其他同学都跟在车帮两边走着。彭老师在后边不断地叮咛着：“慢些走，看着车！”

晌午放学的时候，课本和作业本已经拉回来了，然后彭老师在吴悠和方勇的协助下发给了每个学生。课本有语文、数学、写字、音乐和思想品德等。

回到家里，当书和作业本从书包里倒出来的时候，窑洞里顿时充满了一阵阵油墨的香味和一片片洁白的亮光。母亲已经给他将书包准备好了，书包是母亲前几天用一些五颜六色的碎布片做成的。那些用一个个三角形的布片拼出来的正方形图案，看上去漂亮极了！他不知道母亲是怎样做出这样的图案的。书包里除了书，还有一个崭新的文具盒。打开文具盒，盒盖里面是一列列看上去像一面旗帜一样的乘法口诀表，这是父亲平时就教给他的，他已经会背了。

“妈，快给我包书吧！我们老师说了，新书要包起来。”他对母亲说。

“好，我用牛皮纸给你包吧，牛皮纸结实。”母亲说。

母亲从窑后面拿来一个水泥袋子，那是父亲在别人家盖房的时候问人家要的。只见母亲用割麦的刃子从两边裁开，用笤帚扫了扫上面残留的水泥灰，然后按照书的大小认真地包起来。看着母亲包书皮，楚默然也学着

她的样子包起来。

国庆节过后，西祥庄初级小学就从九间大房那儿搬到了皇楼胡同新盖的学校里，这是西祥庄真正意义上的学校。新学校是一个只有两个年级的小学校。进了校园，左半边横盖着两排各五间房子，前面一间是老师的办公室，后面的四间分别是一、二年级学生的教室。中间有一个很宽敞的院子，是学生们课余时间跳房子、踢键子和玩"红军敌人"游戏等活动的地方。院子中间有一个砖垒的花园，里面种满了格桑花、牡丹花和蕉叶梅等在频婆街司空见惯的花。校园的右半边盖着很长的一排房子，后面三间教室是为明年秋季开学的学前班准备的，前面一间是西祥庄的村委会办公室，一间是教二年级的李老师的办公室兼宿舍。校园的后面是一处很高的土崖，男女生厕所就建在土崖下面。

从学校回到家里，楚默然看见父亲坐在炕上。外面，冬天温暖的阳光从玻璃窗子透进来，房子里面一下子显得明亮暖和了许多。炕对面的脚地上，母亲这几天正在流（酿）醋。两个小瓦瓮蹲在母亲借来的一张灰暗的小木桌上，里面压满了醋糟。每个瓦瓮的下面有一个出醋口，分别安着一根小竹管，醋汨汨地从小竹管流出来，滴到小木桌下面的大瓷盆里。醋要这样反复流好几遍最后才能酿好，几天来无论是白天还是黑夜，一家人都是和这种声音一起度过的。

快过年了，父亲正在看从街上买回来的一本挂历。突然，楚默然发现家里房子正中的三斗桌子上多了一个银盖红身的铁皮保温瓶，看上去喜庆而高档。在西祥庄，许多人家用的都是塑料保温瓶，甚至有的人家还用一种外面包着一层竹编的保温瓶。旁边的柜盖上，放着一床装在透明袋子里的暗红色毛毯。他高兴地问父亲："这是什么时候买的？"父亲说："这是我今年参加农村农民生活调查队赠送的。"

过了一会儿，母亲把饭做好了，她喊楚默然来厨房里端盘子。母亲今天做的饭菜有刚出锅的雪白的馒头，锅底熬的白芸豆稀饭，还有昨天晌午没有吃完的煎汤豆腐馅馅，母亲腌的调在一起的莲花白、芹菜和红萝卜。母亲还蒸了几个红薯。

吃饭的时候，楚默然突然想起了昨天上课时张趸儿闹的一个笑话，就讲给父亲和母亲听。语文课上，彭老师让张趸儿站起来用"爱戴"造一个句子。张趸儿想了半天，站起来说："冬天，我们都爱戴帽子。"同学们都被他造的句子惹笑了，彭老师也被惹笑了。彭老师说："冬天，我们还爱戴手套呢！张趸儿，你想什么呢，是不是想着寒假里趸上些瓜子花生去卖？"张趸儿摸摸头，不好意思地笑着说："没有，老师。"

听完这个笑话后，父亲问楚默然："张趸儿是不是皇楼胡同张线绳家的娃？"楚默然回答说："就是的。"

"张线绳在频婆街仁销社里给人做饭，他老婆逢集的时候在街上摆个摊子卖吃货，我经常看见他家那个碎娃在旁边给她帮忙。人家娃从小跟着大人卖东西，一看就是做生意的料。"母亲边吃饭边说。

到了第二学期，"五一"过后，有两件令人快乐的事情。一件事情是开始有午休了。午休时间有两个半小时。彭老师说："同学们可以在学校里午休，也可以在家里午休，下午只要按时到校就行了。"于是，许多学生就把家里的小被子拿到学校来了。午休的时候，有的学生睡在桌子上盖上被子，有的学生则喜欢睡在两张桌子中间拼起来的长凳上。一开始，许多人睡不着便说起话来。彭老师进来后，他们便赶紧闭上眼睛，教室里一下子变得安静极了。等彭老师走了，他们又小声说起话来。吴悠、方勇和高兴则商量着到西沟里打杏去。

另一件事情是，彭老师说大家不用上晚读了，这个时候教室里也热得坐不住了，就在院子里练字吧！这是一种惬意的学习和休息方式，每个学生都很乐意。这样，两间教室中间的空地就变成了土地做成的黑板，这时的教室里倒显得空荡荡的。彭老师站在位于一年级教室左侧的办公室门前，手里拿着一个粉笔盒，他那宽大而红润的手上也沾满了各色粉笔灰。

彭老师给每个学生发几个粉笔头，有白的、红的、蓝的、黄的和绿的，这些粉笔头都是他上课时写剩下的。这些五颜六色的粉笔头，看上去亲切而可爱。每个学生都不住地喊着："老师，给我一些粉笔！老师，给我一些粉笔！"他们边喊边跑到彭老师跟前，在彭老师的周围站了一圈。彭老师说："大家不要喊，你们每个人都有。"领到彭老师发的粉笔头，每个学生的心里都有一种十分幸福的感觉，然后就跑着用粉笔给自己画一块地方。每个学生似乎都想占一块更大的地方，仿佛一下午要写好多好多的字一样。

除了彭老师发的粉笔头以外，有的学生还自带一种书写工具，那就是把家里废弃的电池用砖头砸开，取出里面的碳棒来，这些碳棒被磨得很光滑，发出一种耀眼的光芒。碳棒是一种非常神奇的书写工具，好像永远也写不完一样。在干硬的地面上，每个或规整或歪扭的字都发出了黑亮的光泽。用它们写完字以后，这些碳棒又成了小学生们文具盒里或者书包里陪伴着其他文具和书本的一个小玩具。它黑黑的、亮亮的，静静地躺着，每天和它的小主人一起早出晚归，跑来跑去。

午后的阳光斜照在校园的房顶上和花园里，每个人单薄的背心和短裤上披上了一层暖暖的阳光，看起来舒服而惬意。小学生们一边看着课本后面的生字表，一边在地上一笔一画认真地写着。有的学生一边念着汉字，一边在地上写着。彭老师、李老师则不停地走到每一个学生的身边，弯下腰认真地看着，指点着。

此时的校园静谧而神圣。频婆街和西祥庄，每个学生家里所发生的一切，似乎都与校园没有任何关系。学生们的家长，正在不远处的庄稼地里辛辛苦苦地忙活着。

……

天色渐渐地暗下来了。地上的字已经不再是白色黑色的了，而是一起变成了灰色。这时，彭老师说："放学了，大家站队。"于是，每个学生都有点恋恋不舍地离开了自己的"作业"，从教室里取出书包，然后站成两队，唱着歌儿回家了。

放学后，学生们排着两列长队走出校门。然后，一列朝右边的皇楼胡同走去，一列朝左边的频婆街街道走去。每一列都有一个小队长，彭老师让他们注意队形。

班里有一个同学，个子高高的，光光的头，有点驼背。他叫游泳。游泳他"伯"叫游山水，他妈叫韩爱琴。游山水人瘦个子矮，常常穿着一件灰色的中山装；韩爱琴人胖个子高，见了人总是笑眯眯的，爱和西祥庄的男女老少开玩笑，人们也都很喜欢她。游泳是家里的老小，他的上面还有一个哥哥两个姐姐。游山水和韩爱琴前面的几个孩子说话都清清楚楚，唯独小儿子游泳说话有点口吃。只要他一着急，说起话来连脖子都变红了，一副要和人争吵的样子。但游泳并不傻，谁也哄不了他。西祥庄的男女老少觉得他有点好玩，总喜欢逗他玩。

这一天，游泳他妈韩爱琴在放学回家的路上碰见了吴悠。一群学生排着队正从频婆街坑坑洼洼的路上走过，后面的一个小学生不时从队伍里走出来，跑到队伍前面，叫所有人全部停下来排好队再走。这个学生就是吴悠。这时，正好站在路边的游泳他妈叫住了吴悠，她是想问一下吴悠是不是拿了游泳的乒乓球拍子。一开始，吴悠毫不在意地说："我没拿。"游泳他妈就说："吴悠，游泳昨天给我说你把他的乒乓球拍子拿走了。你拿走就拿走了，姨知道你喜欢打乒乓球。你如果喜欢，就算游泳送给你了吧，我再给游泳买上一副。"

一听这话，吴悠的头一下子低下了，一时静静地站在路边，不说话了。其他同学排着队朝前走去了，只留下了吴悠一个人。吴悠一下子觉得难堪极了。

看到吴悠一副窘迫的样子，游泳他妈最后拍着吴悠的肩膀说："吴悠，游泳的那一副乒乓球拍子你就拿去用吧！别人问的时候，你就说是游泳送给你的。我回去给游泳说，让他不要再问你要了。"

吴悠的眼泪一下子掉了下来。他不好意思地对游泳他妈说："姨，是我拿的。"

游泳他妈说："吴悠，你承认是你拿的就行了。那你快回去吧，不要让你妈等急了。"

吴悠说："我妈才不会等我呢！"

游泳他妈说："吴悠，千万不敢这么说，你妈要是听见了会伤心的！"

这时，吴悠不说话了。

吴悠是西祥庄公路边吴自连家的孩子。吴自连在幽邑县粮食局工作，许多小孩子都没有见过他。他平时很少回西祥庄来，只有逢年过节时才回来。吴悠他妈几年前因病去世了，他爸就又找了一个女的，是幽邑县南塬大槐树村人。

在西祥庄，每当小孩子不听话的时候，母亲就会生气地说："你要是不听话把我气死了，让你大给你找上一个妖婆子娘，看把你操置不死了！""操置"这个词就如同夏天里的一群孩子用细线绳绑上从麦茬地里捉回来的蚂蚱，然后抡着绳头乱舞一样。这时候，小孩子就会赶紧对当母亲的说："妈，我要听话，我不要妖婆子娘。"

显然，吴悠他妈就是"妖婆子娘"。这个时候，楚默然还不知道语文课本中有"继母"这个词，甚至连"后妈"这个词也不知道，但他知道"妖婆子娘"这个词。对他来说，似乎世界上的母亲分为了两种：一种是亲妈，一种是"妖婆子娘"。关于后妈，大人们经常说的几句话是："指甲花，开得红，妖婆子打娃心不疼。又是掐来又是拧，不是鞭杆就是绳。"他常想，不知为什么，后妈都被人们描述为妖婆子这样一种形象。还有一些孩子是有后爸的，不管他们的后爸怎么样对待他们，却从来没有获得类似"妖婆子娘"这样的恶称，比如像"魔鬼爹"这样的说法。

有一天，楚默然从街上买作业本回来的时候，在路上看见吴悠他妈过来了。他远远地看着她，高高的个子，穿着一身雪青色的西服，头上绾着

一个高高的发髻，看起来清爽极了！跟左邻右舍的阿姨们的衣着打扮还真有点不一样，到底是公家人的家属。他心里想：这难道就是人们说的妖婆子啊？她哪儿像妖婆子啊！

06

寒笑姨结婚以后，并没能进沟畔村的小学当民办教师。原因是，伏敬乡一个副乡长将学校里本来空出来的一个名额留给了他的侄女。姨有点失望了，但事已至此也没有办法，她只好沿着生活指给她的方向继续往前走。

一年后，姨生了一个男孩。频婆街逢集的时候，姨夫来家里告诉了母亲，并请母亲去照顾姨一段日子。

姨的阿公和阿家就住在路对面的大房里。姨的阿公是村里的党支部书记。姨夫和他的哥哥两家住在路对面的地坑庄子里。下到地坑庄子里去，要沿着一条坑坑洼洼的斜坡门道下去，在阳光灿烂的白天，门道里也是黑洞洞的，让人感觉仿佛在黑暗中穿行一样。到了四四方方的院子里，抬头望去，阳光明晃晃地照着整个院子。

姨家住在地坑庄子阴面的窑里，阳面的两孔窑分别是厨房和羊圈。在院子左边高高的土塄上种着一棵苹果树，树上长着有着斑斑点点的苹果，吃起来酸酸的。苹果树旁边的墙角有一个浅浅的渗井，里面积满了枯叶和雨水。

姨住的窑洞，里面很暗，只有窗前还有一些亮光，越到窑后面越黑。小表弟躺在炕上，头上挂着一些用各色彩纸折叠的桃子、纸盒和三角形等，它们都是姨闲暇的时候折的。一阵风吹来，它们摆来摆去，看上去灵

动极了！

母亲每天给姨做饭、洗衣服，洗衣有时在家里洗，有时去外面洗。外面洗衣服的地方是出了门不远处的一个涝池。那里人很多，除了洗衣服的大人，还有在涝池边戏水的孩子，涝池正中长满了一大片芦苇。这个涝池比西祥庄的涝池小多了。

闲下来的时候，母亲就坐在炕边和姨说会儿话，逗小表弟玩。当了母亲的姨似乎对人生有了更深的体认，她面对现在的生活显得那样平静。炕上的小表弟睁着一双乌黑羽亮的大眼睛，大人一摸他那胖乎乎的小脸，他就发出会心的笑声，脸上还露出两个深深的小酒窝。

母亲问姨："给娃取名字了没有？"

姨说："取了，叫伊乐，小名叫乐乐。"

"这个名字好！看娃这么爱笑，希望娃以后能够开开心心快快乐乐地成长。"母亲说。

和姨结婚以后，姨夫就不去乌金市刘石凹煤矿上班了，他嫌煤矿上的工作太辛苦，也太危险。在他父亲的帮助下，他买了一群羊，每天的活儿就是放羊。沟畔村很适合饲养家畜，放羊的人很多。姨夫每天和村里的一群人出去在沟里放羊，和他一起放羊的有他们家后面的老六。老六是沟畔村的养羊大户，也是伏敬街后来人人皆知的万元户。

父亲的生命似乎是和泥土联系在一起的，他身上的力气都献给了泥土，这也许是他的宿命。前些年是给人打胡基，现在则是去西祥庄砖瓦窑上和易长空、米贵生及任中折一起做瓦。

易长空住在离频婆街口不远的多福胡同前面，他高高的个子，壮实的身子，见人总是笑着露出因为抽烟而被熏黄的门牙。他是做瓦的师傅。米贵生的个子也不低，只是人看起来更清瘦一点，一双眼睛似乎特别有神，他家住在去砖瓦窑的路边，家的前面有一个池塘。任中折的身材也很壮实，因为有点横向发展，也就显得没有易长空和米贵生那么高了。米贵生、任中折和父亲都是给易长空打下手的。

西祥庄砖瓦窑上做砖瓦的有好几家，像住在砖瓦窑跟前倒砖的张建国、住在西祥庄医院对面倒砖的游山水、住在井绳巷子做瓦的张猪娃等。西祥庄的砖瓦窑好像一个金窑，把全村的人都吸引来了。

做瓦前，先要往瓦坊里拉进去一大堆土，用镬头和铁锨把土拍碎，倒上水，不停地用锨搅动着和匀。然后，易长空他们就脱掉鞋袜挽起裤腿光脚踩进泥里面用双脚去踏，发现碎瓦砖屑的时候就从前面的窗子里扔出去。当泥和得像面团一样筋光的时候，他们就开始堆成一堵一尺宽、一米五左右高的泥墙，然后用泥抹子将泥墙的前后左右和上面抹得光堂堂的。当一切准备好以后，第二天早上就可以做瓦了。

做瓦的时候，易长空穿一件蓝色工作服，围一个黑皮围裙，先用一个用细铁丝做锯齿的小锯子从泥墙上剺下一厘米厚的一块泥，然后用双手小心翼翼地托着贴在做瓦的转筒上，最后拿起两只木拍子从旁边的桶里蘸上水，随着瓦轮的转动，不停地拍打泥块。经过几圈的转动以后，瓦就做好了，便立即被父亲提走。易长空又换上另一个转筒，重复着同样的动作。

父亲提着易长空做好的瓦罐，依次在瓦坊前面的空地上摆开。放下瓦罐的时候，他轻轻地朝里面推一下转筒的接缝处，这样贴在外面的瓦罐就和转筒分开了。瓦罐直直地挺立着，开始接受太阳的炙晒。在阳光和夏风的作用下，褐色的瓦罐慢慢地凝固起来，瓦罐的颜色也渐渐变成了土黄色。这种微妙的变化缓慢而神秘。有的瓦罐刚刚离开了依附着的转筒，一下子就从一边向里面倒下去了，好像一个弱不禁风的病人一样。倒下去的瓦罐，有的被父亲用手轻轻地扶一下，又像其他瓦罐一样恢复了生命；有的则根本扶不起来，好像瓦中的阿斗，它们的生命就只好结束了，已经没有了未来，只好被父亲用手端到易长空跟前，进行第二次的生命轮回。

在外面的日头底下，父亲提着瓦罐来来去去重复着同样的动作，易长空在里面阴凉的瓦台前双手不停地忙碌着。外面的空地上，已经摆起了一排排的瓦，好像接受日头检阅的士兵，个个昂首挺胸，然后一个个慢慢地

发生着生命的蜕变。

当易长空停下来后，他招呼父亲进来歇一歇。于是，父亲就和易长空两个人圪蹴在瓦坊里，易长空递给父亲一支"羊群"烟，父亲去倒了两杯水。两个人一边抽烟喝水，一边闲聊着。歇了一会儿，又开始忙起来。

到了父亲和易长空两个人回家吃晌午饭的时候，西祥庄的砖瓦窑上变得安静极了，只有游山水一个人还在那儿忙着翻倒在地上的砖坯。这时，头顶是毒辣辣的日头，远处不知从哪棵树上传来了一阵阵"唔嘤——唔嘤——"的叫声。父亲远远地喊道："山水哥，该回家吃饭了，下午来了再翻。"游山水说："食力，你先回，让我把这些砖翻完。"

父亲肩膀上搭着布满汗渍的白衬衫，嘴里抽着烟往回走。路过米贵生家门前的涝池时，在一棵棵垂柳下人忽然一下子就凉下来了。倒映着绿荫的池塘就像一面绿色的镜子，在日头的照射下泛着粼粼的波光。中午，池塘边洗衣服的女人和戏水的娃娃围了涝池一圈，好不热闹。整个频婆街似乎也因为到了吃饭的时间而变得安静极了，偶尔传来一阵阵公鸡打鸣的声音。

吃了晌午饭，躺在炕上歇了一会儿后，父亲又把白衬衫往肩上一搭，抽着烟去砖瓦窑了。这时，易长空还没有来。父亲就走到晒在外面的瓦跟前，看有没有倒下去的瓦。然后，把那些一面已经晒得差不多的瓦转一个向。过了一会儿，易长空、米贵生和任中折也来了。晌午吃了饭，个个显得精神多了。

后晌的活儿是把已经晒得差不多的瓦摞起来，然后把已经晒干了的瓦挪回放瓦坯的瓦棚里，把它们分成四份。大家小心翼翼地提着已经晒得差不多的瓦罐，然后一个挨一个摆成一排，一排摆满后在上面又摆放一层，这一层的瓦罐放在下面两个瓦罐的中间，一层一层向里收。远远望去，就像沟边摆放的一架镂空的打击乐器。在渐渐西斜下去的太阳的照耀下，这些黄土高原上的杰作显得素朴而神圣。

然后大家便回到瓦棚里去磕瓦。磕瓦的时候，一只手按着瓦罐，另一

只手用一个瓦片在外面轻轻一敲，瓦罐很快就分成四片瓦坯了。这个活真有意思。米贵生的儿子米粒说："让我也试一试吧！"

米贵生说："你给咱端分好的瓦坯，去撂到棚后面的瓦坯上去。"

米粒不愿意，缠着他大说："你就让我试一下嘛！"

米贵生说："这不像你们碎娃娃下雨天摔马炮，破了再来，摔烂了就用不成了。去端瓦去！"

在旁边磕瓦的任中折笑着说："娃没玩过，就让娃试一下嘛！"

没办法，米贵生只好让儿子米粒试了一下，一个瓦坯没有扶住，咣当一声掉在地上，碎成了两半。

米贵生生气地说："怎么样，不让你弄你非要弄，这下好了，开心了吧！"只见米粒不停地擦着掉下来的鼻涕，不说话了。

"快去端瓦去吧！你一天不好好学习，将来念不下书，天天让你磕瓦。"米贵生说。

这时，易长空接话了："米粒，不要听你大的话。磕瓦咋了，磕瓦就没出息了？频婆塬上哪一家的房上不是用的咱们磕的瓦？"这时，米贵生就不说话了。

这一天下午，东岸子的天突然阴了，紧接着一阵阵乌云压了过来，压得天空越来越低，好像一堵厚墙要朝人倒下来，整个地上一下子变黑了。然后狂风也跟着来了，远处的树梢子在疯狂地摇摆着，天空中飞起了一张张的废纸片和一个个塑料袋，空气中弥漫着一股尘土的味道。不好了，要下雨了！易长空看情势不妙，赶紧停下来，几个人一起把晒在外面的瓦罐往瓦棚里搬。看到天气不好了，家里的人也都跑来了。大家一个人胳膊上筒着一个瓦罐，飞快地往瓦棚挪。来回不停地叮咛碎娃娃们："小心着，不要弄坏了！"瓦棚和晒场之间十多个人，来来回回，脚不停步。这时，雷电交加，整个天空好像要裂开一道口子一样，雷鸣声似乎能将人击倒。

雨点终于落下来了，噼里啪啦地砸着地面。地面上顿时水流成河，然后雨水又朝前面的西沟里流下去了。终于，所有晾在外面的瓦罐都被抢救

回来了。望着外面的大雨，站在瓦棚前，大家都长长地出了一口气。

这一天吃了晌午饭，其他人都来了。过了好长时间，易长空才来。"你平时比我们来得都早，今天怎么才来？"任中折问。

"你不知道，吃了饭来了个人给我和英莲说从外面抱娃的事，才刚说完。我们准备抱个娃回来。"易长空说。

"娃以后抱回来了，那请大家喝酒嘛！"米贵生说。

"那还有啥问题。"易长空说。说着，大家又开始忙开了。

这几年，频婆塬上兴起了抱娃的热潮。全是女子的人家想抱一个儿子，全是儿子的人家又想抱一个女子。易长空家的情况正是这样，他家有两个儿子，大牛和二牛。有了儿子，似乎就没有了后顾之忧，可是生活里总是感到缺点啥。就像吃饭，盐固然很重要，但醋也不可或缺，否则一样缺少味道。况且，有了儿子就等于续上了香火。可是唢呐一响，把娃交给他婆娘，儿媳妇毕竟是人家的人，对公公婆婆能好到什么程度，还真说不来。而如果是自己的女儿，虽然也是人家的人，可是她对自己的娘和父亲能不好到什么程度呢？人说，女儿是父亲的小棉袄，只有女儿能深切地理解自己的娘和父亲的艰难。对于抱娃这一件事，易长空和老婆石英莲终于达成了共识。一开始易长空还有些不情愿，他觉得自己受不了那个颇烦，但是老婆石英莲的一句话让他心里一下子像夏天吹来了一阵凉风："娃抱来了，要我养呀，是要你养呀？！"易长空笑着说："有你这一句话就好办了！"其实，易长空心里清楚，娃抱来了拉在炕上了、尿在垫子上了，自己还能眼睁睁地看着不管吗？抱娃是为稀奇哩，难道是为了添堵吗？

"只是，抱一个娃回来，大牛和二牛愿不愿意呢？"易长空问老婆石英莲。

"咱们明天吃饭的时候，试着探一下他们的口气。如果他们愿意，咱啥话也不说了；如果不愿意，咱再搞摸着给说。再说，以后哄娃这事，还得指望这弟兄两个哩！"石英莲说。

"那咱明天就试一下。"易长空说。

第二天，一家人围在窑里的桌子跟前吃饭的时候，易长空说："大牛、二牛，我和你妈想跟你俩商量个事，不知道你俩行不行？"

"啥事？大，你说。"二牛说。

"我和你妈觉得你们弟兄两个孤孤单单的，长大了也没有个体己人，就想着给你们抱一个妹妹，这样你们大了以后，谁有个难处，也能够相互拉一把。你们俩看怎么样？"易长空说。

石英莲没有说话，她只是静静地观察着两个儿子的表情变化。

大牛只顾往嘴里刨饭，但心里却在想：你们说得好听，娃抱回来了，你们忙着的时候，还不得我整天哄着领着？那些月子里的小娃子整天吱哇吱哇，把人都烦死了！我最不喜欢哄碎月子娃了。

"好呀，这样我就可以有一个妹妹了。以后，谁要是欺负她了，我就是她的贴身保镖。我平时和咱们胡同的阿娟玩的时候，不小心碰她一下，他哥哥阿强就不愿意了，就开始吼我。当我有了妹妹，我也要体会一下当哥哥的感觉。"易长空和石英莲静静地听着，他们明白了二牛对于抱一个妹妹这件事还是很支持的。

"大牛，你的想法呢？"石英莲故意问。

"我没什么想法，你们想抱就抱，不想抱就算了！"

"大牛，你这是什么态度？！我们给你俩抱一个妹妹，也是为你们好！"

"等抱回来了，我和二牛的事就来了，不信你们到时候看。"大牛说。

"大牛，等娃抱回来了，肯定我和你大忙的时候，你们要看一下妹妹。可是你想过没有，如果你从小没有带过妹妹，她长大了怎么会对你有感情？人都是谁带着长大，长大了就对谁有感情的。"

"那你们就抱吧，反正我没有什么意见。"大牛最后说。

石英莲知道大牛不愿意，最后又补充了一句说："大牛，你长大以后就理解我和你大的苦心了。"

抱娃的事就这么确定下来了。接下来，石英莲就开始通过邻家打听哪

家有想往出抱一个女子的。

这一天，石英莲正在烧炕的时候，游泳他妈韩爱琴来了。她把石英莲叫到院子里说："英莲，你不是想抱一个女子吗？现在有一个合适的娃，我来给你说一声。我娘家一个堂哥，一直想要一个儿子，可是连着三个都是女子，他们就想抱出去一个，看以后能不能再要个儿子。"

"娃是什么时候出生的？"石英莲问。

"刚七天时间。"韩爱琴说，"昨天我刚从我娘家回来，我哥和我嫂子就托我看有没有想抱娃的人。你没见，娃长得乖得很！一双眼睛又黑又亮，一见人就咧开嘴直笑。人一看就心疼了，可实在是把人逼得没有办法，没有个儿子，老了人家谁管你哩！"

石英莲听爱琴嫂子这么一说，心里高兴极了。她觉得这个娃好像就是给自己家生的。

"嫂子，娃没有什么问题吧？"石英莲又问了一句。

"好英莲哩，娃要是有问题，我当嫂子哩，敢来给你说吗？那你以后还不把我骂死！"韩爱琴说。

"嫂子你不要见怪，你给我说的话我肯定相信。我就是顺便问一问，毕竟这是一辈子的事情。"

"你放心，英莲。再说，你是要娃的，我哥我嫂子是想往出抱娃的，他们也想给娃寻一个好人家。你们两家我都是知根知底的，所以我才来给你说这个事。长空回来了，你们两个人再好好商量一下，明天给我见个话。如果行，咱们就早早地把这个事定下了。趁娃刚生下来没有几天，要是时间长了，人就舍不得抱给人了。"

石英莲不断地点头说是。她虽然还没有见到孩子，但心里却像已经把孩子抱回来了一样。从这一刻起，她的心已经被这个孩子给占据了。她在焦急地等待着丈夫易长空归来。终于，易长空从砖瓦窑上回来了。她给易长空说了爱琴嫂子说的话，易长空说："那行嘛，你就给人家见话吧，看什么时候咱去看一下娃。"

第二天吃了早饭，石英莲就去韩爱琴家，说了自己和易长空的意见。她问韩爱琴："嫂子，那咱什么时候去看一看娃吧？"韩爱琴说："今天逢集，我一时还去不了，那就明天吃了早饭去吧！"石英莲说："好，我回去也收拾一下。"

……

一切进行得非常顺利。两家人商定抱娃的日子定在娃出生后的第十天。这一天，韩爱琴和石英莲、易长空一起来到了她的堂哥家里。石英莲给娃她妈买了一身衣服，又给了五百块钱；给娃拿了一身衣服、一个锁子、一块锅盔、一个包单、一个盖头和两根桃树股子。娃她奶给娃换上衣服后，戴上锁子，盖上盖头，插上了两根桃树股子。当易长空和石英莲两个人抱着娃要走的时候，娃的亲生父母又给了娃一身衣服，给娃的衣服里塞了二百块钱。

娃要离开她的家的时候，娃她妈哭着跑到一边去了。易长空抱着娃，石英莲跟在后面。娃睁着一双乌黑的大眼睛，懵懵懂懂地看着院子里的一切，被从大门抱出去了。

07

到了收麦跟前，颍婆街上到处弥漫着一股忙碌的气息。

街上的小摊上开始有卖木镰、刀刃、磨石、木杈、木锨、扫帚和草帽的。那麦秆编成的黄亮而又透着白色的系带草帽，那翠绿的细竹枝捆成的上面还留着干枯的竹叶的扫帚，那略有一定弯度的三合板做成的木锨，那尖利的多齿木杈，那细腻的暗绿色磨石，那黑白分明的刀刃……无名的民间工匠们做出来的这些劳动工具，它们来自大地，又运用于大地，一切和大地的需要都显得那么和谐相称。

这一天父亲在街上买了一把崭新的木镰和两张刃子，回来后，就在一块一角已经破损的磨石上来回地磨着。磨了一会儿，他就拿起来在手上刮一刮，看是否锋利。

第二天中午，从学校回来后，楚默然感到屋子里好像空荡荡的。他问母亲："妈，我大去哪儿了？"母亲说："和咱们村上的几个人到底下撺场去了。"他终于明白父亲昨天为什么要磨刃子了。"底下"是秦城北部几个县的人对于关中道上几个县的称呼。从地理位置上来说，这些县要比秦城市北部几个县的海拔低得多。所谓"撺场"，就是一群精壮的庄稼人拿着镰刀当麦客，到那几个县割麦去了。那些地方的麦子收割得比北部几个县都要早。"撺场"形成了一股浩浩荡荡的潮流，幽邑县每个村里每年都有人去。

家里留下了楚默然和母亲。

楚默然每天盼望着父亲从遥远的关中道回来。他去等待父亲回来的地方就在李光祖家的那个商店，从关中道上来的车都是在这儿下人的。关中道是一个什么样的地方呢？那里的麦地有多大呢？为什么需要那么多的人去给他们割麦？父亲他们去割麦住在什么地方呢？如果有一天出不了场怎么办呢？主家给割麦的人吃的什么饭呢？他们在给麦客们结账的时候会不会要赖从而发生纠纷呢？一系列的问题出现在他的脑海里。听说"底下"的人可不像豳邑县的人那么老实。"唉，应该不会吧！大日头天的，像父亲这样'撵场'的人这么辛苦，主家怎么会赖账呢！将心比心，应该不会吧！"他想。

时间一天天缓慢地过去。一开始，楚默然还在等着父亲回来，后来甚至都忘记了他在等待父亲归来这件事。

二十天后，下午放学，他惊奇地发现父亲正坐在炕边上抽着烟。

"大，你回来了！"他高兴地问父亲。

"回来了！"父亲说。

"底下的麦子都割完了吗？"

"完了。"

"那儿热吗？"

"热呀！"

"你们每天住在哪儿呢？"

"就住在主家。"

"主家给你们吃的什么？"

"白天主家就把蒸馍、凉菜和水送到地里来了。到了晚上回去喝汤，主家熬的稀饭，吃的油泼面和臊子面。"

楚默然在心里一遍遍地想象着父亲出去这一段时间的生活。这一段生活对父亲来说是艰辛忙碌的。可是对他来说，却是空白孤独的。也许他一生也不会经历父亲这样的生活。

"你们看见火车了吗？"他又向父亲提出了一个十分奇怪的问题。他以前听说，有人到了西安和秦城这些地方去打工，他们一放下行李，不是先去吃饭，而是先去看火车。

"见了啊！火车每天就从我们割麦的地方经过。"父亲说。

"火车是什么样子的？"他问。

"绿色的，长长的，由一节一节的车厢组成，一眨眼的工夫就过去了。"

"你坐过吗？"

"没有。"

此刻，楚默然想象着火车是不是就像收麦的时候他在土路上看见的一条条绿色的小虫子那样连接起来。这些小虫子在一条条的土路上慢慢地蠕动着，而火车则是在一条条的铁路上快速地移动着。

这时候，他正准备去找母亲，父亲说："我回来的时候给你买了一些好吃的，在包里放着呢，你打开看一看。"

楚默然走到家里靠墙的那个黑色衣柜前，打开那个黑色的提兜。他向来厌恶黑色这种沉闷的颜色，不知大人们为什么喜欢黑色，但这时这个提兜对于他来说却显得亲切极了。天哪！提兜里面竟然是一些他没有见过的吃货。有两块厚软的面包，有一袋看上去圆圆的金黄色的东西，还有一种在白色的塑料长管里装着的像茶水一样的东西。

"大，这两个是什么东西？"他惊奇地问父亲。

"这叫鱼皮花生，那叫饮料。"父亲说。

楚默然第一次知道世界上还有这样两种东西。他小心翼翼地撕开外面的包装袋，往嘴里放了一颗鱼皮花生。鱼皮花生吃起来真是一种异样的感觉，脆脆的、油油的、甜甜的，比频婆街上那种让人味觉麻木的花生好吃多了！

"真好吃！"他不好意思地对父亲说。

"就是专门给你买的。"父亲笑着说。

楚默然蹦蹦跳跳地抓了一把鱼皮花生找母亲去了，他又恢复了作为一个小孩子的天性。

父亲回来后没有几天，频婆街上也该收麦了。

在西祥庄，麦场就在多福胡同口旁边的一块平地上。路边有一棵大槐树，树下立着一块刀錾的基座的黑色长方石碑，上面雕刻着"西祥庄"三个苍劲有力的大字。石碑后面的文字介绍着村子的历史：西祥庄，位于频婆镇西边，明洪武年间成村，先有张姓人家在此居住，后各姓杂居，在城门楼上有"西祥庄"三个字，称呼至今。夏天，西祥庄的老人们常常坐在这棵枝繁叶茂的大槐树下谝闲传，说自己家族的历史，谈村子里的故经，十分闲适自豪的样子。

到收麦跟前，每一家前一年的旧麦秸就被撕得差不多了，麦场里一时显得开阔极了。但是一年来的风吹日晒、雨打雪渗，麦场到处都起了皮。收麦跟前，在张虎的召集下，合用这个场的几户人家在一个阳光明媚的清晨一块儿来到场里，给场里洒上一些水，然后几个人拉上碌碡将麦场碾几个来回，使其变得光堂堂的。

终于，西祥庄人开始挥舞着镰刀收割麦子了。有自己收割的，也有叫人收割的。主家只往麦场里拉麦捆子。麦客都是从甘肃正宁、宁县一带来的，这些地方离豳邑县不远。

地里的麦捆子被大人娃娃们用架子车一颠一簸地从地里拉回来以后，先是一家家竖起来堆在麦场里。这时，麦场里一下子堆了那么多的麦垛，好像变成了一座金黄色的迷宫，一时让人分不清东南西北，不知从哪个方向才能走出麦场。碎娃娃们则在麦垛间追逐嬉闹，麦场成了捉迷藏的好地方。

当各家的麦捆子都从地里拉回来以后，就开始碾场了。碾场的是西祥庄开着手扶拖拉机的瘦猴、皇楼胡同的胖墩，还有就是剑峰他大李百焕。他们是西祥庄人平时去多福沟拉煤、往地里拉粪以及往家里拉土时提前要

去叫的人。碾场这一段时间，他们就更成了香饽饽，人都抢着叫，而且得提前打招呼。

碾场的时候，李百焕开着手扶拖拉机在摊开的麦秆上转上一圈又一圈，拖拉机的烟囱里不停地冒着一股股黑烟，前面水箱里的水咕嘟咕嘟地冒着气泡，里面好像还放着一个鸡蛋。拖拉机的车厢后面拖着一个大碌碡，笨重而粗糙，和碾子上的碌碡简直不可比。车厢里坐着一伙子娃娃。这时候一根根的麦穗在车轮碌碡下面受罪哩，娃娃们则坐在车厢里享受哩！他们个个像刚从水里捞上来的鱼一样活蹦乱跳，挤眉弄眼。当初大人不让坐在车上就哭得稀里哗啦，没办法，只好拉上。这一群娃娃里面就有剑峰。他高高的、胖胖的，一双黑白分明的大眼睛好像一直在想着什么，唯有他一副不苟言笑的样子。

……

场碾完了，一群人挑麦秸的挑麦秸，推麦粒的推麦粒，摞麦秸的摞麦秸，好不热闹。年轻人干的是力气活，老人们干的则是技术活。摞麦秸就是老人们干的。在楚默然家，摞麦秸这个活儿自然是祖父的。麦秸常常摞在麦场里利水的地方，摞不好就灌水了。要先打好底，然后开始往上收。挑麦秸的人把麦秸放在老人们跟前，老人们就撕高填低。摞好以后，垛上的老人就下来，然后又用木杈撕去周围多余的麦秸，堆在上面，然后又一遍遍地捶打着。老人们转着圈一遍遍地撕出多余的麦秸，就像西祥庄的老奶奶们在九月九的时候精心地做着花馍枣糕一样。

麦粒被堆在了麦场的中间。大家都回家吃饭去了。场里一时静悄悄的，只听见远处树上的知了一阵阵唔嘤——唔嘤——的叫声。这时的日头虽然不再滚烫刺眼，但也让人舒服不到哪儿去。远处，偶尔传来"冻甜——冰棍——"的叫卖声。

吃了饭以后，人们都上场里来了。祖父拿着新买的木锨，父亲拿着扫帚，母亲和祖母胳膊下夹着一卷折叠起来的蛇皮袋子、布袋子。袋子上面用毛笔端端正正地写着父亲的名字。

065

天渐渐凉下来了，祖父和父亲两个人并排站在一起，他们同时从麦粒堆上端起一木锨麦粒，然后高高地朝前方扬出去。麦壳轻轻地飘到一边去了，脱了壳的麦粒则像雨点一样落下来，打在人身上，疼疼的，让人想赶紧离开。祖母拿着扫帚在麦堆前面轻轻地掠着随着麦粒一起落下来的麦壳。只听见一阵噼里啪啦的声音，麦粒打在她的草帽上，然后又落到下面扬出来的麦堆上，好像一阵阵的小麦雨一样。

　　麦粒堆前面已经扬出了一堆干净的麦粒，像风吹过后沙堆的样子，在它的一边则落下一层厚厚的麦壳。这时，只见麦壳和麦粒一起落下来了。"没风了！"祖父说。父亲抬头一看路边树上的叶子，一动不动。"没风了！"父亲也重复了一句。

　　祖父和父亲只好停下来，他们拿着木锨来到了路边，坐在木锨把上，祖父倒了一杯水喝起来，父亲递给祖父一支烟，祖父说："我抽旱烟。"祖母和母亲也停下来了，坐在蛇皮袋子上，焦急地看着路边的树叶。

　　这时张虎不知从什么地方过来了，笑着对母亲说："辛兰，今年打下这么多的粮，什么时候包包子呀？"

　　"麦都没扬出来哩，还包包子哩！"母亲笑着说。

　　"虎哥，坐下歇一下，现在又没风。"父亲说。

　　"不坐了，我要到对面那个场里看一下我哥的麦捆子晒得咋样了，看明儿能不能碾。"张虎说。

　　过了一会儿，远处树上的叶子好像又动起来了。"风来了！"祖父对父亲说。

　　一家人又动起来了。从这时开始，风再也没有停下来。

　　到天完全黑下来的时候，麦子终于扬完了。一大堆土黄色的麦子赫然出现在了场中心。

　　人们将麦子收完晾干以后，就开始交公粮了。

　　频婆街粮站，中间是一个大水泥院子，东西南三面各是一排仓库和办

公用房，临街的一面是铁册栏做成的大门，大门旁边是一家粮油门市部和一家叫作"醉八仙"的餐馆。

夏收之前，各村就将公粮征收通知单发放到户了。开始是一小部分人去交，后来大家都去交了。最后，就形成了交粮的高峰。于是，粮站门前的频婆街两边，排满了大大小小交粮的车子，有架子车、手扶拖拉机，甚至还有马车。交粮的队伍如同一条缓缓移动的长龙。拉着架子车的是一家一户来的，开着手扶拖拉机的是几户人家一起来的。

验粮的人来了。他们戴着崭新的草帽，穿着雪白的短袖衬衫，手腕上戴着明晃晃的手表。他们走到交粮的车子跟前时，交粮的人赶紧递上一根烟。验粮的人则用手将烟一拨，一副不徇私情的样子。然后将一把尖利的钢扦子插入麦袋子里，再很快拔出来，将麦粒倒在手心里看一看，又放在嘴里嚼一嚼，看麦子的成色和干湿程度怎么样，再决定收还是不收。主人以及其他人在旁边围观着。当验粮的人表示出对麦粒不满意后，他们就辩解着。能不能交上粮，麦子会给什么样的等级，结果都掌握在验粮的人手里了。验粮的人如果说不行就不行，然后径直朝下一个车子走去，主人就跟在后面软磨硬泡着，结果将验粮的人惹烦了，便很生气地说："我说不行就不行，你要觉得我说得不对，你就找站长去！"一下子将主人晾在了一边。主人似乎并不服气，嘴里嘟嘟囔囔："你说我的麦子到底哪儿不行？今年谁家的麦子不是这个样子！"可验粮的人已经不理他了。后面挨着的另一家交粮的主人则说："来看一下我家的麦子吧，晒得又干收拾得又净。"验粮的人一钢扦子从蛇皮袋子上插下去，抽出来一看一嚼，说："你这麦可以，二等。"于是，主人就高高兴兴地对站在跟前的家里人说："走，过风车去！"

粮站院子里，更是一派忙碌热闹的景象。一架架的风车不停地搅动着，麦壳就从风车里吹出来了，如果不注意就会眯了人的眼睛。验过麦的人家一家老小在风车前忙活着。男人在搅风车，女人在用袋子装着过完风车的麦子，眼看一个袋子装满了，家里的小孩又赶紧从水泥地上取来另一

个袋子给母亲张着。过完风车后，家里的男人们扛着袋子去过磅。过磅的人跟前摆着一张办公桌，桌前撑着一把绿色的遮阳伞。他们手不停地拨着磅杆上的游砣，眼睛所有的光芒似乎都在紧盯着磅杆是否平衡。过完磅后，男人们就将袋子扛在肩上去往粮库里倒。粮库里，一袋袋倒出来的麦子已经堆成了一座麦山，人在麦山面前显得渺小极了！难以想象，频婆塬上竟然有这么多的麦子，这样多的麦子不知要被多少人吃掉。男人们沿着搭在麦山上的一块窄长的木板艰难地走上去，将麦子倒在快挨着库顶的麦堆里，然后拎着空袋子，轻松地走下来。

粮站外面的大喇叭喊着让交了粮的人前来领钱。领钱的窗口前，挤满了一个个漆黑或秃顶的脑袋，好像他们的脑袋被吸进去了一样。领完钱，每个人看上去轻松高兴，终于完成了一项繁重的任务，一下子如释重负。然后，呼朋引伴，吆妻唤子："走，进馆子去！吃西瓜去！"

交粮的队伍一点点地往前挪动着。有的人看一时交不了了，就用草帽盖着头，双手交叉着放在肚皮上，躺在粮食袋子上睡着了。有的人热得实在不行了，就去路边吃西瓜。在频婆街医院门口，摆着几个西瓜摊。西祥庄的云坤老人似乎天生就是做生意的，自然不会放过这个好机会。西瓜案子上，摆着他切开的西瓜，上面盖着一层白纱布。红瓤西瓜一时招来了许多蜜蜂和苍蝇嗡嗡地叫着，他的身后堆着一堆西瓜。他一边用蝇拍子赶着苍蝇，一边嘴里喷着唾沫星子，不停地招揽着过路的人："过来看一看、尝一尝啊，刚从同州拉回的西瓜，又大又甜，红沙瓤赛冰糖啊！""老哥，过来尝一下，不甜不要钱。"他叫着一个背着手从旁边走过的老头。老头被他说动了，就停下来蹲在西瓜案子前面吃起来。他一手端着西瓜吃，一手张开接着从嘴里吐出来的西瓜籽。

街上，推着自行车或者抱着白色的小箱子卖冰棍的小学生，声嘶力竭地喊着："冰——棍——凉甜——冰棍！"路边，卖水的小孩支一张低矮的小桌子，上面放几个碗或杯子，里面盛满凉水或茶水，用玻璃片盖着。旁边放一两个水桶，里面是开水或茶水。茶水两分钱一碗，开水一分钱一碗。

寒笑姨带着乐乐到频婆街赶集来了，乐乐已经一岁多了。姨来的时候拿了一大袋子苜蓿，苜蓿做的菜是这个季节的美味佳肴。姨还带来了一口袋麦子，准备碾一些麦仁。

姨碾完麦仁回来后，给楚默然家留了一半，给她自己家留了一半。吃过晌午饭，母亲说乐乐现在还小，就让姨在家里待上两天。姨想，反正家里这两天也没什么事情，地里也没有什么活，于是就留了下来。

第二天早上，母亲就用姨碾下的麦仁和白芸豆等熬了一锅稀饭。白芸豆是母亲前几天从玉米地里摘回来的，刚剥了皮在院子里晾晒着。早饭是一盘子扯莲菜，一算子雪白的馒头，还有母亲早上从玉米地里掰回来的玉米，加上稀饭，真是一顿美味佳肴。稀饭吃到嘴里嚼起来，白芸豆面面的、甜甜的，麦仁筋筋的、黏黏的。豆子遇上了麦仁，真是稀饭的缘分。中午，街上有卖西瓜的。今年的西瓜丰收了，一斤五分钱，便宜极了。楚默然挑了五个大西瓜，一共只花了五块多钱。他的心里甭提有多高兴了。

这样的暑假生活真是让人舒服极了！楚默然心里想。他希望每一天都是这样的生活。

然而，意想不到的事情却在第三天早上发生了。

这天早晨，母亲起来后洗漱了一下，就去平整犁过的麦茬地了。姨起来洗漱完毕，拿起扫帚扫了一下院子。扫完院子后，看见乐乐还没有醒来，就在院子里给母亲种的蔬菜锄草。这时，楚默然还在梦乡当中。他和姨都不知道乐乐已经醒来了。乐乐醒来后，就自己沿着窗台往起爬。他已经到了能够走路的时候了。自从搬到新盖的地方后，家里还没有安装电灯，晚上照明的还是父亲用油漆桶做成的煤油灯。忽然，楚默然在睡梦中听到乐乐哇的一声哭了。他赶紧睁开眼睛一看，糟了！乐乐不小心将窗台上的煤油灯打翻了，煤油全流出来了，倒在了乐乐的身上。夏天大人小孩都穿得很薄，乐乐醒来后，只穿着一件薄薄的小花背心，没穿裤子。煤油

倒在了乐乐的身上，蚀得他一下子大哭起来。乐乐的哭声惊醒了楚默然，他一看煤油灯被打翻了，赶紧叫在院子的菜园里锄草的姨。

姨神色慌忙地回到房子后，赶紧给乐乐擦身上的煤油。乐乐还是一直哭个不停，于是姨和楚默然一起，赶紧将乐乐送往家门前的频婆街医院。

到了医院，医生赶紧为乐乐进行清洗、消毒和输液。在医院里安顿好了乐乐以后，姨照看着乐乐，楚默然去地里叫母亲。到了地里，母亲听了他的诉说，大吃一惊。母亲万分懊悔地说："早知道乐乐会出这么大的事，我就不该早早地去地里敲打这些胡基疙瘩。"

可是事已经出了，无论是母亲还是楚默然后悔又能怎么样呢？要出事的时候，谁能想得到呢？出了事以后，当人们深刻地分析出事的原因时，会发现出事则是必然的。就这件事情来说，乐乐和煤油灯，一个是处于混沌状态的小孩，一个是危险的腐蚀性液体。小孩碰倒煤油灯，必然是危险的。

乐乐在医院里接受治疗，母亲和姨每天精心地照料着。母亲从商店里为乐乐买了奶粉，每天为乐乐煮两个荷包蛋。乐乐不哭了，可是当看到乐乐肚子上的伤口时，她们的心都碎了。乐乐肚子上烫伤的地方实在让人不忍心去看。

姨夫和乐乐的爷爷奶奶到医院里来了，他们狠狠地责备着姨。六外公六外婆知道乐乐住院的消息后，也赶来看乐乐了。他们关切地询问乐乐受伤的前后经过。他们责备着母亲和姨的粗心大意。楚默然第一次看见姨和母亲被六外公六外婆责备着。只见她们默默地低着头，一句话也不说。这让他感到惭愧极了！离开医院的时候，六外公掏出二十块钱给姨，让给乐乐多买一些营养品。

一周后，乐乐出院了。从此，他的肚子上留下了一道道深深的疤痕。

08

　　阴郁的天空里，过年后的春雪下得并不轻松。虽然落在地上一会儿就化了，但落在人的身上，人却一会儿就变白了。母亲正在昏暗的厨房里做饭，这一天她做的是玉米节子。玉米节子刚从锅里捞出来，凉了一案板，不知为什么，她突然感到有些心慌，好像有什么事情要发生一样。

　　就在这时候，一声"辛兰嫂子"惊醒了母亲。她抬起头仔细一看，村里的会计付文平出现在了厨房的门口。母亲的心里咯噔了一下，一定是出什么事了！母亲努力让自己平静下来。"辛兰嫂子，咱们村上去马栏修路的车回来的时候出事了。我食力哥和振军已经被送到了县医院。你赶紧收拾一下，坐上咱村李百焕的手扶拖拉机下县医院！车就停在振军家的门口。"刚一说完，付文平就急匆匆地走了。母亲感到自己一下子就瘫软了，她不知道自己是怎样把那一案板的玉米节子放到面盆里的。然后，她跑到隔壁的谢碧芳家，告诉谢碧芳让楚默然回家后就到老屋的爷爷那儿去。

　　母亲揣着一颗破碎了的心坐上了李百焕家的手扶拖拉机，车上还坐着米贵生的老婆冯慧珍、振军他大田新民和他妈于秋莲。车很快开上了幽泾公路。雪片越来越大，落在人的身上，整个人很快就变白了。

　　冯慧珍一路哭个不停，嘴里不停地说着："老天爷，求你给娃他大留下一条命吧！要是他大走了，剩下我们娘儿几个可怎么办呀！"

田振军他妈于秋莲劝说着："慧珍，你不要哭了，听说就是受了一些伤。"

"那怎么没听付文平说呀？他只说食力和振军被送进了医院。"

"慧珍嫂子，肯定都送进了医院，还能把他贵生叔撂在路上？"母亲也在劝说着冯慧珍。

到了县医院，一进门诊大厅，只见整个大厅里人们像疯了一样，喊着，叫着，跑着。有一个人全身苫着白布单，被医生推到太平间去了，他的后面跟着一群人。谁也想不到，这个人就是米贵生。他在被送往县医院的路上，人就已经断气了。当冯慧珍知道这一切后，她一下子昏厥了过去，村里的人赶紧找医生给她输液，她才慢慢地苏醒过来。

在医院的门诊大厅里，母亲看见了献力叔叔，他正在忙着为父亲取药。母亲不知道，献力叔叔已经早到医院了。

到了病房里，母亲看到父亲的头被一圈圈的白纱布包着，纱布上依然有一丝丝的血渗出来，看上去刺眼极了。他的眼睛紧紧地闭着，人好像还在昏迷状态中。旁边的病床上躺着一个小孩，小孩的旁边坐着一位老奶奶。看见母亲来了，她走过来小声地安慰母亲说："让孩子他爸好好地睡一睡。"

"姨呀，谁能想到路都修完了，眼看就要回来了，招下这么大的祸！"母亲难过地对老奶奶说。

"娃娃，已经出了这么大的事，你就想开一点！人说是福不是祸，是祸躲不过，那你有什么办法？"老奶奶安慰着母亲。

……

母亲在豳邑县医院侍候父亲的这一段日子里，楚默然每天放学后就到老屋祖父祖母那儿去吃饭。每天下午，祖父就早早地过他们家来了，到他放学回来时祖父已经把炕烧好了。晚上，在家里昏暗的煤油灯下写作业的时候，不知为什么他总害怕回过头去朝门上边的窗框里看，那糊着白纸的窗框上似乎一会儿映现着父亲住院的样子，一会儿映现着已经去世的米贵

生的样子。做完作业后，上炕盖上被子，吹灭灯以后他就赶紧闭上眼睛。这时，祖父已经睡着了。漆黑的屋子里，没牙的祖父嘴里不住地呼着气。楚默然紧紧地闭上眼睛，他害怕面对在漆黑的屋子里脑海中出现的父亲头上包着白纱布的样子，他更害怕听说已经面目全非的米贵生的样子。黑暗而痛苦的漫漫长夜啊，你什么时候才能结束？你知道一颗幼小的心灵此刻正在经历着多大的恐惧吗？后来，不知道什么时候他才进入了梦乡。他不知道梦里会出现一些什么恐怖的场景。

这一段时间的每一个夜晚楚默然似乎都是这样度过的。

……

时间先是一秒一秒地过去，然后是一分一分地过去，最后才是一小时一小时地过去。迷迷糊糊中，他听见祖父已经醒来了，再也听不见他呼气的声音了。人老了就没有那么多的瞌睡了。这时，外面传来一阵阵公鸡打鸣的声音。外面的路上，他已经听见上学的学生说话的声音。"默然，快起来，天已经亮了！"祖父说，"这个礼拜，让你雪兰姑姑带你去县上看你大。""嗯！"楚默然点点头。这时，他的心似乎已经随姑姑飞到了县城和县医院。

楚默然没有想到这一年过完年会去一次县城，这是他第二次去县城。这一次距离上次父亲带他去县城已经有五年的时间了。这一次，是雪兰姑姑带他去看望躺在县医院病床上的父亲。时间依然是在春天。

这一天刚刚下过一场春雨，天气有点阴沉，湿冷的空气笼罩着脚下泥泞的路面，一丝丝的寒风吹来，路边吐出了一点点新绿的柳条在风中来回摇摆。县城的大街上是来来往往的行人。没有人认识他，更没有人知道他出现在县城的大街上是因为什么。

在县医院大门口的路边，一个年轻的女人趴在一辆黑色的小车上撕心裂肺地痛哭着，旁边的一个男人在使劲地拉着她，不停地安慰着她。从她的哭声和絮语里可以听出来，她的儿子没有抢救下，去世了。在门诊楼的

味

过道里，来来往往的人们的脚旁，一个衣衫褴褛、胡子拉碴的农民躺在一张破旧的门板上不停地呻吟着。在二楼病房的拐角处，一个农民沉重地低着头，不停地吸着烟，他的脚旁扔了一大堆的烟蒂。楚默然突然觉得医院是一个让人悲伤的地方，在这里可以看到许多他平时看不见的人和事——虽然他一时还无法理解生活的沉重和苦难。

病床边，父亲只是静静地看着楚默然。父亲的头上缠着一圈白绷带，一句话也不说。楚默然不知道应该怎样安慰父亲，只是静静地望着他，感受着他肉体和精神上的痛苦。母亲看见楚默然后，眼泪差点掉下来，不停地摸着他冻得红扑扑的小脸蛋。母亲对姑姑说："几天没见默然，他都瘦了。"然后，母亲打开父亲病床旁边的柜子上的罐头，那是别人看望父亲时拿来的，让他拿勺子舀着吃。

这一段时间里，母亲一直在医院里照顾父亲，祖父祖母在家里照顾楚默然，楚默然一个人在学校里照顾自己。日子就这么一天天在母亲的哀叹和担忧中过去，而这一点他无法想象。

在去县城之前，关于父亲的伤势，楚默然已经听大人们说了。他这时似乎已深深地理解了死亡到底意味着什么。死亡似乎离他父亲一步之遥。后来他常常想，如果父亲这一次真的不幸去世了，那么他们母子俩接下来的生活将会是什么样子呢？是不是在三年后的某一天里，在别人的介绍下，母亲招一个人，然后和这个人一起养活他，而这个人就自然而然成了他伯，就像表姐她伯一样？楚默然发现，在频婆街上，凡是那些失去了亲生父亲的孩子，他们都把继父叫"伯"。在他的心中，他似乎特别害怕"招人"这个词——而这是大人们经常说到的一个词，他不知道这样的生活会是什么样子的。至于"伯"这个称呼，和"大"这个词相比，一个是不冷不热的词，一个是亲不见怪的词，它们之间仿佛是从大海到沙漠的距离。

……

两周后，父亲出院了。临出院前，母亲和父亲带着礼物，一起去医院后面的家属楼里看望了县医院的舒业勤，表达了对他的感谢。在父亲住院

的这段时间里，舒业勤来看望了父亲好几次。舒业勤是西祥庄人，也是献力叔叔的好朋友。频婆街上的人在县医院住院，都会直接或间接地找舒业勤。似乎找到了他，住院期间遇到的问题就解决了一半一样。当舒业勤回到频婆街上的时候，人们总是把他请到跟前，向他诉说病情，他成了庄稼人眼中的救星，似乎只要经过他的诊断和治疗就没有看不好的病一样。

出院的时候，医生开了很多的药物，并且叮嘱了母亲那些药该怎么吃。怕母亲记不住，医生就将吃药的次数和片数写在药盒上。和这些药一起带回家的，是亲戚们看望父亲时带来的罐头、蛋糕、点心和饼干。

这一回，母亲和父亲是坐从幽邑县城开往频婆街的班车回来的。回到家里后，周围的邻居们陆续提着东西看父亲来了。天性乐观的张虎笑着对父亲说："你这叫大难不死。"父亲笑着说："虎哥，可是我的后福在哪里呢？"张虎就说："你以后跟上娃要享福哩！"父亲说："能享上娃的福的时候，我还不知道在哪里呢？"张虎说："你前半辈子把罪受了，后半辈子就要享福了，这是天意。"父亲笑了一下，没有说什么。

回到家里的时候，母亲种在院子菜地边的向日葵已经破土而出了，一根细小晶莹的绿茎上，开了两片翠绿的嫩叶，惹得人总想站在旁边静静地看一会儿。而父亲去马栏修路的时候，院子里的雪还没有消完。

一天，楚默然从学校回来以后，父亲向他要了一支笔，在家里一个记账的本子后面写了一句话："大难不死，必有后福。"也许，父亲相信这句话。楚默然看见后想。

寒笑姨结婚以后，家里只剩下了独承舅舅一个人。

六外婆隔几天会来为舅舅蒸上一锅馒头，擀一顿面条。到吃下一顿饭的时候，舅舅将锅救着，热一下馍，随便切一些菜，凑合着吃一顿。

这一天晌午，六外婆到舅舅家来了。看见舅舅正在救锅①。天哪！整

---

① 救锅：方言，生火做饭。

个灶房里呛得人捂着鼻子都进不去，舅舅趴在锅底下，整张脸就像学校里每天写毛笔字的娃娃的脸一样，黑一块、红一块。

"独承呀，你怎么这么救锅？要先用纸将麦秸引着，然后放上一些碎硬柴，等火着旺了，再搭碎煤，最后搭大块子的煤。"六外婆嗔怪着对舅舅说。

说着，六外婆将锅底下的炉膛全部刨净，她对舅舅说："你去给我揽柴，我来给你救。"舅舅便去厨房外面的麦秸垛上撕了一把麦秸回来。

厨房里的烟慢慢地散去了，锅底下的火开始熊熊地燃起来了，将整个炉膛照得通红。水烧开了，给壶里灌满了水以后，六外婆让舅舅将馍箅子搭上，放上了几个馒头。

"你吃的什么菜？"六外婆问。

"萝卜。"舅舅说。

六外婆揭开碗一看，碟子里面所谓的萝卜丝粗得像木头楔子，里面调着醋、盐和辣椒。她拿起筷子尝了一口，酸得让她直吸溜。

六外婆的心里一时有点难受，眼泪在眼圈里打转。

她又跑到舅舅睡的厦子里看了看。炕上，早上睡起来的被子被脚蹬在了炕旮儿，被子的里外都成了黑絮子。六外婆又伸手往席上摸了一下，炕冰得像厨房里的锅盖一样。炕旁边的柜盖上，上面的灰能写字。上面放着一个小墨水瓶做成的煤油灯，油污污的。

"唉，这样下去可怎么办呢！"六外婆发出了一阵阵的叹息声。

六外婆又回到厨房里，对舅舅说："你晌午不做饭了，去我家吃吧！"

"不去！"舅舅说。

"看我家的饭有毒哩，把你吓得不敢吃？"六外婆又嗔怪着说。

这一个集日，独承舅舅到街上来了。母亲看着他说："你去把你的头发理一下嘛，都这么长了，跟街上的混混一样。"

舅舅没有说话，只是不停地翻看着楚默然的一本叫作《小铁锤夺马

记》的小人书。"这好像是咱屋的一本书。"舅舅对母亲说。

"默然回家后悄悄告诉我说，是上一次从咱们家偷偷卷在裤腿里拿回来的。"母亲说。

"默然想要就拿去嘛！"舅舅说。

"他害怕你不给他。"母亲回答。

晚上，舅舅去席家胡同村委会看电视。村委会的大房里面挤满了人，说话声、吵闹声、嗑瓜子的声音混杂在一起。整个大房里面烟雾缭绕、热气腾腾。

前面的人从家里搬来了凳子，悠闲地抽着烟嗑着瓜子看电视。后面来的人没有拿凳子，就站着看，前面的人挡住了，他们就踮着脚从两个人的肩膀中间看。

舅舅站在中间静静地看着电视。

这时，后面一个胖墩墩的、头发比舅舅还长的小伙子冲着舅舅喊："嗨，小伙子，有没有眼色，知不知道挡住后面的人了？"

"你可以去不挡你的地方看啊！"舅舅似乎也不甘示弱。

"怎么说话呢你！还想在我们席家胡同撒野，是吧？"说着，那个小伙子上来抓住舅舅的一个肩膀，狠狠地给了一拳，舅舅一个趔趄差点跌倒。

舅舅说："你再碰我一下。"

那个小伙子果然又给了一拳。舅舅马上一拳出去了，打在了那个小伙子的脸上。

这时，一群小伙子过来了，他们把舅舅拉到院子里，连踢带打，舅舅一时被推倒在地。

碰巧，一个高个子、穿着黑色中山装、戴着眼镜的老人进来了。没想到他正是席家胡同的外爷。看到几个小伙子拳打脚踢的样子，马上上前制止道："你们几个瞎屁想进派出所里去吗？你看把人家打成啥了！"那几个小伙子不说话了，灰溜溜地走开了。

外爷将舅舅扶起来，他帮舅舅拍拍身上的土，关切地说："娃呀，那几个瞎尿都是一些整天没事找事的混混，你不要招理那些货。"

舅舅感激地望着外爷，然后掸一掸身上的土，出了席家胡同村委会的大门。

回到家里后，看到舅舅鼻青脸肿的样子，母亲问："是不是又和人打架了？"舅舅没有说话。母亲一下子明白发生了什么事。她深深地叹了一口气，说："独承，咱是没大没娘的人，没有人在前头遮风挡雨，你还嫌你活得不够恓惶吗？你还嫌你一天的事不够多吗？你能不能在外面不要惹事了？"

舅舅不说话了，深深地低下了头。

过了几天，六外婆上频婆街上赶集来了。来的时候，她给母亲带了一些早上炸的油饼。两个人寒暄的时候，又说起了舅舅的情况。

"辛兰啊，你兄弟姊妹几个当中，现在就剩下独承一个人，独承这么下去也不是个办法。虽然儿子娃不像女子娃那样让人操心，可是如果没有人管教，也会慢慢地毁了的。"

母亲静静地听着。六外婆的每一句话，都说在了她的心上。是呀，三个兄弟，死的死，上门的上门，剩下的这一个如果再不学好，那让九泉之下的大和娘真是死不瞑目呀！自己这个当姐姐的，以后也无法向他们交代啊！

"六娘啊，我也一直在想独承的出路，你说这么下去怎么办呢？人说，艺不压身，要是他能跟个师傅学个什么手艺，这样也可以把他的性子收一收。"母亲说。

"咦，你这么一说我倒想起来了，能不能让他去学木匠手艺？我看独承做出来的东西对着哩！前一段时间，我让他给我用铁丝绾了十几个衣服架子，邻家的人看了都问是谁绾的，我就说是独承绾的。他们都说，那你让独承给我也绾几个，用衣服架子晒衣服比搭在铁丝上要干得快。"

六外婆这么一说，母亲也想起来了。是呀，独承不是还用竹片给默然做过快板，用铁丝缩过弹弓和小手枪吗？他的手倒是能得很！这一点你不得不服他。

"只是，不知道哪里才能找到这么合适的一位师傅？再说也不知道他愿不愿意跟上师傅学。"

"你忘了，咱门跟前你菊香姨他大就是咱这塬上的宫木匠？要不我回去问一下你菊香姨，看能不能跟上她大去学木匠。"六外婆说，"咱先给独承说。"

"独承他应该愿意。要不然，他还能有什么出路呢？"母亲说。

因为和六外婆的这一次谈话，母亲对于舅舅的未来似乎又充满了希望。人生就是在一个个的困境中去寻找出路。当人们看到一条出路时，同过去晦暗的日子比起来，一切似乎显得是那样光明和美好。许多人似乎都在走着这么一条曲曲折折的人生之路。

在六外婆、母亲和姨的帮助、开导和劝说下，舅舅愿意跟着宫木匠去学手艺。宫木匠那边，六外婆给邻居菊香说了以后，菊香正月初二去看她大的时候，诉说了舅舅的情况，她大同意了，愿意收舅舅为徒弟。

079

舅舅开始了新的人生之路。在开始走上这条路的时候，需要一个仪式。

正月十六，频婆街上廖乾义的"四季来财"餐馆里，宫木匠坐在上席，他的两边分别坐着六外公、六外婆，父亲和姨夫伊最挨着六外公坐着，母亲和寒笑姨挨着六外婆坐着，舅舅坐在姨和姨夫中间。

"他叔，辛兰兄弟姊妹几个父母都去世得早。前头没有人，今天我和他六娘就是娃的父母。今天我们略备薄酒举行认师仪式，你是咱频婆塬上有名的木匠，娃跟上你学习手艺，我们都放心。"开席后，六外公先说。

宫木匠乐呵呵地说："娃的情况我听菊香给我说了，只要娃愿意学木匠这门手艺，咱们心里都高兴啊！"

"他叔，今天是你的收徒仪式，你也给娃说几句话吧！"六外公说。

"我也没有什么要说的，以后慢慢说。"宫木匠笑着说，"咱木匠这一行也是给人下苦哩！我给人做了一辈子活，就明白了一点，木头的尺寸长的变短容易，短的变长就难了。短了，主家不高兴，自己也难受。"

坐在下首的舅舅记住了这一句话。

其他人静静地听着宫木匠的话，看着他脸上的表情，心里认真地琢磨着这句话的意思。

"叔，你吃菜，咱边吃边说。"坐在旁边的姨笑着对宫木匠说。

"宫师傅是咱频婆塬上的大木匠，独承你以后要好好跟着宫师傅学。"六外婆说。

"宫师傅，让我先给你敬一杯酒！"六外公说。

六外公敬完酒后，在座的其他人依次向宫木匠敬酒。

……

当收徒仪式结束后，大家走出饭馆时，远处天边的彩霞染红了大半个天空，整个频婆街仿佛都披上了一层缤纷的霞光，看上去美丽而温暖。大家就像待在一间干净整洁舒适的屋子里一样，感到欣慰极了。

09

朵川二婶从职田街供销社调回频婆街供销社了！

这一天，当二婶领着堂妹婀娜，怀里还抱着一个没过满月的婴儿，献力叔叔肩背手提着大大小小的行李走进院子的时候，祖父祖母的脸上一时充满了好奇。婀娜比楚默然小三岁。楚默然只能想象她在遥远的职田街上度过的童年生活。后来，他听母亲说这个婴儿是二婶的妹妹风华姨家的。风华姨前面生了一个女儿，后面一直想要一个儿子，可是生下来的第二个孩子还是女儿，最后，一家人便决定将这个女儿先抱给二婶来养，看能不能再生一个儿子。

回来后没几天，二婶就去频婆街供销社的文化门市部上班了，每天下班后准时回到家里吃饭。当祖母还没有做好饭时，二婶就一起帮着做。祖母每天在家里缝衣做饭，养猪喂兔，并且帮二婶照管着带回来的这个婴儿。

二婶哪有时间来照看这个孩子啊！只有祖母来喂养孩子了。

祖母这一生养了很多孩子。可是，既然二叔二婶已经将孩子抱回来了，她怎么能忍心看着孩子在一旁嗷嗷待哺而不管呢？对于二婶抱回来的这个孩子，现在不是自己偶尔帮着带一下的问题，而是完全等于让她一个人来喂养。可是，现在她毕竟不像年轻的时候了，她不仅要负责一家人的吃穿，她还喂了一群鸡、一群兔子和两只猪娃。她觉得这些已经够她忙的

了。当她把这些苦衷告诉二婶时，二婶安慰她说："娘，你只要把娃带好就行了，就不要再养鸡、兔子和猪了，养这些都不嫌麻烦。"祖母嗔怪着说："那我难道还把它们扔了不成？"一听这话，二婶知道，祖母已经同意了。

孩子抱回来后的几天里，没有奶吃，一直哭个不停，祖母先是去叫邻家的年轻媳妇胡惠玲来给孩子喂奶，然后又让二婶从街上供销社的生活门市部买回来一桶桶的奶粉给孩子喝。孩子似乎并不喜欢喝奶粉，每天喝奶的时候，祖母拿起奶瓶，自己先尝几口看烫不烫，然后塞在孩子的嘴里。孩子双手抱着奶瓶，没喝两口就开始哭起来，祖母只好抱起孩子，哄一哄再喝。

这一天早上坐在炕上吃饭的时候，祖父说话了："献力啊，还是去街上给娃买只奶羊吧，娃每天喝奶粉还是喝不惯。"

"羊买回来了谁放呢？"献力叔叔问。

"只能我放嘛，还再能让谁放去？"祖父有点无奈而又自嘲地说。

献力叔叔这回放心了，他甚至有了一种很高兴的感觉。

"大，我对牲口市上的行情不太懂。我把钱给你，你去买吧！"献力叔叔接着说。

"你除了一天到处乱跑，还能弄个啥！"祖父生气地说。

"那不是为了挣钱嘛！"献力叔叔笑着说。

吃完早饭后，献力叔叔从口袋里掏出一百块钱双手递给祖父。

"你给我那么多钱干什么，有五十就够了！"祖父说。

"你拿着吧，剩下的钱你买酒喝。"献力叔叔笑着说。

……

三天后，祖父从街上拉回来了一只白胡子山羊。从此，他除了在逢集的日子去街上摆理发的摊子以外，到了下午就拉着这只羊在西祥庄的田野里、窑背上放。羊在地里吃草，他就坐在旁边一边抽着旱烟，一边和过来的人谝闲传。对于祖父来说，也许这是一种能够让他的内心觉得很平静的

生活。

　　傍晚的时候，西祥庄村委会安在学校院子里一根松木椽上的大喇叭响了。一开始放的是嗨嗨闹闹的秦腔戏。听到大喇叭响了，村民们明白了，肯定是又要开会了。果然，过了一会儿，秦腔戏停了，村主任王治民先是"咔——咔——咔"咳嗽了三声，然后拖长声音在大喇叭上通知了："各位村民请注意，今天晚上7点到村委会参加大会。今天晚上的村民大会对大家非常重要，请每家每户拿事的人准时参加会议，不得有误。"他一连通知了三遍。然后，大喇叭停了。

　　大家都不知道到底有什么重要的事情要开会，每个人都开始在心里嘀咕着。

　　听说今晚的大会对每家每户来说非常重要，许多人就早早地到了会场。会场就在西祥庄初级小学的院子里。院子里摆了三张课桌，从学校老师的办公室里拉了一个电灯出来。天已经黑尽了，在学校的院子里，却是一片人头攒动、热闹非凡的景象。有的手里捏着纸烟，有的嘴里噙着烟锅，有的手里拿着鞋底，有的手里拿着毛衣。

　　7点15分的时候，开始开会了。村主任王治民清了清嗓子对大家说："大家不要再说话了啊！下面的屋里人各人把自己家的娃管好，不要让吱哇喊叫。"会场顿时安静下来了。

　　"什么事情，快给大家说先！"瘦猴在一边说。

　　"你急什么？皇帝不急太监急！"在一旁抽着纸烟的蒙富甲说。

　　"你两个不说话人家会把你们当哑巴吗？！"王治民说，"是这，今天开会要告诉大家一个好消息。今天上午咱们镇上召开了各村书记和主任会议。会上，镇党委某书记和任镇长都讲了话。他们说，根据咱们县上聘请的西北农学院专家的检测，咱们频婆街这儿是幽邑县最适宜种植苹果的地方。"

　　"专家有什么根据吗？"张猪娃问。

味

"当然有。专家说，咱们这儿由于塬大地平，海拔较高，昼夜温差大，雨量适合，光照充足，光质较好，土层深厚，土质疏松，渗水保肥能力较强，因此是国内外所公认的优质苹果最佳适生区。"王治民显得很专业地说。

坐在下面的人听着这些很专业的术语，似懂非懂，一时有点蒙住了。有人就说："王主任，你能不能说得通俗一点，你知道底下坐的都是一些大老粗，被你说得云里雾里的。"

这一回，王治民倒不好意思地笑了，他接着说："其实就是一句话，咱这地方适宜种植苹果。"

"没想到守着这么好的地方，咱们咋都不知道呢！"张虎说。

"所以现在既然农业专家已经给咱们指出了，就是给咱们庄稼人指出了一条发家致富的道路，那么咱们以后再也不能端着金碗去要饭了。"王治民说。

"大家可以想象一下，以后咱们这儿的地里看到的将不再是小麦、玉米、高粱和烤烟，这些东西只能糊口，不能养家。咱一年挣死挣活也挣不了几个钱。咱们这儿以后将是一片连着一片的苹果园。到那时候咱们的苹果是再也吃不完了，娃娃们不是流着涎水看着街上卖苹果的，而是想怎么吃就怎么吃。咱们的苹果多得路边到处都是，家里养的猪呀狗呀都是用苹果来喂的。到时候家家将是楼上楼下，汽车电话。"王治民为大家描绘了一幅未来的生活蓝图。

"那将来喂出来的猪是不是光想吃苹果，连西瓜皮也不吃了？"瘦猴说。

"咱都种苹果了，你到哪儿去找那么多的西瓜皮去！"张虎笑着说。

王治民接着说："今天晚上咱们开这个会，就是决定在咱们村先拿出一块机动地来栽苹果树。如果谁愿意承包，就包给谁来经管。前三年，村上不要大家一分钱，到树挂果了，再给村里交提留款。交完提留款以后剩下的都是自己的。大家回去先想一下，也和屋里人商量一下，如果谁家愿意承包，明天上午到村委会来签订承包协议。"

会场里一时沸腾起来了，大家相互问着对方："你承包呀不？"

"别看主任讲得天花乱坠，这事还说不来。"

"听说苹果树要等三年才能挂果，那这三年咱们喝西北风呀？"一个人说。

"你咋傻得很。这三年树才像指头那么细。苹果树下照样种麦子不就完了嘛！"另一个人回答。

"咦，我怎么没有想到呢！"

"那你想不想承包？"

"先看吧！这我回去还得和屋里人商量一下。"

"一看你就是个'气管炎'，拿不住事嘛！咋不让你老婆来开会？"

"那你怎么不承包哩？"

"我是屋里没人。"

……

大家你一言我一语地讨论着承包村里苹果园的事情。虽然讨论得很热烈，可大家都是在观望着。

三天后，村里去皇楼村的那块地承包给了潘兴文老汉。潘兴文老汉以前自己在频婆街西沟边种着二亩苹果，那是西祥庄唯一的一块苹果园。说起种苹果，自然他算是最有经验的了。经过和儿子商量，他把村里的这十亩苹果园承包了。

一周后，村里派人从镇上拉回了苹果树苗，然后全村男女老少出工挖渠栽树。地里掏渠干活的场面就像兴修水利一样，热闹极了。

到这一年八月十五的时候，在周围一片绿油油的麦苗的映衬下，六行像手指头一样粗细的苹果树苗已经在秋日的微风中来回摇摆着。潘兴文老汉领着自己的孙子，每天都要到地里来转一转。

路上来回经过的人，指着这些苹果树苗说："看，这是人家西祥庄栽的苹果树！"

"听说三年才能挂果，也不知道到时候是什么样子。"一个人说。

"算种算说，不行了还是种麦嘛！"另一个人说。

天才黑了的时候，奋力叔叔过家里来了。他告诉父亲和母亲说："哥哥、嫂子，我雪梅姐后天要出门了，到时候咱们兄弟姊妹几个都去送一送。"

"女婿叫什么名字？"母亲问四叔。

"稳远。"四叔说。

……

楚默然在一旁静静地听大人们说着话。

知道了这个消息以后，楚默然开始变得一副心神不宁的样子，回忆着离他既远又近的雪梅姑姑的样子。他想起了小时候的情景：厨房里，姑姑正在案板前切菜，切的是那种黄中透绿又粗又短的老黄瓜。黄瓜是刚从水瓮里捞出来的，看上去水淋淋的。姑姑在一丝不苟地切着黄瓜，没有注意到他在旁边已经站立了很久。看见他以后，姑姑就顺手将里面的瓜瓤给他切了四四方方的几块。这是祖母、母亲和姑姑们切菜时他最惬意的享受了。瓜瓤白中带绿，绿中透白，吃在嘴里，凉凉的、甜甜的，比姑姑切下的黄瓜菜好吃且有趣多了。姑姑每次切黄瓜的时候，他总会站在旁边。只有拿到了这样几块瓜瓤，他才会满足地离开。

雪梅姑姑要结婚了。说姑姑离他很近，因为姑姑是他的亲姑姑，就像其他两个姑姑一样；说姑姑离他很远，是因为姑姑从小就被祖父、祖母送给了第五伦村的姨奶，而且姑姑已经将"楚"姓改为了"第五"。

祖父、祖母之所以要给姨奶家一个孩子，是因为姨奶和姨爷两人没有孩子，没有孩子是因为他们不能生育，但他们却想要一个孩子。在生儿育女这一件事情上，命运对于姨奶和祖母姊妹两个人显得很不公平。千百年来，人们一个根深蒂固的观念是早年炕上没有拉屎的，老了坟上就没有烧纸的。于是，他们只能求助于祖父和祖母了——祖父祖母有七个孩子。那么给姨奶和姨爷一个孩子，对于祖父祖母来说，应该不是一件多么困难的

事情，虽然这是改变父亲他们兄弟姊妹中一个人命运的事情。

但到底将哪一个孩子送给姨奶家，却是一件让祖父祖母绞尽脑汁的事情。最后思来想去，自然应该送两个小一点的孩子中的一个。这一天，吃饭的时候，祖父祖母试探着对奋力叔叔说："奋力，你想不想去第五伦村你姨家玩？"四叔说："我不想去，我姨家在第五伦村的沟边，没有咱们频婆街上好。"

"你没去怎么知道不好玩？去玩几天看一看嘛！"祖母说。

"我不去，去了我也会跑回来的。"奋力叔叔说。

祖父祖母知道要将奋力叔叔送给姨奶家是不可能的了。这样的事情，只能顺着孩子的意愿，一点也不能勉强孩子。

雪菊姑姑还不知道大人们在谈论什么问题，只顾在一边睁着乌黑的眼睛玩着。

"娘，我去我姨家吧！"雪梅姑姑边吃饭边说。这时的她只有六岁。

雪梅姑姑的回答一时让祖父和祖母有点吃惊。

"你去了每天都和你姨、你姨夫他们待在一起，你愿意吗？"祖母问。

"我愿意！"姑姑说。

六岁的雪梅姑姑还不知道到姨奶家去到底意味着什么，虽然她说她愿意去，但祖母的心里一时还是有点难受。

"唉，手心手背都是肉，给谁我都不忍心。可是不给她姨一个孩子，我一辈子也难受。咱们这么多孩子，他姨他姨夫一个孩子也没有。要是没有一个孩子，将来老了连一个上坟烧纸的人都没有。"祖母对祖父说。

"既然雪梅说她愿意去，就让雪梅去她姨家先住一段日子吧。如果实在不愿意待了，那就再回来吧！那也没有办法。"祖父说。

祖母没有再说什么，只能先将雪梅姑姑送给姨爷姨奶了。行不行，以后再看具体情况吧！

这一天逢集的时候，第五伦村的姨奶来了。看到姨奶来了，几个叔叔和小姑都知道雪梅姑姑要被领走了，他们都跑出去了。他们不忍心看到雪

梅姑姑被姨奶领走的样子。

　　下午，当大家都回来的时候，雪梅姑姑已经被姨奶领走了。刚送走了姨奶，祖母就坐在炕边上，忍不住掉下了眼泪，眼睛看上去红红的。虽然是送去自己的姐姐家，可毕竟是自己身上的一块肉，是自己一口饭一口奶喂养大的。这一顿饭，祖母一口都没有吃下去，整个饭桌上显得沉闷极了！

　　一周后，姨爷领着雪梅姑姑回来看祖父和祖母了。当她走进院子里的时候，她觉得一切是那么熟悉，可是在熟悉中又多了一点陌生。看到姑姑回来了，祖母既高兴又难受，她的眼睛又禁不住湿湿的。祖母拉着姑姑的手问："雪梅，你姨家好吗？"

　　"我看到我姨和姨夫家没有孩子，就想留下来给他们做伴。"没想到雪梅姑姑会这么说。姑姑似乎早已明白了祖父和祖母的想法。

　　"那你要是想咱们家的时候怎么办？"祖母试着问姑姑。

　　"那我就常常回来看你们。"雪梅姑姑说。

　　听姑姑这么一说，祖母紧紧地抱住了她，心有所慰地哭了。然后祖母再看看姑姑，突然觉得她已经不是一个六岁的孩子了，而像一个成熟的大人。

　　正如雪梅姑姑说的那样，每过一段时间，她就会由姨爷或者姨奶带着来频婆街上看祖父祖母和叔叔姑姑们。中午吃完饭，她要么留下来待几天再回去，要么就跟着大人回去了。这天下午，她出了门要回去的时候，遇见了邻居宋宝牛。每一次看见雪梅姑姑，宋宝牛就会说："这个娃，年龄这么小，人却这么懂事，真难得啊！"

　　楚默然想雪梅姑姑童年时的这一人生转折：年幼的姑姑离开自己的父母，去另一个家庭开始崭新的——与其说是崭新的，不如说是同样拮据的——生活，他不知道姑姑从小在精神上会承受什么样的痛苦，也许从那个时候开始，姑姑就已经早早地体验到了人生的况味。楚默然不知道当姑姑再次见到自己的兄弟姐妹时，是否会想到彼此之间的人生已经有了分

野——虽然再亲近的人在本质上都是孤独的，但能够朝夕相处的兄弟姐妹们在心理上却是相互依赖的。他不知道，当姑姑的兄弟姐妹们再次见到她时，会以怎样的眼光看待曾经和他们朝夕相处的姑姑，他们在内心是否觉得因为姑姑踏上了这条特殊的人生之途，从此应给她更多的精神关爱？虽然只有六岁的姑姑在一开始并没有经受太多精神上的痛苦，但是当她一天天地长大，明白去姨奶家到底是怎样一种感受时，难道她没有感到一点的痛苦吗？

四天后的一个下午，父亲送完雪梅姑姑就回来了。回来后，大家又吃了一点饭，祖母在家里做的是酸汤面。母亲问起雪梅姑姑婆家的情况，父亲说："稳远家弟兄三个，他和他大哥都在多福沟煤矿上班，他二哥在咱们县剧团工作。稳远他娘已经去世多年，家里只剩下了他大，听说他大当年就在咱们频婆街上卖饸饹，和咱大也熟悉。"

"雪梅家的日子以后不用愁，很快就会好起来的。"坐在炕上纳鞋底的母亲说。

父亲没有说话，他浸了一杯茶，然后坐在桌子边的椅子上抽起了烟。

味

10

四年级的时候，一个叫孙东峰的学生从孙家屯庄小学转到频婆镇中心小学了。他转学的原因是他的爸爸孙玉庭在频婆街医院工作。

虽然同在一个班里，但孙东峰和楚默然并没有多少共同语言，也不经常在一起玩。孙东峰似乎天生就看不起楚默然，或者说他就不喜欢楚默然的性格。一个人的性格常常决定了他能够拥有一些什么样的朋友，不管他们的家庭背景如何。孙东峰除了其他的一些好朋友外，还有家在医院里的一群好朋友，比如祝山峰、祝凤娟兄妹和白海鹏等，他们几个人的父母都在频婆街医院工作。

但是，白海鹏却喜欢楚默然，楚默然也喜欢白海鹏。白海鹏个子不高，一头短发，穿着一件蓝色平绒上衣，一条黑裤子，一双白运动鞋，看上去十分敦厚。课余时间，他喜欢打乒乓球，好像和每个人都想比试一番。到了上课的时候，他总是拿着乒乓球拍子满头大汗地跑进教室。

白海鹏的老家在西安。对楚默然来说，频婆街和西安有着天壤之别。有一次，白海鹏领着楚默然到他家里去玩。这是楚默然第一次了解双职工家庭，白海鹏的父母都是医生。进了他家房子楚默然才知道，白海鹏家和自己家完全不一样，木板床、床头柜、电灯、彩电、冰箱和沙发等，一应俱全。他第一次感受到了幸福是什么。幸福就是一种迥异于他所生活的世界的生活。他感到自己和白海鹏完全生活在两个不同的世界里。除了白海

鹏家里这些代表幸福生活的陈设之外，在他们住的平房前面种着一棵高大的梨树。那时正是梨花盛开的季节，整棵树上开满了一朵朵洁白的梨花，有的已经完全开了，有的还是一个花骨朵，但都一样美。抬头望上去，那简直就是一棵花树，美丽而高洁。和白海鹏家相邻的祝凤娟家，则在平房前搭着高高的葡萄架。春天来了，葡萄藤上长出了绿色的叶子，已经能够看见一颗颗小小的葡萄了。这些青绿的葡萄藤给那一砖到顶的平房增添了无限的韵致。楚默然心里想，是不是只有有文化的公家人才会有这样高雅的生活情趣？对于农民来说，可能只会在一个破旧的脸盆里种上几棵蕉叶梅，就算是一种生活的情趣了。

那一回，白海鹏给楚默然看了他爸爸发表在一本医学杂志上的论文。看着那铅印的散发着墨香的文字，楚默然感到敬佩，心里想，什么时候自己的名字也能出现在一本杂志上啊！说起来真可笑，为了满足他的这种虚荣心，他后来从课本上将"楚""默""然"三个字分别从不同的地方剪下来，贴在自己的作业本上。回家的时候，他向白海鹏借了一本书，名字叫《白居易的故事》。三天后，这本书就看完了。

孙东峰的爸爸孙玉庭在频婆街医院的药房里抓药，所有到频婆街医院看病住院的人都要到他那儿去取药。这样，人们就认识他了，而且知道了他是频婆街孙家屯庄的人。孙东峰长得白，他的爸爸也长得白；孙东峰个子高，他的爸爸个子更高；孙东峰有点胖，但是他的爸爸却有点清瘦——一看，就是一个公家人的样子。孙东峰的母亲倒也没有什么公家人的感觉，她已经不在孙家屯庄生活了，她到频婆街上当家属来了。她为自己找了一个能够挣几个零花钱的差事。频婆街逢集的时候，她就在频婆街医院门前拉起一圈绳子，给赶集的人看自行车。这个活儿，频婆街上有好几个人都在干，最知名的要算煤店乡黄家村的黄莲了。黄莲就在频婆街医院前面不远的频婆街中学门口给人看自行车。她们两个同行见了面以后，倒也说说笑笑，十分客气。

一天，频婆街医院进行卫生大扫除，没想到孙东峰的父亲孙玉庭到楚默然家借锨来了。父亲早和孙玉庭认识，就从屋里拿了一把好锨递给了孙玉庭。这一幕，正好让在旁边做作业的楚默然看到了，他心里就想：孙东峰啊，虽然你看不起我这农民的孩子，但你的医生爸爸却有求我这农民父亲的时候！

　　新超峰是一个黑瘦的男生，楚默然的同桌。楚默然和新超峰之间的共同之处是，他的父亲和新超峰他大曾是小时候的伙伴，他的母亲曾和新超峰的母亲一样，也在频婆街上多润家的布匹店里给他扯了同样颜色的布料做了一件像西服一样的衣服。但是，这些共同的地方并没有让他和新超峰之间有共同的语言，成为能够玩在一起的伙伴。坐在他们两人后面的是杨军，他的家在南街村。杨军的父亲不知什么原因殁了，但杨军却是一个乐天派，整天嘻嘻哈哈，喜欢捉弄人。楚默然的感觉是，杨军和新超峰常常联合起来欺负他。楚默然常想，是不是一个人没了父亲，就成了一个没人教没人管的人？然后，他就放任自流了，天不怕地不怕。

　　还有一个和新超峰沆瀣一气的家伙叫范文。范文长得人高马大，一看就知道家里生活条件很好。范文的父亲叫范长林，是南街村的书记。一天课间休息的时候，范文身边围了一群学生。范文拿着一个崭新的作业本说："你们谁把我叫声爸，我就把这个作业本给谁。"大家望着范文，看着那个厚厚的笔记本，都觉得唾手可得。小个子王治国说："我把你叫个哥，你把那个本子给我吧！"范文说："不行，必须叫爸。"

　　近视眼吕晓鹏说："反正你们家也不缺这样的本子，你哥就在县印刷厂，就送给我们算了吧！"范文说："不行，你们谁叫我爸，我就把这个本子给谁。"

　　班长杨千军过来说："范文，你想当爸了，让你爸给你先娶个媳妇，你还是送给你的孩子去吧！"范文说："杨班长，娶媳妇也轮不到我，也应该是你爸给你娶了以后，我爸才会给我娶啊！"

　　这时，身材低矮两腿罗圈的田间走过来了，范文说："田间，我看你

经常在作业本的背面写作业，你把我叫声爸，我就把这个本子送给你，其他人他们把我叫爸我还不想送呢！"

田间说："我把你叫你娘个×！我就没见过作业本？"

范文听见田间骂他，说："你再骂我一句。"

田间说："骂你算什么，我看你该挨揍！"

对于田间的这一回击，范文一副恼羞成怒的样子。范文朝田间扑过来，准备打他。这时教数学的秦老师已经进了教室，大家赶紧把他们拉开。

这时，王治国对范文说："你也欺人太甚了，不要嫌人家骂了你，你就该骂。你也没有称一下你几斤几两，也没撒泡尿照一照自己。"范文斜着眼睛瞪了王治国一眼，然后不再说话了，灰溜溜地低下了头。

天变得越来越冷了。上课的时候，教室里不停地传来跺脚的声音。一声、两声、三声、四声……跺脚的声音越来越大了。虽然同学们个个都穿着棉鞋，但还是冷得受不了。到频婆镇中心小学以后，冬天教室里也就不再生炉子了。老师听见同学们的跺脚声，就停下来，说："大家都跺一下脚吧！"老师也一边搓着冰冷的双手，一边跺起脚来。顿时，教室里传来一阵阵更加猛烈的跺脚声。等到过去了好一会儿，直到同学们都觉得不好意思再跺脚了，老师便笑着说："咱们接着上课吧！"说着又讲起了课。

下课以后，有跑到教室外面晒太阳的同学，有踢毽子、跳房子的同学。同学们又想出了两个增加热量的办法，一个是在教室的墙角放一条板凳，然后一群同学就挤上去，不管是坐在板凳上的，还是站在后面的，就一个使劲地挤另一个，直到挤出去为止，这时教室里总是发出一阵阵的欢笑声。另一个办法是，两个男生在桌子两边掰手腕，看谁能掰过谁。同挤板凳相比，掰手腕就显得冷清多了，他们都是班上一些不爱打打闹闹的同学所选择的增加热量的办法。

这个时候，虽然孤单寒冷，却也有快乐的时候。楚默然从席家胡同的梁建军那里，知道了世界上还有一种叫作松子的美食。有一天上课的时

候，几个男生在桌子下面悄悄地传递着这种美食。松子看上去比瓜子小一点，但比瓜子饱满，外面是一层金黄色的硬壳，咬开后，里面的果仁吃起来却比瓜子、麻子更油更香，有一种特殊的香味。真好吃啊！他的心里发出一阵阵的感叹。

"在哪儿买的？"下课后楚默然问正在练字的陆军。陆军说："就在从咱们学校门前上去李光祖家的小卖部买的，已经有好几个同学一块儿出去买了。"

"那我们也出去买吧？"楚默然问陆军。

"好，我们也去买。"陆军说。

慢慢地，楚默然的心里萌生了一个小小的愿望，他天真地希望父亲早点回来，回来的时候能够给他带一点像松子这样的零食。不知道父亲能不能想到给他买这样的一种零食，也许这样的概率是零。

在家里休养了多半年后，父亲和村里比他年轻一点的杨群去西安打工了。

父亲打工去了，家里就只剩下了楚默然和母亲。母亲每天做家务、干农活，楚默然每天去学校里念书。父亲不在家的这段日子里，他突然觉得自己就像一个失去了父亲的孩子，他不知为什么会产生这种感觉，觉得家里一下子变得空荡荡的，空气里好像弥漫着一种十分沉闷的感觉。他想将这种感觉说给母亲听，但最终还是没有说出来。也许母亲有同样的感觉，也想说给他听，但她最终也没有说出来。于是他们母子俩就一起感受着这种彼此都没有言说的孤寂。

腊八前的一天，父亲终于从西安回来了。然而这一回，父亲并没有像他想象的那样给他带那种叫作松子的零食回来。相反，却是拖着一条有点发瘸的腿回来的。下午从学校回来以后，楚默然看见父亲静静地躺在炕上，只见他的右腿上缠着一圈圈的白纱布，好像渗出了血的样子。

他关切地问："大，你的腿怎么了？"父亲轻轻地说："没事，只是

不小心碰伤了一点而已。"楚默然连忙安慰父亲说："那你就在家好好休息几天吧！过几天就会好的！"

父亲说："你看桌子上我给你带回来了什么。"

楚默然朝家里那张暗红色的三斗桌子上望去，只见桌子上放着一只漂亮的塑料吸铁石文具盒。他赶紧拿起来，前后左右地看着，打开又合上，合上又打开。此时，他的心里不知美到哪儿去了。他似乎想到了明天早上带上这个漂亮的文具盒去学校，放在桌子上，同学们那羡慕的眼光。他似乎获得了一种像孙东峰一样的优越感，原来他也可以过上一种令同学们羡慕的生活。

过了年就到了春天，这又是一个充满希望的季节。献力叔叔的人生理想就是从这个季节开始的。

献力叔叔的人生理想不是在西祥庄的医疗站当一个卫生员，也不是在西祥庄干一个信贷员之类的工作——毕竟这只是一个将信用社里的钱从他手里经过的工作。他似乎也没有想过要当西祥庄党支部书记、村主任这样的村干部，这对他也没有什么吸引力。

楚默然还是一个十岁左右的孩子，自然不知道什么才是献力叔叔的人生理想。小孩无法理解大人，就像大人无法理解小孩一样。他只能在一旁目睹叔叔正在走的一条人生之路。

楚默然做梦也没有想到，献力叔叔成了频婆街上的一位企业家，原来他这两年在频婆街西边于东方贸易公司的经历都是为他成为一位企业家在进行铺垫。献力叔叔创造了频婆街的许多第一。他是第一位穿西服的人，第一位坐飞机的人，第一位去了上海滩的人。这一回，他又成了第一位创办企业的人。他创办的是频婆街乃至酃邑县的第一家卫生纸厂。

上厕所用卫生纸，这是很正常的事情，但是这个时候用卫生纸的都是公家人，农民用卫生纸的还很少。农民的解决办法很简单，在露天的厕所里，要么用几张家里的娃娃们用过的作业本和不用的课本，要么在地上捡一

块胡基疙瘩。如果是在地里干活，情急之下就用一片玉米叶子解决问题。大家都是这么做的，谁也不笑话谁。但见了人家公家人使用洁白柔软的卫生纸以后，农民就感到了自己生活水平的低下，甚至觉得有点对不起自己的屁股了。虽然那是一块永远走不到人前去的地方，但那毕竟是自己身上的一块肉。和公家人相比，农民慢慢就觉得有种自卑感了！

公家人在前面创造着新的生活方式，农民的目标是向公家人的生活方式看齐，这是许多农村人一生的梦想。

在人们的生活进程中，当许多人还处于落后原始的生存状态中的时候，已经有一些人享受到了文明的生活方式。令人感念的是，他们没有只是一个人去享受这样的生活方式，他们还想着他们身后无数的父老乡亲，想着他们脚下的黄土地。终于有一天，他们怀着对乡亲故土真挚的热爱，将这种文明的生活方式带给了他们。献力叔叔虽然是农民之子，但他毕竟是参过军的人。他明白什么是文明的生活方式，他想要将这种文明的生活方式带给频婆街。

一天半夜的时候，一辆蓝色的东风汽车开进了频婆街北街一个又深又大的院子里——这个院子是频婆镇政府划给未来的卫生纸厂的一块地皮。长长的车厢里装满了一台台笨重的机器，这些机器是从河南拉回来的。献力叔叔和他的合作伙伴任称续从汽车驾驶室里下来了。跟着他们一起来到频婆街的，还有一位安装机器的师傅。

从机器拉回来的第二天起，献力叔叔他们就一边开始安装调试机器，一边开始招收工人。这个昔日长满了荒草，蛇出鼠没，堆满了废旧杂物的大院子一下子焕发出了前所未有的生机。顿时院子里人来人往，镇政府的人来了，住在这个院子旁边的人来了，西祥庄和张家胡同的人也来了。大家都在好奇地看着满脸胡子的河南师傅安装调试机器。大家觉得自己以后的生活会和这个院子里发生的变化紧紧地联系在一起。许多人与其说是前来看热闹的，不如说他们是来关注自己未来生活走向的。

机器安装好以后，献力叔叔又开始找来西祥庄的匠人廖智礼和一群土

工盖食堂、办公室、库房、宿舍和门房等。那一段时间里，他每天在纸厂里忙得不亦乐乎，连家也顾不得回了。后来，他就干脆住在频婆街供销社院子朵川二婶的那间宿舍里。

一切就绪后，一张张用各色彩纸写成的招聘广告贴在了频婆街的邮电所、供销社和粮站门前等显眼的地方。不到两天的时间里，这个消息便迅速传遍了整个频婆塬。结果，有自己前来报名的，有托关系想进来的，甚至连镇上的郑书记、任镇长都来找献力叔叔，看能不能让自己一个亲戚的娃进去。郑书记、任镇长话说的是"看能不能"，其实就是在下命令了。

开始，献力叔叔和仁称续设想给纸厂招收三十名工人，到后来却招了五十名。后来还有人来问要不要人了，他们就苦笑着说："实在要不了那么多的人了。再进来人，连我们都没地方待了。"

经过一段时间的紧张筹备，终于，频婆街纸厂开始生产了。当第一卷卫生纸从机器里生产出来，被切割好用塑料袋包装起来以后，献力叔叔自豪地对工人们说："咱们频婆街人以后上厕所再也不用胡基疙瘩了！"工人们笑着说："有沙发坐了，谁还坐硬板凳呀！"

暑假，独承舅舅带着楚默然去沟畔村的寒笑姨家。舅舅骑的是六外公家的自行车。舅舅不知什么时候学会了骑自行车，只可惜他没钱买一辆自行车，所以每次就去六外公家借自行车。借六外公家的自行车，不像借别人家的自行车要看人脸色。舅舅骑上自行车，要么是去楚默然家，要么是去沟畔村的姨家。对于他来说，似乎再也没有多少要去的地方。当六外婆知道他是要去沟畔村姨家的时候，便不停地叮咛："骑到了沟边的时候，路不好，就赶紧下来！"

楚默然还不会骑自行车，所以舅舅似乎是在有意锻炼他。舅舅骑上车子以后，才让楚默然自己跳到后座上。这对于楚默然来说，算是一个挑战，并不像舅舅说的那样只是一个锻炼。开始舅舅骑得很快，对楚默然来说跳上去的难度就更大了。他一时有点埋怨舅舅，就央求舅舅骑慢一点。

舅舅总算慢下来了，他轻轻地一跃，总算坐上去了。但是舅舅的教导却开始了："这么大的人了，连车子都坐不上去。"他说："我们家又没有车子。"舅舅说："那我有车子吗？"他就不说话了，舅舅边说边骑着车子往前走。

到了伏敬街上，舅舅在路边的商店里称了一斤饼干，在外面的摊子上买了一捆子麻花，然后就带着楚默然飞一般朝沟畔村奔去了。舅舅还很年轻，似乎充满着无限的人生激情。从伏敬街下去，是一条"V"字形的路。远远望去，两边的路看上去都是飞奔向后。幸好下了坡以后，并不上对面的坡，而是经过一个平坦的麦场，然后下去就是人们所说的深胡同了。在楚默然看来，这条胡同不仅深长坑洼，而且阴森恐怖。如果是一个人，尤其是女的，真不敢在这条胡同里走。他常常想，在夏季，深胡同两边高高的庄稼地里会不会跳下来一个拦路抢劫的坏人。但是和舅舅在一起，他一点也不担心。在这条路上，舅舅又一次展示了他青春的激情，车子又一次飞奔起来了，可楚默然的心却又一次差点跳了出来。在车后座上，他想象着舅舅那样一副胜利者的神情。可是，舅舅却没有想象过他此刻担惊受怕的窘相。

到了沟畔村，姨正和一群年轻的姑娘媳妇坐在家门前的那棵大槐树下纳鞋底。看到他们下来了，连忙站起来嗔怪着说："这么热的天，你们两个怎么来了？！"看见姨家来客人了，那些姑娘媳妇都站起来，拿起凳子准备回家。她们边收拾手里的活儿边对姨说："你兄弟、外甥来了，晌午准备什么好吃的呀？"姨笑着说："吃饸饹吧！"边说边往屋里走。

晌午吃饭前，伊最姨夫抱回来一个足有面盆大的西瓜。姨在厨房里切好了西瓜，盛在了一个洋瓷盘子里，端到窑里来，放到桌子上。这时候，乐乐从外面滚铁环回来了，满头大汗，拿起桌子上的西瓜准备要吃。姨笑着说："你这鼻子还挺尖的，你也不问一下你舅舅和你哥哥。快去洗一下脸。"姨吃了一块后，对大家说："你们吃，我给咱去和面压饸饹。"

第二天，舅舅要走的时候，姨说："你学了一年多木匠了，你把你的

工具拿下来，给我做上一个案板、一个吃饭桌子和几个小板凳吧！"舅舅说："那我明天把工具拿下来。"姨夫说："独承，我提前给你说，我可不给你一分钱的工钱。"舅舅说："我不要你的钱，就当我练手艺哩。"姨夫笑着说："你可别说练手艺哩！我这些木头都是我爷留下来的好木头。"

过了两天，舅舅就把他的工具装在两个化肥袋子里用自行车带下来了。晌午，他就在院子里开始刮树皮，锯木头解板。姨夫给他打下手，两个人一来一去，一会儿的工夫，一根粗壮的木头已经变成了一块块米黄色的木板。舅舅和姨夫两个人忙着，说着，笑着。姨一会儿给他们提来一壶水，一会儿给他们端来一盆子从院子里的树上摘下来洗好的青苹果。她一边看舅舅忙着，一边和舅舅说话。

"前一段时间，我门跟前一个人问你现在多大了，我说你二十了。人家就问你现在说下媳妇了没有，我说还没说下。人家就说，她娘家的侄女想到咱们塬上寻个下家，不知道你愿不愿意。人家让我问一下你，如果能行的话，你们两个人见一下面。"姨说。

"现在我点着纸顾不得哭哩，说什么媳妇。"舅舅说。

"可你年龄也不小了，也该开始考虑这事情了。没钱，难道都不结婚了？"姨说。

"再过上一两年再说吧！"舅舅说。

"再过上一两年不一定能遇到好的对象了。"姨说。

过了一会儿，姨对舅舅和姨夫说："你们今天晌午想吃什么饭？我现在开始准备。"舅舅说："还是吃煎汤面吧！"姨夫说："独承在家里让馍吃伤了！"姨就站起来，提了一个笼去院子里的柴垛上撕柴烧锅。

11

老李回来了！这时的他，弯腰曲背，二毛点头，一步一挪地往前走，一走好像能把地面砸一个坑。

老李走的时候是一个小伙子，回来的时候已经成了一个老头儿。当年他的儿子李军，已经长成了一个大小伙子，从泾滩县师范学校毕业后一直在频婆镇中心小学教书。人说："宁要要饭的娘，不要当官的爹。"蒙富甲在人堆里说："要是没有王若兰这个当娘的，李军现在还不知道在哪儿要饭着哩！"

老李回来以后就要有个吃饭的营生。老李当年是一个教师，字写得有模有样的，可是现在已经没人提这些了，人们已经完全把他当一个农民看。有智吃智，无智吃力。现在老李的智已经被岁月的风云激荡得无踪无影了，他只剩下了一身的力气。

老李给人打井去了，想不到他还有这么一门技术。老李给人打的第一口井是南街村新栓儿家的。他打井的时候，叫楚默然父亲和他一块儿去。自去年在西安打工受伤回来之后，父亲就在家里靠给人下苦养活一家人了。老李之所以叫父亲和他一块儿去，是因为他和父亲去频婆街的西沟里斫过两回柴。冬天到了，家里已经没有麦秸了，烧炕就成了一个严峻的现实问题。"老婆娃娃热炕头"这句话，是需要一定的条件支撑的，并不像人们嘴上说的那么容易。寒冷终于将父亲逼到了长满荒草的西沟里。路

100

味

上，看见父亲攥着一条粗绳去西沟里研柴，老李就让父亲把他也叫上，他说这样到沟里去两个人也是一个伴。

后来，老李有事没事总喜欢来找父亲闲聊。来的时候，手里总拿着一个罐头瓶子水杯，他好像没迟到早感到口渴。在桌旁坐上一会儿，就自然而然地放上一些父亲的茶叶，然后往杯子里倒上一些水。

一天，老李给父亲说起去新栓儿家打井的事时，父亲迟疑了一下。虽然他干过各种各样的体力活，但打井这活儿却没干过，于是他就显得有些犹豫，他怕自己干不了。老李就对父亲说："你光给咱在井口边往上吊土就行了，我在井底下给咱打。"父亲问老李："你打过井吗？"老李说："井我打得都不爱打了！"父亲一听这话，也就不再说什么了。

第二天一早，老李和父亲就扛着铁锹和镢头给新栓儿家打井去了。进了新栓儿家的门，新栓儿一看父亲来了，就笑着说："老同学，你来了！"父亲笑着说："来了，给老同学家送水来了！"新栓儿家的井址选在上房和厨房之间的空地上。打井的时候老李在下面打，父亲在上面吊土。

一天天过去了，井越打越深，老李在井底下说话时就变得瓮声瓮气。父亲为一句话常常要问老李好几遍，老李为一句话也要说上好几遍。父亲开始吊上来的是土和石块，后来吊上来的就是一桶桶的黄泥水。父亲往上吊土的时候，新栓儿也没有闲着，他和他老婆就在旁边帮忙。

三天后的傍晚，新栓儿家的井终于打好了。安上辘轳后，新栓儿绞上来了第一桶清凉甘甜的水。他从厨房里拿来一个铁勺，让大家都尝一尝这第一桶水。然后，新栓儿让老李和父亲赶紧洗脸，让老婆赶紧拾掇饭。他说："这几天老李和食力两个人给咱真是出了大力了，今天晚上要好好喝一下！"老李对新栓儿说："那肯定要喝嘛！甭忘了给咱来几瓶啤酒和一盘子猪腿。"新栓儿说："没问题。我现在就让我超峰到耀祖的商店里去拎啤酒，到满盈的馆子里去拿猪腿。"老李笑着说："我就等你这一句话。新栓儿兄弟，我再说一句，以后吃水的时候就想着我和食力。"新栓儿说："那肯定想着哩嘛，咋能忘了！人说，吃水不忘挖井人嘛！"

那一夜，老李和父亲在新栓儿家喝酒喝到了半夜才扛着镢头、铁锨摇摇晃晃地回来。父亲回到家里的时候，楚默然和母亲已经睡下了，然后又被吵醒了。

西祥庄在频婆街上摆摊子修自行车的人姓高，人叫高小狗。至于他的大名叫什么，许多人倒一时叫不出来，娃娃们就更不知道了。小狗，这个名字听起来就有几分可爱的意思了。一个人要成为频婆街上的人物，需要具备以下几个条件之一：祖上的功德，本人的官位，特殊的职业，怪异的身材，出息的儿女，非人的遭遇等。小狗能够成为频婆街上的一个人物，就缘于他一辈子给人修自行车这个行当。

小狗个子不高，头也不大，上下嘴唇长了一圈密密麻麻的胡子，就像经常不刮一样。他常常戴一副石头墨镜，眼睛总是躲在这副墨镜后面看世事。他的眼睛总是红红的，眼角边总是模模糊糊的样子。不知他是患有红眼病，还是经常夜里睡不好觉。

不管频婆街上逢集还是背集，小狗都要推着架子车上街摆摊子给人修自行车。这有点像楚默然的祖父。一个人在某一个行当干的时间长了，这个行当就轻车熟路，别人也天经地义地认为遇到这事这活儿非找这个人来干不行。比如，人们一提起装箱子出水泥之类的活儿，就想到父亲和皇楼胡同的张明亮，门跟前的张福全、张新貌父子；而一提起修自行车这活儿，就想到小狗。

这一年父亲买了一辆"飞鸽"牌自行车，为此受到了母亲的严厉责备。母亲总是以家里没钱为前提来考虑一切支出的，但父亲不这么想，父亲觉得买上一辆自行车，才跟他在西祥庄做人的尊严相协调。此前，父亲曾向邻居李祖艺家借过一两回自行车，虽然都借到了车子，但他总感觉骑上人家的自行车似乎时时处处都需要小心翼翼，就怕把哪儿给人家弄坏了。他觉得去借人家的自行车不好意思张口，骑人家的自行车加不快速度。

于是，楚默然家终于有了一辆属于自己的自行车。虽然母亲不高兴——当然主要也是母亲不会骑自行车，自行车的有无对于她来说意义不大，所以她总是从全局出发来看问题的——但楚默然很高兴，虽然这时他还不会骑自行车，但他至少有了学骑自行车的想法。看着停放在屋子里崭新的自行车，他一下子感觉到跟人说话都有话题了。

在频婆街公路边的场里，雪兰姑姑家的大儿子腾龙教他骑自行车。虽然父亲将自行车买回来已经很久了，但只有父亲一个人出远门的时候骑。虽然楚默然还不会，但他想学骑自行车。在腾龙的指导下，一开始，他满头大汗晃晃荡荡地骑着自行车，腾龙在后面轻轻地扶着。有时看他快跌倒了，腾龙赶紧跑上来，将车子挡住；有时车子快倒了，幸亏旁边有一个麦秸垛，车子靠在了麦秸垛上，终于让他免受了一次皮肉之苦。练习了两三个下午后，他终于可以自如地骑着自行车在麦场里转了，也可以随时停下了，后来还可以带着腾龙转圈了。

然而过了没有多长时间，自行车的外胎烂了。这是因为楚默然骑自行车时不小心，在路上从一堆玻璃渣子上骑了过去，他当时怎么躲也没有躲过去。有些任性的人就是通过在公路上摔啤酒瓶子来发泄自己的不满。你有不满，你到你屋去发泄，你不要欺负路人，特别是像我们骑自行车的人——但人家就这么把你欺负了。接下来发生的事情是，他被父亲严厉地训斥了一顿。父亲说，眼睛那么大，看不见那是玻璃渣子吗，还往过骑，不会躲一躲吗？！他老老实实地接受着父亲的训斥。他知道，父亲不是骂他，是心疼口袋里的钱。父亲挣钱多不容易啊！

最后，父亲还是把车子推到街上去了，他是去找小狗修自行车了。邻居李祖艺家有打气筒、钳子和扳手这些简单的工具，楚默然常常看见李祖艺在门房前面修自行车，但他们家没有，父亲似乎对这些东西也不太感兴趣。这时，他在家里想象着父亲修自行车时面对小狗表现出来的那种无奈的表情。唉，都怪自己啊！

过了一会儿，父亲骑着自行车回来了。楚默然发现，车子的外胎换

了，新格锃锃的。他知道父亲又要对自己说什么话了。于是他赶紧对父亲说："大，我给咱去出厕所的粪吧！"父亲说："你回来！你给我听着，以后骑车子的时候睁大眼睛看着，不要往玻璃渣子、钉子这些东西上骑！不要长着眼睛好像出气的一样！"

楚默然知道，今天换了这个胎，不像补个胎，父亲出钱出疼了。就算父亲是西祥庄的人，小狗也不会给他便宜到哪儿去。西祥庄这么多人，小狗能便宜过来吗？

一天，楚默然正在做作业，突然一胖一瘦两个人到家里来了。一个戴着蓝帽子，穿着蓝中山装；一个穿着黄夹克和漂白的牛仔裤。他认识这两个人，他们是沟畔村的人，是寒笑姨家门跟前的，一个叫拴锁，一个叫秦牛。他们告诉楚默然：他的姨夫伊最在煤矿上出事了——原来姨夫又去煤矿上了，让他们来他家骑上自行车回去给姨说一声。想到姨夫出了事，那可是十万火急的事情啊！他赶紧让他们推走了自行车，他觉得自己做了一件天大的好事。

然而，一连三天过去了，没人将自行车还回来。后来，父亲一问是楚默然将自行车借给这两个人的，一下子火冒三丈，他气愤地对楚默然说："他们的话你就那么相信？你姨夫出事了，怎么还没见你姨和其他亲戚来家里说一声？他们就是骗子！你呀！"说着，父亲朝他狠狠地踢了一脚。母亲见状，赶紧将父亲拉开，然后又说："默然又不是不认识人，我下午去他姨家看一下不就明白了嘛！"楚默然知道自己又一次闯了祸，他的心里害怕极了。天哪，千万不要让那两个骗子将自行车给卖了。否则，父亲非卸了他的腿不可！

下午吃完饭，他和母亲就去沟畔村的姨家，看看到底是怎么一回事。到了沟畔村，给姨一详说事情的经过，姨立即带他去秦牛家。秦牛家在姨家前面不远的坡下，就几孔烂窑。秦牛是小娥他大给小娥招来的。小娥和姨关系好，常常坐在一起做针线。姨一进门就看见了放在窑里的自行车，她给小娥一说情况，小娥才恍然大悟，她就对姨说："我就说这是谁家的自行车，一直没有给人家还回去。原来是街上姐姐家的。实在不好意思，让姐姐跑了这么远的路下来。你等秦牛回来，我非好好骂他一顿不可，哪有这样借人东西的，就像个骗子一样！"

"秦牛回来了，你就兑我把车子推走了，你不要再生气了。"姨笑着对小娥说。

从小娥家把自行车推出来，楚默然对姨说："秦牛骗了人，你怎么还那样劝说小娥？"

"我不那样说，让小娥怎样下台阶？"姨说，"以后，不要随便相信别人的话，记住了没有？"

"记住了。"楚默然说。

一天晚上，父亲从地里回来后正在油灯下吃饭。这时，廖乾义的儿子廖智诚来了，问父亲这几天有没有时间，说是想找几个人去他们家把原来的那两孔旧窑洞挖掉，把土腾出来，他们想在原来的窑址上盖一座一砖到顶的上房。廖家在频婆街是既有钱又有声望的人家，他们要盖新房，是在情理之中的事情。父亲前两天刚和村上的老李给南街村的新栓儿家打完井。母亲对父亲说："那你就去吧！反正也没有事。"父亲对廖智诚说："那我明天早上就过去。"

父亲拥有一身的力气，他从来没有让自己的这一身力气闲过。西祥庄、频婆街，乃至酃邑县，许许多多的人都使用过他的力气，许许多多的地方都留下过他的汗水。他靠自己的力气养活一家人。为了养家糊口，不知父亲用他的力气，曾经无怨无悔地给人下了多少苦，干了多少活。这，只有他自己心里清楚。

第二天一大早，父亲就扛着镢头、铁锨去廖乾义家了。廖乾义家离楚默然家不远，五六分钟就可以走到，每天早饭和晌午饭的时候父亲回家吃饭。和父亲一块儿给廖智诚家挖窑腾土的还有西祥庄的唐建设，廖智诚也帮着父亲和唐建设一起挖窑腾土。

父亲去廖乾义家干了好几天活了。整个窑洞挖完土腾干净得十几天时间。这种活，苦重，劳动量大。每一天从廖乾义家回来，父亲看上去总是很疲倦的样子，吃完晚饭后，倒头就睡着了。

这一天，当楚默然正在家里做作业时，突然隔壁的谢碧芳跑过来说："默然，你咋还在屋子里？廖乾义家出事了，听说他家的窑腿子塌了，把人埋在下面了。"

"什么？！"楚默然已经顾不上再说什么了，他的脑子里顿时一片空白。他一个人丢了魂似的往廖家跑。妹妹还没有满月，母亲在门窗用纸糊起来的房子里，不能出来。

当快跑到廖乾义家门口时，只见他家门口的路上已经被人挤得都走不过去了，车辆也因为走不动而停了下来。廖乾义家的里里外外已经挤满了人，他家的窑背上也站满了大声地议论着什么的大人小孩。

当楚默然挤到廖乾义家的院子里时，他惊呆了。他看见一个人已经被从土里刨出来了，放在了一块门板上，身上盖着一张白床单。他已经明白点什么了。在他的生命中，他第一次目睹了死亡的现场。只见院子里还有许多人在土堆里用手刨着。他焦急地寻找着父亲的身影，但他始终没有见到父亲。他真害怕躺在门板上的那个人就是父亲，想到再也见不到父亲了，他感到自己已经不会说话了！

周围的人议论纷纷，但他已经无心去听他们在说什么了。

后来，他才知道事发时的一些情况。当父亲、唐建设和廖智诚正在挖窑根时，父亲一抬头发现窑洞上面的土块快要掉下来，立即大声对他们两个人喊："快跑，土块下来了！"然而，三个人逃离的速度远远赶不上土块落下的速度。当父亲抽出被压在一大块土块下面的一条腿时，回过头来，唐建设和廖智诚已经被塌下来的土块埋在了下面。

当人们从土堆里刨出唐建设和廖智诚时，两人已经咽气了。

晚上，昏黄的油灯下，父亲坐在靠墙的三斗桌旁的椅子上低声向母亲讲述着白天发生的一切。楚默然在一边静静地听着，想象着窑面子塌下来时父亲向唐建设和廖智诚两人声嘶力竭大喊的情景。他只感到恐惧，他想此刻父亲的心里一定还很不平静。许多事情，当它们正在发生的时候，人们似乎忘记了恐惧的存在，只有发自本能地面对；而当事情发生以后，你再去想象当时的情景，就会越想越害怕。

屋子里，父亲默默地坐在桌子旁边，母亲怀里抱着熟睡的妹妹静静地坐着，一句话也不说。院子里一片漆黑，大街上一片寂静。漆黑寂静的夜里，天空只有冷寂的寒星。频婆街，被笼罩在漆黑的忧伤里。

……

经过中间人在廖家和唐家之间反复沟通协商，一个月后，唐建设和廖智诚的灵柩抬出了廖家的大门，他们终于出殡了。

在频婆街上，曾经走过无数的出殡队伍，有子孙成行的队伍，也有形影相吊的队伍，但这一次却是最令人伤心的队伍。一辆"东风"汽车上拉着两具灵柩从频婆街上缓缓地驶过。这一天，天空下起了小雪，雪花轻轻地落在频婆街的每一个角落。频婆街，笼罩在一片白色的凄凉之中。

西祥庄和频婆街上的男女老少都来为唐建设和廖智诚送行了。人们怀着十分悲痛的心情，来送别西祥庄两个年轻的生命。这一天，人们明白了其实生命就如同眼前飘落的雪花一样，转瞬即逝，人们对于人生的无常似乎有了更加刻骨铭心的理解。

在灵车前面，抱着遗像扯纤的，分别是唐建设的儿子唐遥和廖智诚的女儿廖敏；伏在灵柩上痛哭流涕的，分别是两家的姑姨姐妹们。

这一天，父亲怀着极其复杂的心情去参加了两个人的入土安葬仪式。对于父亲来说，这不是一次简单的拢坟。参加仪式的人们，也怀着极其复杂的心情看着父亲。想起来真让人感到后怕呀！如果出事的那一天，父亲从廖智诚家的窑坑里跑得慢一点，那么今天就不是两个人的葬礼，而是三个人的葬礼了。那一天，如果出事的是父亲和唐建设，廖智诚家会是什么样的心情？那一天，如果遇难的是父亲和廖智诚，那么唐建设家又会是什么样的心情？楚默然真的不敢去想！可是没有如果，只有现实。父亲又一

次死里逃生，躲过了一劫。这些天里，父亲百感交集，不敢再往下想了。这些天里，楚默然和母亲同样百感交集，也不敢再往下想了。

这一天吃过早饭，楚默然踩着薄薄的小雪去了学校。教室里，同学们三个一群、五个一伙，说说笑笑。此时，唯独他内心苍凉。此时，频婆街上阴郁的天空下，是白色的雪花、苍凉的唢呐声、长长的出殡队伍、两家人撕心裂肺的哭声，以及在那坟头攒动的人头。

假如那一天父亲不幸罹难，那么今天就是他在父亲的灵柩前摔掉烧纸盆，抱着父亲的遗像，扯纤痛哭长号！那么，从此以后，剩下的将是多病的母亲、年幼的妹妹和肩负起家庭重担的他。那将是一幅何等艰难的母子相依为命图啊！他实在不敢往下想了。

生人养人的皇天后土啊！人们痛恨你那时的残酷无情，你吞噬了两个年轻的生命，留下了两个残破的家庭，改变了两位母亲和两个孩子的命运。

生人养人的皇天后土啊！人们感念你的大恩大义，放过了一个清苦的生命，挽救了一个贫寒的家庭。

为什么这一天楚默然对人间如此悲悯忧伤？因为在一瞬间失去父亲的孩子可能就是他。

……

经历了又一次的死里逃生之后，父亲一生的灾难差不多已经承受完了。他这三十五年，可以说是三次与死神擦肩而过，但最后都幸免于难化险为夷。这是生活对他的严苛还是宽厚呢？这谁也说不上来，也许兼而有之吧！从此以后，父亲的人生开始进入了一个平稳期，就像一条河流进入了风平浪静的中下游一样。虽然父亲照样依靠自己的力气，为了一家人的生活而起早贪黑，但对于一个靠自己的力气吃饭的人而言，谁不是这样呢？相对于以前那些大大小小的灾难，这时的生活应该就算不错了，谁能够去苛求生活本身呢？！

12

　　入冬的时候，频婆镇各个村里一些妇女被家人和村上的干部领着，到频婆医院做结扎手术来了。

　　做完手术后，她们就被人用担架抬着，住到了医院跟前的农民家里。抬着她们的是家里人和村里人，医生和村上的领导跟在后面。住的地方已经提前联系好了，只要家里有空闲的屋子，医院跟前的人家也乐意接收这些做了手术的妇女。这样，对于做了手术的人家来说算是提供了一种方便，对于自家来说也可以挣几个零花钱。主家要做的事情就是傍晚时分把炕烧热，每天灌满两个保温瓶的水。做了手术的人家，条件好一点的，常常在外面的饭馆里买饭吃；差一点的，家里的人就骑着自行车回家去拿来一些馍和咸菜之类的东西，到做饭的时候，拿到厨房里让主家帮忙热一热。

　　七天以后，病人家属扶着走路颤颤巍巍的病人去医院拆线。拆完线后，回来收拾了东西，就用架子车拉着病人回家去了。架子车上，女人包着头巾，盖着厚厚的花棉被。路上的行人都知道架子车上是做了手术的人，谁也不奇怪。

　　几天来住店的钱还没有结算，病人一家走的时候，家属说："他姨、他叔，钱过几天村上会给你们拿来，这几天把你们颇烦哩！"主家则说："看他叔说哩，什么话，谁一辈子还不遇上一些事，这有啥颇烦的，回去了让他姨好好将息着。"

味

109

病人走了以后，主人开始收拾房子，等待着下一拨人来。也许有，也许没有，但主人希望有。

过上一段时间，有的村上领导主动把钱拿来了，有的却迟迟不见把钱拿来。

眼看快到过年跟前了，彭家村还没有将钱拿来。这一天后响，谢碧芳、王金艳和母亲从街上买鞋面回来的时候，说起了这件事。

"彭家村的领导到现在把钱还没有拿来，看样子他们是不会把钱主动给咱拿来的，不行了咱们还是去要吧！"谢碧芳说。

"他们掏钱的时候就不像住店的时候说得那么好了。"王金艳说。

"看样子咱们得去要。"母亲说。

"要不咱们明天去吧！你们两个明天有什么事情吗？"谢碧芳说。

"我没什么事。"母亲说。

"我本来明天准备开始给我龙龙做鞋哩！算了，我也不做了，还是去要钱吧！"王金艳说。

"那咱们明天吃了饭就去吧！"母亲说。

第二天吃了早饭，王金艳过来叫了母亲，然后她们两人又去谢碧芳家，刚要进门，谢碧芳正好出来了。

"你两个吃得这么早？"谢碧芳说。

"都是一些省手饭。"王金艳说。

三个人一起出发了。日头暖暖的，但不时地刮过一阵西北风，人的脸上一时凉飕飕的。

去彭家村的路不远，出了北街的张家胡同，沿着汽车路向东走不了二十分钟，再朝左拐沿着一条土路端走就到了彭家村。

彭家村里，一群老汉正在墙下晒太阳。王金艳过去问一个穿着黑呢子上衣、戴着墨镜、双手笼在袖筒里的老汉："叔，村主任彭爱权家怎么走？"

那个老汉从袖筒里伸出手来指着前面说："你朝前端走，然后向右转过弯，门前蹲着一个大碌碡的那一家就是。"

"你们寻村主任有啥事吗？"这个老汉关切地问。

"能有啥事，肯定是村里人今年做了手术还没给人家店钱，人家来要来了。"一个嗑着麻子、嘴边沾了一圈麻子皮的中年人不屑地说。

顺着那个老汉指的方向，三个人找到了彭爱权家。掀开门帘子，彭爱权的老婆正坐在炕上纳鞋垫，彭爱权坐在脚地的沙发上从茶几上端起一杯茶水喝着。

"咦，他姨，你们几个咋来了？"彭爱权既吃惊又热情，一边站起来，一边对她们说，"快坐，快坐。"

"你们几个吃饭了没有？"彭爱权的老婆放下手里的鞋垫立即从炕上下来，走到沙发跟前，准备给三个人倒水。

"你不倒水，嫂子，我们刚吃过饭。"谢碧芳说，"我三个过来看他叔能不能给我们把做了手术的人住店的钱一结？"

"哎哟，你们不说我差点都忘了。"彭爱权一拍脑袋说，"村上的事一天实在是太多了。"

"你一天比国家主席还忙。"老婆嗔怪着对彭爱权说。

"实在不好意思啊，本来说要给你们亲自拿到家里去的，让你们跑这么远的路来要。"

"没事，我们在家里一天也是闲着。"谢碧芳笑着说。

"好，你先坐，我去出纳家里给你们算好拿回来，你们等一等吧！"

"没事，我们跟你一搭里去吧，你就不用来回跑了。"王金艳多了一个心眼，害怕彭主任出去不回来了，就笑着对彭爱权说。

"那也行。"彭爱权笑着说。

三个人跟着村主任一块儿去了出纳家。到了出纳家，院子里一个年轻媳妇正坐在洗衣盆前洗衣服。

"玉霞，建华呢？"彭爱权问。

"刚吃了饭去地里匀粪去了。"出纳的媳妇说。

"你去地里叫一下，让回来给她们三个把咱村上做了手术的人住店的钱一结。"彭爱权说。

过了一会儿，出纳和他媳妇回来了，和三个人打了招呼，让她们坐一会儿。然后，出纳从抽屉里拿出一个账本，看了一下说："病人在你们三家各住了七天，一天三十块钱，每一家是二百一十块钱，对吗？"

"对着哩！"母亲说。

说着，出纳从一个牛皮纸信封里掏出六张一百块钱，又拿出了三张崭新的十块钱递给谢碧芳，谢碧芳又分别给了母亲和王金艳一人二百一十块钱。

"钱没问题吧？"彭爱权笑着说。

"没问题。"王金艳说。

"那他叔，你们忙，我们就回去了。"谢碧芳说。

"嫂子，看你们来一口水也没有喝。"出纳的媳妇笑着送她们三个出门，彭爱权也一起出了门。

"实在不好意思，让你们亲自跑来了。"彭爱权说，"明年我村的人再做手术，还住在你们三家。今年那几个媳妇的家人都说，那几天你们是炕烧得热，水烧得开，房子收拾得干净。"

"谁都有个难处哩嘛！"母亲说。

"好，那你们慢走啊！"彭爱权说。

"那你忙吧！"三个人不约而同地对彭爱权说。

三个人手里攥着刚才出纳递给的钱，仿佛圆满完成了一项重大任务一样轻松。这时，头顶的阳光似乎更加暖和了，脚底下的趟土似乎也变得不再呛人，而是一种软绵绵的感觉了。

"你刚才还说我们闲着也是闲着。"王金艳嗔怪着谢碧芳。

"我那是客气一下嘛！"谢碧芳说，"谁一天有时间跟在他们屁股后面要钱。你烦，人家也烦。"

"我就害怕咱们今天来他们又拖拖拉拉不给钱。"母亲说。

"他要是不给钱，我们就不走，看他给不给。"王金艳说。

"人家也没有必要，就这么几个钱，人家也划不来。再说，这都是咱起早贪黑钻锅点趴炕点挣下的，又不是白问他们要钱哩！"谢碧芳说。

"哎，你们准备怎么花这些钱？"王金艳问。

"过年了，我得给娃买身过年的衣服。"母亲说。

"我和毛娃他大商量了一下，准备买一台电视。"谢碧芳说。

"你呢？"谢碧芳问王金艳。

"我看上了一件鸭绒袄，准备过年的时候买下。"王金艳说。

"你的日子总是过得那么自在。"谢碧芳说。

"人家文友一个月有二百块钱的工资哩。金艳不花，留着钱干什么？"母亲说。

"好嫂子哩，花钱的地方多着哩！"王金艳不好意思地笑着说。

腊月二十七这一天，天终于下起雪来了。雪是轻轻地下起来的，也轻轻地落下，但很快就落了厚厚的一层。

吃过饭，二表弟跃龙来了。他问："默然哥，我们今天去不去彭家村我二姨家？"母亲说："下这么大的雪，你们能去成吗？"跃龙倒像一个大人一样说："没事，跷近着哩！"母亲说："那你们就去吧，走着去，不要骑自行车了。"跃龙说："默然哥，那你收拾一下东西，收拾好了到我家来。"

母亲从柜里拿出要送给雪梅姑姑家的核桃、水果糖和蛋糕，还有父亲前天在街上揭的一张胖娃娃年画。今年是姑姑结婚后的第一年。

从雪兰姑姑家出来以后，从频婆街过去，然后上了频婆街北街就到了去雪梅姑姑家的幽泾公路上了。虽然下着雪，路上走亲戚的人还是很多。腊月的最后几天是人们"送核桃"的日子，这老天爷也挡不住。

大家提着东西，拐进彭家村的那条土路上了。这时，雪越下越大，平时的这条土路已经变成布满了路人深深浅浅的脚窝的白路了。脚踩上去，发

出咯吱咯吱的声音。朝路两边望去，地里白茫茫一片，雪光照得人的眼睛一时睁不开，酸酸的。一溜溜的粪堆，一行行的苹果树，一座座低矮的果园房子都披上了白色。向旁边一转头，楚默然发现了一座座的坟头，一座连着一座。这是彭家村的公坟，坟上的雪看上去更厚更白。在另一个世界的人已经不知道这个世界上的事情了，但他们活着的时候也一样在这个时节在阳光和暖的日子里或者大雪纷飞的日子里作为娘家人去"送核桃"。

到了雪梅姑姑家的时候，天已经放晴了，太阳艰难地在阴云中散发着淡淡的光芒，好像大病初愈的样子。雪梅姑姑家的院子已经扫过了，露出了清冷的地面，地上残留着扫帚扫过后的一绺一绺雪痕。

听到院子里有人的脚步声，雪梅姑姑从厦子里出来了，笑着对大家说："今天下雪哩，你们就不来了，等雪停了再来嘛！"

系国姑夫笑着说："今年打春早，年跟前这雪嘛，有啥样子？"

雪梅姑姑说："快进来，扫一下衣服上的雪。"说着，从炕上拿起了一把扫炕笤帚，递给了系国姑夫。

大家把手里提着的东西放到雪梅姑姑家厦子里中间的方桌上。

"我姨夫哩？"跃龙问。

"吃了饭，刚出去了。"雪梅姑姑说。

雪梅姑姑让大家坐下，楚默然和系国姑夫坐在了写字台两边的椅子上，雪兰姑姑坐在了炕沿上。雪梅姑姑给跃龙端来一把小椅子，跃龙说他坐不住，站一会儿。

然后，雪梅姑姑从厦子墙角的一个竹筐里盛了一盘橘子，又从另一个酒箱子里装了一盘瓜子、花生和水果糖端了过来。

雪兰姑姑问："姨最近身体怎么样？"雪兰姑姑说的是第五伦村的姨奶。

雪梅姑姑说："好着哩！前些日子我和稳远去看了一回，我让她到我屋里来过年，无论怎么劝说她也不来。我们就给称了十斤肉，灌了一桶油，买了一身衣服。"

正说话的时候，稳远姑夫回来了。

稳远姑夫笑着对系国姑夫说："你腿还没好利索，就在屋里好好将养着，跑这么远的路。"今年国庆节的时候，系国姑夫从泾滩县卖辣椒回来的时候，不小心掉到路边的水渠里了，将本来就不好的腿又摔了一次。几年前，他在西祥庄的一个崖边挖土的时候，崖上的土块子掉下来，把他的腿就砸伤过一回。

系国姑夫笑着说："没事，我前几天还往地里拉粪着哩！"

稳远姑夫说："你一辈子都是一个闲不住的人。"

系国姑夫说："咱不做活，再弄什么呀？"

大家在厦子里喝水、说话。

快到晌午了，雪梅姑姑去厨房里开始准备晌午的饭菜了，雪兰姑姑也到厨房里去了，两个人一起做饭。厨房里不时传来切菜剁肉的声音。

吃饭跟前，稳远姑夫的父亲回来了。他头上戴着一顶棉帽子，穿着一件黑色的对襟棉袄，脚下穿着一双黑棉窝窝，看上去暖和极了。

看见家里来了客人，他笑着说："你们都来了啊！"系国姑夫、跃龙和楚默然都站了起来。

他笑着说："你们坐，我坐炉子跟前。"说着，跃龙给他递过去一把椅子。火光从炉子的缝隙里透了出来，这时厦子里暖烘烘的，热得人想将外面的衣服脱掉。

过了一会儿，雪梅姑姑进来对稳远姑夫说："稳远，你把桌子拉出来，咱们吃饭。"

稳远姑夫把地扫了一下，把桌子拉出来，放在靠近炉子的地方，跃龙去厨房端饭。一会儿，跃龙将一个大瓷盘子端来了。稳远姑夫在旁边将里面的菜一一放在饭桌上，有凉盘子、御面①、炒豆腐、炒花生米、酸辣汤

---

① 又称玉面、淤面，齣地名小吃。用上好小麦面粉熬制，出锅轧成条状再蒸熟冷却后即可。食用时，先切成薄片，然后佐以熟猪肉、葱花、香菜、蒜泥、芥末油（或香油）等凉拌。御面片白如玉、薄似蝉翼。其作料或绿或红，形色俱佳，味道极美。

和炒粉条，白瓷盆里是一只炖鸡。

楚默然去厨房里叫两个姑姑一起来吃饭。雪梅姑姑说："你们先去吃，我给咱们下挂面。"然后，她让雪兰姑姑去厦子里吃饭。

席间，稳远姑夫给每个人倒了一盅酒，然后，大家端起酒杯，几个大人一饮而尽。楚默然和跃龙只是浅浅地尝了一下，嘴里就不停地吸溜着。稳远姑夫说："你们两个不能喝酒了就好好吃菜，我和你爷、你大姑夫喝。"大家说说笑笑，杯来盏去。

过了一会儿，楚默然和跃龙站起来说："我们去给咱端面。"

"让你姑给我弄上一碗稀的。过年这一段时间，人就想吃些酸辣一点的面，油腻的饭菜一点也吃不动。"稳远姑夫解释说。

这时，隔壁的邻家也传来了一阵阵喝酒划拳的声音，听上去好不热闹。

……

外面，天空已经放晴，呈现出了少有的湛蓝色，人的心情也一下子轻松了许多。屋檐下开始往下滴水滴，很有节奏的样子。地上已经有了一排浅浅的水窝，水滴给了沉寂的冬天一道风景，让冬天也发出了自己的声音。

吃完饭，雪梅姑姑去厨房里收拾碗筷。雪兰姑姑要去帮忙，雪梅姑姑说："姐姐，你歇着，一会儿就收拾完了。"过了一会儿，雪梅姑姑就进厦子里来了。大家坐着说了一会儿话。在这样的日子里，吃饭似乎是次要的，而饭后坐在一起说说话才是这个时节里最温馨动人的画面。过了一会儿，雪兰姑姑说："我们得走了。"

稳远姑夫说："还早着哩，你们急什么！"

雪兰姑姑说："回去还要起面蒸馍、洗御面哩！"

雪梅姑姑说："你们待不住，那就早点回吧！"

说着，大家将带来的东西从包里掏出来，放在姑姑家的写字台上。大大小小的礼物，堆满了一张写字台。

姑姑姑夫送大家出门。大门外热闹极了，一群小孩子在点燃一个花炮后，捂着耳朵远远地躲开了。姑姑家的对门站着一家人，好像也是刚把亲

戚送走的样子。路边站着许多人，每个人的脸上都挂着笑意。

后晌，西祥庄安在一根高橡上的大喇叭又响了。

大喇叭响了以后，照例先是放一段嗨嗨闹闹的秦腔戏。农民是爱听秦腔戏，却不爱听西祥庄村委会大喇叭上放的秦腔戏。只要大喇叭上一放秦腔戏，人们就知道事情又来了。过了几分钟，秦腔戏停了，终于听见有人清了清嗓子，还是村委会主任王治民的声音："各位村民请注意，从明天赶早开始，全村所有男女劳力，扛上铁锨、镢头，拉上架子车，去官道咀修水利。请大家带上吃的馍和菜，喝的水官道咀村给大家提供。请大家务必参加，按时完成自家的任务。如果谁家到时完不成任务，年底将从义务建勤工里扣除工分……"一遍说完后，接着又重复了两遍。

各家各户开始想修水利的事。天黑了以后，一村的人都在天热气闷、蚊叮虫咬中早早地睡下了。

第二天，各家各户就扛着铁锨镢头，拉着架子车早早地出发了。有在肩膀上扛着铁锨镢头的，有将镢头铁锨穿过自行车的包座绑在前面的横梁上的，有几家人一起放在架子车上的。自行车的把手和架子车车厢上挂着布袋、塑料袋，里面装着蒸馍、洋葱和黄瓜，还有装满水的罐头瓶子。

去官道咀，是从频婆街南端的南街村下去，经过丰登村走不了多远就到了。同丰登村下去的土路相比，位于南街村的这段路坑坑洼洼，让人晴天一身土，雨天一身泥。人走在路上，深一脚浅一脚。至于自行车、架子车、四轮拖拉机和汽车就更不用说了。修水利去的男女老少磕磕绊绊地走着、颠簸着。坐在自行车后面的人，不停地对带着自己的人说："骑慢点，我的心都快蹦出来了。"前面的人说："你坐好，过一会儿就好了。"接着又骂了一句，"他娘这×路，也不知道什么时候能修一下。连提兜里的馍菜都受不了快蹦出来了，别说人哩！"去官道咀修水利的人，除了西祥庄的，还有频婆镇其他村子的。一看见这些远处村子的人也去修水利，西祥庄人就觉得自己幸福多了。

官道咀水利工地按村分为不同的施工点，每个施工点都插着彩旗，一阵风吹来，彩旗平展得像一张张彩纸。各个村上的领导已经早早地到了，按照他们已经商量好的，给每家每户分任务。分好任务后的家庭，一家人便开始挥锨舞镢地干起来。当老子的拿着镢头挖土，当娘的和儿子拿锨往架子车上装土，装满后儿子拉着车子，车辕上的背带绷得紧紧的，娘在后面推着车子。第一车土因为要轧一道车辙，拉出去总是要费点劲的。到了沟边，娘和儿子一起抬起车辕，将一车湿润的透着清香的黄土哗啦啦倒进了前面的沟里，然后又拉着车子往回走。有时不小心用力太猛，车辕被儿子抬过头了，连车子一下子滚到沟里去了。当娘的就一边嗔怪着，一边和羞愧难当的儿子走下沟去，吃力地把架子车抬上来。有的是几个本家人合着干，用好几辆架子车腾土，看上去人多势众、热火朝天的样子。

慢慢地，太阳升起来了，清凉和露水渐渐地消退。人已经感到身上有点热烘烘的了，有人就干脆脱掉衬衫，只穿着一件背心。过了一会儿，有的人乌黑油亮的脊背上，已经渗出了一粒粒晶莹透亮的汗珠。他们只好从地上的布兜里取出一条已经擦得黑乎乎的毛巾搭在背上，随时擦一下身上和脸上的汗珠，然后接着干。

瘦猴停下手里的活跑了过来，对干活的易长空说："长空，歇一下，你一家子这么急干什么，干完了还有哩！官道咀的沟这么大，你能填完？"

"砍柴的和放羊的谝不到一块儿。谁看你哩，你兄弟是量土方的，到时候给你尺子松一下就出来了。"易长空说。

"我兄弟他才不会为我徇私情呢！"瘦猴笑着说，然后又跑到前面乱窜去了。

日头已经升得老高，到了平时吃饭的时候了。这时，整个水利工地上许多人都停下来了。官道咀村里的人担来了两桶开水，放在了一块平地上。大家迅速拿出布兜里各种大大小小的瓶子去接水，碎娃娃们让父母坐着吃馍，他们拿着几个瓶子去接水。当父母的，这时在尽情地享受着有儿

有女的好处。易长空的儿子大牛、二牛和老婆石英莲也停下来休息了，只有他一个人还在那里一镢头一镢头地挖着土。坐下来就着一根葱吃馍的核桃说："长空哥，吃了饭再干。"

"让我把这些土挖完。"易长空说。

吃完饭后，大人们先起来了，碎娃娃们还在地上磨蹭着。最后，终于很不情愿地站起来，懒洋洋地拿起铁锨往架子车厢里装土，一副没有睡醒的样子，然后，沿着早上轧出的车辙拉过去。

"唉，这水利我们年年修，也不知道修到猴年马月，我们都给官道咀的人办了事了。要是将来修水利也像庄稼地一样，承包出去就好了，我们每年给人家把钱掏上。"核桃说。

"谁看你哩，你还是有钱啊！"蒙富甲接过来说。

"我不信修水利一年一家能掏多少钱，我一个月的房租就足够了。"核桃说。核桃家的门面房出租给了浙江一个弹棉花的人家。这家人在他家已经住了五六年了。除此以外，他家还住着关中道上唯一一家卖苹果箱子的客商钱王义。

这时，村主任王治民过来了。他说："咱们豳邑县是全省农田水利基本建设的先进县。明天，副省长刘天喜要来视察咱们县的农田水利基本建设，决定在全省推广咱们县上的先进经验。刚才，县上来了电话，镇上要求我们派一些人去修一下官道咀的生产路，主要是铲一下路边的杂草，将坑坑洼洼的路面修整一下，这是事关咱们频婆镇乃至豳邑县形象和荣誉的事情。"

"这恐怕是担心省长的车在路上颠簸吧！"蒙富甲说。

"就你话多！快，谁去？"王治民说。

"那我们的活谁干？"小个子狗蛋问道。

"不用担心，村上会给大家记双份工分。"王治民说。

"我去！""我去！""我也去！""这回我们可以见上省长了。"大家争先恐后地围在王治民身边，他这时简直成了一个香饽饽。

最后，王治民只挑了十个人去，其他人好像看了一回热闹一样，又遗憾地回到了自己的土方前，索然无味地干起了自己的活。

然而到了下午，副省长刘天喜并没有来。听说，因为省上有个紧急会议，刘副省长又赶回省上参加会议去了。

后晌，日头慢慢地西斜了。有的人家已经完成自家的任务了，就去找会计付文平量土方。付文平量土方的时候，他的身边挤满了人。付文平将软尺放好看米数的时候，站在软尺另一边的人总要把软尺往后拉一拉。"哎，是不是太过分了！"付会计有点生气地说。

"我早上就是从这儿干起的，我干的地方我不知道吗？"农民的犟脾气又上来了。干没干谁知道呢！还不是为了多算一些土方。周围的人也跑过来了，看付文平怎么量。

"量我家的去吧！我家的已经干完了。"一个人说。

"咱一个一个来，都会给你们量的，不会让你们吃亏的。"年轻的付会计这回笑着说。

……

一天的任务终于结束了，当一村人从官道咀回来的时候，天色已经暗下来了，天也凉下来了。洗完脸，喝口水，坐在家里的炕头上的时候，人才突然感到腰酸背痛极了。这时，人一下子都不想动弹了。

13

独承舅舅跟着宫师傅学木匠手艺已经快三年了。宫师傅的活很多，请他做家具的人四处都有，常常要排着队预约。舅舅常常是跟着宫师傅给张家做完活后，马上又背着刨子、锯子、斧头、墨斗和平斤等进了王家的门。

舅舅虽然上学只上到初二，但他心灵手巧，宫师傅在做活的时候，他就在旁边一边给师傅打下手，一边在心里琢磨着，有不懂的地方，就向师傅请教。经过师傅的指点，他很快就明白了到底应该怎么量锯凿粘。慢慢地，舅舅就上手了。宫师傅对舅舅的悟性很满意，后来就放心地先将一些简单的家具交给他去做。

这一回，舅舅跟着宫师傅去于家村做活。没想到因为这一回做活，他遇上了楚默然未来的妗子。这也许就是缘分。人与人之间的缘分到了，你躲都躲不掉。这一家的三人有两个女儿、一个儿子。大女儿是先房所生，叫于丽，其他两个孩子都是后房所生。舅舅和宫师傅在屋子里做活的时候，于丽每天给他们把水壶提到屋子里去。她话不多，把水壶放到屋子里以后，就回到自己的窑亘纳鞋垫去了。

于丽比舅舅小两岁，匀称的身材，明亮的眼睛，一条马尾辫上拴着一块白色的手绢，穿着一身天蓝色西装，看上去清爽极了。舅舅是一个不爱说话的人，看见于丽提着水壶进来的时候，也不知道该和人家说什么。但

当于丽离开的时候，他总是目不转睛地看着人家的背影。他们两人之间仿佛有一种极其朦胧而微妙的感觉，但又仿佛隔着一堵厚厚的墙。

在一旁做活的宫师傅就慢慢看出了舅舅的心思，便笑着问舅舅："独承呀，你是不是看上这个女子了？"

舅舅一时脸红了，不说话了。宫师傅便明白了，他心想，如果这个女子也能看上徒弟，那么说不定这会是一桩美满的姻缘。这一段日子，通过观察，他看出来了于丽她们娘儿俩之间好像隔着层界，并不像人家亲生的母女之间那样亲亲热热。宫师傅虽然并没有给人说过媒，但他却愿意为自己的徒弟成全这一桩姻缘。

第二天坐下来喝茶的时候，宫师傅跟主家聊起了家常。说着说着，话题就说到了儿女婚姻问题上来，宫师傅随口问了主家一句："他叔，女子现在有下家了吗？"

"没有，一直给女子瞅不下一个合适的下家。"于丽的父亲说。

"哦，是这样的。"宫师傅点点头，一时仿佛明白了什么一样，"我现在给娃瞅了一个下家，不知你愿意不愿意？"他接着说。

"谁呀？"于丽的父亲惊奇地问。

宫师傅用眼睛睄了一眼在旁边熬胶的舅舅，于丽的父亲一时明白了。

"你这个徒弟看起来人确实不错，只是不知道两个娃有没有这个意思。"于丽的父亲说。

"只要女子有这个意思，我看这事准能成。"宫师傅确定地说。

"那我先给娃提一下这事吧，看娃啥反应。"于丽的父亲说。

从这一刻起，主家院子里的空气便发生了悄然而微妙的变化。他们一家和宫师傅及舅舅之间已经不仅是简单的主雇关系了，似乎还多出来了一点什么。

这天晚上喝完汤以后，于丽的父亲走进于丽的窑里，于丽感到父亲要和自己说一点什么了。果不其然，父亲拐弯抹角地说到了她的婚姻问题，谈起了做活的舅舅。于丽听完父亲的介绍后，一时没有说什么。父亲马上

明白了，他后面给于丽说了一段意味深长的话："丽丽呀，你妈殁得早，我对不起你呀！你们兄妹三个，手心手背都是肉，可是我心里最疼的还是你。我知道你在咱家里过得很为难，像咱们这样的家庭关系真不好处理啊，我平时真是左右为难。丽丽，你现在已经长大了，也该有个自己的家了。我只希望你能寻个好小伙子，只要他对你好，我就放心了。你这个木匠叔给你说的他这个徒弟，我看人还不错。我活了大半辈子了，总结了一点，就是手艺人走到哪儿都有饭吃。如果你和这个小伙子能成，我也可以告慰你在九泉之下的娘了。以后我老了，也好向她交代了。"说着，父亲突然用手抹了抹眼睛，他的声音有点颤抖了。

"大，你不要再说了。"于丽一下子大声哭了起来。

"娃，你甭哭。你哭，我心里就更难受了。"父亲安慰着于丽。

"大，我同意。你们去说这个事吧！"于丽最后对父亲说。态度明确的于丽仿佛已经是脱离了父母怀抱的孩子，现在她要自己决定前途了。

一天，看见于丽提着水壶又进来了，宫师傅对舅舅说："独承，我屋里今天有点事，需要到频婆街上去一趟。"舅舅说："师傅，你去忙吧，这里有我呢，你放心。"

屋子里只剩下了舅舅和于丽两个人，倒是于丽先开口了："你们在我家做完活还要去哪里做活？"于丽以这一句话提出了她和舅舅之间的话题。说出这一句话，不知她需要多大的勇气，但终于说出来了。

"快到过年跟前了，给你家做完后就没事了。"舅舅说。

"你一年也挺忙的？"于丽接着说。

"罢了，也不是太忙。"舅舅说。于丽的声音，不知为什么一时让他感到暖烘烘的。

以前，两个人谁也不好意思开口，但当于丽和舅舅两个人都开了口，似乎也就有了说不完的话，两个人心里的距离似乎一下子拉近了。有人说，世上最难也最容易的事情就是开口说话。看来真是如此啊！

舅舅和于丽的这门婚事看来水到渠成了。

在于丽家做活的间隙，一天下午舅舅来频婆街了，给楚默然的母亲说起了自己的婚事，母亲又给寒笑姨说了这件事，姨再给六外公说了这件事。大家最后的意见是，两个人都是苦水里泡大的，谁也不笑话谁，这事能成。然后，六外公对母亲和姨说："就让宫师傅当媒人去说这件事吧，两个娃年龄都不小了，赶紧把这事定下来，一结婚开始过他们的日子，咱们也就不用再操这些心了。"母亲和姨说："那就让宫师傅去说这门亲事吧！"姨最后对舅舅说："你的缘分终于来了！"舅舅听后，笑了。

独承舅舅的婚事定在了腊月十二，腊月初八鲲鹏舅舅刚刚结了婚。

三年前，鲲鹏舅舅考上了泾滩师范学校，这不仅是六外公一家的骄傲，还是他们秦氏家族的骄傲，更是整个溪头村的骄傲。家族里的人说起鲲鹏舅舅的时候，都说"咱鲲鹏怎么样怎么样"，鲲鹏舅舅现在算是整个家族里第一个真正意义上的公家人了。六外公一辈子虽然在外工作，但毕竟是个工人，而鲲鹏舅舅却是真正意义上的国家干部了。

妗子是鲲鹏舅舅上泾滩师范学校时的同级同学，叫林洁。和其他弟兄们的婚姻相比，鲲鹏舅舅的婚姻算是自由恋爱了。结婚前，林洁已经到溪头村来过几次了，亲戚们对林洁也很熟悉了。亲戚们对他俩说："你们两个人真是郎才女貌、天造地设的一对。"听着亲戚们这些祝福的话，幸福洋溢在他们两个人的脸上。

六外公一家在溪头村里人缘好，鲲鹏舅舅结婚这一天，村里没有一家人不来行情①的，至于远远近近的亲戚就更不用说了。过事的执客，没等家族里的人去请，都主动跑来了。晌午开席的时候，亲朋好友们行来的毛毯、被面挂满了整个席棚的四周。贴在厦子墙上的红色礼单，从五间厦子的这一头贴到了那一头。坐席回去的村里人到处在传说着六外公家的这个事过得好，没有人家像他家一样能待这么多的客。

---

① 行情：随礼，祝贺。

鲲鹏舅舅的新房在六外公家的阳面厦子里。厦子门上挂着一条红门帘，两边绣着两行字：志同道合结伴侣；夫妻恩爱幸福长。横批：百年好合。

闹洞房的这个晚上，清风乡宁家村的灵巧表姨用围裙兜着一大堆核桃、枣、花生、谷和豆子悄悄来到洞房门口，她把这些东西从门窗里扔到鲲鹏舅舅的婚床上，边撒边唱：

撒谷撒豆子，生下儿子长牛子。

撒谷撒糜子，生下女子哄儿子。

七个核桃八个枣，来年娃娃满院跑。

一把核桃一把枣，小的跟着大的跑。

看见扔进来这些东西，闹洞房的人顿时你挤着我、我掀着他去抢炕上的核桃、枣和花生，好不热闹。如果抢不上这些东西，就好像沾不上鲲鹏舅舅结婚的喜气一样。

腊月初八鲲鹏舅舅结婚的这一天，离溪头村仅五里的频婆街上，冬日的阳光裹在一阵阵的寒风里。这个集日，四面八方的人们传递着一条重大的新闻：豳邑县法院在从频婆街中学门口上去豳泾公路对面的麦场里举行着一场轰动全县的公审公判大会，对全县一年来抓捕到的涉嫌各类违法犯罪的人进行宣判。引人关注的是，在公审公判大会上，将要对一个来自关中道上的杀人犯在进行宣判后立即执行枪决。对于西祥庄人来说，他们关注这场公审公判大会的原因在于，被押上公审公判大会前台的除了其他地方的人以外，还有西祥庄的常卫国——那一年"二月二"会上遇害的常爱国的二弟。常卫国是因为参与盗窃而被逮捕的，其他地方的人只知道常卫国是一个盗窃犯，但西祥庄人却都知道他是自己村里的人，那意义就不一样了。

公审公判大会开始以后，主席台上的一个法官厉声宣读着每个嫌犯的犯罪事实，其他人都在严肃地听着。这时，台子下面麦场里的人熙熙攘攘，有认真听着的，有踮着脚看着的，有来回走动的，比频婆街上"二月

二"过会热闹多了。人们指指点点，唾沫星子乱飞。终于，西祥庄人在主席台前的一排嫌犯当中发现了常卫国。今天，他穿着一件蓝色的囚衣，头发被剃得光光的。他的头始终低着，胸前戴着一个白纸糊的牌子，上面写着"盗窃犯"三个黑色的大字。

这一天，常克传一家人都待在家里，家里的空气沉闷极了，谁也没脸去看县里召开的公审公判大会。常卫国的娘金莲在屋子里不停地流着泪，常克传就安慰她说："你甭哭了，既然咱教育不了，就让国家的法律教育去。那你有什么办法！那你有什么办法！那你有什么办法！"他一连重复了三遍"那你有什么办法"。

"我的命怎么这么苦啊！死的死，抓的抓。"卫国的娘哭泣道。女儿玲儿过来安慰娘，劝着劝着她自己也和娘一起哭起来了。

公审公判大会结束以后，已经快到吃晌午饭的时候了。那个要被执行死刑的犯人被公安干警立刻押上了一辆绿色的囚车，囚车飞速向频婆镇马家咀的一个山谷里开去。麦场里那些喜欢看热闹的人像疯了一样，骑着摩托车飞快地跟着囚车跑去。一个小时后，山谷里传来一声尖锐的枪响，死刑犯被枪毙了！

鲲鹏舅舅的婚事完了以后，亲戚们都没有回去，又去为独承舅舅的婚事做准备。独承舅舅的婚事简单了许多，他没有招待村里的人，只是把亲戚族人和邻居们招待了一下。

结婚前，独承舅舅骑着自行车去了一趟太谷镇，他是去给在太谷镇的思变舅舅说结婚的事，请他们一家人到时候都回来。思变舅舅从部队复员以后不久，被安排在了太谷镇税务所工作，现在已经当上了税务所的副所长。办公室里，思变舅舅正在和一个前来请他办事的人说话。送走那个人以后，站在独承舅舅面前，思变舅舅看到独承舅舅已经长成了一个大小伙子，而且马上就要结婚了。独承舅舅看着多年没见的思变舅舅，发现他满面红光，比原来更胖了。

思变舅舅说："我到时候一定回去。"

"你们一家都回来吧！"独承舅舅说。

然后思变舅舅又问了一句："你结婚的钱够不够？不够了我再给你想办法。"

"够了，结婚这一天我就简单地过一下。"独承舅舅说。思变舅舅听后，也就不再说什么了。

……

结婚的这一天，思变舅舅一家回来了。思变舅舅穿着一身崭新的工作装，看上去精神而魁伟。他同家族里的叔叔、弟兄们热情地打着招呼，见了人给每个人发一根烟。思变舅舅一儿一女，大的已经八岁了，小的五岁。婶子、堂姐妹、表姐妹们看见了格心妗子和两个娃娃，都主动上来和她打着招呼。大家摸着两个娃娃的头说："娃都这么大了，长得真乖！"格心妗子的话还是不多，只是静静地坐在独承舅舅的新房里，打量着新房里的一切。这个新房，就是他们当年结婚后住的房子，她似乎又回忆起了发生在这个已经粉刷一新的房子里的一切。大家见状也不好意思再多说什么，就忙其他的事情去了。

思变舅舅和格心妗子看见了母亲和寒笑姨，姨和母亲也看见了他们，但都像没有看见一样，谁也不想说一句话。母亲和姨两个人默默地在厨房里忙着蒸馍、切菜。

六外婆对在阴面厦子里坐着的思变舅舅说："你去把你辛兰姐姐和寒笑问候一下吧！"思变舅舅说："人家现在又不认我，我问人家干什么！"六外婆说："你们亲亲的兄弟姐妹，这么多年过去了，到底有什么解不开的疙瘩？也不怕人笑话！"思变舅舅说："六娘，今天咱啥话也不说了！"六外婆只好沉沉地叹息了一声，从厦子里出来了。

独承舅舅的新房就是把原来的厦子用白灰刷了一下，炕周围的墙上用印有"囍"字图案的炕围纸贴了一圈。房子是父亲和伊最姨夫帮着刷的，炕围纸是姨帮着贴的。厦子一进门正中放着舅舅自己做的一张粉色写字

台，炕对面靠墙的地方立着一个也是粉色的高低柜，高低柜上放着两个红色皮箱，柜的前面停着一辆崭新的"飞鸽"牌自行车。

结婚后的第二天，妗子于丽下厨房拿着擀杖要擀面。伊最姨夫从外面的窗台上拿了两个"太白"酒瓶子让妗子站在上面。两个挨在一起的瓶子骨碌碌滚来滚去，让拿着擀杖擀面的妗子东倒西歪，妗子的脸一下子红了。

"姐夫，你能不能把瓶子拿掉，让我给你们好好擀一案子面？"妗子笑着说。

"不行，踩上酒瓶子才能看出你的手艺高低。"姨夫笑着说。

"你就不要为难于丽了。"姨在一旁替妗子解围。

"去，今天由我和姐夫说了算。是不是，姐夫？"姨夫说。

"对着哩，今儿咱们不耍一下于丽，以后就再没有机会了。"父亲说。

"你还会干什么！"母亲嗔怪着父亲。

"姐姐，你没听人说：新娘擀面，脚下踏炭；踏了煤炭，抱窝生蛋；倩蛋倩蛋，女俏儿欢。"姨夫说。

趁着妗子站立不稳的机会，姨夫偷偷地抓了一把盐，撒在了正在擀的面上，边撒边说：

面上撒盐，

先生儿男。

撒糁子撒米，

生儿育女。

撒盐撒辣子，

过个好日子。

……

这一顿饭做下来，妗子足足花了三个小时。妗子的手艺还真不错。大家吃着妗子擀的面条，高兴地说："于丽以后肯定是一个能过日子的人，独承以后再也不用啃冷馍了。"

"我的眼光还会有错吗？"舅舅笑着说。

"看把你能的！"姨笑着对舅舅说。

频婆街卫生纸厂生产出来的卫生纸很受大家的欢迎。

生产出来的卫生纸分为两种，一种是用印有商标图案的塑料袋包装起来的切好的圆筒卷纸，一种是没有用塑料纸包装而且没有切开的长长的散纸。许多庄稼人就买散纸，它便宜实惠。每一天都有到纸厂里批发卫生纸的大小车辆。许多乡下的女人推着自行车来批发两大包卫生纸，去村里转着吆喝着卖。西祥庄有生意头脑的女人批发了卫生纸以后，就在频婆街逢集的日子里拉着架子车在街上卖。

除了本地市场以外，献力叔叔和副厂长任称续决定开发周边县市的市场。和邠邑县邻近的，有泾滩县、宜禄县，甘肃省的正宁县、宁县、平凉和西峰等地。在他们看来，这些地方都有着巨大的市场潜力。事实上，第一次向这些地方送去的纸，就非常受大家欢迎。于是，他们就在这些地方发展代理商，由代理商负责销售，从而建立起一种稳定的销售关系。

纸厂里的大卡车每天晚上从外地卖纸回来以后，又在一大群工人的协助下将第二天要卖的纸装好，第二天一大早就出发了。天天如此，于是献力叔叔又雇了一个司机，两个司机换着开车。一起出去卖纸的，是凝力叔叔和奋力叔叔。

纸厂的生意越来越红火，人手越来越不够了。献力叔叔需要一个得力的助手。此时，频婆街供销社的效益每况愈下，一些门市部已经承包给了个人。经过慎重考虑，朵川二婶毅然离开了供销社，她帮助献力叔叔来打理纸厂里的一系列事情。朵川二婶这一人生的决定，到底会给她带来什么，只有岁月会呈现给她。这时，她想到的只是无限的希望和无尽的付出。

到了纸厂以后，朵川二婶首先给工人规定了严格的上下班时间。其次，纸厂每天的收支情况，她都严格记账，做到心里有数。每天下班的时

候，她发现一些工人顺手将一两卷纸塞在包里拿走，于是，她在全厂的工人大会上宣布：今后一旦发现此类行为，立即开除出厂。从此，这些工人变得收敛了许多。

除了进行生产上的严格管理外，她又对纸厂里的环境进行了整修美化。办公室前面，她请来西祥庄的房木匠唐建俊修建了一个漂亮的花坛，里面种上了牡丹、格桑花和蕉叶梅等。通往纸厂后面的路边，她分别安装了三盏路灯，这样夜晚人进出的时候就方便多了。

纸厂里的事情交给了朵川二婶，献力叔叔则和任称续每天忙着跑外面的事情，购买各种设备，打通各种关系。镇政府、税务所、工商所、供电站和水管所的检查通知一个接一个地来了，这些都需要他们去应付。纸厂里每天人来人往，有买纸的，有来拉水的，有来借东西的，还有来检查的。检查的人走的时候，二婶让人给他们的车后备厢里塞上两大包包装好的卷筒纸。

一天下来，二婶休息的时候已经到了晚上12点左右。其实，睡不了多长时间，又得起来接着忙第二天的事情。

味

14

许多人对于关保卫的关注，是因为他的家庭。

关保卫的母亲叫刘美芹，像寒笑姨一样读完了高中。她人高身瘦，身材苗条。因为个子高，所以一弯腰，似乎整个身体都有折断的危险。像她这样高的女人，在频婆街上确实找不见几个。当她和周围的一群女人站在一起时，别的女人都显得五大三粗，而刘美芹正如她的名字一样，像是一株风华正茂的绿芹。

可是闲暇时刘美芹很少和周围的女人待在一起，或者坐在某一个女人家的大门前，织一件毛衣，或者绱一只鞋，在这样的情景里女人们看起来都充满闲情逸致，生活在这时似乎稀释了她们所遇到的许多艰难。刘美芹没有这样的闲情逸致，她的脸上虽然偶尔会浮现出一丝笑容，但很快就被飘浮过来的一层阴云所掩盖，这层阴云是从她的命运里飘过来的。

刘美芹是一个命不好的女人，她的命有它的表现。

很早以前，她就一个人拉扯着两个孩子，一儿一女。她的丈夫去哪儿了呢？整天在一起追逐打闹的小孩子只知道，她家就她和两个孩子。而和刘美芹年龄一样大或者比她大的人都知道，她的丈夫受法了。受法，是频婆街人语言中一个很抽象的词。本来这个词可以说得很具体也很形象，就是坐牢或者蹲监狱，但从上了年纪的人口中说出来，却是一个严肃而文雅的词。

刘美芹的丈夫叫关学良。他到底是个什么样的人呢？对于没有见过他的人来说，他太让人充满想象力了！他因什么受法呢？从大人们不经意的谈话中，楚默然终于明白，是因为偷盗。据说有一次，他竟然偷到县医院去了。在医院的交费处，他装模作样而又鬼鬼祟祟地站在一群等待交费的人中伺机行窃。令他意想不到的是，他竟然碰上了邻居张二宝。为了给他一个面子，张二宝也就当作没看见。两个人相互打了个招呼以后，张二宝就赶紧走人。可是很快，关学良在医院偷窃的事在张二宝从县城回来后就悄悄地在周围的人中间传开了。

因为偷窃，关学良终于把自己给送进去了。

那一天，头顶的阳光干净、舒适，关学良却好像有什么不祥的预感似的，他在家里待着没有出去。当警车停在他家的土墙门口，两个警察走进屋子里来抓他的时候，他正在炕上和两个孩子玩小猫钓鱼的扑克牌游戏。关学良虽然做着很不光彩的事情，但他却很爱自己的两个孩子。当警察把他叫到院子里，向他出示证件并将他铐起来的时候，他还没有反应过来是怎么一回事。

警察和关学良之间没有多余的话。警车嗖的一声开走的时候，留在警车身后的是周围一大群看热闹的人以及感到莫名其妙的妻子刘美芹和她的两个孩子，还有腾起的一阵阵眯人眼睛的尘土。两个孩子还不知道自己的父亲为什么被这么一辆漂亮的车带走了。

关学良受法去了，家里留下了刘美芹和两个孩子。

一次，刘美芹因为高烧持续几天不退，就去了频婆街上文成昆的诊所。此前她去了好几家诊所，都不见好，于是就有点病急乱投医的冲动。令她没有想到的是，在其他诊所没有看好的病，在文成昆的小诊所居然看好了。这让刘美芹仿佛有点遇到救星的感觉。这似乎注定她和文成昆之间要发生一点什么。

从此，刘美芹对文医生更加信任了，不管大小的病，不是先去家门前的频婆街医院，而是先去文成昆的诊所。文医生虽然不苟言笑，但确实是

一个对待病人极其体贴的人，这令刘美芹很感动。文医生的这一点，在频婆街也是有口皆碑，这也是他能将"文成昆诊所"在频婆街一直开下去的重要原因。

文成昆是一个长得魁梧富态的男人，虽然他的脸有点黑，这可能跟他的生活条件有密切的关系。文成昆一开始是在文家村开诊所，后来就开到了频婆街上。一般人的诊所开在自己的村里，而文成昆能像做生意一样，把诊所开到了频婆街上，从这一点就可以看出他是一个医术很高明且有能力的人。

自然，文成昆是一个不缺钱的人。那么只要有钱，他就可以在频婆街上买自己想买的东西，吃自己想吃的东西。比如在频婆街二五八的集上，最先出现的东西，也是被像文成昆这样的人最先享受。他们也可以到西安、秦城这些大城市去买自己想买的东西。在频婆街上，来自西安和秦城，甚至豳邑县城的东西对于人们来说，都是一种身份和地位的象征。比如说一双皮鞋，在频婆街上一家浙江人开的"南北商店"里就可以买到，但似乎就没有在西安和秦城买的身价那么高。会过日子的人算钱的账，有钱的人算身份的账。他们好像都有道理。文成昆当然明白这一点。所以，文成昆虽然只不过是频婆街上一名开诊所的医生，但在许多人的眼里，他就是频婆街的"中产阶级"。

文成昆有老婆，也有孩子，一儿一女，长得都和文成昆一样，要身材有身材，要气质有气质。文成昆之所以和老婆离婚，原因很简单：一是他老婆的老，二是他老婆的丑。文成昆虽然只是一个开诊所的医生，但在频婆街上来说，也算是台面上的人物。在他看来，他的老婆就是那种上不了台面的人。至于他们两人之间的感情，似乎倒在其次了。这一点，文成昆在潜意识里确实就是这样想的。

面对文医生的医术和关心，刘美芹觉得好久没有人对自己这样好过了。刘美芹不爱往女人堆里去，因为当女人们遇见她的时候，那些五大三粗的女人常常会投射来一种怪异的目光，那感觉就像朝她身上扔来一个铅球一样。丈夫关学良受法以后，自己的身份让她有点敏感。她十分讨厌那些男人，那些爱说笑话的男人，他们常常问她："美芹，你知道不，监狱里的那些人个个都是喝人血的狼，你们家的学良听说已经被狱霸给打死了，那下来你看我怎么样啊？"刘美芹似乎也不是一个逆来顺受的人，她便回答道："我看你是个让人剁了吃都不解恨的浑蛋！"一句话，噎得那些男人再也说不出话来，嘴里骂骂咧咧地说着："没想到这娘儿们还是个烈货！"然后悻悻地离去。

刘美芹表面上看虽然并没有吃亏，但却装满了一肚子的泪水。回家后，她装作很坚强的样子给放学回家的孩子做饭。晚上睡下了，两个孩子在她的身边，一边一个，她嘴里就喃喃地说道："娃呀，妈什么时候才能把你们两个拉扯大？"女儿只是跟着哭，倒是儿子关保卫安慰母亲说："妈，谁以后要是敢欺负你，我一定帮你报仇！"听到儿子的这句话，她将两个孩子抱得更紧了。身边的两个孩子，好像凝聚了她今后所有的希望。

一天，刘美芹看见文医生在诊所门前晒药渣，她就走过去说："文医生，我帮你吧！"文医生说："那怎么好意思呢！不耽搁你时间吧？"刘美芹说："我一天闲得很！"于是她和文医生边说话边晒药渣，看上去，两个人显得其乐融融，十分般配。

刘美芹常常帮文医生干活，她已经不在乎周围的女人怎么看她了。反正她在其他女人眼里已经是一个不正经的女人了，后来刘美芹干脆就把那些女人捕风捉影的话变成了事实：她和文成昆结了婚。这个时候，那些爱嚼舌头的女人见了她倒客气起来了。她们常常跑到她跟前主动搭讪道："美芹，看你现在人长得越来越富态了，穿得也越来越好了！"刘美芹也就笑笑，没有说什么。

这一年腊月，当频婆街上的男女老少在谈论着电视连续剧《渴望》里的刘慧芳、宋大成和王沪生之间的爱情故事的时候，沟畔村的寒笑姨却在

遭遇着一场来自身心的巨大痛苦。

事情是由喝酒后的姨夫伊最引起的。

沟畔村里巩有粮家，腊月初六大儿子结婚，事过得很大，坐了几十席人。在晌午的酒席上，姨夫伊最见到酒后控制不住自己，又喝醉了，席上的人说他醉了就不要再喝了，但他还是硬着舌头说自己没醉。最后，被村里的几个人轮着，一边架着一条胳膊搀了回来。姨夫出去坐席，十回有九回不是东倒西歪地回来，就是被别人搀着回来。他见了人家席上不掏钱的酒，就好像没了命一样。

一回到家里，姨夫就倒在了炕上，腿搭在炕沿上，像一堆烂肉。他的嘴里不停地哼哼唧唧，还说自己没醉。睡了一下午，天快黑了的时候，他醒来了。他迅速地把头伸出炕沿，咯哇咯哇地在脚地吐了一大摊，整个屋子里顿时充满了刺鼻的味道，人都走不到跟前去。在院子里筛完炕洞灰的姨走进屋子，边收拾边生气地说："你就不能少喝一点酒吗？看把你喝成什么样子了！"谁知因这一句话，醉了的姨夫竟然顺手拿起窗台上一个已经喝完啤酒的瓶子朝姨的头上砸去。姨一时蒙了，她怎么也想不到姨夫竟然会下此毒手。只听如"哎哟"了一声，就朝后倒在了地上。啤酒瓶子的碎渣子唰地撒在了还没有来得及收拾干净的呕吐物上，而姨夫又倒头睡觉了。

这时，邻居小娥来借罗子准备罗面，一进到屋子，顿时傻眼了！只见姨躺在地上，头上正在咕嘟咕嘟地冒着血。她赶紧把姨扶起来，骂着姨夫："伊最，你瞎尿怎么是这么一个生生货，你看把寒笑打成啥了！万一寒笑出个啥事，人家娘家的人来非把你的腿卸了不可！"

姨夫这时才清醒过来，发现自己失手了，一时慌了神，赶紧在小娥的帮助下，找了一辆架子车，一起将姨送往伏敬街医院。

医院里，医生生气地问："你咋把人打成了这个样子？"

姨夫自知理亏，不吭声了。

"有你这样的男人吗？把自己的媳妇打成了这样！"一个女护士边给

姨包扎边说。

姨夫一下子蔫了下来。

"幸亏人送得及时，要不然命都没有了。"医生最后说，"人留下来住院，赶紧去缴费吧！"

……

病房里，姨挂着吊针，苏醒过来的姨思绪万千，忍不住两股子眼泪流了出来，挂在苍白的脸上。姨夫要留下来陪她，她有气无力地说："你回去吧，两个娃天黑了在屋里待着害怕。"现在，她连姨夫一眼都不想看。

很快，整个沟畔村都知道了姨住院的事。第三天，频婆街上逢集。来频婆街赶集的老六给母亲说了姨住院的事。下午，母亲就到溪头村去叫独承舅舅，让舅舅带她一起去看姨。六外婆听了姨住院的事，狠狠地骂着姨夫。她让锦程舅舅带着她，和母亲、独承舅舅一起去伏敬街医院看住院的姨。

看见六外婆、母亲和两个舅舅来了，姨夫一下子不知道说什么好。锦程舅舅走上前去，一把揪住姨夫的领口，他本来就很黑的脸一下子变得更黑了。他狠狠地对姨夫说："你这个土匪，是不是觉得我们秦家没有人了，想怎么欺负我姐就怎么欺负？"

六外婆见状，赶紧过来哭着对锦程舅舅说："锦程，你就消停一会儿吧，你还想让病床上再躺一个吗？"

锦程舅舅恨恨地松了手，姨夫没有想到，平时见了他十分和气的锦程舅舅，今天简直就像变了一个人一样。

接着，六外婆又生气地对姨夫说："你喝酒喝成这个样子，寒笑说一下你，你就这么下手。伊最呀，你都不想一想，你这一瓶子下去，如果真出个什么事，你和你的两个娃能好过吗？！"

"他以后要是再碰我寒笑姐一个手指头，你让他试一下！"独承舅舅生气地说。

"伊最，虽然我们头前没大没娘了，但我们秦家的人还没有死完。以

后，你在我妹子寒笑跟前也掂量着。"母亲也没好气地说。

站在墙角的姨夫一句话也不说。他没有想到今天来看姨的人会这么对待自己。

病房里一时安静极了，大家一时都很难受。六外婆、母亲和两个舅舅围在姨的病床边，不时地安慰着姨，让她好好地将养几天。姨眼泪哗哗地看着六外婆和母亲。母亲从旁边拿起毛巾，让姨擦一擦脸。

天快黑了的时候，六外婆、母亲和两个舅舅才从伏敬街医院的病房里出来。姨夫在后面送着，但谁也没有理他。

过了两天，病房里又进来一个女的住在对面的床上，是一个比姨大十来岁的中年妇女。姨和她慢慢地熟了，晚上两个人睡不着觉，就拉起家常来了。那个女的告诉姨，她离了婚，现在每天来看望她的，是最近别人给她介绍的人，在伏敬街保险公司上班。她的孩子已经十二了，判给了他爸，他爸现在在泾滩县城上班。她说："每次孩子从县城里回来看我，我的心就像刀割一样，难受极了！"

"大姐，那你当初为什么要离婚呢？"姨问。

"一开始我被蒙在鼓里，后来我终于知道了，孩子他爸跟县城里的一个女的在一起。我实在咽不下这口气，就离了。当时态度非常坚决，无论他怎么向我解释、道歉、保证，我都不接受。"那个女的说。

"你现在后悔吗？"姨问。

"后悔呀，咋不后悔！尤其每次一看到孩子的时候。"那个女的说，"可是有什么用呢？大人无论怎么不对，可孩子是无辜的；大人要是离了婚，以后受罪的是孩子。"

"孩子他爸做了对不起你的事情，你现在能原谅他吗？"姨问。

"那时我们都年轻。人年轻的时候，谁能不犯个错呢！"那个女的说。

……

夜已经很深了。病房里，两个人床前的灯还亮着。那个女的叹息着说

137

着，姨静静地听着。听着这位大姐的故事，姨想着自己的心事。

姨曾经也想和姨夫伊最离婚。她越来越不能忍受这个好吃懒做、嗜酒如命的人。唉，都怪自己当年一时冲动啊！把婚姻想得太简单了。

姨常常想起那一次去频婆街路上的情景。那一天，她一步一步推着自行车，沿着漫长的坡路往上走。车梁前的架子上，坐着一岁的欢欢。这时，她一抬头，竟然碰见了在路边等车的高中同学尤积会。毕业这么多年了，尤积会简直已经认不出来了，他穿着一件白色的短袖衬衫，一条淡蓝色的裤子，一双棕色的凉鞋，看上去春风得意，人比上学时显得更精干更年轻了。尤积会也很快认出了她。于是，两个人便在路边热情地聊了一会儿。原来，尤积会高中毕业后顶了父亲的班，在泾滩县粮食局工作。

尤积会对她说："寒笑，以后有啥事到县上来找我。"

她笑着说："老同学，就怕你到时候认不得我了。"

"咋可能呢！老同学还能认不出来？"尤积会说。

过了一会儿，一辆要去泾滩县城的长途车过来了，尤积会便上了车。他透过车窗玻璃向姨挥着手。望着远去的车影，姨又推起了自行车，吃力地往前。只有上了这道坡，她才能骑着自行车走。

唉——人比人气死人呀！

可是，每当想到两个孩子，姨的心就软了。乐乐才六岁，欢欢才一岁。她常想，离了婚，自己好说，两个孩子怎么办呢？想一想，自己的命这么苦，不就是因为头前没有了大和娘吗？

现在，听着对面的大姐的话，姨又一次心软了。

独承舅舅成家以后，就开始和于丽妗子一起过他们的日子。

频婆街上的人们还没有大面积地种植苹果，一个村子里只有几户人家在地里种苹果树。许多人家还是种小麦、玉米、豆类等农作物和烤烟、黄芪等经济作物。像许多人家一样，舅舅也在地里种上了烤烟。

烤烟真是一种种植起来烦琐而艰辛的经济植物。早春的时候，要先在

白色的塑料大棚里育苗。然后，要在地里堆起一行行长长的烟垄，并在烟垄上覆盖上一层薄膜以保持水分。最后，等烟苗长大了，就将塑料大棚里的烤烟苗连根带土拔出来，放在门板上，用架子车拉到地里，用起土器掏出一个个间距相当的小窝，小心翼翼地将烤烟苗移种到烟垄上。下来，就等着它们在风吹雨打中一天天长大了。

到了夏季，为了阻止烟叶的继续疯长，要将一棵棵烤烟枝秆上的烟杈打掉。这还不算很辛苦的一项工作，最辛苦的工作还在后面。

暑假，就到了打烟、烤烟的时候了。楚默然就到溪头村去给舅舅家帮忙。7月，艳阳高照，暑热难耐。早上趁着天凉，舅舅就和妗子拉着架子车去地里打烟了。

走进烟行子中间，烟叶与人的身体之间发出沙——沙——沙的摩擦声。只听见烟行子里不断传来咔嚓咔嚓扳烟叶的声音，常常隔几米远就叠放一堆烟叶。舅舅和妗子在前边打烟叶，楚默然就一堆一堆地往出抱烟叶。开始还没有感觉，后来日头出来了，他的额头上、脸上便开始不断地流汗，两边的烤烟叶子刷得人难受极了。很快，眼眶中的汗水挡住了他的视线，他只好放下手里的烟叶，用手擦一擦汗珠。这时，望一望头顶，日头无情地照在天空，它并不管地里干活的人热不热，人这时候只能忍着。到了地头，他先将烟叶整整齐齐地放在车厢两边，然后再在车厢中间放一些压着两边的烟叶。放好后，他又走进地里去抱远处的烟叶。

时间在一分一秒中艰难地过去。已经过了吃中午饭的时候，舅舅和妗子才站起身来，伸了一下腰和胳膊，这一伸真是舒服极了！眼看烟叶打得差不多了，舅舅和妗子顺便抱起他们身边的烟叶子往地头走。到了地头后，舅舅将楚默然放的烟叶再挪一挪，这样走在路上烟叶就不会掉下来了。终于，烟行子里的烟叶都装上了车子。结果，车子后面的烟叶装得太多了，车辕压不下去，妗子就和楚默然一起帮舅舅将后面的烟叶往前挪了一些，车辕终于压下去了。舅舅拉着车，妗子和楚默然在后面掀着车子。这时，路上安静极了，看不到人。头顶只有刺眼的日头，远处的树上不断传来一阵阵"唔嘤——唔嘤——"的叫声。

回到家里以后，架子车放在了舅舅家门前的大槐树下。舅舅去屋里拿了一张破旧的塑料纸给烟叶苫上，他怕日头把烟叶烫伤。妗子到厨房里去做饭，舅舅到厨房对面的屋子里将前一段时间在频婆街上买的烟杆拿出来，这些烟杆都是用一根根翠绿的细竹竿做成的，有两米长。

饭很快就做好了，妗子熬了一些米汤，热了一些馍，调了一些黄瓜菜。饭没有端到厦子吃，就在厨房的脚地中间的一个凳子上，妗子坐在一个小板凳上边吃菜边喝米汤，舅舅则坐在厨房的门槛上，掰开馍夹了一些菜吃起来。

吃完饭后，舅舅将烟杆一捆捆抱出去放在架子车边，妗子从厦子里那个黑色的柜子里拿出一把把她捻好的白线绳，然后，又端了几把小椅子和几个小板凳出来。晌午的活就是绑烟，绑烟的活舒适而惬意。在树荫下，将烟杆的一头搭在架子车帮上或小椅子的靠背上，然后把两片烟叶背靠背合在一起，用白线绳绑着，烟杆左右各两片，慢慢地烟叶就朝竹竿的这头绑过来了。绑烟的时候，竹竿的两边要留一些位置，最后将绳子打一个活结。一杆烟绑好后，舅舅就提回去放在烤烟炉边的阴凉处。

绑烟的时候，舅舅把收音机拿出来，大家边听收音机边绑烟。晌午的时候，收音机里放的是秦腔戏。看见舅舅妗子在绑烟，表姐秀娟也从家里搬了个凳子出来帮舅舅绑烟，邻居永锋他娘也出来帮忙。这时，头顶的日头挪着脚步不知不觉地往前走，架子车上的烟叶不知不觉地慢慢减少。车帮已经完全露出来了，人心里也越来越放松了。这时，路边过来一个推着自行车卖冰棍的小学生，舅舅让他停下来，买了几根冰棍，一人一根。表姐一边绑烟，一边哼着电视连续剧《昨夜星辰》的主题歌。电视上最近正在播放《昨夜星辰》，大人小孩都在谈论这部电视剧。

快到吃晚饭的时候，烟已经绑完了，妗子让永锋他娘和表姐秀娟到家里吃饭。永锋他娘说："我今儿闲着也没什么事，回去吃。"表姐秀娟笑着说："我也回家去了。"

傍晚的时候，一杆杆的烤烟就要搭到烤烟炉里去了。尽管还没有烧炉，外面的热气都跑进烤烟炉里，闷热极了。舅舅站在靠着炉壁的梯子上朝两边的台子上搭着一杆杆的烤烟。楚默然和妗子站在烤烟炉门口一杆接一杆地给舅舅递绑好的烤烟。妗子在旁边不停地叮咛舅舅："你立好，别掉下来。"到了晚上8点多的时候，烟杆终于都搭上了。舅舅说："今天晚上我们就可以点炉了。"

　　楚默然这时甭提有多高兴了，这是他最渴望的事情。一点炉，舅舅就可以给他们烤玉米和洋芋吃了。今年，舅舅家的地里种的是新品种的红洋芋。洋芋皮红、味甜、瓢面，大人小孩都爱吃。

　　第二天没有什么事。吃了早饭后，楚默然去六外婆家玩。六外婆家已经烤出了一炉烟。六外婆坐在一个玉米叶子编成的蒲团上，一个人在默默地拣着烟叶。在砖地上，铺着一层塑料纸，上面摆放着一堆堆分好的不同的烟叶，黄灿灿的，散发出一阵阵浓香而呛人的烟味。楚默然想，六外婆心里明白钱就是从这些烟叶里一张一张拣出来的，她家的好日子就是这样一分一秒过出来的。这时，他觉得六外婆就像坐在一堆黄金中一样。

15

祖父病了，这一回他病得很重，再也不能像小时候一样给楚默然理发了。

这时，小时候的情景又一幕幕浮现在了楚默然的脑海中。

大爷去世以后，每到逢集的这一天，祖父就一个人去频婆街上给人剃头理发去了。祖父一大早就起来了，他生着一个小小的泥火炉，温上满满的一壶酒，烧上黑黑的一壶酽茶——这是在他看来生活中必不可少的几样东西。吃过早饭以后，他就推着架子车上街了。车子上放着一面镜子，一把躺椅，一个凳子，两个脸盆，一个水桶，一个小木箱——里面装满了推子、剃刀、剪子和剃须皂等东西，当然还有那个燃烧得很旺的小火炉。对于祖父来说，他推着的不仅是一架子车剃头理发的用具，而且在他看来是生命的全部意义。

下午散集的时候，祖父就推着架子车回来了，有时是凝力叔叔或者奋力叔叔帮他拉回来的。每到夏季，回来的时候，架子车的辕上挂着祖父拾的一笼西瓜皮，或者给家里买的一捆韭菜或者几根黄瓜。叔叔们将车子拉回来，并且卸下了车子上的东西。祖父的手里常常抱着一个大西瓜或者提着一些梨、苹果和梅李子等水果。有时，他的手里则拿着一个肉夹馍。楚默然知道，这是祖父给他买的。祖父看到他后，常常笑着说："默然，你的鼻子怎么这么尖？"楚默然说："我的鼻子是猫鼻子嘛！"祖父笑着问："现在爷爷给你买好吃的，你长大了给爷爷买什么好吃的？"楚默然说："我长大了给爷爷买你没吃过的好东西！"然后，他们便一起走进了窑洞里。

祖父是楚默然的专职理发师，这一点令他十分自豪。同斜对门的剑峰和阿强比起来，他们要么专门到频婆街上的理发馆去理发，要么由大人带着找祖父来理发。每当头发长了的时候，母亲就会说："去让你爷爷给你推一下头，你生下来就是你爷爷给你推的头。"听到母亲这么说，楚默然觉得理发这件事和祖父是分不开的。吃过早饭，他就去隔壁的窑洞里找祖父。这时的祖父正靠在被子上吧嗒吧嗒地抽着烟。楚默然说："爷爷，给我推一下头吧！"

祖父放下烟锅说："你把脚地的那个小凳子搬到外面。"说着，祖父就从炕上下来了，穿上鞋，开始打开他的那个破旧的木箱子。

楚默然坐在一个小板凳上，祖父坐在高一点的马扎上，给楚默然围上一块白色的围布，然后，祖父轻巧地握着那把发出银光的推子，在他的脑勺下面推起来。很快，一撮撮黑色的头发落地了。祖父一只手握着推子，一只手扶着他的脑袋，一会儿让他向左一点，一会儿又让他向右一点。

院子里，温暖的阳光洒在每个角落，不时吹来一阵阵舒爽的春风。高大的杨树已经长出了嫩绿的幼芽，桑树上停了许多小鸟，它们在欢快地鸣叫着，外面的多福胡同里不时传来一阵阵柳笛的声音。这时，楚默然的心情就像它们一样快乐。

推完了头，祖父用一把长毛刷子轻轻地刷了刷楚默然的脖子和头顶。落在脖子和脸上的头发没有了，他一下子觉得舒服了许多。然后，祖父解下围在他脖子上的围布说："去窑里让你奶倒一脸盆水，给你好好洗一下吧！"

楚默然到窑里找祖母去了。祖父则开始收拾他的理发工具，一件件认真地往箱子里装。装完拿进窑里以后，又拿来一把糜子秆笤帚，扫起地上的头发来。

看见楚默然的头发长了，母亲对他说："你爷爷给你理不成发了，你

去街上的老贾那儿理发吧！"楚默然只好怀着怅然若失的心情向老贾的春风理发馆走去。

老贾的春风理发馆位于频婆街北边的一排平房那儿，那儿是频婆街上个体经济的发源地之一，汇集了诸如杂货店、服装店、电器修理铺以及小餐馆等店铺。

来到了老贾的理发店门前。楚默然久久地望着那张厚重的红色棉门帘，不知道门帘里面是一个什么样的世界。只见门帘正中印着"春风理发馆"五个白色大字。门帘的上方，从玻璃窗子里伸出一根长长的白铁皮烟囱，向外吐着一团团白色的浓烟。

进去后，楚默然看见老贾正在给一个中年人理发。老贾中等个子，一头直直的短发里混杂着一些白发。这样一种形象，却也反衬着他在频婆街上理发这一行当里不可撼动的地位。频婆街上的人一提到老贾这个人，自然而然地就和理发联系了起来，或者说他的名字就是理发的代名词。墙上的镜子里映出的那个来理发的人的形象，就像一尊弥勒佛。他的脖子上围着一块红色的围布，上面落满了一根根短头发。和老贾一样给人理发的，还有他的两个儿子。一个看起来和气极了，让人有一种如沐春风的感觉；另一个看起来却好像在生气的样子，好像刚刚和谁吵过架一样。

抬起头来，头顶的天花板上吊着一个绿色的大吊扇，现在则静默得好像成了多余的东西。四周墙壁的上方贴着一圈明星的照片。这些照片贴在这里，并不是让人看他们的身材形象，而是让人看他们的发型，似乎在暗示来这儿理发的人们，春风理发馆也可以做出像这些明星的发型。

门边靠窗的藤椅上，还坐着三个等待理发的人。他们一边和老贾说着话，一边翻看着一张陈旧的报纸。楚默然静静地坐在藤椅上等着，可是无论他的手和脚怎样摆放，也摆不出那三个大人那样的感觉。他焦急地等待着老贾对他说："来，给你理吧！"只见棉门帘一会儿被掀开了，又进来了一个人，女的。

理完发的那个人终于从靠椅上站起来了，他在前面的大镜子前照了照，然后拿起放在工具台上的一把沾满了碎头发的梳子又梳了梳头。回过头来，他从口袋里掏出两张一块钱递给了老贾。老贾拿起围布，抖了抖，让坐在藤椅上的一个老年人坐上来。

终于轮到楚默然了。给他理发的是老贾，其实他多么渴望老贾的那个看上去十分亲切的大儿子给他理发呀！但不是，而且他也不能向老贾提出这样的要求。老贾给他围上围布，两只手将他的头扳正，然后老贾手里的推子就像夏日麦田里的联合收割机一样开始在他的头上工作了。只见一撮撮的头发顺着推子掉了下来，掉在了围布上，掉在了下面有点湿漉漉的水泥地面上。

这时，他突然感到头上有点痒，正准备从围布里伸出手来抓一抓。"头不要乱动。"老贾说。他一下子像触了电一样，只好强忍着头顶之痒。这真是一场太痒与想挠之间的殊死搏斗。终于，慢慢地，头上那块地方不再那么痒了。他觉得这段时间他的脸部都变形了，现在终于又回到了正常的状态。这期间需要多么坚强的意志啊！

给楚默然理完发以后，老贾又让另一个人过来。他掏出两块钱给老贾，然后赶紧往外走。掀开门帘出来，站在冬日的冷风里，他突然强烈地感到头顶上一下子严重缺失——头顶冷极了！需要很长一段时间，他的头顶和这样的天气才能达到和谐一致。于是，他加快了脚步赶紧往回走。夜幕已经降下来了，天空出现了几颗闪烁的星星。街上已经看不到几个人了，只有路边的小商店里透出昏黄的电灯光来，一种独自面对生活的感觉幽然从心里升起来。

前两天刚下过一场雨，天气有点微凉——虽然已经进入夏天。当楚默然从学校领回中考成绩单，快要走到家门口的时候，他看见母亲和邻居几个大婶站在路边好像说着什么。他一个人闷闷不乐地回到了家里，望着自己可怜的成绩出神，他真不知道怎样告诉父母中考的结果。

过了一会儿，母亲从外面回来了。

"剑峰殁了！"母亲说。这时他才突然意识到母亲刚才在外面和几个大婶谈论的话题了。

剑峰殁了！这个消息就像在西祥庄平静的生活里扔进了一颗炸弹。楚默然几乎不敢相信，但剑峰殁了却是事实。他似乎已经把剑峰忘了，但当母亲说起"剑峰"这两个字的时候，他离剑峰仿佛又是那样近。他已经有好多年没有见过剑峰了，可是剑峰毕竟是他童年时的伙伴和同学。

"什么时候？"他问母亲。

"昨天。多福沟煤矿矿井里发生了瓦斯爆炸，当时剑峰正在矿井下面。"母亲说。

"听说你百焕叔叔已经去煤矿上了，你万香姨听到这个消息后，当即昏死了过去。"母亲接着说。

"剑峰今年才十九岁，家里已经给订了婚，明年就准备给他娶媳妇。"母亲深深地叹了一口气。

"我好多年都没有见过剑峰了！"楚默然说。

"自从我们搬到新屋来以后，我也没有见过剑峰。"母亲说。

"真可惜呀！"楚默然叹了一口气说道。他的脑海里顿时浮现出了剑峰的形象：高高的个子，瘦瘦的身材，短短的头发，常常穿着一件蓝色的中山装，好像是他大一样——他的个子总是和他大一样高，一副比别的同学都显得成熟的样子。这时，他想起了上小学二年级时和剑峰有关的一件事情。

剑峰是比楚默然早上一年的留级生。那时，本该到频婆镇中心小学上三年级的剑峰却和楚默然一起坐在了西祥庄初级小学二年级的教室里。有一天，剑峰拿来了二年级下册的语文课本，楚默然从剑峰那儿借来后想看一看，但最后却在教室里不小心丢掉了。这让他上哪儿去给剑峰找这本已经揉得皱巴巴的书呢？就是去酃邑县新华书店也买不到这样一册课本呀！班里有一种现象，如果一个同学借了另一个同学的东西丢掉了或者弄坏了，没有及时赔还，另一个同学就会把这个同学其他的东西"遁"走，以作赔偿。

"赊"这个说法就像封建社会农民交不起地租，地主就将他的妻子女儿夺去一样。他真害怕剑峰这样做。他对剑峰说："你的书我实在找不到了，我给你赔钱吧！"没想到剑峰说："那你给我两毛钱就可以了！"

听剑峰这么说，楚默然高兴极了，好像剑峰对他开恩了，他则占了很大的便宜一样！

……

听到这个消息以后，无论是白天黑夜，还是吃饭休息，剑峰的样子总是浮现在楚默然的脑海里。这些年里，剑峰的印象已经变得越来越淡，淡到仿佛变成了一个抽象的符号，淡到他平时几乎想不起剑峰。但现在却因为剑峰殁了，他的一切突然被擦亮。"殁"是一个让人悲凉得透不过气来的字眼，尤其是当这样的一个字眼用在一个青年人身上的时候。

剑峰殁了！所有知道和熟悉他的人都必须接受这个悲凉的事实，这是生活的残酷。

第二天，剑峰的遗体从多福沟煤矿上搬回来了，停放在多福胡同口靠近公路边的麦场里，第三天就安葬了。入殓的时候，家里人在他的棺材里面放了一条"金丝猴"烟和一瓶"西凤"酒。起灵的时候，万香姨趴在剑峰的灵柩上哭得死去活来，最后被几个人硬是搀回家里去了。

安葬剑峰的这一天，西祥庄所有能去的人都给剑峰拢坟去了，楚默然也去了。从他能够扛起锛锹的时候起，就和西祥庄的大人们开始去给一些逝去的老人拢坟。剑峰的墓穴在西祥庄二队的一块公坟里，两边一座座年代久远长满荒草的坟堆一字排列着。拢坟的时候，没有一个人说笑，人们的心情都很沉重，只是默默地往墓坑里撂着土，只听见撒土声和铁锹的碰撞声。当坟堆拢起来以后，西祥庄的张豹在坟堆上放了一个桲木编的笼。

天空布满了阴沉沉的黑云，天很凉，让穿着背心的人感到冷飕飕的。远处，人们二三月里栽上的烤烟已经长得有一人高了。一阵风吹来，那些浓绿而肥大的烟叶发出一阵呜呜的声音，好像也在为剑峰的不幸去世而哭泣。

频婆街纸厂的卫生纸越来越卖不出去了，工人们的工资也越来越发不出来了。

西安和秦城一些纸厂生产的卫生纸已经打入了豳邑县市场，至于周边几个县的市场就更不用说了。这些纸厂生产的卫生纸，纸质细腻柔韧，无论是看上去还是摸上去都有一种很舒服的感觉。纸展开以后，每一卷纸都被切分成了打着一排小孔的节段，这样每次使用多少都是确定的，也不至于浪费。与此同时，除了常见的白色以外，还有浅红色的和浅绿色的卫生纸，它们的价格都很低廉。而频婆街卫生纸厂生产的纸质感粗糙、颜色单一，经常能够看见夹杂在纸面上的麦草，价格也比人家的高。

来纸厂批发卫生纸的张逭儿他妈对朵川二婶说："现在站在街上卖纸，叫人都叫不到摊子跟前，前几年摊子跟前一围就是一大堆人，现在哪怕你磨破嘴皮，人家不买还是不买。"对于庄稼人来说，他们不管是哪儿生产的，一比较自然会选择物美价廉的产品。几年来，人们已经普遍地用上了卫生纸，他们的眼光也变得尖利了，要求也苛刻了。

来纸厂批发卫生纸的人越来越少了，几天都见不到一个推着自行车的人进来。来上一个，纸厂简直就像遇见了救星一样，处处围着人家转。这时，二婶深切地体会到电视上每天说的"顾客就是上帝"这句话的深刻含义。可是，上帝现在不帮忙了。

纸厂的车拉出去卖的纸，出去的时候是多少，回来的时候并没有太大的变化。开车的司机老王诉苦说："咱们再这样下去，一天卖出去的纸，连油钱都不够。"二叔说："远处不行了，咱们就只给近处送吧！"

各种各样的摊派也接二连三地来了。频婆镇政府要盖镇中学教学楼，希望纸厂能够捐助一万元；镇政府准备改造频婆街街道，要求每个企业单位拿一笔钱出来；至于纸厂里的各种费用就更不用说了……现在，频婆街纸厂就像一个奶水严重不足的母亲，正在给这个孩子想办法，另一个孩子又哭了。

献力叔叔这时变得有点焦头烂额。

这时候，副厂长任称续在用人和资金管理等问题上也和献力叔叔产生了严重的分歧。很显然在各方面他觉得自己并不能和献力叔叔平分秋色。他觉得纸厂发展前景暗淡，就想着要到南方下海去。

这一天下班后，任称续来到了献力叔叔的办公室。他递给了献力叔叔一支烟，他自己也点起了一支烟。两个人在烟雾缭绕中展开了一段对话。

"献力，咱们合作共事也有好多年了，也算彼此了解了。"任称续说。

"老任，你有什么话就直接说吧！"献力叔叔将熄灭了的烟又点上，"在资金和用人的问题上，咱们谁也说服不了谁，那还是由你来决定吧！"

"为了咱们这个厂，这些年我已经感到身心疲惫了。我想到南方我女儿那儿去休养一段时间。"

"你实在太累了就好好休养一下吧！等休养好了，你随时都可以回来。"

献力叔叔对任称续的想法心知肚明。既然对方的去意已决，他也不想挽留。他知道任称续说去南方休养只是一种托词而已。

任称续走了，频婆街纸厂的烂摊子留给了寝食难安的献力叔叔。

一个最现实的问题是，工人的工资一时发不出来了。尽管前面朵川二婶为纸厂制定了严格的考勤制度，但现在在工人眼里也变成了聋人的耳朵——样子货。许多工人想来就来，想走就走，生产简直进行不下去了。车间里，只有零星的几个人。二婶问："今天怎么有这么多人没来上班？"

上班时闲逛的人说："人家说了，来也没事干，浪费时间，还不如经营家里的二亩苹果园。"

往年过年前的腊月二十八厂里还在生产，现在刚到了腊月就停产了。原因是产品严重积压，生产得越多，赔得越多。没办法，只好给工人早早地放假了，放假的时候二婶对大家说："大家过了年，到正月十五来上班。"

工人问："老板娘，这个月的工资什么时候发？"

二婶说："现在厂里有难处，一时给大家发不了。请大家等一等，现在厂里正在想办法给大家把这一个月的工资发了。"

腊月二十二集上，人们已经开始置办年货了。有工人到纸厂来问什么时候发工资，二婶说："现在正在给大家想办法解决工资的问题。"

"楚厂长他是没钱躲着我们吧？"一个小伙子问。

"他真是出去给大家弄钱去了。"二婶说。

"连工资都开不出，还办什么厂！"一个女的阴阳怪气地说。

"这样下去，我们自己都没法养活，还怎么养活一家人？算了，把我们的工资给我们结了，我们另想出路。"另一个中年人冷漠地说。

不管工人们说得多么难听，二婶都在忍着，她耐心地对大家说："兄弟姐妹们，自从大家进厂以后，厂里从来没有拖欠过大家一分钱的工资。现在纸厂有了难处，也希望大家能够理解，我们一起共渡难关。请大家相信，工资一定会一分不少地发给大家的。"

"共渡难关？说得好听。你到街上买东西的时候，你没钱，你给卖东西的人说我们共渡难关，人家会把东西白给你使唤吗？"

"别说那么多废话！"一个人说，"厂长夫人，就问你一句话，什么时候发工资？你能给我们一个具体的时间吗？"

二婶沉默了。献力叔叔现在还没有回来，也不知道他到底能不能借到钱，她实在没办法回答工人们的这个问题。

"纸厂想赖掉我们的工资吗？"有人问。

"不会的，大家都是下苦人，工资一分钱也不会少的，这一点请大家放心。"二婶说。

"那好吧，看在在纸厂上班这么多年的分上，我们就再等一等。如果过了年还不发，我们就到镇政府去告！"

说话的人气冲冲地走了。

二婶焦急地等待着献力叔叔回来，似乎只有他回来了，纸厂才有了主心骨一样。纸厂外面的大街上，走亲戚的走亲戚，贴对联的贴对联，好不热闹。而纸厂里，只剩下二婶和堂妹婀娜、堂弟成伟几个人待在房子里。空气

沉闷得简直要爆炸了。中午的阳光一点点照进窗子里来，又一点点地从窗子里溜走。天渐渐暗下来了，让人感到透进来的也是一股冷风。

一周的时间过去了，献力叔叔还是没有回来。

"钱弄不到，连人也不回来了！"二婶的心里开始变得焦急起来，眼看明天就要过年了，可是家里哪有一点过年的样子！这个年肯定是过不了了。

一家人左等右等，腊月二十九的后晌，献力叔叔终于回来了。

"钱弄到了吗？"二婶见到献力叔叔的第一句话就问。

"弄到了！"献力叔叔边倒水边说。

这时，二婶感到一下子松了一口气，她觉得精神慢慢地缓过来了。

"在哪儿借的？"

"在几个朋友跟前借的。"

"人家就放心把钱借给你？"

"就没有人对我的人格怀疑过。"献力叔叔自豪地说。

"现在把你能的！"二婶说。

第二天吃过早饭，二婶赶紧通知纸厂跟前的几个工人来领工资。然后一个传一个，工人们竟然都跑来领工资了。

二婶笑着问一个工人："今天不给你外甥送核桃去了？"

"领了工资再去！"这人不好意思地说。

过了正月十五，稀稀拉拉有人到纸厂里来问什么时候上班，二婶说："现在看来一时还不能进行生产，等一等再说吧！"二婶也不知道什么时候才能进行生产。

然而，大家再也没有等到再开机生产的那一天。频婆街卫生纸厂已经完成了它的历史使命。

16

　　豳邑县城虽然位于黄土高原的沟壑地带，但却是一座钟灵毓秀、风景如画的山城。明代豳邑先贤文在中曾作诗一首《对僚友称豳邑县》，诗曰：

　　　　蜿蜒龙脉艮方来，左涧右溪县治开。

　　　　汃水西流环玉带，屏山南耸拱文台。

　　　　前朝第氏三阶贵，明代文门八斗才。

　　　　休笑规模不宏敞，王基八百此胚胎。

　　在豳邑中学的校园中心矗立着一座北宋时期的砖塔，人们称之为"泰塔"。据塔身第六层背面东侧槛窗上的一块砖刻题记看，起塔时间为北宋嘉祐四年正月中，即1059年。此前还有一种说法，县人肖芝葆所修民国《豳邑县志》中认为此塔系唐代所建。无论按哪种说法，泰塔都已有一千年以上的历史了。泰塔是整个豳邑县城的一座标志性建筑，塔的北面是莽莽苍苍的凤凰山，南面是郁郁葱葱的翠屏山。翠屏山脚下，是一条从马栏山发源的河流，叫作汃河。清代文倬天曾作《豳邑八景》，其中一首为《翠屏新霁》，诗曰：

　　　　南岗积翠列如屏，雨后苍凉晓气清。

　　　　练挂悬崖留宿雾，岚囚老树隐残星。

　　　　山痕带潏朝围堞，草色含烟暮入厅。

好向舟楼深处望，峦花渚柳媚前汀。

这是一幅历史悠久、风景如画的县城背景图。在这样深远秀美的背景面前，生活将一点一点向楚默然展开什么样的前景呢？他不知道，但生活知道。

白天跑来跑去报完名后，楚默然晚上就住在学校后面紧挨着凤凰山的那栋共有六层的男生宿舍楼305宿舍。开学后的宿舍楼里，在楼道昏黄的电灯下，新生老生如蚂蚁四窜，耳边不时传来夹杂着陌生方言的声音。铺好床铺收拾好东西后，他静静地坐在自己的床铺边——这时他的形象在别人看来一定是一个来自农村的老实巴交的孩子。宿舍的门开着，一些散漫的新生老生就像在自己家一样，说着唱着，一会儿走进这个宿舍，一会儿走进那个宿舍，真像频婆街上的人们所说的街溜子一样。

这时，进来一个矮胖的校警。楚默然仔细一看，没想到，在幽邑中学，他竟然又碰到了频婆街中学时那个一脸横肉的校警庞横，真是冤家路窄！此人不知什么时候又到了幽邑中学。

没想到，楚默然又遇到了麻烦，庞横要看他的住宿费收据。真不巧，他将住宿费收据夹在书里放在了教室，他一时怎么也找不到。见状，庞横就说："先交十块钱吧，收据找到了，我再把钱退给你！"周围的同学给庞横解释说："我们是一起报名的，都交过住宿费了。"庞横说："我怎么知道他交过了？不管他交过没交过，先交十块钱，今晚的住宿费就算交过了。"同宿舍的其他同学都找到了住宿费收据，只有楚默然没有找到。他只好从口袋里掏出十块钱交给了庞横。

然后，他问庞横："住宿费收据找到了，怎么找你退钱？"

庞横说："找到了，在校门口的门房找我。"然后，很神气地从宿舍里挪着步子出去了，又去了另一个宿舍。

第二天一早，楚默然到教室后的第一件事就是从课本里找那张住宿费收据。课间的时候，根据庞横说的地方，他去门房找庞横。见了面后，庞

横仔细地看了那张收据，问他："哪个乡镇的？"

"频婆街的。"楚默然回答说。

"我好像见过你。"庞横说。

"我记不清了！"楚默然说。他心里想：我到死都忘不了上初二时那天下午因为没有帮你去抬煤你给我的那一巴掌，现在你不知又在欺负哪些老实巴交的学生呢！庞横从口袋里掏出一张皱巴巴的十块钱递给了他，他转身就走了。

楚默然被分在了高一（3）班。

幽邑中学是一个更大的世界，这里会聚了全县各个乡镇中学毕业的学生，他们都经过了中考的洗礼。还有来自和幽邑县毗邻的杜阳县，甚至甘肃正宁县的学生。这些学生听说幽邑县政府以高薪招聘了一批外地的名师，觉得幽邑中学的教学质量高，便慕名而来。

然而，幽邑中学并不是在每个学生的眼里都那么神圣。开学后没几天，班里就有几个学生退学了。他们正站在人生的十字路口，趁生活还没有定型之际，他们便以父母或者自己对生活和社会或世俗或肤浅的理解来对人生做出选择。看来，来幽邑中学的学生并不都是想通过高考改变自己命运的人。

学校对面的远处，秋雨过后的翠屏山云遮雾绕，宛若人间仙境。下课后，楚默然和张永军趴在教室外面走廊长长的护栏上，他们一起眺望着远方。不知家里父亲和母亲此刻正在忙什么农活，是否又出去装苹果或者包苹果了。听张永军说，山的那边就是他们清远乡。清远乡这个名字楚默然并不陌生，从小就知道，可是他没有去过。在他的想象中，那是一个遥远而神秘的地方；他想去，可是他怎么也去不了。

楚默然的双脚像被生活的石头压住了一样，只能站立在现实的大地上，他一时还无法飞到梦中的远方去。即便是翠屏山对面的清远乡这样近在眼前的地方，他也只能在自己的心里想上一遍又一遍。

楚默然也开始觉得，假如他是一条鱼，把他和其他几条鱼一起放在脸盆里的时候，他就会得到大家的关注。但当把他放进鱼池的时候，他就像不存在一样。他在班上是默默无闻的，他觉得有点孤单，就在日记里写了一首诗：

> 生活送走了新奇这位客人，
>
> 慢慢地，
>
> 孤独却发了芽。
>
> 一天天，
>
> 它的枝叶越长越大。
>
> 直到有一天，
>
> 它伸出了白昼的墙外，
>
> 让梦也发现了它。
>
> 竖起鼻子闻一闻，
>
> 弥漫着一种叫作乡愁的芬芳，
>
> 让人泪光闪闪。

没有想到，从刚一入学起，楚默然便经历了一系列他意想不到的事情。

第一次的班会上，一位叫胡青亮的同学被大家一致推选为班长。开学的时候，每个同学交了十块钱的班费，班主任鱼老师让班长负责保管。过了两天，班主任来到班里，对大家说："班长这几天没有上课，听有的同学说他不念书了。但是走的时候，连招呼也没打。他还拿着大家交的班费呢！要不大家再等一段时间吧，如果他把钱不捎回来，那大家只好再交一次了！"说完，他深深地叹息了一声。

以后，"班长"真的杳无音信了。

从家里来的时候，楚默然带了一台新买的收音机，他想在学习之余听一听收音机。上初中的时候，收音机成了他最好的伙伴。中午放学的时候，他就听省广播电台的《社会面面观》和《文学联播》等节目。下午

放学后，可以听中央人民广播电台的相声节目。晚上睡觉前，收音机就在枕边，他常常听着中央台的《金曲联播》节目入睡。他想把这种美好的生活延续到他的高中生活中。晚上离开教室前，他把课桌上的书本整整齐齐地放在了桌斗里，连同他新买的那一台收音机和一支"英雄"牌钢笔。然而，第二天早上来到教室，当楚默然坐在桌子前伸手去桌斗里找语文课本的时候，他发现收音机和钢笔不见了。他一时傻眼了："收音机和钢笔被人偷走了！"那么到底是谁偷走的呢？他思绪万千，却百思不得其解。

他决定从此以后再也不听收音机，再也不买收音机了。

一天，在拥挤的食堂门口，楚默然正准备买一份菜，突然碰到了班里的郝山。

"楚默然，你有没有饭票？借给我两块钱的饭票。"郝山说。楚默然有点犹豫，他的饭票也只有十块钱了，但他还是很快掏出了一张绿色的一元饭票和一张蓝色的两元饭票递给了他。因为帮助班上的一个同学，楚默然觉得自己有一种充实感。

然而，一个多月过去了，郝山似乎根本没有还的意思。鲁迅先生曾经说过一句话："当你有钱的时候，钱对你是没有意义的。可是当你没钱的时候，每一分钱对你都那么重要。"楚默然真的没有钱了！然而楚默然观察到，提起饭票的事情，郝山脸上总是一副显得极不耐烦的样子，他没好气地说："没有，过几天再还！"

可是十天后，郝山还是没有还给他。楚默然不想再问郝山了。他已经听到了同学们中间关于郝山借了别人的钱或者饭票不还的议论。

每一天清晨起来的时候，教学楼旁边锅炉房前的一排水龙头那里，挤满了接水洗脸的同学，那真是一场肉搏战。你在前面接，后面学生的脸盆就举在你的头上。某个人接满了水往出端的时候，后面的学生就风一般拥上去，结果水就洒在某个人的身上，大家便争吵了起来。烧锅炉的师傅出来说："大家不要吵，请排队接水。"学生们似乎有点收敛，但当他刚走进锅炉房，学生们就又挤成了一团，就像一根麻绳，你把它的几股绳子刚分开，一松手，它们又拧在了一起。

楚默然刚在锅炉房前面的花坛边洗完脸、刷完牙，一个五大三粗的家伙过来了，对他说："用一下你的脸盆。"结果，他等了半天那个家伙也没有将脸盆还回来。他心里生气地想：这是我的脸盆，又不是你们班级里的脸盆。

每天的最后一节课，下课铃响了，同学们肚子早已咕噜咕噜地叫唤了，教室外面的楼道里传来了叮叮当当碗筷碰撞的声音。教数学的李老师还有一个问题没讲完，需要延长一两分钟。在高中，老师可以理直气壮地拖堂，学生似乎也已经司空见惯。下课后，学生们潮水一般朝食堂和锅炉房前涌去。

天天能在学校食堂买饭吃的学生并不多，许多学生都是周六回家取馍的。楚默然真羡慕那些天天在学校食堂吃饭的同学，他们家里一定很有钱。等到下课后走到水龙头边时，人便少了，水龙头那里似乎还在冒着热气，但接出来的水已经没有多少温度了。天慢慢地凉了，温水泡干馍、就咸菜，这哪能和在家里一样呢？这个时候，他才感到了此前每天放学后吃着母亲做的热腾腾的饭菜的幸福，虽然一年到头也吃不上鸡鸭鱼肉，但至少不是像现在这样的温水泡馍。

半个多月懵懵懂懂的高中生活让楚默然发现了一个现象：有些学生是靠一张厚脸皮在蹭着其他人的生活用品。这是他们的生活方式，你可以理解为他们家庭的贫穷，也可以理解为他们个人的无赖。社会是复杂的，上了高中的学生也是如此。并不是每一对父母都能够为他们的孩子提供最基本的生活用品，并不是每一个学生都会认认真真地准备好要用的东西，自尊自爱，自立自强。当人生活在一个贫穷拮据的家庭的时候，其中有的人就会想办法，把别人的东西哄出来、骗出来，甚至威胁出来。社会上的人是这样，学校里有的学生也是这样。如果仅仅以同学、同窗这样美好的字

眼来看待自己的同学，那么就不免简单幼稚。

这个周末的晚上，月明星稀。从学校回到家里后，楚默然到老屋去看病中的祖父。只见祖父躺在炕上，目光凝滞，只是静静地看着他，一句话也说不出来。这时的祖父已经瘦得皮包骨头，腿就像麻秆一样。如果他没有亲眼看见，他真的想象不到祖父的身体竟然会被病魔折磨成这样。

晚上11点，奋力叔叔过来了，他黯然地对父亲和母亲说："大老了！"楚默然开始万分悔恨为什么自己没有像叔叔姑姑们那样待在祖父的身边，伴他走完人生的最后一程，而是幼稚地想着祖父一定不会离去，然后就回家来了。

听完奋力叔叔的诉说，他突然觉得自己的世界仿佛一下子塌陷了一角。走出屋外，天空那一轮月亮也好像蒙上了一层凄凉的面纱，再也感受不到她的皎洁与明亮，包围在他周围的是一种无尽的缺失。他永远也忘不了这个月夜——就像一个月前坐车去豳邑县城上学的那个月夜一样。那一个晚上，他的心里是忧伤的。今天晚上，他的心里却是凄凉的。为什么在这么短暂的岁月里，他要经受如此难忘的生命记忆？

祖父的遗体已经躺在了叔叔们用厚厚的枋板搭起来的灵床上。来到祖父的灵床前，揭开苫在祖父脸上的红布，楚默然看见祖父的嘴微微地张着，仿佛弥留之际要说什么的样子。他的泪水忍不住汹涌而下。此刻，他和祖父两个人已是阴阳两隔。

这是怎样的一个不眠之夜啊！

接下来的一切程序按照豳邑县的风俗习惯进行。

第二天上午，凝力叔叔、奋力叔叔和好缘姑夫拉着架子车过来了，祖父的寿材被拉走了。五天后，它将伴随着祖父去另一个世界。这个曾经令楚默然晚上睡觉时不敢睁眼去看的地方，一下子变得空荡荡的，他的心里一下子也变得空荡荡的。

第三天晚上，祖父入殓的时候，门窗紧闭，窗帘拉上。祖父没有外

味

家人，指导入殓的张豹说："叫上一个人进来给老楚长一下精神吧！"可是叫谁呢？张豹说："叫舒进财过来吧！"舒进财是在县医院当院长的舒业勤的父亲。舒进财进来了，他看了一下祖父的棺材里铺的盖的、祖父身上穿的，然后他对几个叔叔说："外家人没有什么弹嫌哩！"这时楚默然忽然想起了一件事，记得舒进财曾对父亲说过，他有一年在工地上修路的时候，看见过祖父的哥哥。唉，为什么他当时不将祖父哥哥的地址留下来呢？这是多么令人遗憾的事情啊！如果后来祖父能够和他的哥哥联系上，对于他们这些后人来说，不是就找到了他们的根吗？可是，生活没有如果。

第四天下午，从彭家村雇的吹手们来了。两个吹唢呐的，一个弹电子琴的。来了以后，他们就在院子里靠墙的地方支起桌子，用三块胡基搭起一个简易火炉。母亲和几个婶子先给他们端来一桌子饭菜让他们吃饭，吃完饭后，他们就开始吹起来了。很快，他们的周围站了一群执客，大家都沉浸在吹手们哀婉悠长的唢呐声里。西祥庄的高心从地里扛着铁锨路过的时候，也停下来听吹手们的唢呐声。他看上去是那样的投入，好像是专门来听唢呐的一样。这时，唢呐声飞出了老屋，向四周弥散开去，向整个频婆街上飘散开去，弥漫在西祥庄的每一个角落。人们都知道祖父去世了，明天就要安葬了。

晚上，孝子们点完曲子后，楚默然和三叔、四叔及两个姑夫躺在祖父曾经躺过的炕上。这是一个难忘的不眠之夜，谁也没有真正睡着。晚上，不时传来一阵阵报时的声音。这是他第一次听见这种报时的声音，是稳远姑夫的电子表发出的，它成了这个不眠之夜的背景音。

安葬完祖父后的第三天，母亲给楚默然准备了一些花子馍和一瓶油泼辣子，他本打算骑着自行车去学校，这一天早上却突然下起了大雨。每年到了这个时候，浓浓的秋意让人觉得有点寒冷了。去学校的时候他搭了一辆从家门前经过的中巴车。当中巴车沿着蜿蜒曲折的公路行驶到一个拐弯

的时候，透过车窗，他突然发现路边一辆装满苹果箱子的大卡车翻倒了，被路边几棵又粗又壮的大槐树给挡住了。只见车上的苹果箱子东倒西歪地滚了一地，车好像已经翻了很久了。突然，他发现了一个熟悉的身影，那是面容已经变得十分苍老的李百焕，他和几个人正从下面的沟洼里扛着一箱子一箱子的苹果走上来，雨水从他们的头上不停地流下来，他们的头发被雨水浇得变成了一绺一绺的，贴在了脸上。苹果箱子是那种十五公斤重的箱子，李百焕扛起这样的苹果箱子来好像有点颤颤巍巍。

楚默然望见了李百焕的眼神，但他不敢面对它。顿时，他忍不住两行眼泪夺眶而出。他突然想起已经殁了一年多的剑峰，九泉之下的剑峰会知道这些吗？他也想到了像李百焕一样整天给别人装卸东西的父亲。看到李百焕，就像看到了父亲一样。

也许当时李百焕就在拉苹果箱子的大卡车上坐着。如果真是那样，真不敢去想呀！

……

到达学校后，一种从未有过的孤寂感慢慢向楚默然袭来。孤寂是一轮黑色的忧伤的太阳，它普照着生命的大地，没有一处光明的地方。楚默然走到哪儿它就跟到哪儿，他以为自己很坚强，他想以掩耳盗铃的方式忽视它的存在，但这种黑色却从不放过他的存在，结果是楚默然不得不正视它的存在。楚默然最终被击倒了！被孤寂击倒的他已经成了手无缚鸡之力的人，他感到自己可以被一阵风轻轻地吹倒，然后沉沉地睡过去。

晚上，同学们都在教室里静静地上晚自习，只有沙沙的写字声和哗啦的翻书声。教室里的每个人都在过着他们按部就班的生活，在新的高中生活中，那些雄心勃勃的学生已经开始设计自己未来的人生了，但这些仿佛和楚默然没有什么关系，他现在根本想不起这些问题。出了学校的大门，在街道的斜对面有一家歌舞厅，每天晚上都放着叶倩文唱的《潇洒走一回》。

叶倩文潇洒的歌声只是让楚默然的心里变得更加落寞。校园里陌生的面孔、数理化难以消化的知识、遥远的家里含辛茹苦的父母、刚刚逝去的祖父……他觉得自己是暂时飘浮在幽邑县城上空的一张纸片——他不知道自己会在哪儿停下来。啊，生活！风景如画的幽邑城，古朴的岚阁园，你可知道，楚默然刚刚来到你的怀抱，就跌入了人生的冰谷！

对楚默然来说，每一天的日子都是寒冷的、阴郁的。就像那两个晚上的明月，就像对面翠屏山傍晚的烟岚，就像冬日寒风里的片片落叶。

17

　　慢慢地，楚默然想到了退学。他不想上高中了，他想学装潢，或者开一家书店。他开始在自己的想象中生活。想到初中时的好多同学，毕业后不照样开始自谋生路了吗？人家不也照样生活得很好吗？为什么非要来上高中呢？以自己的家庭条件，上完初中就已经不错了。现在，他对开学前父亲将钱摔在地上以示反对自己上高中的那件事，再也没有什么怨言了。不上高中了，回到家里，他就可以天天和父母待在一起，那样他也不会有什么忧伤了。此刻，他根本不会去想所谓独自面对惨淡的人生这样的豪言壮语了。

　　因为有了这样的想法，上课的时候，尤其是上化学课的时候，楚默然仿佛和老师以及其他学生成了两个世界的人。化学课堂成了催生他梦想的乐园。他想在家里办一个书店，自己家就在大街边，而自己又是那么喜欢书，他要把知识带给频婆街上的人们。他除了向人们卖书以外，还可以向外租书。农村人都喜欢武侠小说之类的书，那么他就多进一些诸如金庸、梁羽生和古龙的小说。他还要每年自费为村民们订一些报纸，诸如《秦省农民报》《法制日报》和《豳邑科技》之类的。他想他一定能够做成这件事情，人家豳邑县的残疾人车志强因为写诗与刘向梦相识，最终刘向梦从美丽的"彩云之南"来到"渭北高原上的西双版纳"并喜结连理，成为省报宣传的一段佳话，现在豳邑县城的翠屏市场门口开了一家"知味书屋"。自己难道就不行吗？何况自己还是个健全的人呢！

他越想越兴奋，仿佛书店已经开起来了，自己就坐在一张桌子边，这时已经有人进来问他有没有《婚姻法》之类的书了。

……

下课的铃声打断了他的梦想，他从梦想中又回到了现实之中。化学老师走出了教室，同学们紧随其后。这一节课化学老师到底讲了什么内容，他一点也不知道。他的内心很空虚，他觉得自己在混日子。这不是他的人生态度。他怎么能成这样呢？可是上课一听到那些如同天书般的内容，他的思绪就不由自主地像天空中的柳絮，在风中四处飞扬。

下午两节课结束后，同学们有的在教室做作业，有的回到宿舍去了，有的早早地拿着碗筷去食堂了——他们好像每天主要是为学校里的两顿饭活着一样。出了校门，楚默然漫无目的地行走在豳邑县城的大街上。父亲、母亲他们现在正在干什么，他似乎没有心思去想，他只是想通过这种方式来驱遣内心的苦闷和落寞。他漫无目的地走着，竟然不知不觉地走到了中山路上的邮局，邮局里有一个书报柜台，里面放着各种杂志。在频婆街时，他从来没有见过这么多的书报杂志，他经常做梦梦见的都是这些，他的精神顿时来了！

在这么多的杂志中，突然，一本名叫《读者》的杂志映入了他的眼帘，记忆中他仿佛听人说起过《读者》这本杂志，但是从来没有见过。他让工作人员拿了一本《读者》给他，先翻看了一下目录。哇！内容真丰富呀！栏目分为文苑、人物、社会、人生、生活和天下，第一页是卷首语，后面的彩色插页上还有歌词。他对这本杂志很满意，决定要买下来，他觉得这正是他想看的一本杂志。现在他已经是一个高中生了——一个想着退学的高中生，虽然他刚才还在课堂上梦想着回去开个书店，但是，他觉得既然进了高中阶段，他平时看的课外书也要跟上他的思想感情所达到的水平和境界，现在他总不能再去看《全国小学生优秀作文选》《好孩子》和《故事会》这些杂志了吧？他想让自己的阅读档次随自己的年龄一起

成长。

胳膊下夹着一本刚买来的《读者》，他的心情仿佛一下子好了许多，他想赶紧回学校去吃饭，吃完饭上晚自习的时候好好看一看刚刚结识的这本杂志。至于别的什么，他似乎暂时可以不用管了。

透过宿舍清冷的玻璃窗，他看到了外面萧条阴郁的天空，不远处的凤凰山显得更加昏黄了。

这时，楚默然突然听见宿舍外面有人敲门。他赶紧去开门，没想到原来是父亲和妹妹给他送馍来了。父亲背着一个黄蛇皮袋子，里面装着母亲烙的锅盔、一罐头瓶咸菜，还有家里那个红色的保温瓶。虽然在要报名时，父亲将学费重重地摔在了地上，但现在他既然已经上了学，父亲还能说什么呢？只不过以后身上的担子更沉重了而已。妹妹已经五岁了，也该上学了。看到父亲和妹妹，他的心里突然变得难受起来。真不知道该和父亲说些什么，仿佛他们是两个不同世界的人。父亲坐在他下铺的床上，他正要给父亲倒水，父亲说："不倒了，过一会儿我们就回家了。"妹妹好奇地看着宿舍里的一切。

坐了一会儿，父亲和妹妹就走了，宿舍里只剩他一个人。周末，住校的学生大都回家了，整栋宿舍楼显得安静了许多。

楚默然实在受不了宿舍的这种冷清。父亲和妹妹的到来与离开，突然让他心里感觉难受起来。在我们的生命当中，有时我们需要得到亲情的温暖，有时我们却希望独自面对陌生的世界而不希望亲人的进入。因为，一些时候亲人的进入，不是进一步强化我们逐渐生长起来的坚强，而是一下子削弱了这种坚强——当然，这并不是说我们不需要亲情。对于这个时候的楚默然来说就是这样的。

实在忍受不了这种孤寂和落寞的时候，楚默然想出去走一走。从白色的宿舍楼下去，校园里安静极了。外面的天空阴郁而低沉，没有暖暖的太阳，没有淅淅的秋雨，没有缕缕的秋风，就这么自己忍着。他似乎无法

开导自己，也无法宣泄自己。偶尔传来一阵阵风铃的声音，那是泰塔上的风铃发出的。泰塔脚下的台阶上，学校里几个职工的家属在说话。她们多么像母亲平时站在家门口和一群大婶在说话啊！不知这时候母亲在忙什么呢？不知父亲和妹妹这时回家了没有？他的心里一时感到难受极了！

出了校门，楚默然漫无目的地朝街上走去，街上的行人稀稀拉拉。有人说过，豳邑县城是一个狼来了都没有人喊的地方。听说，这周末豳邑县城要举行豳邑县首届苹果艺术节。在祖父去世的那几天里，他从奋力叔叔那儿看到了一本苹果艺术节的宣传画册。但是，他也不知道苹果艺术节到底在哪儿举行，怎么举行。

出了校门，向右走到泰塔路口，然后从北大街一直走下去，就到了翠屏市场。只见这里熙熙攘攘，车流涌动。在对面土场前的一块空地上，搭了一个舞台，上面铺着红地毯，舞台后面的布景是"豳邑县首届苹果艺术节"几个艺术字，背景是挂满硕果的苹果树。舞台旁边，停着许许多多车辆。楚默然想，苹果艺术节的开幕式可能就是在这儿举行吧！但是，他无缘参加。在许多人的一生当中，许多时候，他们只是历史事件的旁听者、想象者和学习者。

苹果艺术节的开幕式已经没什么可以看的了，楚默然转过身，朝翠屏市场走去。市场里面，是一排排高大的帐篷，帐篷下面是一排排一米多高的水泥台子，有蔬菜区、日杂区、服装区和修补区，等等。市场周围，是一排排两层的楼房，上面住人，下面是商店或者饭馆。翠屏市场是具有县城特色的集市，对于他来说，市场里依然是那么冷清，虽然里面的人并不少。

楚默然又从市场里转出来了。在市场大门口，他看见了一块蓝底白字的牌匾，上面题写着"知味书屋"。这是各类媒体曾经宣传过的残疾人车志强开的一家书屋。他了解车志强的故事。不知为什么，今天他没有勇气，也没有热情走进这家书屋。站在门口望进去，车志强的生活看起来似乎也很暗淡。

楚默然就这样忧郁地转着。在翠屏市场的南边，就是巍峨的翠屏山。

这时的翠屏山就像一道巨大的屏障，挡住了外面的世界。此时的翠屏山变得郁郁苍苍，就像黄土高原上在贫困中艰难度日的庄稼人。此刻，他还没有力量走向翠屏山外面的世界，他只能想象外面的世界，只能体味由翠屏山和凤凰山两山夹峙的豳邑县城的学习和生活带给他的一切。

到了下周末的时候，楚默然无论如何也要回家了。

这一周的周末，他骑着自行车回到家里取馍的时候，邻居谢碧芳告诉他，他的父亲和母亲都去六外公家了，听说是锦程舅舅要结婚了。

他没有参加上锦程舅舅的婚礼。舅舅的婚礼自然和几年前鲲鹏舅舅的婚礼场面大同小异。他还没有见过新妗子，对此他充满了美好的期望。离开家以后——虽然从县城到家就那么几十公里的距离，但却像天和地的距离一样遥远——每个人的生活都按部就班地进行着。因为你往前推进自己的生活，别人也在往前推进他们的生活。

锦程舅舅的婚礼是他人生中的一个转折性事件。在旁人看来，舅舅的人生充满了意味深长的戏剧感。因为当年锦程舅舅的理想是要考上大学的，但他最终还是没有考上大学。同周围所有的人比起来，六外公、六外婆给他提供的条件不能算不优越，他个人的天资不能算不聪明，他也不是没有进行复习，但他最终还是没有考上大学。在豳邑中学，为了考上大学，复习一年两年，甚至三年四年的学生大有人在——为了改变命运，他们似乎把一生都搭上了。如果复习了三四年还没有考上，那就不用再考了。家里人送上的一句话可能就是："娃，咱还是认命吧！天下的农民一层哩！"不知锦程舅舅最终认命了没有？

锦程舅舅没有考上大学的一个重要原因，许多亲戚的说法是因为他在学校的时候谈恋爱。亲戚们认为，既然舅舅把念书学习的时间都用在谈恋爱上了，哪里还有心思学习？可是亲戚们不知道，对于考大学来说，恋爱就像萧何，成也恋爱，败也恋爱。最后的结局是，舅舅喜欢的那个女孩子最终考上了大学，而他却没有考上。像许多世俗的爱情故事一样，舅舅后

面的选择就不用多说了，他不用别人劝说就把自己教育了。舅舅这时终于发现：人在恋爱的时候，相互之间爱得死去活来，好像她非他不嫁，他非她不娶；好像天离不开地，地也离不开天一样。可是当彼此终于被现实从爱河里拉上来，睁开眼睛看天望地的时候，他们才发现原来天不止一层，地也不止一处。原来海誓山盟的东西，只不过是一个幼稚的笑话而已；原来所谓永恒的爱情，只不过是男女双方彼此生命征途中经过的一个情感驿站而已；原来不食人间烟火的爱情，事实上却是要靠人间烟火来滋养的。

因为锦程舅舅的故事，楚默然想起了班里的一对恋人：蒙文辉和向姿含。

当蒙文辉和向姿含两个人一前一后走进教室的时候，许多同学的眼光一下子都盯在了他们身上。这时，他们两个不知道是感到自豪还是孤独。在这个时候，需要多么巨大的勇气啊！蒙文辉是一个从太谷镇来的学生，他会画画，班主任鱼老师让楚默然和他负责教室后面的黑板报，两个人一个写一个画。出黑板报的时候，他们两个之间配合默契，但他们从来没有谈论过出黑板报以外的任何话题。向姿含是县城的学生，这个时候像楚默然这样来自乡镇的学生似乎还不值得她的眼睛投去关注的一瞥。蒙文辉似乎是一个内向而有点害羞的男生——但这也许只是表象而已，他的内心似乎一点也不害羞，而向姿含更是比他勇敢得多。楚默然发现，一个小小的酆邑县，在它周围那么多乡镇的簇拥下，竟然生长出了那么多的先进观念。就像谈恋爱一样，当县城里的一些初中学生已经开始了他们隐秘的恋情的时候，乡镇中学的男女生之间似乎还停留在朴实大地培育出来的乡土情感中。

他们两个在大家都还不敢谈恋爱或者不敢公开自己恋情的时候，已经公开了自己的恋情，或许他们就是想让大家知道自己在谈恋爱。对于许多刚刚进入高中看上去老实巴交的学生来说，从他们进入校园的那一天起，许多人的心中似乎都有一个理想：考上大学。同考大学比起来，恋爱是一个只要一萌芽就要被掐掉的危险植物，或者说高中时在心中隐隐产生的爱的情愫就像小草一样，只能装饰心情，却不能让它在心里疯长，更不能让

它像头发一样从脑袋上长出来，而且每过一段时间，必须用考上大学这把理想的剪刀将它剪一剪，至多只能一个人偷偷地闻一下它的芳香而已。

楚默然先去寒笑姨家了。

自从上了高中以后，他有好久没有去过姨家了。姨看见他来了，上上下下地打量着他说好长时间没有见他，他瘦了，肯定是在学校里吃不好。他说，学校里的大锅饭不像家里母亲做的饭。这一天晚上，姨起了一些面，第二天早上她炸了一些油饼，熬了一顿可口的红豆稀饭。走的时候，她又给楚默然装了一口袋油饼，说是到了学校去吃。

吃完早饭，楚默然骑着自行车去独承舅舅家。锦程舅舅的婚礼结束后，母亲来到独承舅舅的家里看了一下。一进舅舅家的院子里，他就看见母亲正在打扫院子。天哪！整个院子就像"凶"了一样，没有一点住人的样子。院子里，地上已经卷起了地皮，上面到处都是鸡粪。厦子的墙角满是已经干枯的荒草。后院里，稀稀散散地种着几棵果树，叶子落了厚厚的一地。树上还留着几个干瘪的被太阳烫伤的苹果。没想到苹果会长成这个样子。

走进舅舅家住人的厦子里，床上的褥子、被子被卷起来了，用一个破旧的床单包着。桌子上、柜盖上落满了一层厚厚的灰。舅舅结婚时墙上贴的画了两个胖娃娃的年画的地方只剩下了一个图钉，年画已经掉下来了。这时，突然传来了一阵吱吱的叫声，原来是厦子的顶棚上一群老鼠在跑来跑去，只听见它们的爪子划过棚布，发出一阵阵尖厉刺耳的声音。棚布上面，留下了一块块尿印，真不知道像是哪个地方的地图。这样的情景，比舅舅当年一个人生活时还凄凉，毕竟那时还是个家，现在却没有一点家的样子。

"我不把院子里和屋里收拾一下，以后回来咋住人呢？"母亲一边用笤帚扫着院子里的鸡粪，一边说。

"我舅舅现在去哪儿了？"楚默然问母亲。

"他们一家在南塬的土桥你妗子的一个姑姑家待着。你舅舅和你妗子要下一个女儿，村上催着要交罚款。你舅舅东倒西借，哪能一下子借到这么多钱。村上三天两头就来催，实在没办法，他们只好出去躲一躲。"母亲说。

"你没看见嘛，你舅舅厦子里的大立柜、写字台都不见了。"母亲接着说。

"哪儿去了呢？"楚默然问。

"被村上给拉走了。村上说什么时候把罚款交了，什么时候这些东西就可以拉回来。"

"在农村，现在好多人都想要两个娃，最好是一对子娃。"母亲说。

"要那么多娃干什么！本来家里负担就重，还要给自己添负担。"楚默然说。

"人有了兄弟姐妹，将来父母不在了，兄弟姐妹就是最亲的人了。以后有了七灾八难，相互之间可以扶持一把。"母亲说，"现在给你说，你可能明白不了，以后你就知道了。"

楚默然静静地听母亲说着。不知道在南塬土桥的舅舅一家现在怎么样了，他们虽然在妗子的姑姑家，可毕竟是寄人篱下，估计也处处觉得不方便。

大半个学期过去了。楚默然当初仰慕不已的豳邑中学并没有给他带来什么快乐，而更多的是一种隔膜和忧伤。也许他当初对豳邑县城的高中生活想得太简单太天真了！

在学生们中间，不断传着一个消息。说是第一学期期中考试后，学校要根据每人的学习成绩，重新划分班级，将班级分为重点班和平行班。现在的这个高一（3）班还算一个不错的班级。楚默然感到压力大极了，他真害怕自己被分在平行班里。虽然现在他的学习成绩只是一般，但他觉得自己并不是一个破罐子破摔的人。

最令他头痛的是数理化，虽然数学老师是县政府从南部的后稷县高薪招聘来的名师，但他感到自己与数学老师并没有多少缘分——当然关键是他的数学成绩在初一那一年昙花一现般创造了奇迹之后，就基本上没有及格过。至于物理课和化学课，那就更不用说了。物理课还稍微好一点，化学课听起来简直如同天书，每天的作业都成了问题。有时他真想蒙混过关，不打算交作业，可是他的心里又很难受，如果这样，他觉得就像将自己孤立了起来，好像他已经不属于这个班级了一样。

冬天来了，宿舍里晚上住着已经有点冷了。许多学生都从宿舍里搬出去住了，只剩下楚默然一个人。这时，他觉得在宿舍也待不下去了。宿舍的窗户玻璃已经掉了两块，外面的北风呼呼地刮了进来，窗子被来回重重地摔打着。虽然从家里带来了祖父曾经用过的羊皮褥子，但在晚上睡觉的时候，还是冷得人腿也不敢伸直，只能紧紧地蜷缩在一起。夜半时分，他突然被远处一阵阵鸱鸮凄厉的叫声惊醒了，让他再也没有了睡意。早上醒来，在凛冽的寒风中，他拿着脸盆去教学楼前面的锅炉房那儿接水，用刺骨的凉水洗脸就像把脸贴在一层厚冰上一样。想一想过去的这个夜晚和早晨，他真不知道是怎么过来的。

期末考试，楚默然的数理化成绩都不及格，语文英语政治历史还说得过去。他再也经受不了这样的学习生活了——他觉得自己已经成为幽邑中学岚阁园里最不值一提、最被别人忽视的人了。在老师和学生面前，他觉得他的头低得不能再低了，他的声音小得不能再小了。他虽然还叫作楚默然，但他已经是另一个楚默然了，一个和曾经优秀的他决裂的楚默然。这时，一个强烈的念头再次出现在他的脑海里，他再也不想念高中了，他何苦要让自己找这样的一份罪来受！

18

度过了一个温馨的寒假之后，楚默然再也不想去豳邑中学上学了，一个人待在家里那两间阔别了快半年的屋子里很开心。开学的时间一天天临近，眼看到了正月十六。中午，父亲领着张虎进来了。去年夏天快开学时父亲将钱摔在屋子的地上，以示对他上高中的反对，现在却将张虎找来劝他去上学了。

外面下着年后的又一场雪，天空阴郁极了！楚默然一个人坐在炕上，这时，他似乎已下定决心不念书了，他想在频婆街上开一家装潢门市。可怜的楚默然啊！即使他想象着自己的求学之旅即将结束，他也要为自己选择一条多少与文化有关的谋生之路。

楚默然赶紧从炕上下来招呼张虎。张虎问："默然，都开学了，你怎么还不去上学？"

"我不想念书了！"楚默然说。这样的话竟然如此真实地从他的口中第一次说出。

"为什么？"张虎问。

"我觉得没有什么意思。"楚默然说。没有什么意思，那是掩饰他内心脆弱的一个借口，而这个借口则可以把他放置在一个很优越的位置上。

"娃呀，既然都念了一学期了，怎么说不念就不念了呢？是你适应不了县城里的学习生活吧？"张虎问。

楚默然不说话了。张虎的这一句话，击中了他不想上学的要害。

父亲是一个沉默寡言的人，只是站在一旁静静地听着，大概只是希望他继续念下去。如果他不念了，父亲会觉得说出去不好听，邻居们会以为父亲供不起他上学了。可是，父亲不想让周围的邻居那样看待他。

"如果你不想去幽邑中学念书了，那就去咱们频婆中学吧！反正咱们这儿也有高中。"张虎说。

楚默然再一次不说话了。这时，他要开一家装潢店的想法似乎又被在频婆中学上学的建议代替了。这足以说明，他是一个意志多么薄弱的人，他根本没有自己的主见，别人这么轻轻地一说，他就可以改变自己的人生路线。或者换一句话说，他所谓的开一家装潢店其实只是一个想当然的念头而已。

"那好吧，你就去频婆中学上学吧！"张虎最后说。

楚默然还是没有说什么。没有说什么，那就表示他同意了。

下午，张虎领着楚默然去频婆中学了。他先带他去了学校教务处龚主任的家里，龚主任夫妇热情地为张虎倒水递烟。在频婆镇中心小学上学的时候，那个在学校的一个大教室里给小学教师上课的老师就是龚主任，那时在楚默然的眼里，能给小学教师上课的人该是多么有学问啊！今天，他高中阶段的学习生活竟然和龚主任联系在了一起。

龚主任听了张虎的介绍后，热情地说："这娃就是咱们频婆中学毕业的学生，娃娃到了县城去有点不适应，想回来，那就在咱们频婆中学上学，咱们这儿不是有高中部嘛！"

张虎说："龚老师你都这么说了，那娃在咱们频婆中学上学还有什么问题？没问题那我就给娃报名去了。"

"你快去吧，明天就要上课了。"龚主任说。

虽然离开了幽邑中学，楚默然也开始了自己崭新的生活。这个时候，幽邑中学却成了他心中的一个回忆。刚刚过去的忧伤和痛苦，于他竟然变成了一种美好的回忆。

楚默然，你是不是刚刚好了伤疤就忘了疼了呢？你是一个什么样的人啊？！人啊，你到底是一个什么样的物种呢？

这个时候，楚默然却开始想念一个女孩——林阳。

林阳就是班里那个又高又胖的女孩，是从县城关中学毕业的。进入高中以后，每个人都是带着自己的故事进来的。这些故事，彼此熟悉的人，他们之间都相互知道；彼此陌生的人，一方的故事慢慢地就让对方在以后的相处中给唤醒了，或者主动就给对方说出来了。这不用着急，时间可以帮助彼此解决这个问题。这时，你才发现原来对方的生活是这样的。

林阳肯定也是一个有故事的人，但楚默然不知道。他看到的林阳是每天吃完饭就早早地来到了学校，有时骑着自行车，有时步行。听说林阳的家在幽邑县农业局，她的爸爸是农业局的干部。每天回家吃饭的同学，家似乎调节着他们每天的生活节奏，而住校的同学，时间似乎就成了一块块被母亲随手掐下来的面团，大小不一。林阳每天来到学校后，就投入紧张的学习之中，不是做作业，就是看书。

像林阳这样的学生，似乎一进高中，就是为着考大学而来的，对于这一点她是十分清醒的。而对于楚默然来说，上一学期走进幽邑中学，也是为考大学而来的。但是一学期的住校生活，早已磨灭了他考上大学的雄心壮志。他不是想着要开一家装潢店吗？现在，他已经不提这个话题了，或者说这个念头早已在脑海中消失了。

在和林阳做同学的一学期里，楚默然其实和林阳并没有说过几句话。他们之间之所以没有说过几句话，首先是因为他们之间不熟悉；其次，对于楚默然来说，他是一个不好意思主动和女孩子说话的人。但是，楚默然却每天密切地关注着林阳。林阳在他眼里的形象是，无论上语文课、英语课、数学课，还是物理课、化学课、历史课和地理课，只要遇到她听不懂或者有疑问的地方，她都会主动站起来向老师提问——在她身上真的体现了勤学好问的精神，当然班上还有一个像林阳一样叫刘妙霞的女生。只要

她们站起来提问，上课的老师就耐心地回答她们的问题，直到她们听懂坐下为止。除了课堂上提问以外，每天晚自习的时候，教数学的李老师都要到教室来。李老师来的原因是根据学校的安排，语数英老师特别是数学和英语老师应该到教室里来看一看同学们在做作业的过程中有没有什么问题。楚默然发现，每当李老师走到林阳跟前的时候，林阳总会站起来请教数学上的问题。林阳向李老师请教问题，那么一定是她听不懂，所以她需要请教。因为她总是向李老师请教问题，所以李老师认为她一定有问题不懂，自然就会在她的跟前停下来。李老师在她的跟前停一下，她也就成了一个在李老师及同学们的心目中虚心而认真的学生了。一学期下来，这一点已经变得毫无疑问。

然而，林阳这种虚心好学的精神，却让楚默然的心里有点难受。每当看到林阳向李老师请教问题，他的心里就一下子变得很不自在起来。因为，他觉得林阳这种虚心好学的精神对于他来说，形成了一种巨大的压力。一方面，他也想向李老师提问题；但是另一方面，他又觉得他的问题太多了，李老师是一下子解答不完的。另外，他提问题不仅是因为他在数学学习中本身有问题，更是因为林阳向李老师提问题，所以他也要向李老师提问题，从而减轻他的精神压力。这样，每当看到林阳向李老师提问题，对他而言就是一个痛苦的时刻。当他听懂了李老师的讲解以后，他也曾获得过一种暂时的释然。但是，更多的时候，他觉得要获得一种释然，他还是希望李老师不要来教室了。即使来了，林阳也不要再向李老师提问题了，这样他就觉得精神上放松了。

然而，这是不可能的。李老师还是会到教室来，林阳也会继续向李老师提问。那么楚默然也就会继续痛苦着。

回到频婆中学以后，楚默然觉得终于可以摆脱因为林阳而产生的那种痛苦了。眼不见心不烦，对于他来说，似乎也是这样的。然而，摆脱了因为林阳而产生的那种痛苦，他竟然又想念起了林阳。对于远在幽邑中学的林阳来说，楚默然就是她高一生活中的一个过客，她根本不会对他留下什么印象，也许都已经忘记了他的名字。可是，对于楚默然来说，不是这样的。他记住了林阳。他甚至觉得林阳给他留下了美好的印象。这是一种多么奇怪的感情啊！难道因为他学习的环境好了，一切都变得美好起来了吗？！

楚默然想到了给林阳写一封信。

在这个世界上，信，装着人们多少的秘密啊！这时的楚默然似乎想到了一点，上学期他没有向林阳说的话、表达的情感，现在都可以通过书信向她说出来了。在书信里，说出来了就说出来了，隔着这么远的距离，他还能感觉到那种羞涩吗？那种羞涩，就让时间和鬙邑县到频婆街之间的空间去慢慢消化吧！

夜晚，在明亮的灯光下，在家里那张擦得干干净净的桌子上，楚默然铺开一张绿色的方格稿纸，一笔一画，饱含诗意地向鬙邑中学高一（3）班那个也许正在向李老师提问的林阳写起一封陌生而又亲切的信来。林阳能感应到他这份美好的情谊吗？

在这封充满了分别之情的信里，楚默然用了一个很大胆的词：崇高。在表达了对林阳的认识和赞美之后，他用了一句总结性的话："我觉得你是一个崇高的人。"天哪！就这样，他将一个伟大的词送给了一个和他只在一个班级里待了不到半年时间的女孩子。这时候，他还不知道崇高到底是什么意思。也许，因为林阳高大的身材、微胖的体形，所以，他就觉得林阳是一个崇高的人。这是一个多么可笑的馈赠啊！但他真的送给林阳了。林阳看了以后，会哑然失笑，还是暗含感动呢？这只有读到信的林阳知道。

这天晚上，楚默然做了一个让自己醒来后一直觉得很不好意思的梦。他梦见在一块洒满阳光的草地上，林阳穿着一身洁白的婚纱，手里拿着一束红色的玫瑰，含情脉脉地望着他。然后，他缓缓地走到她的跟前，轻轻地抱起了她，走向了一辆装扮着鲜花的马车……

祖父去世已经一周年了。

祖父去世的忧伤似乎在楚默然的心里慢慢散去。人不能一直沉浸在过往的伤感中，因为生活不允许你这么做。生活的挑战一个接着一个，根本没有时间让你奢侈地忧伤，而时间本身却又可以消弭人内心的忧伤。

在祖父去世一周年的这一天，晌午吃饭跟前，父亲、叔叔、姑姑、姑夫和他们这些孙子、外孙去祖父的坟前烧纸。西祥庄的公坟里，在中午的阳光下，祖父的坟墓静默其间。

回来的路上，一群人前前后后，三三两两地走着。脚下的路面，坑坑洼洼，硌得人脚疼。太阳在头顶暖暖地照着，路边银白色的杨树叶子哗啦啦地响着，阳光穿过了叶子间的每一个空隙，投下了像碎玻璃片一样耀眼的日光。朝四周望去，田野里没有一个人，只有种着的一行行苹果树，每一棵树的枝叶挤挤挨挨地交织在一起，挂满枝头的苹果一个个已经有拳头那么大了，路边开着门的苹果园房子里装满了一屋子的阳光。大家匆匆地走着，没有人大声说话。

真像一个成语所说的：好景不长。

在频婆中学度过了平静且轻松的一学期后，因为全高一年级两个班的人数加起来还不到一百人，期末，县教育局一纸令下，撤销频婆中学高中部，所有的学生全部进入豳邑中学。

这是楚默然根本没有想到的，却真的发生了！他以为自己可以在这里上完高中，然后参加高考，最后考上或考不上大学，然后离开或者复读。可是，现实不容许他做这样的人生设计，他又得回到豳邑中学去了。

对于班上的其他同学来说，豳邑中学对他们还是一个陌生的地方，而对楚默然来说却是陌生又熟悉的。也许，这正是高一第一学期豳邑中学的学习生活对他的意义。也许，每一个人生命中经历的事件的意义，都要在生活的改变中去寻找。

结果是，楚默然又回到了自己原来的班级，但这时已经是高二（3）

班了，班主任已经由原来的鱼青蓝老师换成了高一时的数学老师李国栋。

经过一学期的分别，楚默然对于幽邑中学，对于班级里的同学似乎有了新的认识。这一回，他觉得自己要安心下来了，他已经没有任何退路可走。频婆中学高一年级其他熟悉的同学被分在了不同的班级。有他们在幽邑中学，他也变得不再孤单寂寞——毕竟有人在周围陪伴着他。人能够承受多大的孤独和痛苦，有时不在于这种孤独和痛苦本身，而在于陪伴在他身边同他一起承受孤独和痛苦的人的多少。高一第一学期时，他之所以觉得痛苦难熬，姑且不去谈论痛苦本身，一个重要的原因在于他的周围都是一个个陌生的面孔和心灵，而需要面对这些面孔和心灵的，只有他一个人。现在，他觉得不一样了。尽管别人也未必能够帮助他什么，一切还是需要他一个人去面对和承受。

这一年的高中生活，是楚默然心里走过的最艰难的一段历程。人们常常喜欢回顾过去的生活，觉得那是生命当中转瞬即逝的一段生命心曲，但在当时的生命状态中，却仿佛山重水复，以为自己怎么也走不出那一种状态。但事实是，许多人不是都走出来了吗？所以，当我们经历了太多的人生坎坷以后，我们会发现生活也就那么一回事。既然你的前半生都挺过来了，后半生又能把你怎么样呢？你又有什么理由软弱自卑呢？

频婆街和西祥庄发生的一切都是楚默然周末回家后母亲告诉他的。

这个周末，楚默然又推着自行车从义井坡上回到家里取馍了。现在已经不像一年前那样每个周末都放假，而是隔一周放一次假让学生回家取馍。回到家里后，他听到了一个惊人的消息：青梨殁了。青梨是曾和父亲一起在砖瓦窑做瓦的任中折的儿子。任中折这些年主要做生意。他家就住在井绳巷子的出口，出门就是频婆街。青梨比楚默然大两三岁，比他高两级。青梨个子很高，长得白白净净，性格温和。要上初一的那年暑假，楚默然就是从他那儿借来了语文、政治和历史等课本，准备提前看一看。

青梨初中毕业后就在他家临街的一间门面房里开了一家照相馆，叫青

梨照相馆。这是西祥庄除了靓影照相馆以外开的第二家照相馆。青梨家的门面房以前租给太谷镇给人照相的老刘，青梨后来就跟老刘学照相。西祥庄人要照相，就去青梨照相馆。青梨对人热情，技术不错。村上的人都很羡慕他们家的日子，也都很喜欢青梨。许多人都主动去找青梨他大任中折想给青梨说媒，但最后都遗憾地回来了，因为家里已经给青梨说下了一门亲事。青梨未来的媳妇正是老刘的小女儿，两家人正准备着给他们明年办喜事。

然而，病魔给本来日子过得让人羡慕的两家人的生活投了一颗巨大的炸弹。青梨得了一种皮肤病，听医生说这种病其实就是一种皮肤癌，根本没有治愈的希望。这不是钱的问题。后来，青梨的病就越来越严重了，村上的人都去看望患病的青梨。父亲和母亲也一起去看了，去的时候他们买了一袋点心，提了一篮鸡蛋。

母亲告诉楚默然的第二件事情是表姐秀娟在频婆街上开了一家理发馆，这真出乎他的意料。学理发，这是许多农村女孩子小学或初中毕业以后选择的人生道路之一。母亲说表姐的理发馆是她伯帮她开的，地方就在频婆街上的井绳巷口，离青梨的照相馆不远。表姐一年前去了西安的新华美容美发学校学习美发，回来后就开了这家理发馆。楚默然想，以后要是想在频婆街理发，就不用去春风理发馆看老贾那张严肃得令人生畏的面孔了，而可以找表姐轻轻松松地理发了。

听说表姐一家已经搬到康家村去了。康家村和溪头村挨着，康家村是舅舅康抚谷祖居的村子，搬到自己的村里去住，无论怎么说，还是感到气长一些。人气长了，走起路来就能够抬头挺胸，说起话来就能够理直气壮。至于表姐一家为什么要搬到康家村，听母亲说，是因为舅舅康抚谷在溪头村受到了一些人的欺负，其中甚至有秦氏家族的人。

楚默然想，表姐一家虽然搬走了，无论她随着妗子搬到了哪儿，但她还是自己的表姐，表姐还是母亲的侄女。频婆街上人常说一句话："姓是真的。"就是说，人与人之间的血缘关系是谁也无法改变的，也是改变不了的。

楚默然常常想，在兄弟姐妹当中，弟弟妹妹是幸福的，因为他们总会受到哥哥姐姐的保护。可是第一个来到这个世界上的哥哥姐姐们，就要独自勇敢地面对生活的一切欺凌和不公了。他们是孤独的！如果在他自己的前面有着一位哥哥或者姐姐，他小时候经过多福胡同时就不会遭到彭家家族那一群耀武扬威的孩子的欺负了。至于那些没有兄弟姐妹的人，他们内心的孤独就不言而喻了。

村里给楚默然家——准确地说主要是给母亲——找了一个活儿：给镇上下来的驻村干部管饭。这样的活儿楚默然并不陌生，六外婆就给清风乡上的干部管过多年的饭。一个村上把管饭的活儿分给谁家，说明这一家主妇的茶饭好，毕竟吃饭的是公家的人，人家在卫生方面比农民讲究得多，管饭的人家代表的是一个村子的形象。对于母亲做的饭的味道，楚默然还是非常自豪的。

驻村的干部是两个女的，一个胖而矮，留着烫发头；一个瘦而高，留着齐耳的短发。每天吃饭的时候她们两个人一起来，吃完饭后又一起走。她们似乎每天都很忙，不知道她们主要忙什么。

母亲精心地准备着每顿饭菜：花卷馍、蒸馍和旋子馍换着吃，宽面、细面和饸饹轮着做；荤菜与素菜搭配着端；过一段时间包一次饺子，再过一段时间又炸上一次油饼。母亲给驻村干部管饭，就像十年前和姨、姑姑们给家里盖房的木匠和土工做饭一样。这真是她茶饭手艺的又一次精彩展示。

父亲的任务是协助母亲做好食材的采购工作，包括蔬菜、肉和豆腐等。蔬菜是在逢集的这一天买，肉和豆腐则随时上街买。肉是在街上赵满盈的大儿子那儿称的，豆腐是在北街张家胡同的王老汉那儿称的。有时，王老汉推着豆腐车子拖长声音喊着"卖——豆——腐"时，母亲就装上一碗豆子出去换豆腐。

味

星期六早上吃饭的时候，那个胖而矮的女干部带来了她的孩子，平时都是她一个人。给他们两人端上馍菜以后，楚默然就在厨房里吃饭，陪伴他们一起吃饭的是父亲。听到父亲喊他的时候，他便赶紧再端一盘馍或菜去。没想到，那个小孩吃饭很挑剔，他拿起盘子里雪白的蒸馍吃的时候，先要将馍皮剥掉。盘子端回来的时候，里面堆了一堆馍皮，看上去特别刺眼。豳邑县俗，忌讳吃馍剥皮。看到盘子里放着这么多的馍皮，楚默然十分生气，对母亲说："那个小孩咋能这样吃饭呢！"

母亲说："小孩子嘛！"

楚默然说："小孩子也不能这样吃啊！"

第二天早上吃饭的时候，村上的干部也来了。父亲特意去街上的食堂里买了一盆羊肉粉丝汤。羊肉粉丝汤盛放在一个大大的白瓷盆里，白色的瓷盆，醇香的羊肉，绿色的香菜，细长的粉丝，看着都让人垂涎欲滴。羊肉汤是频婆街上的人们只有过白事的时候才吃得上的，平时一般人很少吃，而且也吃不起。

然而不知为什么，那一盆羊肉粉丝汤一桌子人并没有吃多少，最后盆里剩下的还有很多。对于从饭桌上端回来的剩不了多少的菜，有的菜母亲就直接倒在泔水桶里了。看着这盆羊肉粉丝汤，母亲说："这盆羊肉粉丝汤也没有吃几口，你吃吧！"

对于这一盆还剩了很多的羊肉粉丝汤，楚默然竟然觉得有点为难了。吃吧，这是人家吃剩下的；不吃吧，对于这样的一盆菜浪费了又实在可惜。最终，他还是拿起筷子吃起来。这样的菜，不知他什么时候才能再吃上呢！

小时候，每当一户人家家里的红白喜事结束以后，因为剩下了许多馍和菜，主人家舍不得倒掉，而一家人一时也吃不完，于是家庭主妇就用碗盛好一碗一碗送给左邻右舍。那时，家家的条件都不怎么好，对于过事的人家送来的这些剩菜，一点也不介意，到第二天吃早饭的时候，就在锅里热一下全家人一起吃了。对于给邻居们送剩菜的这家人来说，也没有觉得

有什么不好意思或者不敬之处。

可是现在，已经没有人敢将过事的酒席上剩下的饭菜端给邻家人了。这家人宁可将这样的剩饭剩菜倒了，也不敢端给邻家人了。

周日下午，骑着自行车路过张福全家门口的时候，他看见父亲、李正芳还有张新貌、张福全父子等人正在往一辆大卡车上背装满玉米的麻袋。车厢的后沿上，搭着一块又长又厚的木板，只能容人的两只脚踩上去。这时他发现父亲的背已经被麻袋压得弯成九十度了，只听见父亲不时地传来一阵阵咳嗽的声音。突然，他的心里变得沉郁极了。

到了县城的时候，天色已经渐渐地暗下来了，路边已经亮起了昏黄的路灯。中山路上，他竟然碰见了林阳。林阳好像是去哪儿办什么事情一样，正在往和他相反的方向骑着自行车。林阳骑的是一辆轻便自行车，看上去很悠闲的样子——这种悠闲是县城里的俊男靓女呈现出来的一种气质。再看看他自己，骑的是父亲七八年前买的自行车，坚实而笨重。车把上，挂着两个带绿色塑料圆环的布兜，里面装着母亲早上蒸的花卷馍和一罐头瓶咸菜。

看见林阳，楚默然一时竟然不知道应该说什么。林阳看了他一眼，也没有说什么。他们两人四目对视的时间只有短短的几秒，但他感到似乎像一年那样漫长。此刻，他不知道该用自卑，还是该用木讷来形容自己。

楚默然和林阳又成了一个班的同学，而且他上学期还给林阳写过一封信。但，这时，他们虽然认识，却又好像不认识的样子。就在那一瞬间，林阳朝西去，楚默然朝东去。他们都无法让自己停下来，甚至说上几句什么。

19

路边梧桐树上的叶子一片片落下来，街上的清洁工人们还来不及清扫。头顶的阳光暖暖地照在人的身上，街上的行人稀稀拉拉，每个人看上去都在忙着自己的生活。

秋天来了，冬天还会远吗？

终于，冬天的第一场雪落下来了，将整个县城严严实实地盖了起来。南边的翠屏山经过春日的绿雾空蒙，夏日的浓翠隐幽，秋日的苍老萧条，变成了冬日的舒洁清雅。趴在教学楼走廊边的栏杆上望过去，大大小小的屋顶上，落满了厚厚的白雪，就像一层洁白的奶油。

校园里，岚阁园两边的松树上，洁白的雪花和青翠的松枝搭配在一起，给人一种宁静肃穆的感觉。不经意间，松枝上的雪落下来了，悄无声息，在地上变成了雪末。落在从树下走过的人的衣领里，凉飕飕的，转瞬便化成了一颗颗晶莹的水珠。校园里到处留下了一行行歪歪扭扭或深或浅、或洁净或污浊的脚印，向各个不同的方向延伸开去。雪地里，有学生在打雪仗，空气里飘荡着一股欢快的气息。

人们惊喜于冬天的第一场大雪带来的美景，但很快回过神来发现需要的却是便捷的生活。雪停了以后，虽然太阳出来了，但天空看上去却像一面镜子，好像一时还没有从阴郁中走出来。人们开始向积雪宣战。县城各部门各机关各商铺的人都出动了，拿着铁锨铲的，拿着推耙推的，拿着扫帚扫的，看上去一副热火朝天的样子。

很快，县城各条大街上的雪被扫干净了。第二天，天终于放晴了，一轮红日挂在蔚蓝的天空。空气中不时掠过一股股清冽的风。早晨，路上留下了一绺一绺凸起的冰碴儿，看上去泛着晶莹的光。到了中午，日头出来一晒，冰碴儿就变成了雪水。街上走的人多了，就慢慢变成了泥糊。房檐上开始往下滴水，一滴、两滴、三滴，最后在下面滴成了一排整齐的小窝。这个时候，人的心也仿佛变成泥泞的了。

楚默然从教室后面显得有点空荡的自行车棚里推出自行车，迎着一阵阵清冷的寒风，还算顺利地骑过街道。过了小塔村，就要上坡了。雪静静地铺满整个原野，昔日苍黄的黄土高原此刻变成了洁白的雪域高原，仿佛一个与人无关的神秘世界。雪野上，连鸟儿的影子也看不到了，更别说人了。这时，对于这条雪京更恰当的形容，是毛主席的《沁园春·雪》中的"山舞银蛇，原驰蜡象，欲与天公试比高。须晴日，看红装素裹，分外妖娆"。伟人的豪情壮志在这首词里表达得淋漓尽致，但这时楚默然却一时无法用这种豪情壮志来鼓舞自己。虽然他有点后悔，不应该骑自行车回家，当初要么不回家，要么坐班车回家，但现在他需要面对的，是怎样早早走完这条艰难的回家之路。此刻，他只能用毛主席的另外两句诗来激励自己了："雄关漫道真如铁，而今迈步从头越。"

楚默然艰难地推着自行车，每向前挪一步，两个车轮和双脚都会陷在深深的雪地里。没过几分钟，他便感到浑身已经出汗了，贴身的背心和身体已经粘在了一起，很快，浑身已经湿透了。这时，忽然从前面吹来一股冷风，顿时在眼前卷起了一股冰冷的雪雾，他的眼睛都快睁不开了。过了好一会儿，才好不容易睁开了。头顶，太阳笑眯眯地照耀着大地。太阳啊，你在笑什么呢？

朝身后的豳邑县城望去，只见它被白雪皑皑的塬坡包围着。街上行走的人就像一只只黑色的蚂蚁。楚默然对他们羡慕极了，他们是那么自由，而他为什么要让自己受这样的一种罪？可他不得不受，这好像就是他的宿

味

183

命。他感到阳光似乎只照在县城的中央，而周围的塬坡上就是一片清凉的白色。

楚默然一步步艰难地往前走着。这时，他觉得整个世界只剩下了他一个人，他在和自己进行对话。此刻，他一个人可以笑，但他更想哭；此刻，他一个人可以说，但他更想骂。他反复地埋怨自己，早知这样，为什么不在校门口坐上一辆回家的班车呢？骑自行车回家能省多少钱呢？这时他突然体会到什么叫作骑虎难下、左右为难了。只有在这个时候，他感到自己的人生才是真实的，才是刻骨铭心的。当一个人走上好似这条雪路一样艰难的生活之路时，任何对于艰难的炫耀都是虚伪的，只有后悔踏上这条艰难之路，从而希望赶快结束这条艰难之路才是真实的。但没有办法，既然已经踏上了这样一条艰难之路，他只有忍着，只有坚持下去，这才是唯一可以挑战艰难之路的办法。

走出这条艰难之路的一切希望都寄托在一分一秒艰难地往前挪移的时间中，时间的脚步和他的脚步一样走得如此艰难。

楚默然走一走，歇一歇；时间也走一走，歇一歇。楚默然歇一歇，走一走；时间也歇一歇，走一走。此刻，他觉得没有人知道他在经历着他最真实的高中生活。

他抬起头，想呐喊一声，却看见头顶是蔚蓝的天空，有温暖的阳光，阳光下是冰冷的风，脚下是耀眼的白雪，白雪里是他艰难的脚步，他只能真实地面对大地……

他的脚步带着时间一块儿往前走。

他已经忘了是怎样将自行车一步步从小塔村的坡口推到公路上的。今天他就准备只做推车回家这一件事。终于到了公路上。他长长地舒了一口气。到了公路上，离家就不远了。很快他就发现，因为有来回过往的车辆，虽然路中间已经没有积雪了，可是路边却冻成了一条一条的冰溜子。自行车只能在路边走，可是如果稍不注意，就会连人带车滑到路边的雪坑里。他想赶紧停下来，哪怕推着走。这时，突然过来了一辆拉苹果的大卡

车，迎着凛冽的寒风，向前奔去。他一时被吓出了一身冷汗。他想，如果滑到车下面，他这一条小命就绝对没有了，那今天的回家之路就是一条死亡之路啊！

冬日的太阳渐渐地西斜下去了，平时一个半小时就可以从学校回到家里，今天足足花了三个小时。回到家里后，早已过了吃饭的时间，父亲去土桥塬上装苹果车去了。母亲吃惊地问："你怎么现在才回来？我以为你不回来了。"看到停在院子里的自行车，她嗔怪着说："下这么大的雪，还骑自行车，万一出了事怎么办？你坐车回来嘛！能花多少钱！"

楚默然一句话也没有说。在清冽的空气里冻僵的耳朵，这时却感到有一股暖流在耳根涌动。他觉得刚才三个小时的艰难已经结束了，现在他已经回到了家庭温暖的港湾。但愿，未来他的生活中所经历的任何艰难困苦，最终都是这样的结局，生活的本质都是以这样的方式表现出来的。

频婆镇和相邻的清风乡成为豳邑县首屈一指的苹果种植基地。在豳邑县一提起频婆镇，许多人都说频婆人这几年种苹果发了，频婆人有钱了，似乎频婆镇已经成了豳邑县一块富得流油的地方。

频婆人种苹果发了。人有了钱的时候，走起路来就雄赳赳的，说起话来就气昂昂的；人没钱的时候，走起路来就噗嗒噗嗒的，说起话来就呜啦呜啦的。就像车子的轮胎一样，有气的时候日行千里，没气的时候寸步难行，所以有人就形容人有钱的时候说话"气硬得很"。

频婆镇政府2010年的远景规划，准备扩建现在的东西街道。东西街道是频婆街最长的街道，两边分别是席家胡同和西祥庄。几十年来，这也是频婆街的主要街道。住在街两边的人是名副其实的街上人，他们似乎从骨子里长出了一种比乡里人优越的自豪感。南北街由北向南逐渐倾斜，南街是一条通向各个嘴子的街道，道路坑坑洼洼，南街村下去的丰登村路边就是沟边。权衡起来，条件最优越、最有发展前途的就是东西街和北街了，但北街太短，牙长一点。虽然在北街有镇政府、税务所、频婆街卫生纸厂

和机械厂等。而东西街就不一样了，频婆镇的供销社、医院、粮站、小学和中学都在这条街上。东西街两边的人对于这条街未来的发展充满了信心。根据镇上的要求，家家建房的时候都要向后缩两米。为了提升街两边建筑物的整齐划一感和视觉效果，每一家都要盖成平房，有条件的家庭可以盖两层楼房。

许多种苹果或者说因苹果发了的人、没有种苹果也不缺钱的人都在积极地响应镇政府的号召。许多人的想法是，只要把街边的门面房盖起来，以后光每年的房租都吃不完。没钱的人也在想办法，向亲戚借，问朋友倒，即使盖不了楼房，也要想办法把平房盖起来。家里虽然没钱，看起来也是一个门面，以后给娃娶媳妇人家女方来屋里看，心里也不至于太自卑。至于家里既没有钱，也借不来钱的人，就只能眼睁睁看着别人家盖房盖楼了。

很快，街道两边有钱的人家开始拆除住了几十年的土坯房。一家拆了，另一家就跟着拆。上午，长满瓦松的青瓦被揭掉了，露出了架在房梁上的瘦骨嶙峋的椽和檩条。到了下午，房基下面，砖头瓦块扔得到处都是，一座巍然屹立的房子变成了废墟。路边过来过去的汽车常常扬起一阵阵巨大的尘土，让人不得不掩着鼻子。

很快，街道的两边又堆满了机砖、沙子、石子和楼板。远远地，听见的不是用打夯机打根基的声音，就是用滑轮往上吊混凝土的声音。街头，抬头望过去，看见的是用导链吊在半空中的楼板，吓得路过的人赶紧远远地绕着走。

过不了几天，街上便会传来一阵噼噼啪啪的鞭炮声，又是谁家在上楼板了。上楼板的人家放鞭炮，前去祝贺的邻居也放鞭炮。祝贺的人是周围的一些邻居，几个人相约好在街上李宝宝开的装潢店里买上一块代表吉祥喜庆的玻璃牌匾，回来请西祥庄建材门市部的秦修齐在上面用红色的笔写上一行祝贺词，右下方署上祝贺人的姓名和日期。晌午的时候，一个人走在前面，手里提着一串子鞭炮，后面两个人抬着牌匾，再后面跟着一群

人。快到了建房人家的门口，鞭炮便噼里啪啦地响起来了。

很快，频婆街两边便出现了一栋栋贴着白色的瓷砖，正中是门楼、两边是门面房的平房或者楼房。门楼的门楣正中是"天道酬勤""贵在自立""惠风和畅""福居鸿光""清雅贤居""宁静致远""家和万事兴""紫气东来"的匾额——已经没有人在门楣上贴像20世纪80年代的"耕读传家"那样的牌匾了。大门的两边贴着印有"喜上眉梢""四季平安"之类图案的瓷砖，上面凸出来一排排金色泡钉的暗红色大门开着或闭着。

谁也没有想到，这一年豳邑县出现了五十年不曾遇到的大旱。据后来的《豳邑县志》记载：4月下旬至6月下旬，豳邑县持续干旱，地下水位大幅度下降，沟道泉水断流。大部分地区人畜饮水发生困难。

太阳像炒菜时烧红了油的大铁锅一样挂在刺眼的天空。人在柏油路上走着，远远地望去，就像踩在油锅里，远处的柏油路在太阳的照射下看上去一荡一荡的。院子里，泼出去的洗脸水一下子就被干渴得已经起皮的土地喝得一滴不剩，看不到泼过水的任何痕迹。地里薄膜上长出来的玉米苗似乎这一年就只能长这么高了。人身上的水分也仿佛被吸干了。

晚上，人们就看天上的星星，看第二天有没有雨。可是，星星稀得就像田野里开出的一朵朵野花。人的心情更沉重了，只能一遍一遍地叹息着，唉，这样的天气不知会持续到什么时候？老天爷快下一场雨吧！人这时显得无奈极了。

学校教学楼旁的锅炉房又停水了。有的学生怀着一丝侥幸打开龙头看有没有水，然而龙头就像滴眼泪一样滴上几滴，最后就滴不出来了。整个县城都停水了。天热得人脸就像涂了一层已经干了的糨糊，难受极了。下了第一节晚自习以后，有学生到学校大门外面的商店买雪糕去了，有的学生到楼下的校园里去了，还有一些学生在教室里干熬着。到了第二节晚自习结束后，整个教学楼就熄灯了，只有稀稀拉拉的几个学生点起了蜡烛还在看书做作业。昏暗的教室里，几根白色蜡烛上燃着一团团红色的火

味

187

苗，火苗映着桌子前那一张张黧黑的脸庞，脸庞上豆大的汗珠不时地滚落下来。

校园里，各个角落都是学生到处乱窜的身影——好像只有这样才能将身上的燥热驱散掉一样，人比白天的时候还多。一弯镰刀一样的月牙儿挂在岚阁园里泰塔的上空，泰塔上平时叮当作响悦耳动人的风铃也不响了。学生们似乎没有多少心情欣赏这岚阁月夜了。学生们都不想回到宿舍里休息，就这么站着、转着。

县城的学生放学后已经早早地回去了。此刻，他们也许正在家里的风扇下面，坐在柔软的沙发上，在父母的叮咛下泡着双脚、看着电视，手里拿着一支雪糕。那是多么惬意的生活啊！住校的学生要是能享受一下那样的环境该是多么幸福啊！这种美好的想象一时从严酷的现实中飞出去了，可是它很快又被现实拉回来了。

大旱导致了严重的通货膨胀，大大小小的人叫唤着填不饱肚子。面粉、食用油都比原来的价格涨了一大截子，人们就像被割了身上的一块肉一样，见面以后的话题便不约而同地集中到了物价上。学校里，过了年以来还一毛五一个的蒸馍卖到了三毛钱，而且馒头明显比过去小了。学生个个反映强烈。后来，在全校的师生大会上，鲁校长向全体师生宣布：为了减轻同学们的家庭经济负担，保证大家的基本生活，通过学校的不懈努力，县政府决定对豳邑中学的食堂伙食成本进行补贴，馒头的价格降到两毛五一个，其他饭菜的价格保持不变，而且馍、菜的斤两不会减少。泰塔旁边，听到这个好消息，坐在主席台下长凳上的学生个个兴奋地鼓起掌来，一阵喧哗，好久才安静了下来。

就在这个燥热的季节，于斐失恋了。

上午，他收到了女友的一封来信。他的女友考上了秦川机械学校。女友在信中说他们两个之间的感情是没有未来的，她现在已经有了新男朋友，还不如现在分手，长痛不如短痛。这一天，于斐看上去一副悲痛欲

绝、失魂落魄的样子。下晚自习后，他在课桌前昏暗的烛光下烧着过去的日记，仿佛要埋葬失去的爱情。楚默然看见后，一时变得有点惊诧和难受，他最不喜欢看见一个人烧纸的样子，这让他不由自主地联想起人去世后的情景。可是，他不得不面对这个晚上于斐的样子。这也许就是生活本身，不管他喜欢不喜欢，它都要存在。他第一次看见一个真实的爱情结局让一个人变得如此颓废不甚。于斐缓缓地告诉楚默然，自己的爱情从初中时就开始了，五年多了啊！五年多的爱情就这样被毁掉了。这时，楚默然是最忠实的倾听者，他还不知道世间爱情为何物，更不知道拥有一个女朋友是一种什么样的感觉。

这个周末，楚默然没有回家。为了安慰失恋的于斐，星期六的下午，他和于斐沿着汃河去散步。在他们人生的这个阶段，汃河和翠屏山是他们放松心情时的去处了。他们去汃河边，还因为在他们频婆塬上，从来没有河流，只有涝池。他们对汃河的亲近感也就不言而喻了。汃河紧紧地依偎在翠屏山山脚下，说是一条河，其实这时只剩下了时断时续的一股细流，让人永远无法想象它曾经波澜壮阔的水面，但就是这么一股细流，也给在豳邑县城的人们带来了无尽的乐趣。汃河边，有许多大人小孩玩水嬉戏。水似乎是人类，特别是小孩子最亲近的伙伴，总能给人们带来那么多的乐趣，虽然他们的衣服总是被水溅得湿漉漉的，水甚至还会吞噬一些人的生命。对于大人来说，因为和孩子在一起，似乎也恢复了人性中天真烂漫的一面。

豳邑县城虽然无法和秦城市、西安市相提并论，但就是在豳邑县这样一个地方，住在县城和乡镇就分别是两种不同的人生境界。在县城里你能感觉到那些干部职工充满着公家人气质的悠闲自在——虽然他们也有自己的酸甜苦辣。但在乡镇，庄稼人的脸上似乎多少都呈现着风雨剥蚀过的辛苦劳作的痕迹。县城是一个县的政治、经济和文化的中心，汇聚着一个县大部分的经济实力、信息和资源。和大城市相比不足，和乡镇相比有余。它聚全县之力建设着，令各个乡镇的人们向往着。庄稼人的最低理想是希

望自己的子女将来能够在县城拥有一份体面的工作、一套宽敞的房子，能过一种体面的生活。

两个人漫无目的地沿着汃河时而走着，时而停下来看着。河边的大人小孩享受着他们的快乐，于斐释放着他的痛苦，楚默然则在旁边用心看着他们的欢乐，倾听着于斐的痛苦。晚上，月亮出来了，最后停在了坦荡如砥的翠屏山顶。这是一个月明星稀的夜晚，整个豳邑县城披上了一层轻薄的白纱，看起来温柔极了，顿时让人远离了前几天因为闷热和停电产生的浮躁。走了一会儿，他们停下来坐在汃河中间的一块石头上，抬头望着女神一样的月亮。楚默然问于斐："现在好受一点了吗？""好受多了！谢谢你的陪伴和安慰。"于斐说。"你应该多谢汃河和今晚的月光，是它们安慰了你。"楚默然说。

味

这一天，楚默然正在岚阁园里泰塔脚下的台阶上看列夫·托尔斯泰的《安娜·卡列尼娜》，突然感到身边有人，他猛一抬头，没想到是孙华艳。

"这么认真啊？会考完了，也不休息一下！"孙华艳见到他时，比他自然大方多了。虽然已经上了高中，但他觉得自己还是一个有点拘束的人，不过他喜欢放得开的女孩子，就像现在的孙华艳。毕竟他们小学和初中时是同桌和同学。到了豳邑中学，他们就是来自同一个乡镇的老同学了。

"天热，在这儿凉快一会儿。"楚默然站起来笑着对孙华艳说，"你会考怎么样？"

"我数理化都没有过。"孙华艳淡淡地说。

"怎么可能呢？！"楚默然有点半信半疑地问。

"真的。"然后，孙华艳停了一会儿说，"反正也没关系，我这学期上完就不念了。"

楚默然觉得自己像被猛然击打了一下："为什么？"虽然他和孙华艳

平时见面说话的机会并不多，但听到她说下学期不念书了这个消息后，他突然感到生活中像一下子失去了什么一样，就像六年级的那一天班主任潘老师突然将他和她的座位调开一样。

"这多可惜啊！你的语文学得那么好。分科的时候你报文科，一定能考上大学的。"楚默然说这句话的时候是真诚的，这些都建立在他对孙华艳小学学习了解的基础上，但他不知道在初中和高中这几年里孙华艳的生活和内心到底发生了什么样的变化，女孩子的心思他真的不懂。

孙华艳笑了笑，显得有点不以为然的样子。

"那你不上学了去干什么呢？"楚默然问她。

"我爸爸要退休了，我准备去顶他的班。"孙华艳说。说到这里，楚默然似乎明白了一点什么。既然如此，他一时也找不出来劝她继续上学的理由了。接班这样的理由对一个女孩子来说，是很正当的。如果有这样的机会，他可能也不想考大学了。

"噢，对了，我那儿以前买了一些高中数理化方面的期刊，现在我也用不着了，过两天我拿给你吧！"孙华艳接着说。

楚默然真不知道该怎么回答她。然后，孙华艳说还有事，便离开了岚阁园。望着她走下台阶渐渐远去的身影，楚默然再也无心看书了。他下了台阶，心情沉重地朝岚阁园右边的教室走去。这时，他突然有一种怅然若失的感觉，心里难受极了。

……

学校放暑假前，孙华艳和在豳邑中学上高中的所有频婆街同学在学校大门前照了一张合影，背景是岚阁园里巍峨壮美的泰塔。照片上是属于他们青春所特有的人生容颜。那一刻，大家的心里有点难受，但却不知应该怎样劝孙华艳留下来考大学，因为她去意已决。

从此，岚阁园里再也见不到孙华艳的身影了。

暑假回家后，在西祥庄的路上，家家都拉着大大小小的水桶去频婆街

纸厂的机井上拉水。这时，西祥庄废弃了几十年的机井经过县上派来的技术员的修理也开动起来了，一下子又变得充满了生机。拉水的架子车在路边排起了长队，每个人都恨不得先给自家的水桶里接满水。放水员张线绳的权力这时候最大，他要求大家排好队，谁也不能插队。西祥庄的机井这时成了大家的救命恩人，通过粗壮的黑皮管子抽上来的水就像钱，人们一点点都舍不得浪费，这时人们似乎才理解了水的珍贵。水桶里接满了水以后，人们在桶口盖上一块厚厚的毛巾或布片，生怕水流出来。然后拉着架子车，小心翼翼地朝自家的地里走去。

家家的地里，圪蹴着给玉米苗浇水的人。远远望去，就像在给每一株玉米苗下跪一样，看上去虔诚极了。

庄稼人开始流行在地头修建集雨窖。许多地头都堆着一摞摞红色的机砖。那些已经砌好的集雨窖就像一双双举着的手，等着老天的施舍。

这天气也不知道要旱到什么时候啊，还让不让人活了？！各个地方的人的心都已经被烤焦了。

……

然而，谁也没有想到，这一天下午，天突然阴下来了。很快，狂风大作，天空里纸片、塑料纸乱飞，路边大大小小的树开始疯狂地摇摆着。继而乌云密布，电闪雷鸣，打雷的声音好像要将天空一块一块地撕扯下来一样。终于，雨点落下来了，噼里啪啦，重重地打在地上。雨越下越密，越打越重。抬头望去，整个天空都是一片阴郁，大地上的每个角落它都不愿撂过，公平极了。很快，街道上、院子里水流成河，大地沉浸在一片久旱逢甘霖的畅快之中。这时，庄稼人不像过去下雨时那样，天下自己的雨，人忙自己的事，要么在自家的热炕上酣睡，要么几个人围坐在一起打扑克牌，好像跟自己没有多大关系一样。大家都热切地站在门前观看着这场雨，雨下得有多大，人的眼睛睁得就有多大。"二杆子"泡儿站在雨里，张开双臂，让雨水淋了一个透，眼睛都睁不开了，嘴里却大呼着："舒服啊，舒服！老天爷啊，老天爷，你终于救了我们！"

大雨下了整整一个小时。雨停了，雾蒙蒙的天空中，竟然出现了彩虹，一头连着频婆塬，一头连着频婆街沟对面的土桥塬，显得壮观极了！树叶上的雨滴不停地往下流着，人们从家里出来了，三个一群两个一伙，站在大街边交谈着。一会儿，太阳又出来了，温暖地照耀着大地，一片静穆。地面上的水在水渠里汩汩地流淌着，流到它们想去的地方。

这时，拿着铁锨的唐建俊对常建国说："咱们到地里去看一看！"

"你等一下，我回去也拿一把锨。"常建国回答说。

好像只有如此，才能释放他们对于这一场喜雨的心情一样。

频婆街逢集的时候，楚默然喜欢到街上去转。对他来说，逛街真是一种极其美妙的享受。

走出梢门，在家门前，他发现有一个卖狗皮膏药的，在一块已经褪色的红布上，摆着一些大大小小的玻璃瓶，里面装着各种各样的药物，还摆着一些稀奇古怪的动物骨头。卖药的人拿着一个银色的扩音喇叭在向来来往往的行人介绍着自己的药物。这时，他竟然发现常卫国正在旁边卖力地向一个人介绍着："大哥，过来看一看，我用了这些药物以后，脸上的痦子一下子消除了，这药疗效神奇得很，我不骗你！你试一下就知道了。"那个人笑着说："你是个托儿吧？"气得常卫国直说："你走吧走吧！"

常卫国已经从监狱里出来了。不知道他现在是什么样子，应该洗心革面了吧？去年暑假里的一天，楚默然从地里回来路过李耀祖家的小商店时，看见他的父亲常克传和母亲金莲提着一个油渍渍的箱子，一看就知道里面装的是麻花，好像要去什么地方。常卫国的父亲不停地咳嗽着，母亲已经瘦得没有了一点人形，两个人都默默地不说话。原来，常卫国的父亲和母亲是去看他，每一次去的时候都要给他带上一箱子麻花。常卫国再有一年就出来了。

然而，常卫国的父亲常克传还是没有等到他出来的那一天，因为长期的咳喘病去世了，人刚刚过了六十岁。

楚默然一边走，一边想常卫国刚才的样子。唉，坐了五年牢，常卫国怎么还不学好呢？！

在频婆街供销社文化门市部，楚默然准备买一些学习用品。刚一走进门，他发现里面里三层外三层，都是庄稼人趁赶集来给家里的娃娃买学习用品。突然，他发现了许学文，不知道许学文还能不能认出他，毕竟许学文已经有好几年没有见过他了。许学文装出一副不认识他的样子。他发现许学文穿着一件白衬衫，里面是一件蓝背心，一张黧黑的脸庞上，有着颓然的眼神，他的头发和胡须看上去已经好久没有剪和刮了。小时候，许学文和父亲一样，也在砖瓦窑上做瓦。听人说，许学文这几年干起了偷人的行当，这真令人意想不到。这时，当楚默然低下头去的时候，发现了令他渗出一身冷汗的一幕：许学文那双又黑又油的手轻轻地朝一个戴着草帽、身材高大而肥胖的中年妇女的上衣口袋里伸去。此刻，他的心简直要跳出来了，他简直不敢再往下看了，他怕许学文发现了他。他什么学习用品也不想买了，赶紧从人群中挤了出来。

今天，不知道有多少人像这个女的一样倒霉了。从文化门市部出来后，楚默然心里想。

许学文家就在频婆街的中心，弟兄两个，他的弟弟叫许学武，还有一个妹妹。他的父亲去世得早，家里就一个老母亲。他的母亲一辈子在门口摆花生瓜子摊子。许学文有一儿一女，家里过得十分拮据。但是，没想到他却走上了这样一条路。楚默然的心里感到难受极了。今天的天很炎热，但出门后看到常卫国当托儿，刚才又看到许学文偷钱，他的心情一下子变得阴郁了许多。

从频婆街北边下来的时候，楚默然发现了和多润家的服装店挨着的一个小服装店。抬起头来，他看见店里有一个女的。"这不是上初二时教我们几何的张老师吗？！"他感到很惊奇。

"张老师，开店了？"他笑着问。

"楚默然，是你？"张老师也认出了他，好几年不见了，那时他并不是在班里十分突出的一个学生。

"今年刚开的。"张老师笑着说。

"张老师，生意还好吧？"他问道。

"还行，以后家里人需要什么衣服，来我店里看。"张老师说。

"没问题。"他笑着回答。

"你现在在干什么？"张老师问。

"快要上高三了。"他回答道。

"好好学。"张老师说。

"张老师，我先走了。祝你生意兴隆！"他说。

"好，再见。希望你明年能考上一个好大学。"张老师说。

"谢谢张老师！"他说。

"这是我过去的学生。"身后，他听见张老师在向一个女的介绍他。

也许，张老师开这个店是对的。回来的路上，楚默然想。上初二时，因为第一次接触几何这门课，好多同学还没有入门，所以大家觉得听起来非常费劲。于是，经常出现的情景是，学生三五成群地去张老师的办公室问问题。一些同学的说法是，张老师讲课把自己都绕到里面了。想一想，对于一个老师来说，这毕竟是一件极其难堪的事情。

20

味

从高二暑假开始，学校也开始补课。所谓补课，就是提前上高三的课。楚默然总算顺利地通过了高中会考，也就意味着他顺利地拿到了高中毕业证。根据他个人的志趣，最后报了文科班。

别了物理课，别了化学课。只剩下了数学课，数学课再难，也没有物理、化学那么难。对于楚默然来说，他觉得自己的时代来临了。

现在每一天紧张的学习生活似乎让他忘记了过去的一切，就像夜晚的梦在白天一点点淡去，眼前的青烟在天空一缕缕散去，直到最后都变得无影无踪一样。

楚默然再一次觉得，虽然仅仅过去了两年时间，但回头去看高一时的生活，无论是刚到幽邑中学上学时的落寞，祖父去世后的孤独，还是转学后在频婆街中学上学时的惬意，都已经渐行渐远，他甚至已经很少想到那一段日子了。过去的日子已经将它们深深地埋藏起来了，也许，那只是真正的高中生活的一个前奏，真正的高中生活就是现在这个样子。他在想，是否人生的每个阶段都是如此，有序曲，有正曲？

放假前，学校通知每个学生暑假补课时交三十块钱的补课费。到了收假的前一天中午，楚默然怀着忐忑不安的心情去找父亲要钱，他害怕再次看见父亲生气的脸色。每一次回家取馍的时候，都是母亲去向父亲要钱，然后递给他或者前一天晚上就放在他的枕头下。这一次他想自己去向父亲

要钱，不能每次让母亲太为难！父亲正在大门外的厕所里出粪，走到父亲跟前，他告诉了父亲关于交补课费的事。父亲什么话也没有说，放下手中的铁锨，从搭在土墙上的上衣的口袋里掏出了五十元钱给了他。他眼里一下子涌出两股子眼泪，为了不让父亲看见，赶紧转身偷偷地擦掉。

补课的这一段日子，宿舍没有向学生开放。楚默然就在外面租了个地方，在同班同学张建华东桥边的家里。每天中午在学校里吃完饭回来休息，下午又去学校，下午上完课再回来。学校食堂里的饭菜就是馒头、炒菜和凉拌饸饹。做饭的老扬回家去了，再也没有了学生们爱吃的凉面，更没有难得吃上一次的蒸米饭。暑假的饭菜比平时简单多了，所谓炒菜就是炒土豆丝和白菜粉条豆腐烩菜。所谓的凉拌饸饹，就是一把饸饹倒上和好的调料而已，单调极了！家在县城的学生每天上完课后都回家去了。住校的学生上完课后，就三五成群地去县城的西瓜摊前吃西瓜了。这大概是同学们在枯燥的学习生活中一种难得的惬意享受了。

虽然已经不再持续干旱，但下过一场雨以后，七月份的天气，依然赤日炎炎。教室里没有风扇，更没有空调。上课的老师和学生都感到热，可都得忍着，就像小时候忍受着冬天教室的寒冷一样。忍是现实条件要求大家对待生活的态度，你忍也得忍，不忍也得忍。最舒适的，就是下课后，大家从教室里跑出来，忽然从远处翠屏山的山坳里吹来一阵凉风。"要是能在那个山坳里上课该有多好！"有同学笑着说。朝地面上看去，整个地皮好像都被烤焦了，学校外面路对面的大操场上，是一层厚厚的趟土。

这样的天气，楚默然又多了一层痛苦。每到这个时候，他的口腔内老发炎。疼得他的舌头不敢去碰发炎的那块地方，一碰到辣椒和醋这样酸辣的东西，刺激得难受极了！于是，他就端来一脸盆水，洗一洗脸，想让自己清醒一会儿，可是这根本无济于事。实在疼得受不了了，他只好去学校大门口的医疗室开几片药。可第二天早上醒来，还是感到那么疼，但也只能忍着。

每天傍晚，从学校回到租住的房子以后，张建华一家人都拿着蒲扇在院子里乘凉，跟前放着一盘切开的西瓜，看上去十分惬意。同他们打声招呼后，楚默然就进屋子里去了。他静静地躺在床上，勉强看一会儿书。外面，天色已经慢慢地暗下来了。这时，县城的大街上人来人往，灯火通明，远处的大街上传来一阵阵撕心裂肺的卡拉OK声，不知道那些人为什么有这么多的情感需要宣泄。对于县城来说，夏夜更是不眠之夜。

上高三后，楚默然和杨帆住在了一个宿舍。

杨帆是土桥塬人，但楚默然不知道他是哪个村的。虽然两个塬同属黷邑县，但从地理位置上来说，频婆塬毗邻泾滩县，土桥塬则与杜阳县接壤。如果要去秦城市或西安市，楚默然走的是要穿越隧道的西兰路，杨帆走的是要翻山过沟的杜秦路。他们从小就生活在不同的土地上。黷邑县一千八百一十一平方公里的土地上，人们在风俗习惯方面竟然因为沟壑和距离的阻隔而有着显著的差别。比如，从频婆街上去的驰道乡人说话时结尾喜欢用"啦"，而频婆街人则习惯说"了"，位于黷邑县北部的庙底乡的人说话时将"拿着"说成"哈着"，对面土桥塬上的人说话时则习惯将馍、碗和勺子这样的词说成馍馍、碗碗和勺勺这样的叠音词。刚进入黷邑中学时，楚默然很不习惯这些新奇而怪异的说法。鲁迅先生曾说："大约人们一遇到不大看惯的东西，总不免以为他古怪。"

频婆街上的庄稼人在红白喜事上见到除了同风同俗的清风乡以外乡镇的人时，总要热烈地谈论起彼此不同的风俗习惯，他们对于对方的风俗习惯的好奇心是那样强烈，丝毫不像对于自己的风俗习惯那样淡然置之。这说明庄稼人之间相互交流的愿望是多么强烈，而彼此不能进行交流的现实又是多么无奈。

虽然楚默然已经走出了频婆街，但他的活动路线还只能是频婆街和黷邑县这一条直线，他还没有去过遥远的土桥塬——虽然去土桥塬只是出了县城后走小塔村延伸出去的另一条汽车路，但他就是去不了。机缘或者说条件，这是一种多么神秘的力量啊！它常常像一条无形的绳索，将人紧紧地捆绑着，让人失去自由。他还只能从黷邑县人们的口中听关于土桥塬的

一切，然后根据听来的这一切再去想象关于这个塬上的一切。他不知道他想象的是不是真实的土桥塬。

楚默然从杨帆身上继续观察与想象他所能代表的土桥塬。

楚默然之所以把目光聚焦到杨帆身上，是因为虽然幽邑中学来自土桥塬的学生数不胜数，但没有一个学生像杨帆那样能够成为校园里的新闻人物——作为一个未来作家的新闻人物。令杨帆成为校园新闻人物的原因是，他最近出版了一部长篇小说《泥神》，这个消息是鲁校长在全校师生大会上说的。学校召开的师生大会常常是官方的信息发布平台，强大极了！以前，杨帆可能就是一个普通的学生而已，没有谁会多看他一眼，而从鲁校长说出这个消息的那一刻起，校园里的老师学生都要多看他两眼了。

杨帆和楚默然一样每天早早地起床去教室，下晚自习以后回到宿舍。他们回的是同一个宿舍，去的却不是同一个班。楚默然观察到，在认识杨帆本人以后，杨帆并不像他的名字那样或者说像楚默然想象的那样，或者说拥有像县城里的学校培养出的一些学生的气质，杨帆是属于乡村的，他是内隐的。他看起来并不张扬，或者说他的雄心也许只是隐藏在他的内心深处。甚至，楚默然发现他两条腿似乎有点罗圈。从美学的角度来看，这并不美。但是，楚默然很快说服自己，也许成功的人在外在形象上都会有一些让平庸的人必须接受的瑕疵。

楚默然不知道杨帆写作和出版这部小说到底付出了多少艰辛，这是属于杨帆的人生秘密。同杨帆相比，楚默然觉得自己也能写作，但他还没想到要写一部长篇小说，更没有想到要出版一部长篇小说——这是多么遥远的事情啊！他觉得他们之间似乎存在着一条巨大的鸿沟。这条鸿沟就是他认识杨帆，但杨帆却未必认识他。

自己什么时候也能够写出一部长篇小说呢？像杨帆那样的现实的成功，已经是楚默然未来的人生理想。楚默然在心里问自己，但他不知道答案。

这周五上完课以后，在同学们之间传递着一个重要的消息：县长要来

味

199

学校了。

长这么大，楚默然还从来没有见过县长。在他的想象中，同土地上的农民比起来，县长一定是像山一样巍峨的人吧，怎么能随随便便地见上呢！记得在献力叔叔家的写字台下面，有一张献力叔叔和以前的黼邑县县长的合影，可他怎么能和献力叔叔相比呢？

学校通知要求全体学生留下来认真进行卫生大扫除，整个校园顿时变得热闹起来了。有从教学楼上拿拖把来涮的，有两个学生抬着一桶水上教室的，有几个学生拿着扫帚打扫属于各自班级的清洁区的。只见各班的班主任老师也变得忙碌起来了，一会儿到教室里看一看，一会儿又到院子里看一看。整个学校都在为县长的到来忙碌着。

打扫完卫生后，楚默然从自行车棚推出车子沿着崎岖的义井坡回家。他想，今天是无缘见到县长了。可是，反过来想，即使他留在学校里，也未必能到县长跟前去。这样想来，他也就没有什么遗憾了。

楚默然推着自行车，走在义井坡漫长曲折的小路上，路上只有他一个人。头顶是秋日金黄色的阳光，不热也不冷。路边是苹果树上零星的垂头丧气的叶子，连小鸟的身影也没有。这时，只见有人拉着一架子车苹果树股子从巴掌大的地里出来。他突然想，唉，县城周围的农民，在享受着县城带给他们便捷生活的同时，也在承受着一块块巴掌一样大小的坡地上春种秋收的艰辛。这样想起来，塬上的农民就显出一种优越感了。

这时，楚默然看见一辆"时风"牌三轮车开过来了。走近一看，竟然是邻居常建国和他的堂弟兴旺，他们也看见了楚默然。在义井坡上，能遇见邻居自然是一件十分亲切的事情。常建国让他坐上三轮车一起回家，好意难却，楚默然便将自行车放上了三轮车，坐着常建国他们的车一起回家了。

回到家里，过了一会儿，母亲从外面回来了。她告诉楚默然："你爱琴姨去世了。"原来母亲帮忙去了。楚默然的心头一惊，怪不得路过游泳家的时候，远远地看见他家大门前立着纸讣。

味

人活着的时候别人很少想起来，人去世了以后却常常让人想起来。就像韩爱琴，楚默然似乎已经有好多年没有看见过她了。这时，一个身材高大，留着短发头，穿着白衬衫，见了人总是笑眯眯的邻居大婶的形象开始出现在他的脑海里。

"你爱琴姨是得了胃癌去世的。"母亲说。

"她的年龄并不大啊！"楚默然说。

"只有五十多岁。"母亲沉沉地说。

"太可惜了！"楚默然感叹地说。

"那你有什么办法，病得在了人身上。"母亲无奈地说。

星期天的早上，楚默然骑着自行车去学校了。自行车的车把上挂着两个大大的布兜，里面装着母亲切成了一块一块的锅盔和两罐头瓶莲花白咸菜；身上装着母亲早上放在他枕头边的三十块钱。

刚刚醒来的频婆街原野上弥漫着一层厚厚的白雾。这时，楚默然忽然发现他的前边有一个身影，这个人戴着一顶黄色的军帽，穿着一件蓝色的劳动布服，漫无目的地向前走着。他不知道这个人是谁，走近一看，原来是西祥庄的高心。过去在村里看见高心的时候，他本来就很黑的脸上总像抹了一层锅底黑。高心平时总是肩膀上扛着一把锨——好像总有干不完的活，不过今天他却什么也没拿。楚默然看了看他，想开口问候他两句，但不知道该说什么。高心也认出了楚默然，但他根本说不上来楚默然的名字。他们四目相对，但脚下并没有停下来的自行车却催促着楚默然不断向前骑。他的目光只好恋恋不舍地离开了高心。慢慢地，高心落在了他的身后，离他越来越远。楚默然骑着车子往前，看看周围，原野里一个人也没有。只有大地上一层厚厚的浓雾，两边地里的苹果树好像泡在雾里一样。

上晚自习的时候，听班上的薄文说："因为县长要调走了，星期五是来和大家告别的。县长走的时候和学校的领导在岚阁园的泰塔前合了一张影。"薄文的姑夫就是鲁校长，班上的同学都是从他那儿知道许多消

味

息的。

学校将举行纪念中国工农红军长征胜利六十周年歌咏比赛，高三（3）班参赛的歌曲是《四渡赤水》。楚默然第一次知道了这首斗志昂扬的歌曲。晚自习结束后，班主任袁老师要求全班同学留下来在教室里进行排练，指挥是班长王杰。经过大家的商量，所有同学的参赛服装是黑西服、白衬衫和白球鞋。

歌咏比赛在建筑历史悠久的县剧院举行，楚默然穿着从班主任袁老师那儿借来的西服参加了比赛。晚上，县委县政府、县教育局的领导，学校所有的领导、教职员工和学生都去观看了演出。偌大的幽邑县剧院人潮涌动，座无虚席。主持歌咏比赛的是语文老师魏飞燕。在灯光闪烁的舞台上，所有的人都惊叹魏老师是如此光彩照人，气质非凡，大家一时都被魏老师的风采吸引住了。

歌咏比赛取得了巨大的成功，受到了县上各位领导的一致好评。高三（3）班获得了二等奖，同学们高兴得手舞足蹈。

第二天，校园里又恢复了昔日的平静，好像一家人过完了事一样，老师们继续上课，学生们继续学习。魏老师在歌咏比赛上的主持形象，成了师生们津津乐道的一个话题。楚默然很快发现了一个事实：走下舞台的魏老师，又像平时一样，素面朝天。也许，对于许多小人物来说，他们生命中最光彩的时刻只有那么一瞬间，就像天空一样，节日里被烟花辉映得五彩缤纷，而在平常的日子里，只有星星或者月亮的相随相伴，甚至，只有一片漆黑。

一天，吃过中午饭，当同学们在教室里做作业的时候，班主任袁老师进来了。他想找班里几个男生去帮他搬一下煤——就像初二时那个叫庞横的让人去搬煤一样。楚默然和教室里几个男生跟着袁老师一起出去了。冬天来了，学校要给每个老师发一些煤做饭取暖用。

从岚阁园边的小坡上去的时候，对面走下来一个年轻的老师，这个老

师楚默然并不认识。袁老师热情地和他打着招呼："小刘啊，听说你考上研究生了，祝贺啊！"

那个年轻老师一边走一边笑着说："谢谢！谢谢！"

"什么时候请大家吃饭啊？"袁老师又笑着问。

"等通知书发了就请大家吃饭。"那个年轻老师说。

听着袁老师和那个老师的谈话，楚默然觉得他们的谈话遥远极了！研究生？那需要多么高深的学问啊！他以前听到过，当年豳邑县驰道乡第五伦村的第五振华考上了研究生，频婆塬上的人们到处都在谈论着他。对于楚默然来说，目前最重要的想法是，明年能顺利地考上大学。

岚阁园砖砌的花墙中间台阶入口处的正前方，竖立着一根高高的旗杆。它的左前方是一块已经褪色的长方形石碑，正面雕刻着"泰塔"二字，背面是关于泰塔的简介。这座古老的千年泰塔的存在，无论是对于整个豳邑中学校园还是整个豳邑县城来说，在苍茫的黄土高原这一背景上都增添了一份灵秀之美和悠久之感。

每周一上午上完两节课后，全校学生按年级排着队站在旗杆的前方和旁边的两栋教学楼两侧，各班班主任站在本班队伍前面，参加全校的升旗仪式。这是学校雷打不动的惯例。

这个周一，天气还有点阴冷。当大家正在升旗的时候，突然一个穿着陈旧的蓝色中山装的中年人颤巍巍地从学校大门口进来了。只听见他的嘴里不停地喊着："张相文，张相文，是你把我顶了，是你把我顶了！"一时，全校师生的眼光齐刷刷地都朝他望过去，他依然喊着："张相文，张相文，是你把我顶了，是你把我顶了！"

这个人的出现，使得这周的升旗仪式一片哗然，许多班级的学生一时转过头朝他望去，一副吃惊的样子。升旗仪式结束后，学生们的话题很自然地落在了这个人的身上。

班上的赵宜春认识这个人，说是县城边的赵家洞的，因为当年高考

最后被人顶了，没有考上大学，精神受了点刺激，于是就整天在大街上喊着："张相文，张相文，是你把我顶了，是你把我顶了！"

"那张相文是谁？"有同学问赵宜春。

"我也不知道，估计是他们班里的一个同学吧！听人说，好像是以前咱们县上一个领导的儿子。"赵宜春说。

"噢——原来是这样啊！"大家都唏嘘着。

"希望我们最后不要也让人给顶了啊！"郑新龙说。

"就你那每次考试都不及格的成绩，顶你什么呀？！"赵宜春说。大家一边嘻嘻哈哈地说笑着，一边上楼朝高三（3）班教室走去。

味

21

　　夏收结束的时候，楚默然去了一趟六外公家。在溪头村村口宽大的麦场里，他见到了六外公。和村里许多人一样，这一天，六外公把碾出来的麦子用架子车拉到麦场晾晒。后晌，阳光柔和地斜照在这一片盆地一样的麦场里。许多人开始用推耙起麦，准备往袋子里装了。

　　在麦堆旁，楚默然在帮六外公张口袋，这是从小他常常帮大人在装粮食时干的力所能及的活。自从上了高中经历了无数次的打击之后，他从装口袋这个过程中发现了一点关于生活的启示：为了装更多的粮食，大人在装粮食的过程中，总是要冷口袋不停地在地上蹾一蹾，这样就可以装更多的粮食了。他的生活就像装粮食的口袋，每一次遭受到的打击就像被在地上蹾了一下。虽然他的双脚被蹾疼了，但他的内心却变得更瓷实了，以后可以承受更多的打击了，他的精神口袋里可以装更多的生活内容了。

　　这时，溪头村的振峰舅舅扛着一把锄头过来了。振峰舅舅是溪头村里的医生，村里人一有头疼脑热的时候，无论白天还是黑夜，有时是他背着药箱上门来，有时是病人或者家里人去找他。溪头村的大人小孩都让他看过病，看好了就好了，看不好了他就让病人到频婆街医院去看，或者坐上班车到豳邑县医院去看。

　　振峰舅舅热情地向六外公问好，他这时不再是一个医生了，而是溪头村里一个普通的农民了。"润民叔，你回来了？"——长这么大，楚默然

味

205

第一次知道了六外公的名字。

"回来了，退休了。"六外公乐呵呵地笑着说。

原来，六外公已经退休了。这时，楚默然有点吃惊地看着六外公。

既然六外公说自己已经退休了，那他肯定就退休了，只是楚默然没有想到六外公这么快就已经退休了而已。退休毕竟是一个人庄严而肃穆的生命节点。

六外公一边往口袋里装粮食，一边乐呵呵地看着振峰舅舅。

"你吃了吗？你这是上哪儿去？"六外公问。

"吃了。我到苹果地里去把树底下的草捋一下。刚下的这一场雨，草又长出来了。"振峰舅舅说。

很快，振峰舅舅就扛着锄头走过去了。可是，楚默然的心里却一直还在想着六外公退休的事，虽然他没有询问六外公关于退休更多的事情。这件事就像在他的心湖里轻轻投进了一块小石子，然后泛起层层涟漪。

楚默然突然想到了"老年"这个词。在楚默然的眼中，六外公是爷爷。爷爷本来就是老的，可是，"退休"这个词却像一层霜一样，加在了"爷爷"这个词身上。他的心里渐渐弥漫了一层淡淡的忧伤，不知是为六外公，还是为他自己。也许六外公觉得退休是一件再正常不过的事情，干了一辈子工作，是到了可以安享晚年的时候了，不知他的内心是否产生过像楚默然这样的关于生命的感叹？对于一个少年来说，是不应该这样忧伤的！

六外公的工作生涯在楚默然的生命里留下了多少的生活印记啊！

他第一次知道了金城这个地方，因为它就是六外公工作的地方。

他第一次知道了棕箱子这种家具，因为它就是六外公从汉中带回来的。

他第一次吃到了油炸带鱼这种美味，因为它就是六外公亲自做的。

……

六外公退休了，又回到了溪头村这个他从小长大的地方。从此以后，

他就可以像村里的人一样，担着粪桶去苹果树地里倒粪，用架子车去地里拉从苹果树上剪下来的树股，坐在家门前和邻居一边说话一边破硬柴。

六外公把中间的人生留给了外面的世界，把人生的两头留给了溪头村。他和溪头村那些与他年龄相当的人一起长大，又一起变老。他带着溪头村的乡音去了外面的世界，又带着外面和溪头村的混合语音回到了溪头村。这么多年了，外面的世界在他身上留下了那么深厚的印迹，但溪头村却自信能够磨掉这些来自外面世界的印迹，最终又呈现给溪头村一个返璞归真的老人。

楚默然想，现在六外公和六外婆可以安享晚年了！在六外公工作的这么多年里，六外婆在家养儿育女，在外生产劳动，她以一颗善良朴实、坚忍自尊的心迎接过多少曲曲折折的生活挑战啊！最终，这些挑战都被她一一克服了。她是一个多么值得敬佩的农村妇女啊！

8月下旬，楚默然考上大学的消息已经在整个频婆街上传开了！

对于永不停息的生活本身来说，这只是一件事情而已，但对于楚默然的整个人生来说却是一件影响深远的大事，对于整个楚氏家族来说更是一件光宗耀祖的大事，无论怎么说都应该庆祝一下。问题是怎么庆祝？

按照母亲和楚默然的想法，做上一两桌饭菜，把亲戚们叫来坐一坐就行了。这样，算起来也花不了多少钱。可是，这几天，父亲和母亲走在路上，村里的人见了面以后总是问："辛兰，娃考上了大学，什么时候请客呀？""食力，娃考上了大学，是不是要庆贺一下呀？""食力，娃什么时候走呀？到时候来送一下娃嘛！"

父亲是频婆街上最老实的人，也是频婆街上靠给人下苦挣钱的人，还是频婆街上话最少的人。家里供出了一个大学生，这是父亲和母亲的荣耀，更是楚氏家族的荣耀。既然左邻右舍都这么说了，看来不庆祝都不行了！

父亲把自己的想法告诉了母亲。母亲说："要待这么多人，哪有那么

多的钱？"父亲说："你放心，鸡不尿尿都有去路。"这是遇到难题时，父亲常说的一句话。

父亲决定把庆祝的时间定在9月10日。9月8日，他就从村里给人主持红白喜事的楚文贵家用架子车拉了一车子碗碟。路上，遇见的人说："食力，看来你要大过一场呀！"父亲说："过就往大哩过嘛！到时候一定要来啊！"此刻，站在一边的楚默然心里却一直在惴惴不安地想，这样要花多少钱啊？！

第二天频婆街上逢集，一吃过早饭，父亲就一趟又一趟地拿着蛇皮袋子去街上，一会儿把各种蔬菜、肉和豆腐拿回来了，一会儿把一条条的烟和一箱箱的酒扛回来了，一会儿又把各种调料背回来了。这么热的天气，他忙得就像腊月最后两个集上准备年货一样，甚至有过之而无不及。

楚默然在前一天下午骑着自行车去沟畔村的寒笑姨家了。母亲让他去把姨叫来帮忙。第二天，姨把屋里收拾好以后，早早地吃了饭就和他一起上频婆街来了。上来的时候，姨从面缸里装了一口袋面粉带在自行车后座上。他让姨不要拿了，姨说拿上到时候洗御面用。这一天，独承舅舅和于丽妗子也到街上来了，母亲让妗子留下来帮她炒菜。

9月10日这一天，艳阳高照。吃过早饭，亲戚们都陆续到来了。六外公带着六外婆一起来了。六外公把母亲叫到屋子里，从口袋里掏出一千块钱递给了母亲。大家坐在屋里屋外，抽烟喝茶，谈天说地。父亲和楚默然里里外外地招呼着亲戚和邻居们。母亲、妗子、姨和三个姑姑在切菜、炒菜和炸油饼。祖母和姨奶坐在炕上，一边拣豆芽，一边有说有笑。

快到吃饭的时间了。楚默然和堂弟飞龙、成伟在院子里把从邻居家借来的小桌子和小板凳一一摆好。院子里放不下，又在两个屋子以及炕上摆了三桌。每个桌子上摆上了一瓶"西凤"酒和一条"金丝猴"烟。

院子里来的人越来越多，有坐着的，立着的，转着的。这时，只听见门口有人大声笑着说："食力兄弟，你今天算是把人活成了！"大家都朝门口望去，原来是张虎来了。对门的王福笑着对张虎说："虎哥，好像就

你把人没活成一样！"父亲赶紧迎上去，递上一支烟，让张虎到屋里坐。进了屋子，张虎眉开眼笑地走到炕跟前，对祖母和姨奶说："姨啊，看你姊妹两个今天笑得脸上都开了花。你孙子考上大学了！"祖母一个劲地笑着点头，祖母今天的眼睛看上去是那么明亮。

过了一会儿，村上的李保国书记、王治民主任以及出纳、会计都来了。许多人跑上去，拥前簇后，递烟问好。

下午两点钟，人到齐后正式开席。主持人张虎说："乡亲们，今天是一个好日子，咱们西祥庄我食力兄弟供出了一个大学生。大家都知道食力是干什么的，是给人一天背日头下苦的。他和辛兰能培养出这么一个大学生，这是他的荣耀，也是咱们西祥庄的荣耀。今天，食力兄弟略备薄酒，感谢各位亲戚朋友多年来的支持和帮助。今天是一个好日子，我们西祥庄的各位领导也在百忙之中来为食力兄弟祝贺。下来，就请李书记给大家讲几句话，大家热烈欢迎！"

李书记站起来，扶了扶鼻梁上的墨镜，清了清嗓子，周围的人立刻安静了下来。李书记说："今天，是食力的娃考上大学的日子。我代表西祥庄党支部和村委会向食力表示热烈的祝贺。食力的娃考上了大学，这既是食力一家的光荣，也是咱们西祥庄的光荣。为此，经过村委会研究决定，村上拿出五百元作为对娃的一种奖励。希望咱们村上以后涌现出更多的大学生，甚至研究生。以后，谁家要是有考上大学、研究生的，村上会进一步加大奖励力度。我就说这些吧。看大家都等不及了，咱们就开席吧！"顿时，人群中爆发出一阵阵热烈的掌声。

开席后，楚默然和堂弟飞龙、成伟给客人们端菜倒水。等饭菜都上齐后，父亲、三个叔叔和楚默然依次给大家敬酒。当楚默然举着酒杯走到罗根赢跟前时，罗根赢对他说："娃呀，你大你妈一辈子辛辛苦苦总算没有把你白供，你总算把书念成了。你胜利哥哥要是能像你这样就好了！"楚默然说："叔叔，我敬您一杯，今天您一定要喝好！谢谢您这些年对我们家的帮助。"罗根赢说："娃呀，你怎么说这话，我和你大是从小一起玩

大的。叔叔能给你帮个什么忙？就是帮忙也是应该的！"

酒席上，大家猜拳行令，煞是热闹。对于楚默然来说，对于父母来说，他们家这个院子里从来没有像今天这么热闹过。当初，他并不乐意父亲把事过得这样大。现在，他似乎理解了，他也沉浸在这种氛围中了。他明白了，对于父亲来说，把事过得这样大，到底意味着什么。也许，对于一生卑微的父亲来说，他算是在频婆街活了一回人。父亲的一生能过几回这样的事呢？！对于父亲来说，他仿佛找到了楚默然刚上中学时西祥庄的张云涛因为儿子大胜考上大学而在家里大摆筵席请唢呐助兴的感觉。

每一个人的生活都在发展变化，这是表面上看起来重复单调的日常生活的可爱之处。

有一天，当一群人坐在一起闲聊的时候，有人给穷则思变中的献力叔叔想出了一个使频婆街卫生纸厂走出困境的办法——这个办法和以前朵川二婶的想法一模一样：开办一家浴池。这个人笑着对献力叔叔说："献力，你以前开卫生纸厂是让频婆街人屁股干净，你的历史使命已经完成了。现在人们又不满足了，你要开始让频婆街人的全身干净。""对，这事只有你才能弄成！"其他人也随声附和。

献力叔叔静静地听着周围人的建议，他似乎有点心动了！

对呀，何不开家浴池呢？献力叔叔心里想。作为频婆街上一个见过大世面的人，他知道洗澡对于庄稼人来说意味着什么，那是改变他们生活方式的一种象征。不过对于频婆街上的人来说，浴池还真是一个新鲜事物，到目前为止街上还没有一家浴池。可是，整天在地里刨土疙瘩的庄稼人也是需要洗澡的，这是每一个人的需求，只是没有洗澡的条件而已。庄稼人的洗澡方式是，夏天的时候在院子里日头底下晒上一盆水，冬天的时候在锅里烧上一锅水，然后端到屋子里洗一洗头和脚，擦一擦身子。洗澡的次数因人而异，有人可能一年也洗不了几次，但过年的时候大家一定要洗。然而，要像城里人那样淋漓尽致地每天或者隔几天洗一次，还真做不到，主要原因是无论自家还是频婆街上都没有那个条件。

晚上献力叔叔回去和二婶说了有人提出的这个建议。二婶说："你早该这么做了！我以前就给你提过，你常把我的话当耳边风。看吧，现在又有人给你提了！"

献力叔叔不再说什么了，他真开始想这个问题了。要说开浴池，再没有比频婆街纸厂更优越的条件了——抽水井、锅炉房、废弃的厂房，一应俱全。在频婆街上，谁家还能具备这些条件呢？没有，绝对没有！

很快，他先是一次次坐长途车去西安市和秦城市购买连接锅炉房到浴室的各类管件，浴池里的淋浴喷头、坐浴浴盆，去秦城市的日用百货批发市场批发袋装的洗头膏、袖珍香皂、搓澡巾、毛巾和拖鞋等。回来后，又请唐建俊带领几个土工收拾了原来的厂房，给地上铺上了米黄色的地板砖，在浴池进门的地方安装了五层高的个人衣柜，又从秦城市请来师傅安装了淋浴喷头、坐浴浴盆和浴室屋顶的汽灯等。另外，在男女浴池外面的墙上，又分别安装了两面大镜子。经过安装师傅来来回回地调试，各个喷头能够根据人的需要调节水量和水温了。

来给浴室供水烧锅炉的是凝力叔叔。凝力叔叔一整天都在锅炉前忙碌着，保证从早上10点到晚上12点不断水。很快，冰冷的锅炉房前，又恢复了生机，堆起来一大堆刚从多福沟煤矿拉上来的煤块，好久没见过这么一大堆煤了。稳远姑夫在多福沟煤矿已经当上了副矿长，知道献力叔叔要创办频婆街上的第一家浴池，想着煤矿上的煤又多了一条出路，十分高兴。

一切准备工作就绪，献力叔叔请人给浴池取了一个名字：频婆街太阳雨洗浴中心。他请在纸厂前面的门面房里做装潢的李宝宝做了一个一米宽、五米长的红底黄字的牌匾，安装在了纸厂的大铁门上方。

端午节的前一天，频婆街太阳雨洗浴中心正式开业了！为了感谢频婆街乡亲们的光临，前三天来洗澡的人全部免费。这个消息是献力叔叔通过村主任王治民在西祥主的大喇叭上告诉大家的。人们听到消息后，奔走相告。

开始来洗澡的都是一些年轻人。住在街跟前的，脚上直接穿着拖鞋来，男人的手里提着一个塑料袋子，女人则从街上买来一个塑料篮子，里面装着毛巾、澡巾、肥皂、洗头膏和梳子等用品。住在乡里的人，就一个人骑着自行车或者几个人开着摩托车洗澡来了。无论距离多远，似乎都挡不住频婆塬上的年轻人对于干净发自本能的热爱。

中年人、老年人似乎还不习惯进去洗澡。他们的想法是，那么多人脱得光溜溜的，多不好意思啊！时间长了，在儿女们一遍遍的说服和现身说法下，老人们试着走进浴池了。有一回，献力叔叔问洗完澡出来以后头发湿漉漉的老李："叔，进去洗澡的感觉怎么样啊？"老李笑着说："就跟煮饺子一样，不过洗了还真是舒服啊！"献力叔叔听到后说："要的就是这种感觉啊！"

寒笑姨离婚了！

许多年前姨产生离婚的想法时并没有去实现，而现在生活却推动着她不得不这样做了。在生活中，一些事情你不用着急，只是时间没到而已。时间到了，你不做都不由你！

姨离婚的原因是伊最姨夫离家了，他不敢回来了。如果他回来的话，就可能面临漫长的牢狱之苦。他把自己逼进了人生绝路的原因是又一次在人家的席场上喝醉了酒。酒醉之后，他不是被人搀回家休息、呕吐和打骂姨，而是摇摇晃晃地走进了沟畔村一个叫童川的人家里，骂骂咧咧地撒起了酒疯。他之所以走进童川的家门，是因为童川当年羞辱过他。那一年在一群人当中，童川对他说："伊最，你娘老了老了，不好好待在家里看孙子，却跑到泾滩县城给自己找了一个老汉！"姨夫的父亲因为被人举报长期搞封建迷信活动，最后被开除了党籍。一年后，因病去世了。姨夫的父亲去世三年后，他的母亲经人介绍，和泾滩县城里一个退休的老干部生活在了一起。对于这件事，姨夫本来心里就憋着一股子闷气，很不是滋味。谁知，童川却当众揭他的伤疤，他对童川的愤恨就可想而知了。他想扑上去打童川，但被周围的人拦住了。大家都劝他说："伊最，童川是跟你开玩笑的，你不要往心里去。"姨夫虽然被拉开了，但仇却记下了，姨夫被人拉着，回过头来对童川愤怒地说："童川，你等着，君子报仇，十年不晚！"童川接过话说："㲚看你把我的屎能咬了？"这是一件事，姨夫记恨童川的另一件事是他放兰的时候，童川晚上从他家羊圈偷过一只羊，第二天，当他顺着路上闻到的羊肉味找到童川家里的时候，童川却死活不认账，还指天发誓说："你家丢了羊，我家锅里煮羊肉你就说是我偷的，那你大在咱伏敬塬上把人丢了，也是党让你大把人丢了？！"童川指的是姨夫的父亲被开除党籍这件事。姨夫狠狠地骂着童川："算了，我的那一只羊就当给你先人端在灵前了。"童川气愤地说："你给我往出滚！"说着将姨夫推出了梢门，将门紧紧地关上了。其实，羊就是童川偷的，童川是整个羊头都煮在锅里了——嘴还硬着的人。姨夫进门的时候，就看见了搭在院子里铁丝上的羊皮。羊皮上有他用红色的印泥染过的痕迹。

姨夫在童川家大摔六砸，他看见童川的妻子过来了，一把将她推倒在地。童川的妻子这时正怀着第二个孩子，失去了理智的姨夫已经不顾这些了，几年来憋在肚子里的怨气终于发泄出来了。最后，童川家被砸得面目全非，更为严重的是童川妻子流产了！听说是一个男孩。

这一回，姨夫闯下大祸了！当他清醒过来的时候，一切都已经晚了，他觉得童川这一回是绝不饶不了自己了。第二天一大早，在黎明前的夜幕还笼罩着沟畔村的时候，他起来收拾了一下，给姨留了一张字条："寒笑，我对不起你和两个孩子，我走了。这个家和两个孩子我就交给你了！伊最。"然后，他亲了亲熟睡中的乐乐和欢欢，轻轻地推开屋子的门，消失在了黎明的夜色中。

家和两个表弟留给了姨。童川和他们家族的人来找姨夫，看见人不在，就问姨："伊最人去哪儿了？"姨说："伊最做下这种伤天害理的事实在是对不起你们，我心里也很难过。他现在去哪儿了，我也不知道，就丢下我们娘儿仨。"童川家的人还算讲道理，虽然伊最做下了这样的事

但与姨没有什么关系，他们就说："寒笑，这事与你没有关系。这账我要和伊最算，他跑了和尚跑不了庙。我们只要抓住他，非卸了他身上的一件子不可，他后半辈子就不要在这沟畔村待！"

谁也不知道姨夫去哪儿了，他也不敢回来了！他知道他回来只有两种结果：被法律制裁坐牢，可他怎么愿意失去自由呢？或者赔偿童川家巨额的财产和精神损失费，可他的钱在哪儿呢？

家里，姨带着乐乐和欢欢艰难度日。村里的人们同情姨和两个孩子，但也有人借机欺负她和孩子。苹果园里的苹果，地边上种的玉米、黄花菜等常常被人偷走。和乐乐一样大的孩子，常常在背后叫他"酒鬼家的儿子""逃犯家的儿子"。乐乐哭着回家告诉姨，姨安慰他说："孩子，人家谁爱说什么就让人家说去，咱们要坚强地活着！"虽然嘴上安慰着孩子，姨却愁肠百结，这样的日子怎么往下过呀？！姨是一个坚强的人，她虽然每天艰难地忙里忙外，可是家里没有一个男人，生活就像被抽掉了主心骨一样。

看她娘儿三个可怜，姨夫以前的一个朋友刘星有时过来帮她干一下地里的活，可是很快就有闲话从村里人的嘴里出来了。姨什么都可以忍受，就是不能忍受这种流言蜚语。一天，从伏敬街赶集回来路过姨家的时候，刘星进来坐了一会儿，问起伊最的下落，姨说："我现在也不知道。"说话当中，姨歉意地告诉刘星："刘星，谢谢你经常过来给我们帮忙。你以后还是不要再过来了，你知道我现在的这种处境，咱们之间即使没有什么事，村里的人也会给咱捏出事来。"刘星叹息着说："你说伊最这弄的是什么事，根本就是头脑发昏，不顾后果，现在是有家难回。"

亲戚们知道了姨的处境后，都建议说："伊最不回来，可是你和娃的日子总是要往前过的。现在，你还是离婚吧！过去，大家都劝你不要离婚，离婚了丢不下娃。现在走到这一步了，不离婚也不是一个办法。"

在亲戚们的劝说下，姨和母亲去井绳巷子找到经常给人写各类状子约书的张虎，掏了一百块钱写了一份离婚协议书，离婚的原因：丈夫伊最长期不归，下落不明，家庭生活无法维持。然后提交给了伏敬乡法庭。没想到法庭很快受理了姨的离婚诉讼，同意两人离婚。

姨夫离家以后，正在上初二的乐乐心思再也不在学习上了。上课的时候，其他同学在认真听讲，他的心早已飞回家里去了。家里剩下了艰难度日的妈妈和正在村子里上小学二年级的弟弟欢欢。爸爸不知道去哪儿了，现在干什么呢？

乐乐已经知道了家里发生的变故。他恨爸爸，为什么要做出这样冲动的事情，从而落得一个有家难回的下场。他现在逍遥在外了，可是，艰难却留给了妈妈，屈辱却留给了自己和弟弟。他不明白，从他记事的时候开始，爸爸不是逢年过节的时候在家里喝酒，就是红白喜事的时候在别人家里喝酒，常常把自己喝得烂醉如泥，然后回到家里就大发酒疯，不是打妈妈，就是骂自己和弟弟。他有时简直气愤极了，心里想这是什么样的爸爸呀？！

正当他想到这一切的时候，教数学的班主任巩老师突然喊道："乐乐，你在想什么呢？注意听讲！"乐乐这时的注意力似乎又回到老师讲解的内容上来了。对于他来说，数学课听起来并不那么容易，面对老师写在黑板上的一个个数字、字母和公式，他觉得抽象极了，一点也提不起兴趣。

下课铃声响了，同学们有的跑出了教室，有的围在一起说笑。乐乐却趴在桌子上懒得动。巩老师走到他跟前说："乐乐，下课了出去活动一下吧！这样趴在桌子上，对身体也不好。""老师，我不想出去。"乐乐抬起头对巩老师说。"乐乐，老师知道你心里难受，有什么心事就对老师说吧！中午放了学，你来一趟我的办公室吧。"

巩老师还没有结婚，宿舍兼办公室的一间房子里，只住着他一个人。巩老师已经从学校的食堂把饭打回来了，他打回了两份菜，一份肉菜，一份凉菜，买了五个馒头。递给乐乐一双筷子，让他坐下来和自己一起吃

饭。乐乐不好意思和老师一起吃饭，就说自己不饿。"到了吃饭的时间了，你不饿？快吃，在老师这儿不要不好意思。"乐乐只好接过巩老师递来的筷子，拿起一个馒头，小心翼翼地从盘子里夹起了菜。老师给自己和乐乐都倒了一杯水，然后也吃起来。他笑着对乐乐说："今天，我下了课去买饭的时候，已经没有稀饭了，咱们就凑合着吃一顿吧！"

巩老师和乐乐两个人一边吃着饭，一边随意地聊着。乐乐手里的馒吃完了，老师知道乐乐不好意思，就又递给了乐乐一个馍。

"你家里的事情我都知道了。不管家里发生了什么事情，你还是不要有太多的思想负担；把你的心慢慢收回来，放在学习上；这样你的妈妈也就不用为你整天操心了，她现在已经过得很艰难了。"乐乐一边吃着馍，一边听着巩老师的话。"以后，你有什么心里话，就来对我说吧！"巩老师最后说。

"谢谢你，巩老师！"乐乐忍住了眼里的泪水。

"喝点水。"巩老师说。

……

初二第二学期结束了，乐乐终于坚持下来了，马上就要进入初三了。放假后，乐乐对姨说："妈妈，我不想上学了。"

姨大吃一惊："不上学你干什么去？"

"我想回来帮你干活。"

"你年龄这么小，能回来帮我干个什么？你就是出去打工，都没有人敢要你！"

"反正我是不想念书了。我觉得念书没有什么意思，上课我也听不进去。"

"你不好好念，心思没有放在念书上，当然听不进去。"姨知道乐乐为什么说念不进去。她知道这一切都是由他的爸爸造成的。他爸爸不但毁了自己，也毁了两个孩子和整个家庭。可是，她尽量不在乐乐面前提起这件事情，她知道这件事情是投射在她和孩子身上的一片浓黑的阴影。

很快，到了初三开学的时候，姨把钱准备好让乐乐去报名。然而，乐乐打死也不想去念书了。姨伤心地哭起来："难道你也要把我气死吗？"

"妈妈，我看着你一个人可怜，我是想回来帮你。"乐乐说。

"你就这么帮我吗？"姨哭得更伤心了。

乐乐不说话了，也哭起来了。

姨说："妈妈求你了，你就把初中念完，好歹也有一个毕业证，再出去给人打工，行吗？"

"好吧，妈妈！"乐乐含着泪点了点头。

22

经过一天的长途奔波，穿山岭，过平原，傍晚时终于到达秦西市了。雨下了一路，到处都好像被雨水清洗了一遍一样。秋雨让整个城市变得湿漉漉的。

车停在了秦西师范学院的大门口。从车窗望出去，是一个显得有点陈旧的大门，二柱一梁，像一些工厂的大门。大门右边的立柱上挂着一块写有"秦西师范学院"几个舒体大字的牌子，好像在梦中见过一样。从今天起，楚默然将在这里度过人生中宝贵的四年。

车停稳后，楚默然和献力叔叔下了车。正对着学校大门的，是一栋五层高的教学楼，每个教室里都透出了洁白的灯光，有学生正背着书包走进教室。秋雨朦胧的校园里，一对对男女学生出出进进。

楚默然和献力叔叔从车上拿下了行李。他抱着被褥，献力叔叔提着一个口袋，迎新的师兄任文帮他拿着书包。宿舍不远，转过弯就是。在"起舞楼"的宿舍值班室里，一位阿姨看了他的录取通知书，然后给了他一把宿舍钥匙。他们叔侄两人跟着这位师兄上了607房间。宿舍里，一个男生已经铺好了床，正靠在被褥上看书。楚默然看了看，其他的床还空着，便将被褥放在了那个男生的床铺对面。放下东西后，献力叔叔请任文一起去吃饭。任文说："不用了，以后有什么事，就到这栋楼的419宿舍找我。"

在学校大门口旁边的一家小餐馆吃完饭后，献力叔叔从口袋里掏出二百块钱给楚默然，让他去买一些日常生活用品。在叮咛了他一些需要注意的问题后，献力叔叔便和司机开车去了市里，准备第二天早上再过来。楚默然一个人孤零零地留在了街道边，过了好长时间，才转身朝学校里的"起舞楼"走去。

回到宿舍后，对面床铺的那个男生友好地同他打招呼："你好，我叫萧宇，你叫什么？"

"我叫楚默然。"他说。

楚默然从书包里掏出了两个苹果，递给了萧宇一个。然后，两个人有点拘束地开始聊了起来。

晚上躺在床上的时候，楚默然开始想一件事情：从现在开始，他要写日记。在他看来，大学生活是丰富多彩的，在大学里将要面对他人生的许多个第一次，他需要将它们都记下来。从大学起，写日记不仅有了闲适的心情和充裕的时间，而且有了实质性的内容。他不知道以后的大学生活将会发生什么，但一定会发生什么，对此他充满信心。他要记下这已经发生和将要发生的一切，就像刚才在教学楼前那位师兄对他的帮助就应该记下来，它就是大学生活的开始。如果不写，那就是青春的损失，他不能让这样的损失像流水一样白白地流走，而要把它赶紧堵住。

第二天吃过早饭，楚默然去学校外面的商店里准备买一个像样一点的日记本。然而，令他没有想到的是，那个身材玲珑、戴着眼镜的女售货员竟然对他说："小伙子，看你是从乡下来的，就给你便宜一点吧！"

一时，楚默然觉得自尊心受到了极大的伤害。天哪！乡下难道就是刻在脸上的东西吗？难道刚上大学的他一来到城市，就流露出了乡下的气质吗？这时，他突然感觉到，尽管他可以穿上崭新的西服、锃亮的皮鞋，讲着普通话，但这些并不能使他融入城市，还有人认为他是一个乡下的孩子。

楚默然对那个售货员说："谢谢你的好心，你还是卖给爱占便宜的人

去吧！"然后，他有点愤愤不平地走出了那个商店。

楚默然没想到，买日记本遭遇羞辱一事，成了比昨天那位师兄迎接他更值得书写的内容。

大学的第一堂课就是军训。

报完名后的第二天下午，学校在食堂大厅里举行了新生军训动员大会，学校领导和参加军训的教官悉数出席了动员大会。新生每个人带着小黄板凳参加了动员大会。

星期一军训就正式开始了。教官是一个年轻的小伙子，个子不高，脸很黑。也许这种黑是天生的，也许是在太阳底下晒的。

楚默然没有想到他的自卑感从军训的时候又开始了。像其他同学一样，他穿着学校发的蓝白相间的校服站在了外语系新生的队列里。军训开始时是一些最基本的动作。比如齐步走，大家抡起胳膊、迈开腿走的时候，教官在旁边静静地看着。很快教官就发现了他的动作有问题。只听见教官大声地说："中间那个男生，注意动作！"

楚默然知道教官说的是他，便有意识地努力使自己和其他同学保持一致。可是教官又说话了："注意收腹！"可怜的楚默然啊，对于什么是收腹竟然都不知道。他只好努力地按照教官的要求注意左脚和右脚的动作，让它们在迈出去的时候，不显得那么僵硬。

但是，他的动作还是不标准。于是，教官将他叫了出来，在队伍的前面，示范着给他做这个动作，他也认真地按照教官的动作去做。练习了一会儿，教官觉得他有了一些进步，就让他回到队伍里去了。在这么多同学面前，他一时感到羞愧极了，但也只好忍着。他想让自己的脸皮变得厚起来，但总感到它是那么薄。

然而，当整个队伍开始统一齐步走的时候，楚默然又出现问题了。这时，恰好军训的总教官从队伍前面经过，总教官立刻对教官说："你们连里的那个学生走错了！出来！"楚默然只好又出来了。这回，是总教官给

他教了，但他还是做不好。总教官生气了："你怎么这么笨呢！"楚默然发现教官训起人来并不是那么客气的。

外语系的三个班级被编成了一个方队，休息的时候，三个班级进行拉歌比赛。整个校园里回荡着新生们唱的《团结就是力量》《打靶归来》《国歌》等雄壮而嘹亮的歌声。拉歌比赛结束后，新生们盘腿坐在草坪上，有说有笑。楚默然似乎说不出来，也笑不出来，他感到难为情极了！一种自卑感在他的心里很快地蔓延开来，他觉得许多同学都在嘲笑他。就在几天前，他还对大学生活充满了无尽的向往，而现在却似乎跌入了一个黑暗孤独的冰窟。大学生活并不像他想象的那样。唉！要是有人告诉过他真正的大学生活是什么样子就好了。

……

一天的军训终于结束了！每个人拖着沉重的脚步回到了宿舍。一回宿舍，大家就倒在了床上，下铺的同学双手抱着头靠在被子上，双脚肆无忌惮地放在地上。到了吃饭的时间，大家连饭也不想吃了。

三天后，教官来检查宿舍。之前每个人都将被子叠得整整齐齐。于扬的被子简直薄得就像一张纸，他很快就叠好了。来学校的时候，母亲怕楚默然冬天冷，专门给他缝了一床厚厚的被子。可怜天下父母心啊！可是，现在它却成了一种负担。无论他怎么挤压和捶打，都无济于事，叠起来的被子看起来就像一个大面包，累得他满头大汗，真不知道该怎么办才好。教官看到后笑着说："这位同学，你妈真心疼你啊！你不用再压了，叠整齐就行了。"听到这话，他才一下子感到放松了。

第四天，天气转晴，又开始训练。楚默然还是无法做好每一个动作。这时，教官做出了一个令他怎么也没有想到的决定："军训会演的时候，为了不影响整个连队的成绩，你就不要参加会演了。"

听到这个决定，楚默然顿时如五雷轰顶。他觉得自己被孤立起来了！刚一上大学，他就被孤立起来，他感到更加自卑了！人是群居动物，他需要和其他人生活在一起，哪怕他是一个十分平庸的人。但现在的他却因为自己的笨拙而被孤立起来了，在这个陌生的校园里，似乎谁都帮不上他的忙，他只能承认这个事实。

9月30日，新生军训会演在图书馆门前隆重举行。雄壮的军歌在校园的上空飘荡，但是，这和他无关。没想到，一个叫李陨峰的学生不知因为什么原因也被取消资格。对于楚默然来说，李陨峰成了他精神上的救命稻草。军训会演与他们无关，当两个人待在学校里感到太无聊时，便一起到学校外面玩去了。

正式上课后，楚默然知道了English Corner这个词。英语角是外语系的一个特色，时间是在每周三的晚自习。来英语角的，有外语系大一的新生，有大二的老生，也有外系喜欢英语的学生。上了大学以后，大家才发现自己并不喜欢选择的专业，这似乎是许多学生的通病。教College English的夏老师有时也来——在他的身上总是充满着无限的朝气和活力，以及对生活无限的热爱。当他走进教室时，总会响起一片掌声，然后他就笑眯眯地用英语开讲了，喜欢他的那些女生总是笑眯眯地目不转睛地盯着他。

其他教室里在安静地上晚自习，但英语角的教室里却热闹非凡，从教室外面走过，里面叽里呱啦一片。教室里围了好多堆人。有的人多，有的人少。一张黄色的桌子，两边各一张黄色的椅子，坐着或大方或腼腆或油滑或真诚的新生老生。对话常常是这样开始的，男生主动走到女生前面，一声"Hello"打个招呼，就算认识了。对话常常从"What's your name？"开始，然后就是"Where are you from？""What's your major？""What are you going to do in the future？""Do you have a spare-time job？"之类的问题。有的人说的是西式的英语，有的人说的是中式的英语，有的人说的是秦西市的英语。秦西人讲话本来就很有特色，秦西英语听起来就更有意思了。

校园里，灯光明亮，人来人往。宿舍里，灯光有明有灭。"起舞楼"前面的商店里，两个售货员大妈忙碌了一天后也显得清静了许多。在一个刚进大学校门的人看来，大学似乎就应该是这个样子的。

时间在一分一秒地过去，每一堆人都在或高声或低语地谈论着。谈论的过程中，有人偶尔会做出一些手势，甚至蹦出几句算是标准的汉语来弥补自己英语词汇的贫乏。英语角不仅是一个练习英语的地方，也是一个寻找缘分的地方。在这里，你会碰见谁，你会和谁打招呼，你会和谁滔滔不绝地说上几个小时，甚至你在这里是否会开始你的爱情，你都不知道。这是英语角迷人的地方，也是它神秘的地方。人与人之间就是一种缘分。如果你是不小心飞进英语角的一只蝴蝶，你会发现，当两个人说得投机了，到了快下晚自习的时候还是依依不舍，意犹未尽。如果两个人觉得没话可说了，三言两语，就另找新的对话者去了。在蝴蝶眼里，这些人间的大学生是多么可爱啊！

对于楚默然来说，虽然上课时的听力有点费劲，但他似乎并不讨厌英语角，甚至很喜欢。高三的时候，母校幽邑中学也组织过一个英语角，地点就在岚阁园里的泰塔脚下。那是多么难忘的回忆啊！有一次，他和高三（2）班的一个女生在那里聊了很长时间，那个女生如花的笑脸始终成为他无法忘记的甜美回忆。一年后的现在，在秦西师范学院的这个教室里，他还能碰见这样的女孩吗？在他朦胧的意识里，他多么渴望在这里能够找到一个自己心灵的对话者。他渴望这个女孩的出现，但是这个人能够出现吗？他感到，有一些女孩也怀着和他一样的梦想——她们只是藏在心里而不好意思表达出来而已，但她们的梦想不是他。有一些女孩和他谈得很友好，很投机，和别的男生谈得也很友好，也很投机。

谁也无法否认，许许多多的同学都在内心渴望，在英语角这样的交际场所能够找到和自己投缘的人，能够找到自己的梦中情人。事实证明，爱情是多么吝啬，生活是多么残酷。那样的夜晚，大家只是在那样的人生阶段里聊了关于过去、现在、未来的人生话题而已。再慷慨一点，那只是他们的生命和心灵走过的一段足迹而已。

为了迎接新年的到来，学校举行了一次元旦越野赛。楚默然报名参加

了比赛。

　　当班长何英问谁想报名参加时，楚默然勇敢地举起了手。一时同学们都向他投来了惊异的目光。他怎么会这么主动地参加比赛呢？至于班里的"长跑狂人"汪海洋参加越野赛，那实在没有什么可奇怪的，越野赛简直是他的拿手好戏。

　　楚默然确实不喜欢体育运动，这从他上小学时已经表现出来了，他在篮球、乒乓球、足球、羽毛球等方面简直就是一无所知。尽管如此，对于跑步这样的运动，他却是无师自通的——尽管这其中老师关于跑步技术的教育对于最后取胜至关重要，但就跑步本身来说，这是谁天生都会的。

　　更重要的一点是，无论是长跑，还是越野赛，这里面所需要的精神，是和一个人面对生活的精神相契合的。在跑步一开始的时候，你不能一下子将力气全部使出来，否则的话，你就没有后劲了；再长的路程，都要将它分解开来，你不可能一下子跑上一万米，但你可以从一百米、二百米到五百米、一千米，再到五千米，最后到一万米来一次次超越自己；你可以是最后一个跑到终点的人，无论是有人陪伴在你的身旁，还是你一个人孤独地跑完所有的路程，你都是英雄。而比赛的结果无论你是第一，还是倒数第一，你都有理由为自己感到骄傲。人活着的价值和意义就在于享受胜利的喜悦，而不是吞咽悔恨和哀怨的苦果。相反，一个中途放弃跑步，变跑步为散步的人是可耻的，甚至是丑陋的。当楚默然这样理解跑步、越野赛的时候，当班里的同学也能够明白他这样理解跑步、越野赛的时候，那么对于他参加越野赛也就不奇怪了。

　　这是一个阴郁的日子，用农民的话说，天快要塌下来了。但是在城市，在充满着朝气和活力的大学，这样的天气，似乎跟人们的心情是没有关系的。城市的道路上依然是川流不息的车辆和熙熙攘攘的人群。

　　下午，在学校大门口的路两边站满了学生和老师，楚默然穿着短裤、背心和运动鞋，背心的后面别着他参加越野赛的号码：369。他从来没有想到自己会分到这么好的一个号码。三六九，朝上走。虽然他不是一个迷

信的人，可是对于这样的数字，他也觉得非常吉利、美好。

比赛开始了！随着发令枪一声响起，站在起跑线上的运动员如同射出的利箭一般迅速向前奔去。有人一开始就跑在楚默然的前头，有人则跑在他的后头。他不断地告诫自己，开始不要跑得太快，路还长着呢，坚持下来才是最重要的。他朝前跑，路边的行人、店铺飞快地朝后闪。渐渐地，他感觉到额头上的汗水流下来了，挡住了他的视线。他用手擦一擦，耳边喊"加油"的声音越来越微弱，后来就什么也听不见了。只剩下路上陌生的行人和不知奔向何方的车辆。

到樱花广场了，楚默然已经看见了那个大大的花坛和花坛中间那块巨大的石头，上面刻着四个绿色的苍劲有力的大字：青铜之乡。然后，他又顺着香雪路跑上去，他抬起头来，看见路两边洁白的路灯好像张开的双臂，在热情地欢迎远道而来的客人。

楚默然感到自己有点坚持不住了。这时，他感觉背心似乎已经湿透了，紧紧地贴在身上，难受极了！他真想让自己坐下来，躺一会儿——虽然心里这样想，但他还是迈着沉重的步子往前跑。这时，正像人们所说的那样，双腿好像灌了铅一样。以前他不理解这句话的意思，现在终于明白了。世上的好多感觉你是想不来的，只有体验一下，你才能真正明白。他感觉到这是自己最艰难的一段路，这段路甚至比在高三时推着自行车从义井坡上的积雪中回家有过之而无不及。他心里在想：这段路什么时候才能到头啊？！尽管他把越野赛和人生的关系看得那么透彻，可是那是坐而论道，它永远不能代替这种痛苦的体验本身。那又有什么意义呢？他甚至对自己那种空洞的思索进行了深恶痛绝的嘲讽。

时间在一分一秒地过去，这一分一秒简直就等于一小时、一天，太漫长了！楚默然在心里诅咒这该死的时间，可是，他的脚还在艰难地往前挪着。他朝前边和左右两边望了望，一个人也没有，后面就更不用说了。他觉得自己好像被丢弃在荒原上一样。

这时，抬起头来看一看前方，已经到了秦西青铜器博物馆。突然，楚默然感觉到一阵凉爽的风吹来。对于这一阵风，他感到舒服极了。他一下子感觉清醒了，看一看前方，已经在返回学校的路上了！这时，他发现路边的人又多起来了，"加油"声又此起彼伏。这时，他听见一个女生对他喊："楚默然，加油！楚默然，加油！"不知为什么，他突然产生了一种激动的感觉。

楚默然认出了那个女生，是三班的刘晓菲。他们彼此没有说过一句话。刘晓菲平时看上去总是显得有点孤傲，让人不敢接近。可能她也觉得楚默然是一个十分平庸的男生，根本进入不了她的法眼。虽然他们是一个系上同一级的同学，但就像路上的陌生人一样。

然而，也许是因为刘晓菲的这一声"加油"，楚默然竟然感觉到脚一下子像是人们说的长了翅膀一样，他觉得自己已经离开了地面，飞起来了，他已经不怕摔到地上了。这时，他感到自己是多么幸福啊！他感觉到自己和周围的人在一起，和班里所有的同学在一起。

终于撞线了！楚默然这时才感到自己一下子变得无力了，真想好好地躺下去休息一会儿。这时，班里的温暖阳和一班的秦汉洋赶紧跑过来，两双手搀扶着他，让他走一走，说这样感觉会好一点。在两个人的搀扶下，过了好长时间，他才觉得自己缓了过来。

　　频婆街年前最重要的三个集日分别是腊月二十二、二十五和二十八。逢集的前一天，摆摊的人就用白灰在街边占了一块地方，这些人都是频婆街上长期做生意的人，开着小卡车和三轮车从外地来的人只能见缝插针。一些摊贩为了一块地方，常常大打出手，闹得双方地下地上的八辈祖宗也不得安宁，似乎谁也不想示弱，最后常常是那些拳头硬的人争到了地方，输了的人只好另找地方。

　　腊月二十二这一天，吃过早饭后，楚默然想去街上转一转。秦西市的半年生活让他用崭新的眼光来重新审视频婆街。在献力叔叔的太阳雨洗浴中心大门旁边，他看见了正在卖布的六外公和六外婆。他已经听母亲说了他们摆摊卖布的事情。这时，六外公和六外婆正在忙着给一个人扯布，他走上前去亲切地叫了一声"六爷、六奶"，六外公和六外婆一时吃惊地抬起头来，然后关切地问他什么时候回来的，而他则关切地问他们生意怎么样。六外公一边笑着说："还行，够我和你六奶的零花钱。"一边上上下下地打量着他，仿佛要将眼前的他和过去的他进行一番对比一样。

　　六外公退休后和六外婆做出了一个令人意想不到的举动——摆摊卖布。这让人觉得他们不是进入了人生的晚年，而是进入了人生的又一次创业期。

　　事实上，勤劳大半辈子的六外婆早已看好摆摊卖布的生意，可是在六

味

227

外公退休前，这只能是她的一种想象。当六外公退休后，她有了一个得力的帮手，过去的想象就可以变成现实了。六外公过去是司机，他不仅能够和六外婆一起摆摊卖布，而且可以开车去他们想去的频婆街、清风乡和伏敬街赶集。

布料是从乾州的布匹批发市场进的。去进货的时候，六外公六外婆早早起来吃过饭，就骑着自行车去原底寺村村口等车了。原底寺村是清风乡政府所在的村子，就在幽泾公路边。从频婆塬上开过来的长途客车都要在原底寺村村口停一停，再拉上一些去秦城或西安的人。旅客们都在这儿等车。六外公把自行车放在路边认识的一户人家，告诉主人到下午来推车。

下午吃过饭，布就进回来了。下了车的六外公和六外婆看上去很疲惫的样子，这时，锦程舅舅已经拉了一个架子车在路边等候。看到六外公和六外婆下车了，他就赶紧跑上前去，将车里的布料一卷一卷抱下来，然后又轻轻地装在架子车上。舅舅和六外婆拉着架子车往回走，舅舅问今天进货的情况，六外婆边走边说，六外公去路跟前的那户人家推自行车。

六外公和六外婆进回来的布料有做床单的、做窗帘的、做被里子和鞋面的，有棉的、绒的和单的，有红、黄、蓝、绿等各种颜色，有花草鸟鱼等各种各样的图案。这些颜色和图案都是庄稼人喜爱和想要的。

布料进回来了以后，只要第二天不刮风下雨，六外公和六外婆就雷打不动地赶集去了。在许多人家还没有吃早饭的时候，他们已经开着车从家里出来了。为了卖布，六外公买了一辆红色的"时风"牌三轮车，车的颜色喜庆而热烈。路上，六外婆坐在六外公的旁边，她一边和六外公说着话，一边不停地叮咛着让六外公开慢一点。

六外公和六外婆赶的主要是频婆街的集。频婆街是幽邑县的四大古镇之一，立集时间早，南来北往赶集的人多。他们的布摊就摆在献力叔叔的太阳雨洗浴中心旁边。频婆街北街两边摆了许多像他们这样的布摊。也许是六外婆过去赶集的时候，从这些早已摆了多年的布摊受到启发而萌生了卖布的想法吧！这些布摊大部分来自北部塬区的职田街和太谷街，摊主看上去都是一家人，他们量布扯布的动作娴熟极了！量布的时候，他们常常会给买主让出来一点；扯布的时候，用一把黑色的剪刀剪开一个口子，两只手向两边一拉，布就沿着口子裂开，发出尖厉的刺啦刺啦的声音。

又是正月初二，楚默然和母亲、妹妹在溪头村。

中午，从独承舅舅家出来的时候，楚默然突然看向了路边斜对面原来树人舅舅家的院子。抬头望去，只见院子里上面是五间带着走廊的上房，贴着明晃晃的瓷砖，房顶上安装着一台太阳能热水器。两边是两排平厦子，贴着同样的瓷砖。院子里是水泥铺成的地面，一群人在日头坡里围着一张桌子打麻将。外面的大门前，停着一辆黑色的轿车。

母亲看了一眼这家院子，对楚默然说："你大舅家的这个院子卖给了溪头村你改过舅舅。"然后，她就什么也没有说，继续往前走。溪头村的改过舅舅在频婆街上开着一家最大的五金商店，听人说他这几年开商店发了，手上至少有一百万。不过，好像几个孩子都不太争气。

晌午，在六外公家吃饭的时候，亲戚们的话题又说到了寒笑姨原来的生活。孟家村的炳坤表叔说了一句话："乐乐，以后千万不要像你爸那样，看一下子害了多少人！"谁知一听这句话，乐乐一下子哭了，他愤怒地对表叔说："表叔，我爸怎么惹你了？！"这时，表叔一时感到尴尬极了。说着，只见乐乐一下子站了起来，冲出了六外公家的上房门，在座的人一时都惊呆了！

乐乐哭着一个人出云了，不知去了哪儿。

姨赶紧放下手中的碗筷去撵乐乐，六外公让鲲鹏舅舅骑着摩托车去追，过年哩，要是找不瓦人了怎么办？

姨出去后，乐乐已经出了溪头村，根本看不见人影。多亏鲲鹏舅舅骑着摩托车去追，撵上乐乐的时候，他已经走到了原底寺村。鲲鹏舅舅好说

歹说，最后好不容易才将眼泪吧嗒的乐乐劝回来。

开学后，白天宿舍里每个人都在忙自己的事情：去教室里上课，去图书馆看书，参加学校或系上举行的各类活动。有人说大学是自由的，但其实是不自由的，有一条无形的绳索在捆绑着每个人。对于这条绳索，有的人能够自觉地意识到，他们明白自己上大学的目的和使命，认为大学就是奋斗；有的人却始终在梦里，不是毕业和就业的警钟就没人能叫醒他们，他们认为大学就是恋爱。

对于恋爱这个话题，使命在肩的人和醉生梦死的人一样，说起来都是津津有味，唾沫星子在宿舍里乱溅。

对于进入大一第二学期的607宿舍的人来说，正是爱情疯长的时期。

晚上熄灯以后，当大家躺在床上的时候，一开始每个人似乎都要做出睡觉的假象。然而只要有一个人开口，其他的人就都对睡觉没有兴趣了。这样的夜晚，话题常常自然而然地转到了各自班里、外语系甚至外系的女生身上。

先从外语系的女生谈起，自己班的女生自己最熟悉了。外语系似乎云集了很多有个性的女生。唉！上帝在将外语系的女生集聚在一起的时候，不知道费了多少心思。

萧宇先说话了，这是一个来自西安市的情种："时励，我看你们班的信美身强体壮，很有个性，倒和你蛮般配的。你们一个班长，一个团支部书记，也算门当户对。"

时励说："别扯了，人家信美眼光高着呢！有一次我们班上举行演讲，题目是《爱情，我想对你说》。信美说：'我心中的白马王子，要和我有三比：个子一定要比我高，皮肤一定要比我白，身体一定要比我瘦。符合这个条件的，我都喜欢。'对比一下，我符合哪一条啊？"

于扬接过话说："看来，人家信美的爱情词典里可没有共同这个词啊！你倒还挺有自知之明。"大家都笑了。

信美个子很高，身体胖胖的，皮肤比较黑。时励是班长，信美是团支部书记。有时中午吃完饭，信美就站在"起舞楼"——也不知道谁给这栋男生宿舍楼起的名字——下面，扯着嗓子喊"时励——时励"。整栋楼都听见了信美的声音。有的宿舍里的男生就生气地朝下面大声喊："中午休息时间，喊什么喊！"但是信美依然大大咧咧，我行我素。时励听得有点不耐烦了，就趴在窗子上说："别喊了，马上下来了！跟叫魂的一样。"然后，赶紧从上铺下来，噔噔噔地跑下去了。

李舜泽这时接过话来说："萧宇，我看你们班的龙云凤对你有意思。人家一个女孩子这么主动，总是有事没事地给你打电话，你怎么对人家不理不睬的？这让人家多难为情啊！"

萧宇说："不是我对人家不理不睬，只是我对她没什么感觉。龙云凤这样主动找我，也让我挺别扭的。"

于扬接过话说："什么有感觉没感觉，感觉也能培养嘛！我巴不得人家来找我，人家就是不理我。萧宇，你是不是还在想着你以前的女朋友，她上一学期不是还来咱们学校看过你吗？你知道吗，为了大力配合你们，我们可都给你们腾了地方。"

萧宇的女朋友来的那一天，大家可谓极尽地主之谊，每人把自己的床铺都收拾得干干净净，地面拖了又拖，好像要迎接一位贵宾一样。然后，大家要么去教室了，要么去图书馆了，要么到外面逛去了，直到下午吃饭时才回到宿舍。这时萧宇和女朋友的重逢时间已经结束了，两个人一起出去吃饭了。

萧宇说："别提了，我们吹了！那一次与其说是她来看我，不如说是她来向我告别。她说她已经有了一个新男朋友，我和她之间是不可能的。她现在在秦省科技大学上学，我们两个离得这么远。再说，毕业后能不能在一块儿还是个问题呢！"

这时，睡在门口床上的陈康说："你们两个不是家都在西安市吗？"

萧宇说："家在西安市又能怎么样呢？许多人家不都在西安市吗？"

大家终于明白了上一学期萧宇的女朋友为什么来了。怪不得从那以后，萧宇总是显得闷闷不乐的样子。

　　宿舍里顿时变得一阵沉默。大家好像在为萧宇和那个女孩的分手而感到惋惜。两个人说分手就分手了，看来爱情真的很脆弱啊！

　　过了一会儿，睡在陈康对面的席梦洋接过话说："你们知道我昨天在路上碰见谁和谁了吗？想不到吧！我碰见水波和柳眉了。他们两个人手牵着手，正沿着孔雀河大桥散步呢！哎哟，看到我过来了，他们两人的手唰的一下分开了，令我都感到有点不好意思了。倒是柳眉先向我打招呼，问我要去哪里。"

　　陈康这时说了一句话："柳眉映在水波里，真是镜子遇见了美人啊！"

　　时励说："陈康，你就别酸了吧！"

　　陈康说："难道不是吗？人家柳眉就是长得漂亮嘛！要是柳眉能看上我就好了！"

　　萧宇说："你就别做梦了吧，等到下辈子吧！瞧你那一张荔枝脸，赶紧想办法恢复你的青春容颜吧！"

　　于扬说："看来他们两个真是好上了。我昨天去嘉惠市场吃饭的时候，看见水波和柳眉正在旁边的一家饭馆吃饭。哎哟，羡慕死我了！要是有个女生愿意跟我吃饭就好了。她想吃什么我就请她吃什么！当女孩子真好，天天有人请吃饭。下一辈子还是投胎做女孩子吧！"

　　陈康接过来问："可是如果长得丑，没人请吃饭怎么办？"

　　于扬好像没有想到这一点，就无奈地说："那，我们就还是继续做男人吧！"

　　大家都笑了。

　　……

　　时间已经到了夏天，晚上睡觉的时候窗子也不用关，一阵凉爽的风从外面吹进来，不时地掀动着窗帘，惬意极了！夜已经深了，校园里一轮洁白的明月高高地挂在幽深的夜空，各个角落传来一阵阵虫鸣，它们仿佛织成了一张又厚又密的网，整个夜色显得宁静而温柔。那一轮明月似乎也在静静地听着607宿舍这一群正处于青春兴奋期的男生关于爱情的话题。

在这样的夜晚，对面"紫藤楼"的女生宿舍里，是否也在谈论着与男生有关的话题？也许是吧！

如果有一个专门记录大学不同专业学生形象的人来到秦西师范学院，他会发现，对于英语专业的学生来说，他们每天的标准形象是，无论是去教室上课，还是去图书馆上自习，每个人除了肩上不同形状和颜色的书包以外，就是手里的那一本《牛津英汉大词典》。他们大学四年就和这一本大词典联系在一起，英语专业似乎有查不完的英语单词。

在上一学期刚一进入大学，楚默然对于这样的形象还没有什么感觉，别人拿着词典他也拿着词典，到了这一学期，他对于这样的形象就感到烦透了！可是他又不得不拿着它——就如同带着自己的影子一样。

上一学期在英语角，他认识了中文系的朱志勇，他们两个人有很多共同语言。这一天晚饭后，他们在图书馆门口又见面了。于是，两人便在二楼阅览室前的围栏旁聊了起来。

朱志勇说："你这么刻苦啊！每天都能看到你拿着词典去教室或图书馆。"

楚默然说："人在江湖，身不由己嘛！"

"你们外语专业挺好的，将来工作好找。有多少人羡慕你们外语专业的学生。"朱志勇说。

"唉！谁知道三年后是什么样子呢？我真不知道外语专业有什么可羡慕的，嘴尖皮厚腹中空。"楚默然笑着说。他不知道自己怎么突然想起了这么一句话来形容外语专业的学生，包括他自己。

"人家其他专业的学生都这么说。我现在想，要是当初报外语专业就好了。"朱志勇说。

楚默然说："你也是人在江湖，身不由己啊！"

朱志勇说："原来英雄所感略同啊！"

楚默然说："要是咱们能换一下就好了，我觉得我还是适合学中文专业，我从小语文就学得好！"

朱志勇问："为什么？"

楚默然说："我现在才发现自己不适合学英语。你不知道，听力和口语对我来说就是一个巨大的挑战。口语吧，反正只要张开口，不管说得怎么样，还可以应付，无非就是厚着脸皮说而已，即使别人说我讲得不标准，是中国式英语。可是听力就不一样了，无论是我每天早上拿着收音机收听VOA（美国之音），还是上听力课时戴着耳机听，即使听了三遍，还是没有听明白。没有听明白，也就没有什么成就感。我觉得简直是在浪费时间！"

朱志勇说："你说的这一点我能够理解。我们中国人学英语，本来就缺乏语言环境，而从农村考来的英语专业的学生，从初一到高中也没有进行过专门的英语听力训练，其难度也就可想而知了。不过，如果你坚持听，应该能听懂的吧？"

楚默然说："不顶用。不过有几个词我完全能够听懂。"

朱志勇："哪几个词？"

"VOA，BBC（英国广播公司），Crazy English。"楚默然说。

"你真幽默！"朱志勇说。

楚默然问朱志勇："听说你们中文系有一门课叫'影视欣赏'，那应该很有意思吧？"

"是的，我们今天中午刚上完。唉，虽然是在看电影，但有时也让人觉得很无聊。系主任在上学期我们刚入校的时候就说，学习中文专业，就像在实验室里一瓣一瓣地解剖观察研究一朵花一样，并不像在中学时远远地欣赏一朵花那么美好，但也不是那么枯燥，它让人痛并快乐着。"朱志勇说。

"也许就像你说的这样吧！不过我还是愿意像你们一样痛并快乐着。

只是，现在看来没有什么希望了，可能得到21世纪了吧！"楚默然说。

朱志勇说："不用等到21世纪，只要你喜欢中文专业，你随时都可以自学。"

楚默然说："那不一样啊！人说隔行如隔山，身在英语心想中文，就是自学我也摸不着门道啊！"

朱志勇笑着说："找一位我们中文系的女朋友不就可以了吗？"

楚默然说："谁会看上我呢？"虽然嘴上这么说，可是他的心里却何尝不想恋爱呢！只是朱志勇这时说出了他的心里话而已，但是这个女朋友到底在哪里呢？

朱志勇笑着说："没问题，包在我身上了！"

接着，朱志勇又说："听说你们大三时要学习翻译，我对翻译也很感兴趣，如果到时候能跟着你们旁听就好了。"

楚默然说："应该可以吧，到时候给我们翻译老师说一声。虽说我对于口语和听力感到有点困难，但是对于英汉互译，还是很有兴趣的。"

朱志勇说："那太好了，那你可以从这一方面努力啊！"

这时，图书馆阅览室的门开了。楚默然和朱志勇都进了阅览室。

一学期又结束了！楚默然发现，大学的时间过得比高中快多了，简直就是过山车的速度。

回到家里的第一件事情是下午去看望祖母和献力叔叔。谈话中，献力叔叔说："暑假你回来了，给成伟和飞龙补一下英语吧！"成伟和飞龙他们今年后半年就要上初二了。上初一时，所有课程当中，都是英语成绩比较差。楚默然说："好，我就试着给他们当一回老师吧！"

从太阳雨洗浴中心回来的时候，天已经快暗下来了。回家的路上，楚默然没想到碰见了小学时的同学吴悠，他的手里引着一个小孩正要去街上。见了面后，吴悠热情地问："默然，你什么时候回来的？"楚默然笑着说："今天中午。""这是你娃，多大了？"楚默然接着又关切地问。

"三岁了。"吴悠说。楚默然心想，如果自己初中毕业后不再上学了，估计娃现在就和吴悠的孩子一样大了。

第二天一吃过早饭，献力叔叔就让成伟来叫楚默然了。和成伟到了献力叔叔的屋子以后，飞龙也已经到了。献力叔叔就叫他们三个将祖母住的屋子隔壁的一间收拾出来，不知献力叔叔从哪儿找来了一块黑板，又找了几张桌子、几个凳子，这间屋子俨然成了一个小教室。楚默然心里想，看来献力叔叔对补课这件事情是很认真的。

朵川二婶看到这间屋子里只有成伟和飞龙两个人孤零零的，便建议楚默然写几份招生广告，贴在频婆街街道里，专门招收初一的学生补习英语。这样的话，一来孩子们暑假在一起学习有氛围，家长也乐意给孩子掏钱补英语，现在许多孩子要么是数理化成绩不行，要么是英语成绩不行；二来通过给孩子们补习英语，楚默然自己也可以挣一些学费。于是楚默然就从书店里买来几张红纸，用毛笔写了几张招生广告，他取了一个名字叫"步步高英语补习班"，学习时间是二十天，报名费是每人五十元。写好以后，就和成伟、飞龙他们一起，拿着糨糊去频婆街上张贴。

广告宣传果然有效，频婆街上许多家长都领着孩子前来报名。报名的时候，家长很爽快地将钱递给了楚默然，他甚至都觉得有点来不及收钱了。很快，就招收到了十五个学生。他突然有一种感觉，原来挣钱并不难。孩子遇到孩子，教室里一下子变得好热闹！

然而，上了两天课后，报名学习的学生就有了变化。这天晚上，楚默然吃饭的时候，唐建全来了。他委婉地说孩子上课感到有点吃力，不想上了。楚默然明白了他的意思，就将前两天交的学费五十元全部退给了他。唐建全出门的时候不好意思地说："唐远这瞎尿就不好好学！"楚默然说："我看唐远像你一样，还是适合做生意。"唐建全说："我做了一辈子生意，你看有啥出息！"楚默然笑着说："那可不一定。"

唐远退学这件事只是一件很正常的小事，没想到更大的事还在后面。

这天早上，刚上完第一节课，楚默然去大门口旁的屋子里倒水喝，这时，成伟突然跑进来对他说："默然哥，你快去看，新凯旋和席青龙打起来了！"他赶紧跑出去，这时，新凯旋已经将席青龙的头打破了。楚默然赶紧带着他去外面的诊所包扎，他头上的血止住了。

这时，席青龙的爸爸妈妈已经来了，看到儿子受伤的样子，气不打一处来。席青龙的妈妈扑上去就打新凯旋，楚默然和二婶赶紧出去拦挡，席青龙的爸爸生气地对楚默然说："你这老师是怎么当的，把我们家青龙打成这个样子。如果我家青龙有个什么闪失，我非去法庭告你不可！"二婶赶紧给席凤鸣解释："他叔，事情是这样子的，下课后两个孩子为英语课本的事吵起来了。当时，默然刚去屋子里喝水，他也不知道。他叔你也不要生气，医生说了，包扎一下就好了，没有什么大问题。"只见席青龙他妈生气地说："你说得好听，万一有了问题怎么办？"二婶说："他姨，你放心，不会那么严重的！"

席凤鸣是频婆街远近闻名的老中医，但楚默然从来没有见过他。楚默然没有想到，这个频婆街上的名人竟然是以这种气势汹汹的形象第一次出现在他面前的。

没想到，第二天又出事了。上课的时候，镇政府办公室主任的孩子突然口吐白沫，目光呆滞，吓得楚默然一时不知如何是好，于是他赶紧去叫二婶。这时，"南北商场"的那个小孩已经去找这个孩子的妈妈了。很快，这个小孩的妈妈来了，楚默然悬着的一颗心才放下了。过了一会儿，小孩终于清醒过来了。这个学生的妈妈告诉楚默然，她的孩子患有轻微的癫痫。

谢天谢地！总算没有什么大事。天啊！怎么这两天什么事情都让他摊上了呢？

后晌吃完饭，楚默然在多福胡同里闲转着，这是他从小长大的地方，仿佛有一种东西将他和它紧紧地联系在一起。他不知道自己在这里要寻找

什么，但他知道自己一定能感觉到什么。

这时，楚默然看见一个人拉着空架子车过来了，看样子是从地里拉粪回来了。这个人离他越来越近了，他终于认出来了，这不是住在频婆街边的任中折吗？在他很小的时候，任中折就和父亲在西祥庄的砖瓦窑上做瓦，那时他是一个多么喜欢说笑的人啊！似乎有讲不完的笑话。他有两女一儿，乖巧听话，在村里人的眼里，他们一家是多么幸福啊！

楚默然走过去和任中折打招呼，任中折却像没有看见他似的，或者说像不认识他一样，一脸木讷地走开了。他的脚步走得很慢很慢，楚默然看见，任中折的头发长长的，胡子更长，眼睛里没有一点光芒。

楚默然一时觉得有点尴尬，但他很快又让自己恢复到了原来的心情。这样的事情他已经不是第一次遇见了，他知道，任中折还没有从失去儿子青梨的巨大悲痛中走出来。

夏天，父亲从外面装完苹果箱子或者出完从关中道上拉上来的苹果箱子以后，他的嘴里常常叼着一根烟，背上搭着那件已经褪色的白衬衫回来了。他回来的标志是一阵阵的咳嗽声。父亲对烟的嗜好大概就像自己对书的嗜好一样。

回到家里，父亲洗完脸吃完饭后，又出去了。在频婆街装卸苹果箱子的季节里，他在家里怎么也待不住。在他看来，给别人装卸苹果箱子这样出力下苦的机会也是要去争取的，也是要用眼睛去发现的，在频婆街上给别人装苹果箱子的不光是他一个人。频婆街人奉行的人生信条是"有智吃智，无智吃力"。既然无智只能吃力，那么吃力的人就不光是父亲一个人了，有那么多的人需要吃力，可是要吃的力却并不像张开嘴就能呼吸到的空气，谁想吃就有力等在那儿让他去吃。虽然都是吃力的人，但每个人心里何尝不会想着让自己多吃一点，让别人少吃一点。吃力人之间的感情，也许若干年后当其中的一个人殁了，别人说起他的时候会说一句"我和×××给人下了一辈子苦"。仅此而已！

父亲又从家里出去了。也许是又在等待装苹果箱子的车。在这个季节，他自己首先要将自己身上的油榨干。他也没有想过他为什么要这样对待自己，也许他已经麻木了，他觉得这就是他的生活。晚上当他刚刚睡下的时候，会有人在外面敲档门来叫他，但白天他就不想让别人这么来打扰他了。

父亲有时一天也碰不上活，他也没有回来。楚默然知道他在哪里，他就坐在张虎的纸货店那儿。张虎在田礼民家门前的小房子里开了一家纸货店。除过冬天，张虎就和老婆在门口坐在小板凳上做纸货。张虎用羽子扎架子，他的老婆就在扎好的架子上用糨糊粘纸。张虎让给父亲一个小凳子，父亲就在旁边坐着静静地看着。

父亲喜欢去张虎那儿坐坐，是因为他把张虎叫哥。哥和嫂子一样，是在人们的称呼中感情很重的一个词。不是每个年龄比自己大的人都会被叫哥或嫂子。生活中直呼其名嘴硬的人也多得很。其实不是他们嘴硬，而是在感情上他们让对方过不了关。父亲小时候是和张虎一起玩大的，他们的感情大概从那个时候就开始了。以后，父亲在生活中遇到任何问题，都是去请教张虎，或者张虎帮忙解决的。张虎称父亲为兄弟，见了面总是兄弟长兄弟短地叫着。父亲对张虎表示感激的方式是，家里请客需要一个陪客的人或者做了好吃的以后，首先想到的人就是张虎。

在西祥庄，父亲似乎只喜欢去张虎那儿坐一坐，他并不爱去其他人家里闲转，在外面顶多是立在一群人中间。在大伙当中，人家说什么，他只是静静地听着，别人说得对的不对的话，他都装在心里。父亲似乎天生就是一个很好的倾听者，而不是一个阔论者；他天生是一个给人出力下苦的人。他似乎已经自觉地将自己置于张新貌、张福全父子以及李正芳这样一类专门以给人下苦为生的人群中了。西祥庄其他给人下苦的人还有，但他们并不经常给人下苦，他们只是为了体会一下而已。如果说下苦是一种色彩，对于父亲来说这是他生命中唯一的一种色彩，而对于其他人来说，这种色彩则只是他们阔绰的生活背景中几笔寥寥的点缀而已。父亲知道自己是下苦的人，他虽然是给有钱的人下苦的，但他和他们之间只是他下苦，他们给他钱的关系，在精神上他和他们是没有什么共同的地方的。他精神上的孤独，只有他自己心里知道。

味

24

　　一天，吃完晚饭躺在床上看书的时候，楚默然听见有人在敲门。进来的是高三时的同桌，现在地理专业学习的相里斌，没想到他是来借钱的。此刻，楚默然的脸上并没有呈现出像嘴里塞了一把盐那样的表情。刚好他还有一些钱，于是便很快掏出了一百块钱借给了相里斌。相里斌说："过一段时间我就给你拿过来。"楚默然说："不着急，你先用。"

　　可是过了一段时间，相里斌并没有将钱拿过来。楚默然需要用钱了，无奈之下他只好去了相里斌的宿舍。说明了来意后，这时他发现相里斌的脸上倒一时出现了像嘴里塞了一把盐一样的表情，但是他还是从口袋里掏出了一百块钱给了楚默然。相里斌尴尬的表情给楚默然留下了他以后永远也无法抹去的记忆。从这尴尬里，楚默然感受到了相里斌的困窘与无奈。相里斌家和他家一样，也很贫困。但和他不一样的是，相里斌天性乐观，一个乐观的人多少就可以稀释生活带给他的种种不适和疼痛，比如贫穷。这一点，他就不如相里斌，他会不由自主地把生活带给他的痛苦写在脸上。他不希望看到相里斌的困窘和无奈，可是他和相里斌一样困窘和无奈。当困窘无奈相遇困窘无奈时，又是多么困窘无奈啊！

　　一次课间休息的时候，大家在教室里三个一堆、五个一伙，讨论着上课的内容。这时，温暖阳走过来告诉楚默然一个消息："我现在找到一

个在周末时间发报纸的活，老板说是发一天报纸给五十元，发完当天结账。"他问楚默然愿不愿意干，楚默然说："愿意！"楚默然似乎从父亲和母亲那里遗传了老老实实给人下苦挣钱的基因，对于发报纸这种没有多少技术含量的体力活，他很乐意干。看来，一个人的挣钱方式多多少少会受到父母的影响，而他，估计也是一个挣不了什么大钱的人。

周末，他们两人一起坐8路公交车去了秦西市秦岭路上的一家报纸批发点，从那里拿回了五百份报纸。楚默然发现，那里除了他们要领的报纸外，还有《环球时报》《中国剪报》和《南方周末》等报纸。他们领的这份报纸叫《秦风日报》，是一份刚在西安市发行的报纸。为了向秦西市的读者进行广泛宣传，报社决定免费向市民发放。楚默然和温暖阳两个人各拿了厚厚的一沓，他们小心翼翼地将报纸托在胸前。领取报纸时，老板要求报纸必须发到每个住户家里。这样，就意味着他们必须上每栋楼去，发完后再下来。一开始，楚默然还没有感觉，跑得挺欢快的。可是越到后来，就越感到累了，上一栋栋的楼，对他来说就成为一项挑战了。他发现，温暖阳上楼的速度总是比他快，噔噔噔上去了，噔噔噔又下来了。他问温暖阳："你经常爬楼梯吗？"温暖阳说："我家住在五楼，过去每天不知要爬多少回楼梯。"温暖阳问："你家住几楼？你好像不经常爬楼梯。"楚默然苦笑着说："我家住一楼，过去我每天只上一个房台子。"温暖阳明白了，他说："我家开始也是住平房，后来在城里买了房。"看到楚默然很累的样子，温暖阳就说："你在下面歇一会儿，我上去发。"楚默然觉得这样有点不好意思，他坚持要自己上去，但被温暖阳拦住了。

一天下来，楚默然和温暖阳累得已经一点劲儿都没有了，尤其是楚默然。发完报纸后，天色已经很晚了。想一想这时学校食堂已经没有饭了，于是他们就顺便去路边的一家岐山臊子面馆吃面。老板把面一端上来，他们就吸溜吸溜吃完了。这一顿饭吃得真香啊！他们两个人太累了，也太饿了。吃完饭后，楚默然站起来要去付钱，温暖阳又坚决地挡住了他，说："我们AA制吧！"楚默然说："就让我感谢你一次吧！"温暖阳笑着说：

"有什么感谢我的，不就是我今天叫上你来一起爬楼梯嘛！"

吃完饭后，已经没有到秦西师范学院的公交车了。楚默然说："我们走着回吧！我从秦西机务段我的同学员成荣那儿回来的时候，如果没有车了，就经常走着回来。"温暖阳说："好吧！这样也可以看一看秦西市的夜景。"这个时候，穿城而过的孔雀河里星光点点，河两岸的秦西市霓虹灯闪烁，令人眼花缭乱。路过孔雀河大桥的时候，在一盏昏黄的路灯下，楚默然看见一个年老的妇人坐在一个凳子上还在纳着鞋垫，前面摆着一个小摊，卖的是鞋垫、袜子和童鞋等东西。他心里想，这个时候了，谁会买这些东西呢？天这么晚了，这个老妇人为什么不回家呢？看一看那个老妇人，她还是那么专注地在纳着鞋垫，就像小时候煤油灯下的母亲一样。

因为和温暖阳这一次一起发报纸的经历，楚默然内心产生了一个想法：能不能自己也去批发一些报纸在校园里卖？大学生应该比较喜欢读报纸吧！像他每周五就要去嘉惠市场买一份《环球时报》，他觉得自己简直离不开这些报纸了。如果这件事情可以做成，他就不用累得上气不接下气地去兼职，也可以给自己挣一些零花钱，减轻一点父母的负担。

他觉得自己看到了一个挣钱的机会。

有了这样的想法以后，楚默然就想将它很快变成现实，不管最后的结果是赔钱还是赚钱，先试一下吧！在这个时候，他觉得自己是一个行动力很强的人。

周末，楚默然又去了那家报纸批发点。给老板说明了来意，老板同意了。这时他才知道，一份《环球时报》的批发价是八毛钱，卖出去是一块钱，可以挣两毛钱。他先批发了二十份。报纸从秦岭路上的那个批发点拿回来了，下午两节课后，他就将报纸摆在了校园里学生来回经过的路边，然后站在报纸的前面。夏日的阳光被头顶的梧桐树挡住了，投下了点点的光斑，惬意极了！然而，站了那么长时间，并没有几个人对这份报纸有兴趣。看来，他只是给校园增添了一个看点而已。

时间一分一秒地过去了，快到吃饭的时间了，已经有同学拿着碗筷去食堂吃饭了，这时一份报纸还没有卖出去，他感到有点失望。正当他准备收摊的时候，班长何英和杨梅过来了。何英笑着对他说："楚默然，你也开始搞兼职了？多少钱一份？给我们来两份吧！"

这让楚默然一时感到不好意思极了。他不知是为自己在何英和杨梅面前卖报纸不好意思，还是因为何英、杨梅要买他的报纸而不好意思。其实，他不是害怕她们买他的报纸，而是害怕她们两人只是为了安慰一下他，这让他的自尊心多受打击啊！不过他很快安慰了一下自己，用频婆街人的话来说，就当她们是给自己烘摊子的吧。

"我送你们一份报纸吧！"楚默然说。

"这怎么行呢！我们一定要给你钱。"说着何英掏出了两块钱塞到了他的手里。他推托着不要，但何英还是硬塞给了他，这让他感到不好意思极了。

"我们走了啊！回去了我们在宿舍里帮你宣传一下。"杨梅笑着对他说。

"那就谢谢你们了！"楚默然感激地说。他心里感到暖暖的，同时又觉得有点不好意思。因为到现在为止，他只卖出去了两份报纸，而且还是自己班的同学买的。剩下的报纸卖给谁呢？他想。

晚自习后，楚默然又抱着一摞报纸去"起舞楼"每个宿舍卖。这时，他觉得自己简直成了一个上门推销商品的小贩。他的目的很单纯，就是将自己手里的报纸推销出去，哪怕推销几份也行。他小心翼翼地敲开每个宿舍的门，敲开了一个宿舍的门，就在他的面前打开了一个世界。有的宿舍里静悄悄的，每个人躺在自己的床上，看书、听音乐；有的宿舍里，许多人围着一张桌子打扑克牌；还有的宿舍里，灯亮着却没有人，只听见对面的水房里一片哗哗的流水声。

快11点了，将所有的宿舍转下来，只卖出去了一份报纸。这实在出乎楚默然的意料。但毕竟是第一次嘛！他心里想。母亲曾经说，一个人要第一个孩子的时候是非常难的，所以叫"头难"。那么，他第一次卖报纸挣钱，也是"头难"了？

到了大学里的第二个暑假。

这几天的太阳一直就这么晒着，它似乎故意心硬着不顾及人的感受。只有早上起来的时候，还觉稍微舒服一会儿。太阳一出来，人很快就在房子里、院子里待不住了，简直是坐卧不安。

吃晌午饭的时候，人都是把饭桌放在院子里吃的。有时一人一个碗，在厨房里把饭调好以后，就端到院子里墙底下的阴凉处，或者干脆端到大门口吃。

吃了饭以后，人们就像躲瘟疫一样，赶紧从屋里往出跑。这时，日头已经慢慢向西倾斜了。毛娃家的房台子上成了乘凉的好地方。毛娃家的人出来了，两边邻家的人也过来了。街对面常建国和他妈金莲，文杰、文秀弟兄两个过来了，李军他大老李过来了，在毛娃家租门面房的中国联通营业厅的老郭也出来了。老郭是土桥塬上的人，常常戴着一副金丝边眼镜，见了人总是笑眯眯的。出来后，他热情地向每个人问好，问大家吃了没有。然后，他从房子里端出来一个绿色的三条腿铁凳子，坐在上面，手里拿着一把折扇不停地扇着，一颗颗细密的汗珠在胸前急急地往下滚着。他嘴里感叹着："热死了！也不知道什么时候能下一场雨。"靠墙蹲着的文友说："听天气预报，一直到后天才有雨。"常建国他妈说："再不下雨，地里的玉米都旱死了。千万不敢再像1995年一样！"端着一碗汤面的老李说："今年要像那一年那么旱的话，咱们只好拉枣杆了。"蒙富甲说："拉枣杆也轮不到你呀，你李军对你那么好，人家两口子双职工一月几千块钱哩，还能让你缺吃少穿？"蒙富甲说得老李一下子咧开嘴笑了。

在台子上乘凉的人一边拉着家常，一边看着天上的日头。日头慢慢地向西挪着。日头在空中待了一天也累了，挪起来慢慢腾腾。这时，突然吹来了一阵风，路边的树叶子动了一下。在大人面前相互追来跑去的毛娃和涛涛不约而同地说："咦，舒服极了！"他妈谢碧芳说："你两个就不能

停下来吗？把人跑得心里颇烦哩，让人心里更毛躁了！"毛娃心不在焉地说："刚吃了饭，就不能让人消化一下吗？"谢碧芳说："要消化你到一边消化去！"

这时，吃完饭的文友媳妇金艳也来了。金艳对文友说："都这时候了，你还不到地里去打胡基？"文友说："你就不能让人歇一会儿，那么一点胡基能招得住人打？！"谢碧芳说："来来来，你也坐下凉一会儿。毛娃，回家给你姨搬一个板凳去！"

路对面，榨油的老冯、做铁门的王福、住在后面的冯斌礼他大老冯、卖化肥的多泉他大老多围坐在一张桌子边，头攒在了一起正在下棋，只听见棋子被抓起来又啪的一声砸在桌子上的声音不断传过来。

远处，"济生"诊所里传来一阵阵凄婉动人的二胡声。"济生"诊所的医生姓王，是太谷街上的人，一老一少，父子两个。门跟前的人有个头疼脑热，不想到镇医院去了，就到王医生那儿去买一些药。王医生话不多，听来买药的人说完症状后，就在桌子上摆开几张裁好的方形麻纸，从药架上拿出病人要吃的药，分成几份，然后倒在麻纸上，包好递给买药的人。买药的人走了之后，他又打开自己的药书看起来。一开始门跟前的人只知道他是一个医生，没想到他还会拉二胡。夏天的午后，他就拉起二胡来了。时间长了，人们就习惯了。"济生"诊所旁边卖机砖和机瓦的房日新说："现在我一天不听老王的二胡声，晚上就睡不着觉。"

往街中心那边走，西祥庄建材店的秦修齐这时候正坐在电扇下面的桌子上写毛笔字。他坐得端端正正，有力地握着手里的毛笔，笔下的每一个字看上去都遒劲有力，就像他的人一样。时间长了，人们在西祥庄的红白喜事上一看见红纸白纸的对联，就知道是他写的。西祥庄人家里过事，都爱拿着一盒烟去请他写字，他总是有求必应，乐此不疲。西祥庄村里、地里大大小小的苹果园房子上面的标语，都是村里请他刷写的。

这时，天已经完全凉下来了，秦修齐的建材店门前，在秦城师范学院音乐专业学习的女儿天籁正在组织一群孩子表演舞蹈。天籁正在一遍遍耐

心地纠正着每一个孩子的动作，然后又走到孩子们的前面，伴随着放在门口的音箱里的音乐，给孩子们做起了示范动作。路边围了一大群人，他们说着笑着指点着，看得入神极了！当爸妈的看着自己孩子的表演，就像看见了孩子的未来一样。这时，一辆大车过来了，不断地按着喇叭，他们才一时醒过神来，赶紧挪开。

路对面，几个女人坐在细省家门前，和他的媳妇玉娥围成了一圈，有的织毛衣，有的钩拖鞋，有的拿着纺锤合线，有的在纳鞋底。不时从她们那儿传来一阵阵爽朗的笑声。在她们的身旁，是一秆秆静静地开着白色、粉色、紫色、红色花朵的蜀葵和格桑花。频婆街上的人近来流行一种新的时尚，大人小孩都喜欢穿家里的老婆或者母亲钩的毛线拖鞋，对于街上商店里集日里货摊上卖的塑料拖鞋倒不怎么感兴趣了。街上，一辆辆车、一个个人过来过去，她们一会儿停下手里的活看看路上的车和人，一会儿又回到自己手里的活上去，每个人的脸上都洋溢着惬意！

这时的频婆街，在温柔阳光的照耀下，在路边一排排垂柳的轻抚下，看起来是如此美好和谐，惬意得让人真想给它一个大大的拥抱。

下午，从太阳雨洗浴中心洗完澡走到家门口的时候，楚默然看见母亲和几个邻居大婶站在大门口说话，在几个人中间，他发现了大胜他妈，他便先回家去了。

过了一会儿，母亲从外面回来了。

"妈，我刚看见大胜他妈和你们说话。大胜结婚了吧？"楚默然问。

"前年你上大学那一年就结婚了，娃都两岁多了。"母亲说。

"时间过得挺快的。想着我上初一那一年，大胜考上了大学，他们家叫的唢呐待客的情景。"

"都七年了。"

"那大胜有了孩子，大胜他妈怎么没去给看孩子？"

"刚回来。"

"怎么不待了？"

"和大胜的媳妇不好相处。"

"怎么回事？"

"儿媳妇是南方人，每天吃米饭，你姨习惯了吃面条，总感觉吃不饱。城市人吃饭用小碗，最多两碗就够了。城市的两小碗还没有咱们农村一碗多，你姨说她没吃饱，还想吃，可是看人家媳妇已经不吃了，她也不好意思再要了。"

"在自己儿子、儿媳妇跟前，那有什么不好意思的？"

"和在自己家里还是不一样。再说，你姨做的饭，大胜的媳妇觉得味道不对，也不吃，就自己到外面去买一份凉皮回来吃，也让你姨感到不好意思。"

"那不能相互克服一下吗？时间长了不就习惯了吗？"

"哪像你想的那么容易。习惯了，一下子就改不了了。还有洗碗的问题。咱们这儿的人习惯了洗完碗后，用抹布擦干净就行了。可大胜媳妇不是这样的，洗碗的时候，水接在池子里，一个碗接一个碗地洗，不是用抹布擦干净的，是用水冲干净的。你姨说她看着心想，这样洗碗得用多少水啊？！这水不像在家里是从井里绞上来的，都是要掏水费的。她就给大胜的媳妇说你们这样洗碗太费水了，结果大胜的媳妇就有点不高兴了，说你姨那样洗碗，碗里会留下多少细菌啊，那样对人的身体有害。你姨说我用抹布洗了一辈子碗筷，我们家开了一辈子饭馆，也没有人说我的碗里有细菌。结果儿媳妇说了一句，以后让大胜洗吧！"

"年轻人和父母的观念不一样。"

"观念不一样，是要拿钱不一样哩！在城市生活，走一步路都要钱，不像在家里。不知道节省，怎么能过好日子？！"

"人家愿意花那个钱，就能挣来那个钱。"

"你以为钱就那么好挣吗？也不知道你以后的媳妇会怎么对待我。"

"我的媳妇还不知道在哪儿呢！"楚默然笑着对母亲说。

25

大三开学后的一天，吃完晚饭后，楚默然靠在被子上，正在翻看刚买来的新一期《读者》，这时他听见一阵敲门声，赶紧下床去开门，是中文系的朱志勇。这一回是来找他的。朱志勇来找楚默然，多么像物理系的黎明来找于扬啊！这样的场景每天都在重复着。

没有想到，这一回朱志勇给他找了一个活，原来秦西人民广播电台的文台长写了一本《法门寺揭秘》的旅游专著，为了让来自世界各地的游客更进一步认识法门寺这一世界佛教圣地，他想找人将这本著作翻译成英文出版发行。

"我知道你是学英语专业的，这一学期你们开始学汉英翻译了，所以想请你翻译一下这本著作，不知道你愿不愿意？"朱志勇问楚默然。

楚默然没有想到，就这样遇上了一次重要而难得的机会，这真是生活可爱的地方！他想了想说："行。"

"那好，你看能不能再找一个人，你们两个一块儿翻译这本著作，文台长想尽快出版这本著作。"朱志勇说。

"那我去问一下隔壁的秦汉洋，你先坐着等一会儿吧！"楚默然说。

告诉了秦汉洋这件事后，秦汉洋也很快就答应了。朱志勇见了秦汉洋，又把刚才的话说了一遍。

朱志勇说："文台长说了，翻译完了以后，报酬是每人一千元。好好

干吧！你们肯定行的，我要是会翻译，我都想干这件事。你们两个既然愿意干这件事，那我就和文台长联系，你们明天去文台长的办公室，具体细节和他谈。"

第二天下午上完课后，楚默然和秦汉洋相约一起去了秦西人民广播电台文台长的办公室。文台长又是让座，又是倒水，然后告诉他们两个关于翻译这本著作的事情。说完后，文台长给了他们每人两本《法门寺揭秘》，这是一本棕色封面、看上去并不厚的书。最后，文台长告诉了两人他的办公室电话和手机号。他说翻译的过程中如果有什么不懂的地方，随时和他联系。

谈完了所有的事项后，楚默然和秦汉洋每人拿着一摞印有"秦西人民广播电台"抬头的稿纸从文台长的办公室出来了。已经到了下班的时间，街上车水马龙，人来人往。此刻，他们则开始考虑怎样翻译这本书的问题。

从这一天开始，除了上课之外，楚默然和秦汉洋的工作就是翻译《法门寺揭秘》这本书。他们两个人做了分工，楚默然翻译书的前面一部分，秦汉洋翻译书的后面一部分。他们有时是去教室，有时是去图书馆。不管去哪里，都是书包里装着《法门寺揭秘》这本书和一沓稿纸，他们的手里则换上了一本《汉英大词典》。

虽然楚默然已经答应了翻译这本旅游著作，但真正翻译起来，让他感觉到这并不是一件容易的事情。这其中的原因，一是他对于佛教方面的知识并不了解，所以即使是查《汉英大词典》也未必能翻译得很准确。其次他觉得文台长的一些语言表达也不是那么符合逻辑。他想，如果自己去写的话，绝对不会这样写。

楚默然买了一张电话卡。在翻译的过程中遇到不懂的问题，他就去和秦汉洋商量，或者打电话给文台长。这样，一些问题总算迎刃而解。这学期，学校给每个宿舍安装了一部电话。楼道里，总能听到不同宿舍传来的此起彼伏的电话铃声和煲电话粥的声音。

……

时间一天天在过去，楚默然已经习惯了这个工作。经过一个多月的辛苦奋战，他和秦汉洋终于完成了全书的翻译。他们一直在等这一天，这一天终于来了！对于他来说，他多么渴望和杭惜妍一起分享这样一份艰辛和不易的劳动果实啊，但是她却离他而去了。

　　这一天，阳光依旧是如此灿烂，校园里梧桐树上枯黄的叶子在黄澄澄的阳光里挣扎着，最后慢慢地落下，仿佛是对生命深情的告别。下午没有课，楚默然和秦汉洋商量好一起去见文台长。

　　到了文台长的办公室，翻看着他们翻译的厚厚的一摞文稿，文台长的脸上露出了灿烂的笑容。然后，文台长从抽屉的一个信封里给楚默然和秦汉洋每人抽出了一千块钱。过了一会儿，文台长说："小楚、小秦，你们两个能不能给我再帮一个忙，帮我将你们的手写稿输入电脑，这样我给出版社的时候他们也好进行编辑校对。"

　　"文台长，我们现在还没有电脑。"秦汉洋说。

　　"那你们能不能想想办法？我再给你们一千块钱。你们的手稿，你们认起来比较容易，要是换成别人容易出错。"文台长说。

　　"我想起来了，我的一个老乡那里有一台电脑，看能不能在他那儿输入。"楚默然说。

　　"那太好了！到时候你给上人家五百块钱吧！"文台长说。

　　"那好吧！我跟他联系一下。"楚默然说。

　　出了秦西人民广播电台的大门，秦汉洋说："终于可以缓一口气了。走，我们今天去庆祝庆祝！"

　　"走，我们去老孙家吃羊肉泡馍，我请你吃饭！"楚默然说。老孙家的羊肉泡馍中外闻名，一碗二十块钱，以前他总舍不得吃，今天他们要好好犒劳一下自己。

　　在秦西市上大学以后，除了员成荣和王胜强这两位楚默然初中时的同学以外，经过他们的介绍，他又认识了秦向城。频婆街人口中的这位传奇的农民之子第一次出现在了他的面前，只见秦向城雪白的衬衫束在一条熨烫得十分平整的淡蓝色长裤里，脚上穿着一双擦得锃亮的皮鞋，有一头左右偏分梳得非常整齐的头发。秦向城依然说着一口纯正的频婆街乡音，这让他一时感到很亲切。从言谈举止中他感受到了秦向城人生的成功，以及这种成功所折射出来的魅力。他在想，大学四年后，他的人生会不会就是秦向城现在的这个样子呢？

秦向城租住的房子和工作的含光集团就在离秦西师范学院不远的地方。因为相距不远，楚默然就经常到秦向城租住的地方去聊天。又因为年龄相近，楚默然就亲切地叫他向城。

在秦向城的家里，楚默然第一次见到了他的父母。楚默然想象中个子低矮、弯腰驼背、满脸胡子、戴着一副茶色石头眼镜的向城"父亲"，原来是一位个子高挑、面容清瘦、衣着整洁的老人，他这时才明白自己是把南街村的另一个人当成了向城的父亲。向城的父亲叫秦含玉，他是频婆街上的一个名人，他之所以有名是因为他是一个给人钉锅的人——给人钉锅的人，在频婆街人的语气之中，那是社会地位低贱的象征，但是他却靠钉锅的手艺培养出了一个中专生，这两者之间似乎有着极大的反差，但又似乎顺理成章。于是，频婆街上的人就拿他家的境况做教材，教育自家在学校里不好好念书的娃娃——含玉家是什么条件，可是人家培养出了多么成器的娃娃。我一天给你把好吃的好喝的供上，你就把书给咱念下这么个眉眼，我看你还是去学校里把摊子打折了算了，回来给咱种植地里的二亩苹果园，把你大的人在学校里少丢上些！——这是频婆街农民的语言。结实而解气。至于这番以含玉和向城父子为例的话对于自家的儿子到底能起到多大的作用，就不得而知了。含玉和向城父子两个人就这么自豪地活在频婆街人的口中。

周末，楚默然常常中午吃完饭后去向城家闲聊，快吃晚饭的时候，向城留他在家吃饭。有时是向城的媳妇做饭，有时是向城的母亲做饭。她们做饭的时候，向城出去买馍。过了一会儿，向城就提着一塑料袋雪白的，

还冒着热气的馒头和凉菜回来了。吃饭的时候，向城总是劝楚默然多吃点，不要客气，说在他这儿就像在自己家里一样。这让楚默然的心里有一种暖暖的感觉。楚默然笑着说："你和嫂子这么热情，以后我还不把你们烦死！"向城笑着说："家里整天就我们几个人，才能把人闷死呢！"

当路灯已经照亮了整个含光路大街的时候，楚默然才从向城的家里悠然地走出来。这时，天已经完全黑了，灯火通明的含光路上到处是人：有挽着双手在人行道上散步的情侣；有在水果摊前买水果的中年职工和学生；有刚从工地上回来、穿着一身沾满了灰尘的工装的农民工；还有在路灯下摆着杂货摊、书摊等，说着一口四川话、河南话的小摊贩。这时的含光路，让人感到惬意极了。

回校的路上，楚默然想，毕业后他的生活是不是就如徜徉在含光路上散步的那一对对情侣，是不是如同向城这样看上去温馨幸福？这些，他真的还不知道，也许只有时间最终才能揭开谜底。

这个周末，当楚默然告诉向城想用他的电脑输入他们的翻译文稿这件事情的时候，向城非常爽快地答应了。因为向城提供的便利条件，这件事情如同快马加鞭，不久就完成了。

这一天中午，当楚默然从图书馆回到宿舍后，令他意想不到的是，半年多没见的寒笑姨和一个与她年龄差不多的男的坐在宿舍里。他顿时明白了，这个男的一定就是新姨夫。在电话中，母亲曾跟他提起六外婆帮姨又找了一个人的事情。仔细看上去，只见这位新姨夫中等身材，一头短发，脸庞清瘦，看上去十分精干。

"姨，你们怎么来了？"楚默然吃惊地问。

"我和你姨把家里卖剩下的一些苹果拉到秦西来准备卖了。"新姨夫用一口迥异于频婆街的方言说。

"现在卖得怎么样了？"楚默然关切地问。

"已经卖完了！"姨说。

"那就好！"楚默然笑着说。

"我们顺便给你带来了一箱子苹果。"姨告诉楚默然。这时，他看见在床底下放着一个写有"高原红"字样的土黄色的大苹果箱子，多么熟悉的苹果箱子啊！上高中的时候，他和父亲常常去装卸这种苹果箱子。

"姨、姨夫，我带你们去学校食堂吃饭吧！"楚默然说。

"咱们去学校外面边吃边聊吧！"新姨夫说。

"那好吧！那你们先洗一下。"楚默然说。

"好！"姨说。

楚默然拿出了床底下的脸盆和搭在床头的毛巾，姨和姨夫洗完后，他们一起走出了宿舍。

三个人在嘉惠市场的一个饭馆里点了五个菜，每人吃了两碗米饭。能和姨、姨夫在秦西市坐在一起吃饭，楚默然感到亲切极了！吃完饭后，从饭馆里走出来，他让姨和姨夫回宿舍坐一坐。姨说他们下午就要回去了，回去了还要收拾地里的树股子。在市场大门口，姨和姨夫坐了一辆出租车走了。站在路边，他久久不想离去。送走了姨和姨夫后，他一个人孤零零地回到了宿舍。想着姨又开始了新的生活，他感到欣慰极了！

元旦的时候，楚默然去了一次西安。

当火车快到西安火车站的时候，透过车窗，他望见了那高大雄伟的城墙，一种威严的感觉迎面而来。到底是千年古都，和秦西市完全是不一样的气质。他心里想：生活、工作和学习在西安的人，不知是一种什么样的感觉？

晚上，楚默然躺在高中时的好友刘福的舍友的床上——他现在在秦省经贸技术专修学院上学，宿舍里的人都到钟鼓楼广场狂欢去了——不知为什么他们的热情如此之高，也许青春活力四射的他们就是要以这种方式迎接新千年的来临吧！陌生的宿舍里只剩下了楚默然一个人，他不想出去，白天在西安市跑了一天，他觉得有点累了。

快到12点时，不断传来一阵阵震耳欲聋的鞭炮声，宿舍的窗子玻璃上不断映现出升上夜空的五彩斑斓的烟花，整个城市在以这种喜庆狂欢的方式迎接新千年的到来。

2000年来了！

欢迎你，新的千年！

对于此刻的每个人来说，一夜跨过千年！这真是一个意味深长的千年之夜。

这个夜晚，楚默然突然有点想杭惜妍。此刻，她正在干什么呢？不知为什么，楚默然的心里总是放不下她。杭惜妍是他在秦西师范学院中文系郑英她们宿舍认识的一个女孩，楚默然觉得她就是自己梦寐以求的那种女孩子，或者说简直就是他的精神偶像、心中女神。可是他们之间有缘无分。在这学期十月份最后一天那个天气阴郁的中午，在丝丝的秋雨中，她的一席话让楚默然的爱情梦想彻底破灭了！那天，楚默然不知道自己是怎样从孔雀河上的桥边走回宿舍的，他只觉得自己的周围被一团厚厚的黑雾包围了起来。无论坐在宿舍的床上，去食堂吃饭的路上，还是看书的教室里，走到哪儿这团黑雾就跟到哪儿，他觉得自己窒息得快要死了！

唉，在这千年相交的时刻，在这个陌生的宿舍里，楚默然想着自己痛苦的情感心事，这是一种何其痛苦的人生感受啊！

差不多是一个不眠之夜！楚默然不知道自己最后是怎样睡着的。

第二天早上起来，天阴沉极了，最后竟然飘起了雪花。新千年的第一天，似乎和旧千年的最后一天并没有什么区别。人们翘首以待，以各种方式迎来的，难道就是这样的新千年第一天？至少，应该是一个温暖和煦的日子吧！可是，没有，什么也没有，甚至连昨天的天气也不如。

不知道世界上其他地方的今天是什么样子的，古城西安就是这个样子的。可是，谁也无法否认已经跨入新千年。新千年就以这样的方式来了。理性地想一想，不管新千年的第一天是什么样的天气，从此以后它带给人们的却是新的时间意识。就像一个人到了二十一岁，虽然这一天和二十

味

岁的最后一天没有多大区别，但当人们说起这个人时，就会说他已经是二十一岁的人了。人们对他的要求变了，他自己也应该变了！

20世纪，从此成为一个渐行渐远的纪念。唯愿在20世纪没有得到的，在21世纪会得到，比如爱情。

正月初五这一天，早上吃饭的时候，母亲对楚默然说："我们吃了饭去看一下你姨奶吧，听说你姨奶生病了。"妹妹说："我也去。"母亲说："好吧，咱们一起去。那一年生下你的时候，多亏你姨奶来给咱们洗衣服和做饭。"

姨奶住在驰道乡第五伦村靠近沟边的一个破破烂烂的窑洞里。站在沟边的窑洞前，让人能深刻地感受到所谓高天厚土的味道。

当楚默然和母亲、妹妹进到一时漆黑得伸手不见五指的窑洞里的时候，姨奶正一个人呆呆地坐在靠近窗子的那一方小小的土炕上，窗子上面糊着落满了灰尘的塑料纸，在一阵阵的寒风中发出瑟瑟的声音。

楚默然和母亲、妹妹的到来，让姨奶一时感到很突然。他一进门叫了一声"姨奶"，姨奶一时还没有反应过来，后来看见母亲和妹妹紧跟着进来了，这时姨奶才认出了他们，她关切地说："今天这么冷，你们娘儿仨怎么跑来了？鞋脱了，快上炕来！"姨奶说让楚默然娘儿仨上炕，自己却从炕上下来了，然后迈着小脚，从靠近炕边的案板上拿了一个黑色的瓷碗，又从靠墙的那个黑色的木柜里用双手满满地掬了几大捧瓜子、花生和糖端到炕上来。

"默然、鸣雁，吃碗里的花生。"姨奶在一边提醒着他们，楚默然和妹妹则四处打量着姨奶所住的窑洞。这是一孔年久失修的窑洞，窑洞上面有些地方的泥皮已经脱落了。

"姨，你最近身体还好吗？"母亲关切地问姨奶。

"唉，前一段时间，老觉得喘不过来气。稳远、雪梅他们带我到县医院去看，挂了三天针，现在好多了！你娘她身体好吗？"姨奶问母亲。

"我娘她天一冷就是腿疼。"母亲说。

"唉，那都是早年留下的病根，那时我和你娘还有你孙家屯庄的那个姨，从小家里没有吃的穿的，冬天就是几条单裤子套在一起过活。"姨奶说。

"过去的人可怜，没吃的穿的。那时人都一样，现在生活好了！"母亲安慰道。

"过年前，雪梅和稳远来过，让我到他们家去过年。我不想过去，人家家里有老人。最后，他们就给我买了两袋面、一桶油、十斤肉和一大堆青菜，给了我五百块钱，说是过了年以后让我去他们家住上一段时间。"说着，突然姨奶流泪了，声音有点哽咽。

母亲安慰姨奶说："姨，你不要难过，雪梅、稳远他们看你一个人住在这儿不放心。你年龄大了，万一有个头疼脑热，也需要人照顾。"

姨奶掏出手帕，擦了擦眼角，说："我也是土都埋到脖子跟前的人了，再能活几天？我不想连累孩子。这个黑窑洞我守了一辈子了，我离不开呀！"

"姨奶，您身体好着呢！您一定能活到一百岁！"楚默然在旁边安慰着姨奶。

"傻孩子，我要能看到你把媳妇领回来就好了。我已经八十多岁的人了，人活多少是个够呀？我活得岁数都已经超出来了！"姨奶对楚默然说。

外面，天空的颜色像土一样，仿佛要塌下来。突然吹来一阵寒风，它们从窗缝里、门缝里挤了进来，好像要看看姨奶的窑洞一样。楚默然朝窗子外面望去，浑身感到冷飕飕的。

不知不觉一个多小时过去了，楚默然悄悄地对母亲说："妈，时间不早了，我们回家吧！"

母亲说："等一会儿，我和你姨奶再说会儿话，平时又没有时间来看你姨奶。"

楚默然静静地听着母亲和姨奶说话。他不时地打量着窑洞的四周，又看看窗外。漆黑的窑洞后面，一前一后两条凹凸不平的长凳上放着一具黑色的寿材，上面铺着落满灰尘的塑料纸。窗外，土一样阴沉的天空仿佛真要塌下来了。

过了一会儿，母亲对姨奶说："姨，今天家里还有一些客人要来，我们就不多待了。现在天气还冷，你要多穿点衣服，注意不要着凉。"

"刚来就要走，等吃了饭再走吧！"姨奶嗔怪着说。

"姨，正月二十我们街上要唱戏，到时候让食力来接你去看戏，你一定要来。"母亲对姨奶说。

临走的时候，母亲从口袋里掏出一百块钱递给姨奶，姨奶怎么说也不要，母亲就塞在了姨奶的上衣口袋里。然后，从姨奶烧得很热的炕上下来，从提包里掏出给姨奶拿来的点心、奶粉和水果。

姨奶跟着从炕上下来，说："你们人来了就行了，还拿这么多东西，这得花多少钱呀！"

"姨奶，您多保重身体，那我们走了。"楚默然对姨奶说。

"姨，你不要出来了，外面天冷！"母亲对姨奶说。

"我就在自己家里，能有多冷！"姨奶说。

"姨奶，再见。"妹妹对姨奶说。

"路上有雪，小心路滑。"姨奶叮咛道。

"没事的，姨你回去吧！"母亲对姨奶说。

楚默然推着自行车回过头去，看见姨奶站在那孔已经被风蚀得遍体鳞伤的土窑洞前，稀疏的头发在新年的微风中不断地跌倒又爬起来。

因为上一学期和秦汉洋翻译了《法门寺揭秘》一书，楚默然觉得和法门寺之间似乎建立了一种缘分。在大学生活剩下的时间里，他决定去一次法门寺，对于热爱旅游的他来说，也算不留下什么遗憾。

5月份的一个周末，楚默然终于乘车从秦西市去了位于扶风县的法门寺。这个世界级的佛教圣地，这个此前对他来说只是一个概念的地方，现在终于真实地出现在了他的眼前。

在法门寺景区的旅游商店柜台里，楚默然看到了自己和秦汉洋翻译的《法门寺揭秘》一书静静地躺在橱柜里，不知会有多少外国的游客购买这本书。此刻，他多么想告诉老板一声："这本书是我翻译的啊！"但最后话还是留在了嘴边，任它静静地躺在那儿。在别人看来，这只是一本书而已。可是，对于楚默然和秦汉洋来说，他们明白这本书背后的故事。

这个暑假，楚默然没有回家，而是在学校图书馆举办的电脑培训班学习办公自动化操作系统。他在从学校斜对面的嘉惠市场进去的杨家村租了一个小房子，对于学校里的宿舍生活，他似乎有点厌倦了。

楚默然的内心，多么希望能够在这个暑假里邂逅一位美丽的女孩子，乃至一次美好的爱情。可是爱情这样的事情可遇不可求，即使你从白天等到黑夜，望眼欲穿，它来不了还是来不了，这样一天天等下来，降临的不仅是浓郁的暮色，还有你忧郁的心情。既然如此，你就不用再等了，你的爱情20世纪来不了了，还有21世纪。你只是在等待一场姗姗来迟的爱情，可是还有许多事情在等你。

每天早上醒来后，楚默然都发现自己躺在一个陌生的屋子里，慢慢地他才让自己适应过来。然后，赶紧起来洗漱完毕，便带着《计算机教程》出门去学校了。

中午上完课，要么在学校的食堂吃饭，要么在嘉惠市场吃饭。市场里卖羊杂碎的老板好像已经记住了他，看他远远地走来，就热情地笑着朝他招手："吃啥？里边坐！"他觉得自己简直已经被老板俘虏了，不过他确实已经习惯了在这家饭馆吃饭。吃饭的时候，老板就站在他的前面，一边招揽着路过的行人，一边得意地用左手将一沓按顺序排列起来的钱从右手里拿起来，又在右手心里狠劲地摔一摔。这一天，楚默然去离这家饭馆不远处的一家兰州拉面馆吃饭，细长的拉面、浓郁的羊汤、喷香的芫荽、晶

味

259

莹的萝卜片、旺红的油泼辣子，这些看起来都诱人极了！这是他第一次吃兰州拉面，味道还不错。可是，好饭经不住三顿吃，吃了两天后他就对兰州拉面有点受不了了，他又想吃其他的饭了——准确地说，他还是习惯了吃羊杂碎，吃炒面，吃学校里的饭菜。

主人家的房子除了楼下正中他们居住的地方以外，全都租出去了。楚默然心里想，他们可能每年光房租都花不完，自己家要是像人家这样就好了。晚上，房子里热得人一时睡不着觉，房客们就端个凳子出来坐在院子里或楼道里乘凉。主人也出来了，房客和主人就坐在一起说话，看上去就像一家人一样。抬头望上去，天上没有月亮，却繁星点点，一阵风吹来，让人感到惬意极了！

楼上住着一个小伙子，身材高大匀称，经常穿着一件雪白的衬衫、一条蓝色的牛仔裤，留着偏分头，每天下班回来后就在屋子里练字画画。晚上，他也出来在院子里乘凉。原来，他就是李舜泽说的他老乡习敏华。很快，楚默然和习敏华两个人便熟悉起来了，从学校里回来后，楚默然一有空就去习敏华的房子里看他写字画画。在习敏华的房子里，靠近窗子的地方摆着一张长长的桌子，上面铺着一张画毡，画毡上留下了一块块写字画画时洇出的墨痕，桌子上放着装满了大大小小毛笔的笔筒和砚台、笔洗、字帖、一厚沓宣纸，墙上四周挂满了他画的山水画和书法作品。一进习敏华的房子，一阵阵的墨香扑鼻而来。画桌对面的墙边，摆放着一张低矮的床铺，床头柜前的台灯边，也摆满了各种各样的画册和字帖。这是一个迥然不同的屋子，有着一种艺术家特有的气质。

"听新闻了吗？赵丽蓉去世了。"习敏华问他。

"没有。"楚默然说。对于赵丽蓉的去世，他一时似乎感到有点吃惊，赵丽蓉去世这一则新闻，就像一个休止符，给她的人生画上了一个句号。他的脑海里立刻浮现出电视上她和巩汉林合演的小品《如此包装》里的那位身材发福，绾着发髻，脸上总是笑眯眯的老太太。

"唉，真可惜啊！她是因为肺癌去世的，只有七十二岁。"习敏华说。

"是啊，太可惜了！以后春节晚会的舞台上再也见不到她的身影了！哪里再去找像她的《英雄母亲的一天》那样引人深思的小品？！"楚默然说。

　　"她的作品让人在笑声中思考很多东西。"习敏华说。

　　"这正是她小品的价值，而不只是让人笑笑而已！"楚默然说。

　　……

　　夜深了，院子里乘凉的人陆续进屋休息去了，只剩下了楚默然和习敏华两个人。周围寂静极了，只听见周围的墙缝里不时传来一阵阵虫鸣的声音。虫鸣声让人感到了秋天的临近，这时，朝天空望去，星星似乎也困了，不再眨眼睛了，只是静静地听他们低语着。

味

26

炎热而忙碌的暑假后，就到大四了。

按照学校安排，国庆收假后就要去实习了。实习地点由学生自己选择，系上可以进行调配。楚默然选择了去雍州师范学校。

去实习的那一天，学校的教学楼前停着好几辆中巴车。车周围堆满了大大小小的包和袋子，里面装着被子、褥子、衣服、鞋和脸盆等东西。很快，车开出了秦西市，向雍州方向开去。突然，楚默然感觉到仿佛离毕业也不远了。

雍州师范学校是一所历史悠久的学校，已有九十年的历史，从这里走出了许许多多杰出的人物。每天早晨，大家跟着雍州师范学校的学生一起跑步做操。上课时间，各个教室里不时传来各种乐器的声音，这是学生们的音乐兴趣小组在活动。每天下午上课前的三十分钟，学生们在教室练习"三笔字"，每个年级的要求都不一样，从一年级到三年级分别是粉笔字、毛笔字和钢笔字，班主任老师在教室里耐心地对每个学生进行指导。课余时间，学校在教学楼后面的操场组织各种体育活动，大家常常去看学生们组织的一场场比赛。唉，楚默然他们虽然也是师范学校的学生，可是同现在教的这些学生比起来，除了能教一门可怜的专业课以外，吹拉弹唱、琴棋书画，他们会什么呀？这时，楚默然突然想起了小学五年级时教他们语文的励老师。

和外语系一起实习的还有中文系和政法系的二十多名男生。学校安排他们住在一个专门开辟出来作为宿舍的大教室里，床是双层床。每一天，每个人都在寻找着当老师的感觉。白天，他们认真备课、上课，课后认真批改作业，晚自习时间他们就去教室给学生进行辅导。

　　每天吃饭时间，校园广播开始播放英语。学生对英语学习抓得很紧，很多人觉得这是他们的一个拦路虎。学校除了一个大食堂外，还有一些小小的饭馆。去吃饭路过的时候，楚默然看见一个衣着破旧的学生正蹲在一家小餐馆门口吃饭。他的眼睛突然变得有点潮湿起来，他想起了上高中时蹲在学校食堂外面的木椽上吃饭的情景。在食堂的饭菜窗口大家排队打饭，然后围坐在一张大圆桌旁吃饭。食堂里每隔三天做一次羊肉泡馍，似乎是改善学生生活的一种象征。大家都对羊肉泡馍很感兴趣，自然这也是他的最爱。偶尔有学校的老师进来，打一份菜，买两三个馒头，要么带走，要么在食堂吃。本校老师有专门的个人餐具柜，吃完饭刷洗碗筷后就放在里面，然后锁上柜子。在雍州师范学校，他才知道，人们在吃早饭时是不喝稀饭的，只有在晚饭时才喝，这儿和他们豳邑县不一样。不知道别人感觉怎么样，他总感觉一时难以适应过来，不过慢慢适应吧！英语讲"Do in Rome as the Romans do（入乡随俗）"，风俗习惯这东西，当你想象的时候，你觉得神往好奇，可是当你真正需要融入它的时候，却是一种严峻的考验，甚至是一种十分痛苦的折磨。

　　一天晚上，学生早已下了晚自习，当楚默然从所带课班级的班主任孙老师的办公室聊天出来时，在校园宣传栏前昏黄的路灯下，他发现有几个学生手里拿着书，还在走来走去地念着什么。他本想劝他们回去休息，时间已经不早了，但他最终还是没有说什么，只是静静地走开了。一股热流似乎涌上了他的心田，久违了，这样的场景。他突然想起了四年前在豳邑中学同学们在教室里点着蜡烛学习的情景。唉，在大学里，再也见不到那样的场景了。

考研报名开始了。楚默然以为远在雍州师范学校就可以使这件事与自己无关。这真有点掩耳盗铃或者说鸵鸟心态了。有一天，带队的温老师还是告诉了他们报名的时间。

对于考研这一件事，他一直很犹豫，他觉得自己考上选择的美学专业的可能性并不是很大。因为犹豫，所以就变得折磨人。经过痛苦的思考后，他还是回学校开了介绍信，然后和数学系的一个老乡刘苗一块儿报名去了。说是老乡，其实此前他们根本不认识，他只知道她的老家在豳邑县而已。

说起来，他选择报考美学这门专业真有点异想天开。那是有一天他在学校图书馆的考研招生简章中看见了"美学"这个词，他才第一次知道了世界上还有"美学"这个名词，看来上外语系让他眼睛向外的同时，对他也造成了很大的封闭。不管怎么讲，他还算是一个爱美的人。就这样，他开始按图索骥，去找杨辛和甘霖著的《美学原理》学习，那是他在美学专业上的启蒙老师，后来他还看了叶朗的《中国美学史大纲》以及朱光潜的《西方美学史》。虽然这些书他看了一遍又一遍，但毕竟隔行如隔山，书上的那些概念虽然也不是完全理解不了，但一放下书，总觉得心里还是一团麻。

回到学校的那一天晚上，宿舍里看上去空荡荡的，再也没有了往日喧闹的生气。楚默然独自一个人躺在只剩下一床褥子的床上，他感到有点落寞。不知为什么，他有点想杭惜妍。此时，杭惜妍在干什么呢？他想给她打个电话，可是他没有勇气。因为他们已经"分手"了，那他就没有多少理由也不好意思再约她见面了。

校园里很安静，刚刚下过的一场雪让校园在一阵阵的冷风中更是增添了一丝丝寒意，已经结冰的厚厚的地上落满了一片片干枯的梧桐叶。教学楼前竖立着关于"119"防火常识的宣传板报和庆祝第一个记者节的宣传画。

二十多天没有回到学校，学校里竟然变得有点陌生了。楚默然好像回到了阔别几十年的母校一样，他一个人也不认识。只见学校里其他年级的学生三三两两，出出进进。他们仿佛很悠闲地享受着大学的美好生活，而这一切却与他无关。

楚默然最终还是忍不住落寞，拿起了宿舍的电话。不过电话不是打给杭惜妍，而是打给了江惠敏——无论从哪一方面来讲他都不能随随便便再给杭惜妍打电话了，虽然偶尔他们也在路上见面时问候一下。

江惠敏是楚默然认识的另一个开朗活泼的女孩，在历史系上大二。从他们第一次见面时聊天开始，他们之间的谈话就很投机，一点也没有拘束的感觉。没有想到，这时江惠敏正好在洗衣服，他的电话让江惠敏有点惊喜。楚默然说："洗完衣服后，我请你吃饭。"江惠敏笑着说："为什么呀？"他说："高兴呀！"唉，他真不知道他高兴什么。

打完电话后过了十分钟，楚默然走下楼去在"紫藤楼"下静静地等江惠敏。过了一会儿，江惠敏下楼来了。她穿着一件白色的羽绒服，里面是一件棕色的高领毛衣，一条黑色的裤子，看起来清爽极了！然后，他们便一起去嘉惠市场吃饭。楚默然想吃炒面，他问江惠敏想吃什么，她说吃米线。吃完饭后，江惠敏说："我们沿着孔雀河走一走吧？"楚默然说："我们还是去秦西青铜器博物馆那条路吧！"江惠敏笑着问："为什么？"楚默然说："你以后就知道了。"路上，楚默然告诉江惠敏："明天我要去西安考研报名了！"江惠敏笑着说："祝你一切顺利。"楚默然说："谢谢！"

考研报名结束了，楚默然准备回雍州师范学校了。走的那一天下午，江惠敏给他打来电话，这是他们此前的约定。两个人又去嘉惠市场吃了一顿饭。吃完饭后，江惠敏在路边的水果摊前买了一些橘子递给他，让他坐在班车上吃。这让他有点意想不到，也让他有点感动。

此刻，楚默然觉得秦西市的阳光如此灿烂，生活也如此美好。

大学的最后一个寒假让楚默然五味杂陈。

这一天早上，正在吃饭的时候，邻居常建国来了，他递给了楚默然一封信。他没有想到这个时候会收到一封信，一看信封，竟然是从县农业局寄来的。他立刻明白了信是林阳写的，于是便迫不及待地撕开信封，拿出信来认真地读起来。看到最后，他终于明白了，原来这是林阳写给他的一封"绝交信"。最后留在他心里的只有一句话："我们之间有很大的距离。"

　　唉，说起来真可笑，上大学这几年来，楚默然和林阳竟然一直保持着书信联系——当然，林阳和其他男生也有着书信联系。他们之间可谓你来我往，中英文俱有。不知道男孩子是不是都喜欢自作多情，因为一个女孩子和自己通信，就认为对方喜欢上了自己，然后就把对方天真地想象为自己的女朋友了。事实是，远在西安的林阳并不这么认为。楚默然明白林阳给他写这封"绝交信"的原因了。上一次林阳给他寄来一封信，信封上面的邮票倒贴着。以前不知道从哪一本杂志上看到的"文化"，就像戒指戴在不同的手指上代表不同的意义一样，说是一封信上邮票的不同贴法也代表不同的含义，尤其是在男女爱情方面。对于青春敏感期的楚默然来说，似乎想从一切细节捕获林阳对他的感情信号。对于信封上倒贴的邮票，他以为这是林阳向他发出的感情暗示，落花有意，流水岂能无情？于是，他便给林阳写去了一封热情洋溢的信，婉转地表达了对她的一片深情。

　　现在，看完林阳写的这封"绝交信"，楚默然觉得自己真是可笑到了极点！林阳那封反贴着邮票的信件，其实根本没有任何意思。她或者是不小心而为之——楚默然发现许多女孩子在生活中并不像在打扮上那样是一个有心人，她们不会有那么多的心思。又或者只是逗自己玩玩而已，而自己竟然像个傻瓜一样，完全当真起来。世上只有藤缠树，哪有树缠藤的道理？

　　早饭，母亲做了一顿美味佳肴，可是楚默然却吃得沉重极了，尝不出来一点味道。此刻，他无法将自己复杂的心情告诉母亲，他只能在心里咀嚼林阳的这封信带给他的各种味道。

味

从此，楚默然只记住了林阳信上的这一句话："我们之间有很大的差距。"确实，他们之间有很大的差距。林阳是鄜邑县农业局一位干部的女儿，她是一所名牌大学的学生。而楚默然，只是一个穷苦农民的孩子，一所普通大学的学生。他们之间怎么可能没有差距呢？！林阳说的确实是事实，只是，楚默然觉得自尊心受到了一种巨大的伤害。此刻，他觉得自己仿佛变成了一只癞蛤蟆。

赵教授进教室来了！站在讲台前，他首先从包里拿出一本厚厚的《名人大词典》，翻到其中的一页，叫学习委员金丝燕上来给大家读一读，原来上面是他的个人简介。

听着关于赵教授的简介，同学们一时都傻眼了！过去常听人说一个人扎势得很，这才叫真的扎势啊！赵教授啊，学生们不服你不行啊！

赵教授是秦西师范学院的名师，以前只是听同学们说起过，据说他前几年到美国做访问学者去了，是这一学期才回来的。楚默然心想，这真是他们这一级学生的幸运。然而，令他以后十分感念赵教授的事情还在后面。

赵教授不知道从哪儿听说了楚默然和秦汉洋合作翻译《法门寺揭秘》一书的事，一天，班长何英跑过来告诉他，让他把翻译的这本书给赵教授拿去。这时，他才知道秦西师范学院要举办"第二届大学生科技学术节"，赵教授要推荐他们翻译的这本书。这让他一时心里感到热乎乎的。已经进入花甲之年的赵教授真是一位需要他终生铭记的好老师啊！按照何英告诉他的地址，他赶紧将书给赵教授送去。看了他们翻译的书以后，赵教授和蔼地对他说："楚默然、秦汉洋，你们两位同学好样的！继续努力，你们一定大有前途！"楚默然则感激地说："赵老师，谢谢您的鼓励！我们一定再接再厉，继续努力。"

上一学期实习回来后，同学们之间仿佛变得亲热多了。有一天，在教

学楼的拐角处，楚默然正准备往出走，突然碰见了辛怡婷。他们之间似乎已经好久没有联系过了。辛怡婷热情地问楚默然："你实习怎么样？准备考研还是打算先找工作？"

楚默然说："还是先找工作吧。你呢？"

辛怡婷说："我准备考研。"其实楚默然早已听班上的同学讲，辛怡婷正在西安一家考研辅导班参加培训。

楚默然笑着说："好好努力，你一定会考上的。"

辛怡婷对他说："谢谢！"

静下心来想一想，辛怡婷的"谢谢"对楚默然来说，真有点意味深长。他们之所以好久没有联系，是因为辛怡婷曾经是他两年前的暗恋对象。唉，现在想起来，他们之间真是无缘无分。可笑的是楚默然竟然想当然地将平时看上去像自己一样沉默寡言的辛怡婷当成了自己的暗恋对象。可是，他真的错了。有一次，辛怡婷好像在给他暗示一样，带着一个体育系的男生来给他还一本书，这给了他很大的刺激，他觉得不能再这样一厢情愿下去了。在他还不知辛怡婷有男朋友的时候，他总觉得他们之间要好好珍惜，他们大学剩下的时间不多了。

分别能让人成长吗？楚默然经常在心里问自己。

说了几句无关痛痒的话以后，楚默然和辛怡婷就分开了。然后，他们又朝相反的方向走去。他已经没有和辛怡婷待在一起的任何欲望了，他们之间好像什么事情也没有发生过一样。

楚默然甚至觉得，可能是快要毕业了吧，辛怡婷好像要和他重归于好一样。当然这里的重归于好，不是他们能够"破镜重圆"，而是她觉得在一般同学的意义上彼此都应该珍惜剩下的日子。

唉，不说了！时间可以冲淡一切。当年因为辛怡婷的刺激笼罩在楚默然周围的黑雾已经彻底消失了，阳光在他的头顶早已出现。

根据外语系的综合评定和推荐，报学校组织部审查同意，外语系有三名同学留校了：两名女生，一名男生。两名女生是楚默然他们班的杨梅和一班的刘晓艳，男生则是楚默然宿舍的于扬。这个消息是在同学们中间传开的。说起这些消息的时候，许多同学都带着一种与自己无关的平淡的语气。

关于留校这件事，楚默然上大学以来做梦都没有想过。在他的想象中，这似乎是高不可攀、遥不可及的事情。那可是去教大学生的啊！就像上小学的时候某一天路过一个教室，看见频婆街中学的教务主任龚忠祥老师正在给小学的老师上课一样，那需要多么渊博高深的知识啊？！他们可都是一般人只能仰望的人啊！

现在，三年多前和自己一同走进学校的同级同班同宿舍的同学，他已经成为秦西师范学院的老师了！楚默然不知道在其他同学的心目中是否有一种巨大的心理落差，他觉得他的心理落差是存在的。这不是忌妒，这是一种说不上来的滋味。回顾一下他上学以来的称号，小学的时候他是"三好学生"，初中的时候他是"好学生"，高中时他只是一个"学生"了，上大学的时候，他就是一个普通学子了。他发现，"默默无闻"这个词也在与时俱进，它过去用来表扬一个人，现在却可以用来挖苦一个人。表扬一个人是说这个人淡泊名利，任劳任怨，无私奉献；挖苦一个人则是说这个人不求上进，平庸无能，不值一提。那么大学的他就是这样一个默默无闻的人了，尽管他每天也生活在同学们中间，他也有和其他同学一样的喜怒哀乐，他也和其他同学一样说说笑笑、蹦蹦跳跳，但这改变不了他默默无闻的本质。所以，他也谈不上对于留校同学的忌妒了。以前听人说过这么一句话："有人的地方就有比较。"而在大学即将毕业的时候，这种比较的残酷性就真实地呈现在他的面前了。残酷的意思是，他内心感到很难受，但不得不接受，而且他无法将他内心的这种感受抒发出来。如果他抒发出来，在别人看来这就是忌妒，这就是不懂生活的艺术。他只能一个人在心里进行咀嚼，咀嚼生活提供给他的这种有生以来还不曾体会过的味道。

　　同前面几级留校的师兄师姐写在脸上的自豪比起来，杨梅、于扬和刘晓艳则显得低调多了，他们三个人都表现了应有的谦卑。也许在他们看来，在这个敏感的话题面前，他们自己如果过分地张扬，对于其他同学来说都是一种精神上的伤害；也许在他们看来，大学四年最后得到的这个结果，同一些同学比起来是十分幸运的；也许在他们看来，大学四年最后得到的这个结果，同另一些同学比起来是差强人意的。虽然在毕业前他们三个人和其他同学在人生的道路上已经有了这样的分别，但大家依然保持了以往的那种融洽气氛。

　　学校确定三个人留校以后，他们的身份已经发生了微妙的变化。期末考试的时候，系上已经安排他们三人监考了。这一天，监考完回到宿舍以后，于扬感慨地说："哎呀，真是监'烤'呀，就像在监狱里烘烤人一样。三十个人参加考试，其他人都交完卷子了，最后只剩下一哥们儿，坐在墙角那张桌子边依然那么淡定地看着，想着，写着。我实在受不了了，过去劝他实在答不出来交了算了，他竟对我说，大哥别催，时间还没到呢！让我一时真无语啊！"

　　"是啊！时间到了，收卷子是你的权利；时间没到，拒绝交卷那是人家的权利啊！你要收卷的话，人家还会向学校告你。"李舜泽说。

　　"是呀！监考真是受罪。"于扬说。

　　坐在床边的楚默然一时还无法体会到监考对于于扬的痛苦，这种痛苦对于扬来说提前到来了。这时，楚默然甚至对这种一时还无法理解的痛苦充满了一种向往，或者觉得这是一种身份的体现，他还不知道这是一种比上课累多了的体力活。他想享受这种痛苦，可是他根本没有这种资格。

　　唉！这就是生活。

　　费了九牛二虎之力，楚默然的工作终于找在了秦城市的雨车中学。他从来也没有觉得外语系毕业时工作有多么好找。也许，找工作只是对他而言不好找，对别人尤其是女生就未必如此了。

......

　　毕业的这一天终于到来了。他的大学生活即将结束了。四年来，他多少次设想过大学毕业时的情景，但那都是想象，而这一天却真的成了现实。

　　毕业总是一件令人难受的事情。楚默然觉得如果把整个人生看作一次学习，那么死亡就是最终的毕业。在整个的学习中，又包含着许多次小的毕业，比如像小学、初中、高中和大学的毕业。那么反过来讲，每一次小的毕业又好像一次小的死亡——虽然人们并没有真正死去，但获得了一次真正的新生，无论从精神上，还是肉体上。

　　这一天，楚默然早早地起来收拾好东西后，向还在熟睡中的室友一一道别。他们也赶紧起来，帮他把一些箱包之类的东西拿到"起舞楼"底下的出租车上。装好东西后，出租车很快便开出了秦西师范学院，一路朝奏西火车站开去。

　　别了！607宿舍。

　　别了！秦西师范学院。

　　别了！秦西大地。

味

27

楚默然新的人生阶段已经开始了。

开学前，在雨车中学召开的全校教师会上，殷校长向全体教师介绍了楚默然，他站起来腼腆而虚心地向大家打招呼问好。此刻，他仿佛置身于一片漆黑的夜晚、一片无际的大海、一片茂密的森林。他不知道以后的生活中会发生什么样的故事，这故事不知是快乐还是痛苦的。

根据学校的安排，他担任初一年级两个班的英语老师。这两个班的班主任都是女老师。听说这两个班的学生都是秦城市里一些有头有脸的人物的孩子，他一时觉得似乎有点幸运。做梦也没有想到，他竟被委以如此重任。今年和他一起进入这所学校的韩彬——他是秦西师范学院中文系的学生，也被安排在雨车小学里教英语。听说他的爸爸是雨车小学和中学所属的北方棉纺厂的一个车间主任。

一天中午，在学校对面的永宁街吃饭的时候，楚默然突然接到员成荣打来的传呼，原来他要在国庆前结婚了，邀请楚默然去参加他的婚礼。员成荣要结婚了，楚默然当然要去。

时隔三个月后，楚默然再一次踏上了秦西的土地。虽然只有三个月的时间，却仿佛三年一样。秦西，已经不属于现在的楚默然了，而只属于他的过去。虽然他坚信在三个月时间里秦西并不会发生翻天覆地的变化。

晚上，他住在于扬的宿舍里。现在，于扬和夏老师已经成了同事。在于扬的宿舍里，他感到了一种迥异于过去的氛围——于扬的人生现在真是春风得意，他们之间的人生差别简直小心翼翼地不敢提起。这个夜晚，楚默然的梦是五味杂陈的，所有关于人生的况味都在这个梦里。

第二天一早起来，在去参加员成荣的婚礼的路上，没想到在校园的拐角处楚默然竟然碰见了杭惜妍。天哪！这难道是天意吗？！杭惜妍也有些吃惊。他们就停下来在花坛边说了一些相互问候的话，然后又各自朝相反的方向走去。和杭惜妍的这一次邂逅，让他的心里有了一种说不出来的感觉。杭惜妍还有一年才毕业，现在，他们被时间搁在了两个不同的位置上。这是时间的力量，也是人生的无奈之处。

员成荣的婚礼办得隆重热闹。高中毕业后在频婆街开了一家农药门市部的张豪天放下农活从家里来了，王胜强、秦向城请假从单位来了，所有在秦西市的频婆街上的乡党都来了。在盛大的婚礼仪式上，当司仪问员成荣"你爱不爱你的新娘"时，员成荣的回答真诚得让人觉得可爱，他带着特有的微笑说："太爱了！"他的回答简直有点像贾平凹的书法，有一种拙朴美。

第三天中午，楚默然就从秦西市回来了。过去的这三天他仿佛做了一个离开了现实的梦，现在又回到现实中来了。他还不知道回来后等待他的是什么。这天早上，刚进学校大门，在门房签字的地方碰见了殷校长，楚默然微笑着向他打招呼。只见殷校长淡淡地说了一句："楚默然，你来趟我的办公室。"楚默然一时还不知道到底发生了什么事情，到了办公室他才知道，原来是学生及家长对他上课的意见很大，说他的英语发音不标准、普通话不标准等。对于这些意见，他没有想到它们会发展成熊熊大火，最后这大火会烧到他的身上。他只有默默地听殷校长说着，他不知道接下来将会发生什么事情。殷校长最后说："楚老师，国庆后你跟着别的老教师听课学习，每个月只发二百元的生活费。"

天哪！这简直是晴天一声霹雳，当头一棒。真是刚毕业就失业了！楚默然的同学当中有谁遭遇过如此的打击呢？！他不知道是应该埋怨自己，还是应该抱怨学生、家长、校长，但抱怨谁都没有意义了。

楚默然相信自己的能力，可是别人不相信。于是，他的自信变得一文不值了。也许，学校的领导们当初就不该让他来担此重任，但是他们却让他担当了，他不知道他们当初是怎样想的。结果就是人们所说的捧得越高摔得越重吧！

国庆后，楚默然真的下岗了。他所担任的两个班级的英语课让一位从秦城北部的宜禄县来的女老师接替了。此刻，他觉得自己成了学校里一个多余的人。

接替楚默然上课的老师叫沈丽萍，是从宜禄县中学调来的。

沈老师是怎么来到雨车中学的，这里面到底有什么样的关系和背景，楚默然不知道，他也不想知道。但他清楚一点，一个县城的老师要来到秦城市世纪大道上的雨车中学这样的子弟学校，不仅需要人们所说的教学上的"两把刷子"，而且还需要强大的人际关系和金钱做后盾，这是尽人皆知的规矩。在秦城市，谈钱比谈论任何一个话题都更现实、更有意义。

沈老师已是一位年轻的母亲，她的孩子上小学三年级，每天放学后，就背着书包跑到办公室来了。这是一个可爱的小男孩，到了办公室总是有礼貌地向老师们问好。然后，就趴在办公桌上写起作业来。

因为教学上的交接关系，楚默然和沈老师就算认识了。在他看来，因为能从县城到大城市教书，沈老师的脸上看上去有一种喜悦的成就感。这他能理解，对于许多像她这样的县城老师来说，这毕竟是不容易的。

然而，沈老师的新生活似乎并不怎么顺利，很快她脸上的泪水就代替了喜悦。一开始，办公室里的老师们对这位新来的女老师倒挺热情的，但因为一件事情的出现发生了变化。

期中考试的时间快到了，根据初中部英语教研组组长马老师的安排，由沈老师出英语试卷——不知道教研组组长是否有意考验新来的沈老师，布置任务的时候，教研组组长马老师特意要求，试题出好后，不能让其他

老师看到。沈老师记住了教研组组长的话。

初一共有四个班，沈老师带的是三、四班的英语，柯兴琴带的是一、二班的英语。柯老师是学校里的老教师，差不多也快到退休的年龄了。对于她所提的意见和建议，学校英语教研组组长甚至校长都很在意。

沈老师出好试题后，拿给教研组组长马老师看，马老师没有什么意见，说出得很好，沈老师便高高兴兴地拿着试题回来了。柯老师知道试题出好了，就对沈老师说："小沈，让我看一下你出的试题吧！"

"柯老师，不好意思，教研组组长马老师说了，不能给其他老师看。"沈丽萍说。

"我看一下怎么了？你认为我会给学生泄题吗？"柯老师显然生气了，她一下子不高兴了。

"没有，柯老师，只是教研组组长马老师这样要求的。"沈丽萍说。

"你别说了，我看你就是眼里没有我！"柯老师接着说。

"没有，柯老师，我怎么会眼里没有你呢？只是我实在不能这样做。"沈丽萍哭出来了。

"算了吧，我还不知道你们这些从北山里来的人，既老实又狡诈！"柯老师说。

"柯老师，你怎么能这么说话？！"沈丽萍说。

"我怎么就不能这么说话？我当年下乡去的就是你们北山里。"柯老师说。

"柯老师，你也太欺负人了！"沈老师说着，哇的一声哭着走出了办公室。

"那你去告诉教研组组长啊！"柯老师威胁着说。

听到办公室里沈老师的哭声，办公室门口一下子围了许多学生。

"有什么好看的？快上课了还不进教室？"办公室里个子低矮、烫着卷发的焦老师对学生说。学生一下子散开了，办公室里变得沉寂起来，而柯兴琴则若无其事地改着学生的作业。

根据学校的要求，楚默然每天都要去学校里签到，他每天都要到办公室里去坐一会儿，以表明他还是这个学校的一名教师。然后，他很快就从办公室里出去了。那儿对他来说是一种精神上的折磨。

楚默然去了学校的阅览室看书——在中学里没有什么图书馆，负责阅览室的是一位快退休的女老师。这里有稀稀拉拉的几个人，有后勤的梁润身老师，还有几位已经退休的老教师，他都不认识他们。在阅览室后面的书架上，他发现了一本陈旧的小仲马的《茶花女》，然后便看起来。这是一本很薄的小书，他觉得自己沉浸在了这本小说所描述的世界当中。可是，当回到现实中来的时候，他发现自己竟然是一个刚上岗就下了岗的人，顿时，只觉得一阵悲凉袭上心头。

一个星期五的晚上，楚默然去宿舍楼旁边的浴池洗澡。洗澡前，他将脱下来的衣服整整齐齐地放在柜子里，热气腾腾的浴池里，到处弥漫着一股浴池特有的味道。有人洗澡，有人专门给人搓澡，搓一次澡五块钱。他不敢请人搓澡，只能自己拿着毛巾上下左右地搓着前胸后背，然后用水冲一冲。当他洗完澡出来的时候，从衣柜里拿出衣服，却发现口袋里的十块钱不见了，无论怎样翻来覆去地找也找不见。他清清楚楚地记得口袋里有十块钱，莫非真被人偷走了？这时，看着浴池里那一个个脱得一丝不挂的人，他突然有了一种异样的感觉。肯定是被一个洗澡的人掏走了。他只好在内心告诉自己，也许这就是社会吧！

课余时间，楚默然一个人沿着校门外的世纪大道去新修建的凤凰广场漫无目的地游逛，广场上热闹非凡，游人如织。楚默然发现了一个卖报纸的中年男人，在他的旁边放着几摞报纸，而他却在报纸的前面尽情地跳着。其实，与其说他是在跳舞，不如说他是在乱蹦。在他的周围，有许多人驻足观看。当有人要买报纸的时候，他就停下来给人家拿上一份，然后又接着疯狂地跳。楚默然第一次发现世界上还有对跳舞这样狂热的人，他不知道这个人是真疯假疯，还是以"跳舞"来招揽顾客而已。

又是一个周末，已经入冬了。从永宁街吃完饭回来，买的一份《环球时报》没看几篇报道楚默然就觉得瞌睡得不行了。外面一阵风吹来，路边梧桐树上的叶子哗啦啦往下落，外面的阳光是一层淡淡的黄色。在这样的日子里，睡觉能让人有一种很好的感觉。工作上再烦心的事情，也把它们挡在宿舍的外面了。

楚默然睡在被窝里，他很快就进入了梦乡。不知怎么的，他却梦见了父亲。只见父亲拄着一根弯弯曲曲的拐杖，披着一件破破烂烂的羊皮袄，站在一个千疮百孔的窑洞跟前。别人问他现在怎么是这个样子，他就对西祥庄一群晒太阳的老头说："我默然人家不管我了嘛！"父亲悲惨凄凉的声音，突然把楚默然从梦里惊醒了。

楚默然从来没有做过这样的梦，这让他一想到远在家里的父亲时便觉得愧疚极了！他感到自己出了一身冷汗，瞬间整个身体都凉了下来。

慢慢地，楚默然终于清醒过来了。污蒙蒙的窗子外面，这时已经万家灯火，人语喧哗。此刻，他的宿舍里，却收留了一屋子的黑色。只有他一个人，笼罩在这团黑色里。过了很久，他才打开了昏黄的电灯。

折磨着楚默然的不仅仅是刚上岗就下岗的工作问题，还有每天的吃饭问题。

每天的生活是，当楚默然还在睡梦中时就被早早来到学校的学生的喊叫声吵醒了。他以前总以为小学生是最勤奋的，但后来发现其实他们是被繁重的学习任务逼迫的。他们到学校了，他也就睡不了多长时间了。起床后，叠好被子，就去楼梯口的洗手间洗漱。然后，就走下宿舍楼吃饭去了。

卖早点的地方是宿舍楼前面的雨车宾馆。上半年找工作时，楚默然就曾在这个宾馆住过一晚上。也许是为了增加营业额吧，面对早上上班这么多的工人、上学这么多的学生，工作人员将早餐摆在了宾馆的外面，摆上一些桌子和凳子。天气暖和的时候，职工和学生就在外面吃；天气冷的

时候，吃饭的人就进去在宾馆里面吃。他们的早点有荷叶饼——其实就是菜夹馍，也有肉夹馍——只是荷叶饼夹肉，并不像秦城市大街上卖的"袁记"肉夹馍那样，还有油条、稀饭、醪糟、豆浆、豆腐脑和胡辣汤。对于他来说，早餐不成问题。对于这样的早餐方式，他是满意的。

中午吃饭的时间到了，这是最令楚默然发愁的事情，去哪儿吃饭呢？刚来不久的时候，他发现了一个有许多饭馆的地方，那就是学校对面的永宁街——这是一个多么有历史内涵的街名啊，但他还没有时间去了解它的来历，他连自己的生活问题还没研究完呢！那里有卖锅盔牙子、米线、油泼面、棍棍面、炒面的，当然还有卖米饭炒菜的，他常喜欢吃的是街口一位身材发福的大婶卖的羊肉烩面。像牛羊肉这样的食物，对他来说是一种比较奢侈的东西。同大肉相比，真要让人另眼相看了。因为经常去这位大婶开的饭馆里吃饭，后来他们就渐渐熟悉起来了，她每次总是给他多捞一些面，这让他在人生地不熟的秦城市充满了感激。

然而，过了一些天，楚默然就觉得永宁街上的饭没有什么可吃的了。他一走到永宁街，对于有哪几种饭早已了然于胸，随后内心便会产生一种本能的排斥感。但有时实在没有办法了，只能硬着头皮吃。他在心里只能不断地安慰自己：没办法，这就是无奈的生存。

有一天在办公室里的时候，听住在学校里的张老师说，北方棉纺厂后面的职工食堂开了。对楚默然来说，这真是一个再好不过的消息，又多了一个吃饭的地方！在秦西师范学院的时候，他们不是天天在食堂吃饭吗？面对厂里这么多的职工，新开的这个食堂应该也差不多吧！中午吃饭的时候，他就去了。然而，令他失望的是，里面是稀稀拉拉的几个人，面无表情的师傅，仅有的两个卖饭窗口，灰暗的地板砖，落满了灰尘的餐桌。他凑合着在那儿吃了一顿饭，心情就像外面阵阵寒风中不断吹落的一片片梧桐叶子一样，萧条极了！看来他想得太简单了！

吃饭成了楚默然最大的问题。

楚默然不知道以后每天的饭到底该怎样对付下去。

味

每天下午下班以后，伴随着厂区广播里播放的《回家》的萨克斯乐曲，人们从车间、办公室出来了。面对一天的结束，每个人的脸上显得是如此轻松。又到了吃晚饭的时间了！这时，在厂区的路边摆满了各种各样的摊点，有卖馒头、面条、凉菜和水果的，大大小小的摊点前挤满了买东西的人。有一个女的，每到这个时候就推着一辆小推车卖各种各样的熟食，像猪口条、猪肝、猪心、猪头肉和猪肘子等。有时，为了凑合一顿饭，楚默然就去买上三五块钱的口条，让大姐用香菜以及调料拌好，再去旁边买上三个馒头，这样一顿晚饭就解决了。

其实，楚默然在刚上班时就购买了案板、刀具、盐、醋和辣椒面等，可是这些只能做一些简单的凉菜，比如凉拌黄瓜、凉调萝卜等——他的手艺大概只能做这些菜。这些菜，他拌得实在不怎么样，不是咸就是酸。同样的菜，如果让母亲来做，那将是多么可口啊！可是母亲，连秦城市来都没有来过呢！

国庆前楚默然回了一次家，回学校的时候，井绳巷子的张虎让他给也在秦城市工作的张龙捎一箱子苹果。那一天，张龙来宿舍取苹果的时候，顺便让他去家里看一看，认一认门。到了吃饭时间，张龙留他在家里吃饭。看着他们桌子上那么丰盛的饭菜，他想要是每天也能吃到这样丰盛的饭菜该有多好啊！可是，从张龙家里出来后，他就感到饿了，又得面对自己还没有着落的晚饭。

再也不能这样下去了！

楚默然准备冒一次险。他去杨家庄市场买了一小罐煤气，他告诉老板："千万不要给我一个有任何安全隐患的煤气罐，否则不仅我完了，你也完了！"老板笑着说："你放心，咱们两个都不会完！"楚默然用一个黄色蛇皮袋子小心翼翼地把煤气罐装好提回来，放在靠墙的那张桌子底下，用一张报纸挡起来。

然后楚默然又去爱家超市买了一桶金龙鱼菜籽油，买了一些蔬菜。他准备自己做饭了。

做饭的时候，他将宿舍的门紧紧地关起来，生怕有人路过看见。

楚默然像做贼一样小心翼翼地做了一顿饭。做饭的时候，他一直在想：如果有谁敲门的话，该怎么办呢？那样，他这罐刚买的煤气肯定会被提走，而且还会被管理宿舍楼的人罚款，就他现在的状况哪里经得起罚款呢？他越想越害怕。天哪！伴随着灶头上的热气，他的汗珠像黄豆一般滚了下来。

一顿饭，从开始做起到吃到嘴里再到收拾做饭"现场"，整整花了三个小时。楚默然觉得自己越来越像个"小偷"了，可是他真正的身份却是雨车中学的一名英语教师。

再也不能这样活了！可是到底应该怎么活呢？他的出路在哪里呢？

时间已经进入了隆冬腊月。这一天，整个城市的颜色变得像土一样阴沉。这种天气让楚默然想到了几百公里之外的渭北高原可能早已落雪了。秦城的街道上依然是人来人往，车水马龙。

爱家广场上，几棵仿真的塑料树上落满了厚厚的灰尘，看上去暗淡而阴冷。广场东边，摆着一个烤红薯的铁桶炉子，炉子上冒着缕缕的青烟，一阵阵烤红薯的香味不断飘来，前面站着几个挑挑拣拣买烤红薯的人。

突然，楚默然在广场靠近路边的地方看见了两个人，仿佛有点熟悉。他径直朝他们走过去，原来竟然是安平舅舅和孟家村的小表叔。他真没有想到在这儿能碰见他们。

"舅舅、表叔！"楚默然亲切地喊起来。

"默然？！"舅舅和表叔也吃惊地回过神来，他们大概也和他一样没想到能在这儿碰见他。

"你们什么时候来的？"楚默然关切地问道。

"今天早上。"他们说。

"听说你现在在秦城，在哪个单位上班？"安平舅舅问楚默然。

"在北方棉纺厂的雨车中学，就在这条路前面不远的地方。"楚默然回答道。

"舅舅、表叔，天这么冷，你们到我那儿去坐会儿吧！"此刻，楚默然不想让舅舅、表叔觉得他表现出自己已是一个秦城人那样的优越感，其实他在秦城生活得并不自在，他只是想请他们去他那儿歇歇脚。

"不了，我今天和你表叔下来想给我买辆三轮车。"安平舅舅说。鄜邑县的位置在秦城市的最北面，是属于黄土高原和关中平原的过渡地带，而秦城市就在渭河之滨，海拔比鄜邑县低得多，所以鄜邑县的人说去西安和秦城都说下西安，下秦城。

"原来是这样。看得怎么样了？"楚默然关切地问道。

"吴家堡市场的车看了几家，有点贵。我们想过一会儿再去杨家庄市场看一下。我们今天就得回去，屋里的活还忙得很！"表叔说。

"不急，天还早着呢，你们先去歇一会儿吧！"楚默然劝说着。

"我们就不去了，把你的电话号码留给我，以后下秦城来了再去你那儿吧！"安平舅舅和表叔推说着。

"那你们有机会一定要来呀。"看他们根本没有去的意思，楚默然便叮咛着他们。

"舅舅、表叔，那我去爱家超市里买点东西。"留下电话号码以后，楚默然便向超市门口走去。

回过头来，楚默然看见安平舅舅和表叔两人裹着厚厚的军大衣坐在秦城市阴冷的广场座椅上，孤零零的。

楚默然知道安平舅舅和小表叔来秦城买三轮车意味着什么，安平舅舅因患肝病看病所需要的钱就寄托在这辆车上了。慢慢地，一股难言的忧伤涌上了他的心头。

28

　　寒假，从秦城回家的车上，楚默然没想到遇见了高三时的舍友杨帆。几年时间过去了，他差点都认不出来了。杨帆好像是从外地回来的，他的座位旁边放着一个拉杆行李箱。和他坐在一起的是一个女孩，打扮得高雅而时尚。看见楚默然，杨帆一时也感到有点惊奇。

　　"老同学，我们有五年多时间没见了。你现在在干什么？"楚默然关切地问。

　　"我现在在北京的一家房地产公司当文秘。你呢？"杨帆说。

　　"老师，穷老师。"楚默然不好意思地说，"你现在还写作吗？有什么新作没有？"

　　"早不写了。"杨帆说，他的语气好像恍然大悟而扔掉了一件不祥之物一样，"我去年刚在北京买了一套房子，过年后准备把我爸我妈接过去。"

　　"噢，这样挺好的。"楚默然看着杨帆，微笑着点点头说，"你可是咱们同学中的名人啊！"

　　"什么名人啊！那都是几年前的事了。不值一提。我进了社会以后才明白，没钱寸步难行啊！靠写作还不饿死？我现在的主要想法是挣钱。"

　　楚默然一边认真地听杨帆说着，一边看着他。也许，杨帆说的是对的，楚默然心里想。

两个小时后，车在土桥街上停下来了，杨帆和那个女孩下车了。

"老同学，再见。"杨帆说。

"再见，祝你一帆风顺。"楚默然说。

这是楚默然度过的痛苦而多事的一个寒假。

名义上，他已经工作了。可是作为一个儿子，他却无法拿出一分钱来表达对父母的一片孝心。相反，却需要家里来接济，这让他感到羞愧极了！这比去年那个寒假林阳给他寄来"绝交信"让他难受多了！

回到家里后，楚默然从母亲那儿听到一句关于他的是非话：西祥庄有人说他在秦城市大街上见了人，觉得自己是城市人了，看不起庄稼人了，不和人家打招呼。

楚默然仔细想在秦城市熙熙攘攘的大街上他到底碰见了西祥庄的哪个人，结果，他一个人也没有想出来。最后的结论是：也许人家看见他了，他没有看见人家；也许在秦城市的大街上长得和西祥庄很像的人太多了。但不管怎么样，问题是他没有和人家打招呼。

从此，楚默然背上了一个坏名声：看不起西祥庄人了。他在心里问自己，一个点着纸都顾不得哭的人有什么资格在秦城市见了西祥庄的人不打一声招呼？庄稼人在这一点上是最敏感的。不管你是一个内向的人，还是一个外向的人，在这一件事情上，西祥庄人都喜欢外向的人。你只要在大城市甚至豳邑县城见了他们打一声招呼，他们就觉得自己受到了尊重。否则，你就是搭戏台卖豆腐——好大的架子。可是，楚默然是一个内向的人。因为这一点，他们就会记你一辈子，即使你并没有如此对待他们。

正月初三，楚默然去了六外公家，这一天来了很多亲戚。没想到，在六外公家楚默然竟然碰见了孙华艳和她的父母，他们今天特意来看望六外公一家。原来，孙华艳的父亲和六外公过去是在一个单位工作过的豳邑县乡党，后来两个人又成了好朋友。怪不得他和孙华艳这么有缘分。因为

这层关系，他觉得自己和孙华艳之间的关系又近了一层。孙华艳从锦程舅舅那里知道他在秦西师范学院上学，问他学的什么专业，他说他已经毕业了，现在在秦城市雨车中学上班。他问她现在怎么样，她说她快要结婚了，对象是她们厂里的一个小伙子。五六年没见，孙华艳看上去成熟了许多。孙华艳和她的父母没有在六外公家吃晌午饭，他们说还要到多福村一个亲戚家去转一转。

快吃晌午饭的时候，宁家村的灵巧表姨去厨房里，叫正在一起做饭的六外公和六外婆到上房里来，让表弟晓峰给六外公和六外婆磕一个头。六外公、六外婆边进上房边笑着推辞说："算了，算了，现在人家谁还兴磕头？"然而，晓峰已经站在上房的正中间，面对暗红色的方桌，认真地举起双手，弯下腰和双腿，两手扶地，然后又站起来重复同样的动作。他坚持磕了三遍。到磕第三遍的时候，六外公、六外婆赶忙上前去拉，嘴里不停地说着："算了，算了！快起来，别把衣服弄脏了！"这几年到六外公家来，楚默然从来没有想过磕头的问题，他似乎把这一点都忘了。今天，是表姨让表弟晓峰磕头这个举动提醒了他。然而，给六外公、六外婆磕头还是不磕头真是一个问题，这让他一时感到尴尬极了！

下午，从独承舅舅家"丢馍"后出来的时候，没想到楚默然有了一个重大的发现——表姐秀娟家已经卖给改过舅舅家的院门紧紧地锁着，黑色的大门上落满了一层厚厚的灰尘，大门前的地面上从砖缝里长出来的荒草依然还在寒风中摇摆着，长得比人还高。从院墙上望进去，院子右边平房上的瓷砖已经脱落了好几块，露出了灰色的水泥来，就像人的衣服被剪了一个大洞一样。听西祥庄人说，改过舅舅做生意赔了，债主四处追着要债，最后他们一家在频婆街上实在待不下去了，就逃到外地去了，但谁也不知道他们去了什么地方。

年前的一天，鲲鹏舅舅来家找楚默然了，希望他晚上去照看一下房子。母亲说："你在家里也没有什么事，就晚上帮你舅舅去看一下房子吧。快到过年跟前了，房子没有人照看不行。"他说："好。"

　　每天傍晚，楚默然走进频婆中学校园，朝鲲鹏舅舅的房子走去。离开频婆中学八年了，校园里已经有了不小的变化，一种熟悉而又陌生的感觉常常将他包围起来。在频婆中学的校园里，楚默然像一个陌生人，没有多少人认识他，这真是生活赐给他的一种快意的人生享受。他想着这种平静而惬意的生活一定会持续到鲲鹏舅舅开学跟前，然后把钥匙交给鲲鹏舅舅，他的任务就算完成了。

　　正月初七晚上10点，看完电视剧后关掉灯，楚默然刚刚躺下准备睡觉，突然听见门外一阵阵急促的敲门声，随后他听见有人喊他的名字。"谁呀？"虽然有点紧张，但他竭力使自己镇静下来。"我是你修身舅舅。"外面的人回答说。他一面答应着，一面拉开灯赶紧披上衣服去开门。除了修身舅舅，四外公家的正人舅舅也来了。

　　看着两个舅舅焦急的样子，楚默然想一定是出什么大事了。果然，修身舅舅焦急地对他说："你鲲鹏舅舅在今天晚上回家的路上出事了，摩托车被人抢走了。你锦程舅舅已经向频婆派出所报了案，现在人已经拉到频婆医院来了，根据办案需要我们来找一下你鲲鹏舅舅购买摩托车时办理的一些证件和材料。"

　　楚默然从来没有想到拦路抢劫这样的事会发生在他周围的人身上，但现在却真实地发生了！真是做梦也想不到的事情啊！他感到周围的空气变得凌厉起来了，这种凌厉的空气里包含着无尽的恐惧，而这种恐惧似乎正向他扑过来，将他包围起来，令他一时无法呼吸。他再也没有了睡意。

　　修身舅舅在窗前的抽屉里找到了那些材料和证件准备送到派出所去，楚默然对两个舅舅说："我去医院看看鲲鹏舅舅吧！"然后，他迅速穿好衣服，锁好门和两个舅舅一起走出了村子。

　　频婆医院抢救室里，护士正在忙碌着给鲲鹏舅舅输液，他的头被白纱布紧紧地包裹起来，只露出了脸。从纱布里渗出来的血看上去已经凝结了，一红一白，在灯光下十分刺眼。急诊室内外，许多楚默然认识和不认

味

识的人在来来回回地忙碌着。在急诊室门前的那棵柏树前，他一眼就发现了六外公。六外公蹲着靠在树下，头无力地垂了下去，双手支在膝盖上抱着头。正月初三那一天看到的身板硬朗，发出洪亮笑声的六外公已经变得没有一点劲儿了，这时的六外公一句话也不说，他人已经瘫软了，就像一个受到惊吓的小孩子。楚默然第一次见到六外公如此无力的样子，过去是六外公一直在安慰着其他人遇到的各种各样的不幸，但这个时候他却需要别人的安慰。

在大家的劝说下，医院里只留下修身舅舅和正人舅舅，其他人都骑着摩托车或自行车回家去了。父亲母亲和六外公一起回到了医院旁边的家里。

频婆街早已进入梦乡，空气中弥漫着阵阵寒气，将人紧紧地包围起来。只有惨白的月亮洒下暗淡的白光，星星似乎少了许多。远远地，一只游走的野狗孤零零地从街上穿过。

回到楚默然家里后，六外公缓缓地说起了鲲鹏舅舅出事的经过。

"下午吃完饭后，鲲鹏说想趁过年去县教育局孟局长家走走。我说你要去，明天吃完早饭去，哪有下午去人家领导家的！鲲鹏偏不听，还说什么'这你就不懂了！爸，领导家晌午来的人多，不好说话，下午这会儿没多少人，正可以说会儿话'。儿大不由爹，我还能说什么呢？他说着就发动摩托车从家里出去了，出门的时候，我还再三叮咛，早点回来，来回路上小心。谁知竟遇上了这种事，唉……早知这样，我绝对不让他出去！"

母亲安慰六外公说："六叔，遇上这种事情谁能想到呀！"

孟局长家在孟家村，和溪头村同属清风乡，骑摩托车也就二十多分钟的路程。鲲鹏舅舅到孟局长家去的目的，是看孟局长能不能帮忙将自己往清风中学调一调，这样以后家里有什么事情了来回也方便。在孟局长家一切倒是相当顺利，说起来原来孟局长当年还曾和六外公一块儿在青海当过兵，当时六外公在后勤上，孟局长在文工团里，只是他们并不认识。孟局长说："就凭着和你爸当年的这层关系也得给你帮这个忙。"这天下午，孟局长又让老伴炒了几个菜，拿了一瓶酒，硬是将鲲鹏舅舅挽留下来，让和另外几个人喝点酒再走。

鲲鹏舅舅离开孟局长家的时候已经是晚上10点多了，他似乎喝得有点晕晕乎乎，但一个人回家没问题。他开着摩托车，当走到离溪头村村口不远的十字路口的时候，突然感觉车底下好像被什么东西绊了一下，还没有等他反应过来，从路边苹果园房子背后忽然蹿出四个牛高马大的人来，他们的眼睛在暗淡的月光下充满了杀气。他们一齐扑上去将他按倒，一个掏出刀朝他的头上砍去，另一个拿出绳子将他的两只手反绑起来，然后拖着他朝路边苹果园房子旁边的井走去，准备将他撂下井里去。然而，走到井跟前，几个人发现井口已经被一块水泥板厚厚实实地封死了，情急之下，他们看见井边的苹果园房子只是门锁着，于是使劲地用铁榔头砸开锁子，将鲲鹏舅舅狠狠地扔进去，然后将门闩上。

然后，那四个人开着鲲鹏舅舅以及他们自己的摩托车一溜烟消失在寒夜的月光下。鲲鹏舅舅被扔在了漆黑的苹果园房子里，房子里只有一张一米宽的土炕，上面什么也没有。

过了好长时间，鲲鹏舅舅才慢慢地醒过来，先试着一点一点地将自己的手从紧绑的绳子里往外抽，好不容易将手抽了出来。房子里一片漆黑，他摸着身边的土炕站起来，然后一步一步地挪到门前。苹果园房子的两扇门合在一起紧紧地闩着，他就使劲地摇啊摇，那时他一点力气都没有了。一想到家里年迈的六外公和六外婆，两个表妹依依和芳芳，还有妗子林洁，就又用微弱的力气不停地摇。终于，他将一扇门从门轴里摇出来，他可以从门缝里挤出去了。

鲲鹏舅舅的头上在不断地流血，血流了一路，他没有直接回家去，而是忍着巨大的疼痛，先去敲四外公的大儿子云生舅舅家的门。云生舅舅家就在离那个苹果园房子不远的坡下，他们一家人刚睡下，听到敲门声出来一看大吃一惊，怎么也不敢相信下午还开着摩托车春光满面的鲲鹏舅舅会变成现在这个样子，整个人看上去已经面目全非。云生舅舅顿时明白发生

了什么，他一面赶紧发动车将鲲鹏舅舅送往频婆医院，一面让玲花妗子去叫六外公一家。

……

这天晚上，楚默然久久无法入睡，鲲鹏舅舅的事一直在他的大脑中徘徊。没有人知道这个夜晚发生了多么惊心动魄的一幕，他明白，明天一大早，关于这个夜晚所发生的一切，将会成为一条爆炸性的新闻传播在所有认识与不认识六外公一家的人们口中。

第二天，亲戚们和溪头村人很快都知道鲲鹏舅舅出事的消息了，老老少少的人都提着东西来频婆医院看望鲲鹏舅舅。大家一边关注着鲲鹏舅舅在医院里的病情，一边寻思着出了这么大事的根源。有的说："过去林洁因为所带班级的学生和邻居媳妇所带班级的学生打架的事情吵过架，因此两家人关系不是很好，会不会是邻居找的人呀？"但是很快就有人反对说："不至于吧？这样的事多得很，人家也不至于仇气这么深呀，好歹人家还是知识分子呢，心胸就那么狭窄吗？"六外公说："这话现在不敢乱讲，不要随便怀疑别人，等以后案破了就知道了。再说了，今天来看鲲鹏的频婆中学的领导和老师中，还有他的邻居呢！"

孟家村的炳坤表叔说："我们村上昨天下午有人看见有四个人就一直尾随着鲲鹏，后来鲲鹏去了孟局长家，他们就在村委会旁边的一家小卖部前买了几盒'红河'烟，几个人有事没事地蹲在一棵柳树下狠狠地抽着。我从他们身边路过的时候，总觉得他们有点不对劲，感到他们在策划什么事似的。今天早上我过来的时候，他们抽过的烟头还在地上留着，乱七八糟一大堆。对，很有可能，说不定就是这四个人。不过他们怎么会盯上鲲鹏呢？这实在让人想不明白。"

大家说得很玄很玄，一个个说法让人听起来都很恐怖，让人不敢想象在这样春意盎然、亲情浓浓的日子里竟然隐藏着这么可怕的罪恶。

一边是酃邑县公安局正在抓紧时间侦破案件，他们说一有消息立即通知六外公一家；一边是抓紧治疗鲲鹏舅舅的伤。

时间一天天过去了，鲲鹏舅舅的伤情得到了控制。医生建议，让鲲鹏舅舅再去秦城市做一个CT，看脑部有没有什么问题。于是云生舅舅又开车将鲲鹏舅舅拉到秦城市中心医院，六外公、锦程舅舅也随车一块儿去了。

　　几百公里之外的家里，大家都在焦急地等待着医生的结论。检查很顺利，鲲鹏舅舅的大脑没有什么问题，只是受了皮外伤。锦程舅舅赶紧给在家里焦急地等候消息的六外婆、妗子林洁和小姨白雪打电话，根据医生的建议，鲲鹏舅舅还需要在频婆医院疗养几天。

　　在医生和家人的精心护理下，十天后，鲲鹏舅舅出院了。出院的时候，六外公将亲戚朋友们送来的各种各样的食品除了回送给亲戚们一些外，回去的时候，又装满了三轮车。

　　六外公开着三轮车回到村里，路上碰见的人关切地问：“润民叔，鲲鹏出院了？”“出院了。”六外公平静地说。“你说，你和他姨是多好的人，娃咋就能遇上这么大的事呢？”那个人叹息道。“那你有啥办法？是福不是祸，是祸躲不过。”六外公说。“好，娃总算捡回了一条命，这比什么都好。这都是你和他姨两个人一辈子积下的阴德。”那个人说。

　　鲲鹏舅舅在频婆医院住院的时候，有一个人在医院里去世了，这个人就是高心。

　　那一天下午的天气非常阴郁，好像要下雪的样子。突然，楚默然在家里听见外面大街上的人们像疯了一样的喊叫声，他不知道出了什么事情，赶紧跑出去看。只见高心的堂哥高关拉着架子车，车里好像躺着一个人，双腿无力地耷拉在车厢后面。车子后面跟着一群看热闹的小孩子，他们小小的脸蛋上显出一副极其严肃的样子。

　　这时，楚默然才听人说是高心在街上的垃圾堆里捡了东西乱吃，中毒了。驼背双怀从地里回来的时候看见他倒在了路边，口吐着白沫，于是，就赶紧回家叫高关来一起把高心往医院送。

　　频婆医院的大院里，只见高心双眼紧闭，不省人事。他的周围站满

了大人小孩，有从外面跟进医院里来的，有住院的病人，也有伺候病人的家属。灌肠以后，高心还是没有任何反应。这时，医生将手放在高心的鼻孔前，然后转过身来，问周围的人："谁是家属？人已经没气了，往回打折①人吧！"

这时，一个身材高大而魁伟的人对医生说："医生，救救我弟弟吧！我是他哥哥。"

"人已经咽气了，灌肠也不起任何作用了！"医生面无表情地说。

高心的哥哥高鸣一下子瘫下去了，蹲在躺椅旁的那棵松树下号啕大哭起来。他哭得是那样伤心。这时，天空飘起了一片一片的雪花，落在了每个人的身上。

"走了，走了！"医生招呼着周围的人离开。然后，医生拿着灌肠的那一套器具走了。松树下，只剩下了眼睛紧闭、身体已经慢慢变得冰冷僵硬的高心，还有灌肠时抽出来的液体和一堆沾满了尘土的卫生纸团。慢慢地，他的哥哥高鸣的哭声变小了，只剩下了不断地抽泣、不停地用手擦着眼泪。

……

高心死了！西祥庄再也没有这个人了！

第三天，高心便被埋掉了，没有举行任何仪式，也没有唢呐。一切悄无声息，就像他的人生一样。

高心和寒笑姨高中时是同班同学，他成绩很好，心性很高。高心他大退休的时候，没有让高心去顶班，而是让他哥高鸣去顶班。高心一时心里想不开，从此神经变得有些不太正常起来。

楚默然以前在频婆街上见到高心的时候，他总是穿着一身沾满油污的黄军装，脸上也总是黑污污的，肩上扛着一把铁锹。见到楚默然后，他总是显得好像要说什么的样子，但又让人不明白他到底要说什么。高心似乎

———————————
① 拉，收拾。

是西祥庄的官劳力，谁家都可以叫他去干活，然后主家送给他一些家里人不穿的旧衣服，或给他一些吃的东西。生活在他的面前已经死去了！他看上去总是沉默寡言的样子，只是不停地干着手里的活。

过年后，楚默然又要去单位上班了。母亲知道了他想辞职的想法后劝说道："娃呀，学校领寻也有他们的难处，他们也是不得不这么做。再说，人在屋檐下，不得不低头。辞职容易，找工作难呀！熬过这一学期，到了下一学期，一切都会好起来的！"想到去年找工作时的艰难，他只好安慰自己：一个人若不能忍受非人之辱，一生就做不了大事。

临走的时候，母亲叮咛他，到了单位以后到校长家去转一转。母亲还给他比试着说："夏天咱们家里煮了玉米节子，你寒笑姨给咱们家拿来一些苜蓿菜，我也要给咱们门跟前领着客商收苹果的你秋霞姨家送一些，就是为了人家出去包苹果的时候能把我叫上。现在社会就是这样子，你有什么办法！"母亲又给他举了一个例子："每年过年跟前，你张虎叔叔提着一桶一桶的菜籽油去秦域，是给张龙的领导送去，这是你叔回来给人说的。你以为现在的事就这么好办吗？"

楚默然静静地听母亲说着。母亲在给他讲着她眼里的人生，也讲着她所思考的人生。直到现在，他才从母亲的每一句话里，每一声叹息里，发现了在炎炎的烈日下，渗在外面的那一层晶莹的汗水，发现了那黄土裹着的身躯在这个世界上艰难地前行。母亲觉得生活就是这样的。其实，生活本来就是这个样子的。可是，生活不应该是这个样子的！

母亲似乎看出了楚默然的窘迫，便问："你是不是缺钱？"他深深地低下了头，一时感到惭愧极了。从去年所谓的上班工作以来，他不仅没有给过父母一分钱，甚至连吃饭都成了问题。母亲说："我去年包苹果挣了五百块钱，你走的时候把它拿上。"他说："我不要！""你不要你吃什么？"母亲嗔怪着他。顿时，他两行眼泪忍不住夺眶而出。

楚默然并不想去校长家，他觉得这样不仅太累了，而且他也没有那

味

291

么多的钱。每花一次不该花的钱，他都要流一次非流不可的泪。他现在连一分钱的工资都没有，他是靠父母的接济生活的。一个靠父母接济生活的人，还要去给领导送礼，他觉得这就像碾子下面正在被碾压的玉米，而在碾子上面又被人放了一块石头。他觉得这样更对不起父母了。

在物欲横流、举目无亲的秦城市，楚默然只能低下自己并不高贵的头颅。到了学校后的第二天，他在学校所在的世纪大道对面的军区商店买了一瓶"西凤"酒和一条"好猫"烟去殷校长家。殷校长家的地址是他从隔壁的谷老师那儿问来的，他也不用担心谷老师知道他要去殷校长家，谷老师早就提醒过他："像你现在这种情况，过年来了去看一下殷校长，要不然殷校长会觉得你把他并没有放在眼里。你的问题解决起来恐怕更遥遥无期了。"也许在别人看来，一个领导没有谈过话的老师，他去不去看望校长无所谓，但一个像楚默然这种情况的老师，不去看望校长，也就真的没把校长放在眼里吧！

楚默然提着买来的东西，一路上他真害怕碰见认识的老师。幸亏，一个也没有碰见。终于到了殷校长的家门口，他小心翼翼地敲了敲殷校长家的门。他看见一个烫着卷发的女人在门洞里望了一下，问："谁呀？"他回答道："殷校长在家吗？"然后，那个女的把门打开了。殷校长家的房子真舒服呀，他从来没有见过装修得这么舒适的房子。他默默地把东西放在了门边靠墙的地方，然后小心翼翼地换上放在鞋柜旁的拖鞋。这时，殷校长从卧室里出来了，只见他穿着一件驼色的秋裤和蓝色的秋衣，看起来随和极了。

"殷校长，过年好！"楚默然笑着对殷校长说。

"楚默然，过年好！快坐。"殷校长微笑着对他说，"过年家里一切都好吧？"

"还好！"楚默然回答说。

看见殷校长要去给他倒水，他忙说："殷校长，您不用倒水。"于是，殷校长又坐下来了。

"你吃水果。"殷校长接着说，然后递给他一个苹果。

楚默然用手挡了挡，殷校长执意放在他的手里，他只好接上，不停地摸索着手里的这个苹果，却怎么也不好意思吃。

"楚默然，你的情况我上学期给你说了，学生、家长的意见，厂里领导的意见很大，学校里实在没有办法，所以只能让你先停止上课，跟着别的老教师听课学习，到了下一级再考虑你上课的问题。"殷校长似乎给他解释，他不能上课学校也是迫不得已。

楚默然静静地听着，没有说什么。他觉得自己一时也说不出来什么，也没有必要说什么。

"你这一学期再跟上其他老师好好听一听课，下一学期开学的时候再试着上课。"殷校长说。

"殷校长，您看到时候能不能让我当一个班的班主任？这样可以对学生有更多的了解。"楚默然对殷校长说。

"到时候再看情况吧，学校里要研究一下才能决定。"殷校长说。

楚默然的心里一时感到有点凉。也许，这不是殷校长一个人能决定的事情。

"你们家在什么地方？"殷校长突然转换了一个话题问楚默然。

"在豳邑县。"楚默然回答。

"秦城北部那些县我都去过，比较荒凉，人比较穷。"殷校长说。

"殷校长的老家在哪儿呀？"楚默然也转换了一个话题问殷校长。

"在上海。20世纪50年代支援大西北，和父母一起过来的。"殷校长说。

楚默然认真地听殷校长说，然后点一点头。原来殷校长是南方人，怪不得说话口音不像秦城市人。

这时，楚默然看见殷校长不说话了，只见他推起袖子，看了一下表。他知道该走了，他在心里告诉自己下来该做什么了。

"殷校长，那您忙吧，我就不打扰您了，我走了。"楚默然对殷校长说。

"好吧，那我就不送你了。"殷校长说。

……

从殷校长家出来，过年后的寒风吹着刚才在殷校长家被暖气烤得暖烘烘的脸，楚默然觉得一下子清醒了许多。他抬头望了一下路边的梧桐树，上面干枯的树叶挂在树枝上，还看不到一点春天的气息。街上人来人往，人们似乎还没有从过年的氛围中走出来，许多商店饭馆的门还紧紧地锁着。

楚默然仔细地回味着殷校长刚才说的每一句话，刚才他觉得每一句话都是那么温暖，现在他又突然觉得每一句话都是那么意味深长。

味

楚默然听隔壁宿舍的谷老师说北方棉纺厂里有许多来自豳邑县的人，其中有一个和自己年龄差不多的女孩，是豳邑县土桥镇人。在秦城市，说起土桥镇，自然是让人感到很亲切的。

没有想到，有一天这个女孩竟然来找楚默然了。因为老乡这一层关系，两个人就少了一些拘束，多了一些亲切。聊天过程中，楚默然问她叫什么名字，她说："我娃庞，叫庞竖。"他觉得这个名字跟庞横好像有点联系，就顺便问了她一句："咱们豳邑中学有一个校警叫庞横，你知道吗？"

"庞横就是我哥。"庞竖说。

天哪！楚默然一时不知道说什么好。此刻，他只能发出人们常发的那一句感叹："世界真小！"对于庞横那个兵痞一样的校警，他一点好感都没有。而他的眼前，竟然就是他的妹妹。他很快让自己的心平静下来，默默地告诉自己，庞横是庞横，庞竖是庞竖。虽然他对庞横恨之入骨，但对于他的妹妹——眼前的庞竖感觉还是不错，这是一个看上去落落大方的女孩子，也许因为他们是在秦城市相遇的老乡吧！

对于刚刚进入北方棉纺厂的楚默然来说，他朦朦胧胧地感觉到：庞竖，这个豳邑县的老乡，这个北方棉纺厂的纺织女工，她似乎有意寻找一个像自己这样的小伙子——虽然她一时并没有将这样的意思完全表达

出来。

　　但是，在以后的日子里，楚默然并没有加深想象中的这样一种感情。他和庞竖的关系并没有发展下去。对于刚进入社会的楚默然来说，他似乎并不满足于寻找一位纺织女工作为自己的人生伴侣，当然从内心来说他并没有鄙视纺织工人这个职业，要知道在北方棉纺厂，曾经涌现出了像赵梦桃这样的时代劳模，她的塑像就竖立在厂里的大礼堂前，他有什么资格瞧不起人家呢？何况人家现在有正式工作，而他却一上岗就下岗了。还有一个深层的原因是，如果他不知道则罢，但既然已经知道了，那就很难从心里移走了。庞竖的哥哥庞横，那个满脸横肉的校警在他读初二时当着那么多人的面羞辱过他，高中时又一次为难过他，他怎么能和这样的人的妹妹发展一种感情关系呢？

　　也许楚默然太自负了，可能庞竖根本就没有那个想法。不知为什么，自从这次见面以后，他们就很少见面了。

　　也许庞竖对楚默然并没有谈婚论嫁的意思，相反却给他介绍了她们车间的一个女孩。这个女孩叫刘烟霞，是省纺织学校毕业的，已经在北方棉纺厂工作三年了。爱情呀、婚姻呀这样的东西，在物欲横流的秦城市变得如此现实，虽然楚默然是一个大学生，但现实呈现在他面前的婚姻伴侣似乎只能是一个中专生。他虽然从内心并没有轻视中专生的意思，这不仅因为他当年连中专都没有考上，而且像秦向城、员成荣和王胜强这些他们频婆街上的乡党同学都是中专生，他们都是他羡慕的对象。只是，巨大的问号出现在他的脑海里，如果他和刘烟霞生活在一起，他们会有共同的话题吗？他们以后的生活会幸福吗？

　　虽然心里有着巨大的疑问，但楚默然还是和刘烟霞有了第一次也是最后一次见面。他们之所以有这一次见面，是因为庞竖的一句话："你们行不行先见一次面嘛！即使成不了对象，也可以成为朋友嘛！在秦城市，多一个朋友就多一条路嘛！"既然庞竖这么说，那楚默然无论如何也要给她一个面子。他又从内心安慰自己：楚默然，你不就是一个大学生嘛！以你现在的工作状况，以你现在的经济条件，你对人家还有什么挑剔的？人家不挑你就可以了。

楚默然觉得似乎一时说服了自己。

于是，他和刘烟霞有了约会。他们缓步走在秦城市的大街上，虽然他知道没有人关心他们之间是什么关系，但他却有了一种异样的感觉。这种感觉唤起了他对大学时爱情的回忆，那时他也曾和杭惜妍走在秦西市的孔雀河大桥上，虽然他们无果而终，可是那毕竟留下了他美好的大学回忆。现在伴随这种感觉的，却是另一种更现实的感觉，他觉得这种散步是有条件的，目的性是很明确的。如果他们对于彼此之间的某一个条件并不满意，那么今天的这次散步既是开始也是结束。以后，他们又变成了陌生人，又活在各自的世界里。对于具有敏感心灵的人来说，这是现实得多么赤裸裸的散步啊！

夏日的午后，虽然太阳已经西斜，城市的空气闻起来柔和了许多，但人身上还是有一种汗湿的感觉。为了拉近和刘烟霞的距离，楚默然去超市里给他们每人买了一瓶矿泉水，他竟然不由自主地还给刘烟霞买了一块德芙巧克力。天啊！他还不知道巧克力与爱情之间的浪漫关系就主动给刘烟霞买了一块。一个不浪漫的人做了一件在别人看来有点浪漫而在他自己看来却只是亲切的事情。他不知道，刘烟霞在接到那块巧克力时会是一种什么样的心情，但愿她将这块巧克力仅仅当作一块巧克力。

傍晚，他们从渭滨公园回来的时候，秦城市两边已经是华灯初上，霓虹闪烁，湖面上倒映着湖边一栋栋形状各异的高楼大厦，街上人来车往，一切显得现实极了！这一切，楚默然没有感到多么美好，他只感到了一种财富权力的威严，一种令人窒息的威严。

到了宿舍楼门口，就要和刘烟霞分别了，刘烟霞说："谢谢你给我买巧克力。"他说："不用谢，很高兴认识你！"然后，刘烟霞就朝一个他不知道的简易楼走去，他则朝自己住的那栋沉重的灰色宿舍楼走去。进

了宿舍，打开了昏黄的电灯，只有一个孤零零的他和宿舍里那些简易的床板、桌子和凳子。

过了一段时间，吃完饭回来的路上，在北方棉纺厂的后门那儿，楚默然没想到遇见了庞竖。他们已经成为熟人了，他走上前去和她打招呼。他知道庞竖要告诉他什么，她也知道楚默然想知道什么。她笑着说："楚默然，刘烟霞和你见面以后告诉我说，她觉得你这个人挺好的！"楚默然等着庞竖下面的话，"只是，她觉得她的学历太低，配不上你。""我又不是博士，我的学历有多高啊？"楚默然笑着对庞竖说。"没关系，以后有合适的，我再给你介绍。"庞竖说。

又过了一段时间。一天中午，楚默然从学校对面的永宁街吃完饭出来，天空被西北风吹成了像土一样的颜色。突然，他在永宁街旁边的路沿上看见了刘烟霞。他微笑着同刘烟霞打招呼，刘烟霞微笑着问他吃过饭了吗，楚默然"嗯"了一声，然后，他就沿着斑马线穿过了车水马龙的大街。回过头来，刘烟霞依然站在寒风中的路沿上，好像在等人。

晚上，谷老师到楚默然的宿舍聊天来了。聊天的过程中，谷老师告诉他说，他们宿舍教计算机的韩老师要结婚了。怪不得最近看见韩老师和一个穿着很时尚的女孩子经常在单身楼上上下下，原来是这样啊！谷老师说："韩老师的女朋友在秦城市的华润万家超市上班，她的父亲是秦城市的一个大包工头，韩老师结婚的时候他送一套房子。""这样的好事，我们咋遇不上呢？"楚默然笑着说。"唉，人的命，天注定，没办法！"谷老师仿佛看透世事一样地说。"是呀，人比人，气死人啊！"楚默然说。只有楚默然明白自己说的话的意思。

星期五学生上完课后，学校要求每个班级认真打扫教室卫生，每个教室要反着放三十套桌椅。班主任检查了后，学生才能离开教室。殷校长发话了，让楚默然参加这次学校承担的英语职称考试监考任务。楚默然觉得自己似乎又有一点价值了！然而，没有想到的是，星期五下午当他从学校图书室出来的时候，学校工会张主席叫住了他，在楼道没人的一个角落，他对楚默然说："楚默然，明天有我家亲戚的一个孩子考试，我看了就在你的考场，你到时候关照一下！"他顿时明白了张主席的意思。楚默然知道现在的职称考试是怎么一回事，监考都是睁一只眼闭一只眼而已，大家心知肚明，谁也不当一回事，就当是挣几十块钱的监考费吧！于是，他对张主席说："我知道了！"听到他的答复，张主席乐呵呵地上二楼的办公室去了。

第二天监考的时候，许多考生都在趁机偷看一下随身携带的夹带，楚默然和另一个监考老师乔宇就象征性地提醒一下："注意了啊，将你们的夹带收起来，要不然就按作弊论处。"考生们就假模假样地收起来，等他们转过身，又从口袋里掏出来了。然而，坐在教室前面的一个看上去十分精干，嘴里还嚼着口香糖的小伙子却大模大样若无其事地将夹带放在课桌上，看到监考老师走到跟前了，也没有收下去的意思。同时，嘴里不停地发出吧嗒吧嗒的声音。此刻，楚默然虽然记着张主席昨天说的话，但是这个小伙子也太不将自己放在眼里了，简直是在公然侮辱人。于是，他努力控制住自己的情绪说："这位考生，请将你的夹带收下去。"谁知，这个考生竟然白了他一眼，很不乐意地将夹带拿了下去。

楚默然知道下来面临的将是什么了。

果不其然，一天在路上碰见骑着自行车的张主席，楚默然本想同他打个招呼，谁知，张主席一改过去见到他乐呵呵的样子，脸黑得就像锅底一样，看也不看一眼就从他身边骑过去了。

活人真难啊！为了个人的尊严，就这么把当官的得罪了！唉，在这人生地不熟的秦城市，他的境遇更是雪上加霜。

好不容易挨到了这一学期结束。6月底的一天傍晚，当楚默然百无聊赖地在车水马龙霓虹闪烁的世纪大道上散步时，他突然接到了杭惜妍打来的传呼，这真令他有点喜出望外。于是，他赶紧在路边的公用电话亭里给

她回过去。在电话那边，杭惜妍告诉他，她将要毕业了。这一天晚上，她们宿舍的同学一块儿出去喝酒了，回来后，她就给他打了传呼。

电话里，杭惜妍似乎带着几分醉意对楚默然说："你是我最好的一个朋友。"天啊！楚默然好感动呀！他们分别都一年多了，这是他第一次听到杭惜妍这样评价他。这说明他在杭惜妍的心目中并不像他在秦西市一样，仅仅是一个过客。杭惜妍啊，有你这一句话，我楚默然一辈子都满足了！他心里想。后来，杭惜妍留下了她家的电话，她告诉楚默然她的工作找在了杭州的富阳区。

这一夜回到宿舍，所有关于工作上的郁闷似乎一扫而空，楚默然的心里竟然觉得温暖极了！一时变得久久不能平静。和杭惜妍认识几年来，虽然他无时无刻不在想着她，他想将所有能给的感情都给她。可是，他的感情却像发射错了的信号，杭惜妍永远都接收不到。当她能想到他的时候，他却早已不在秦西市的蓝天下了。今晚，能在秦城市闷热的夜空下听到杭惜妍这句或醉或醒的话，楚默然突然变得可怜起自己来了，他竟然有一种想哭的感觉，眼泪就差点掉下来了。楚默然啊楚默然！

离校的前一天下午，他和杭惜妍见了一次面，请杭惜妍吃了一次饭，和杭惜妍散了一次步，给杭惜妍送了一本书。他知道杭惜妍有了男朋友，但不知为什么她却一直留在他的心里。也许，这一辈子他也无法让她走出自己的心里。也许就像杭惜妍说的，他们无法成为恋人，却可以成为朋友。成为朋友对于许多分手的男女来说，可能只是一句给彼此一个台阶下的冠冕堂皇的话而已，但对于楚默然和杭惜妍来说，似乎真的就是这样。

暑假里，楚默然又回到了频婆街。

第二天，他和母亲一起去溪头村看望六外公、六外婆。鲲鹏舅舅出院以后，向学校请了假，就一直待在家中静静地休养。舅舅的案件已经破了，四个关中道上的歹徒已经被豳邑县公安局刑事拘留，他的那辆红色摩托车已经被追回来了，现在静静地停放在六外公家上房的脚地上。在它的旁边，还停放着一辆红色的摩托车，是六外公后来又买的。一学期没见，鲲鹏舅舅的精神好了许多，他正在考虑着一周后和妗子林洁一起去秦城师范学院参加暑期中小学教师继续教育的事。

从溪头村回来，父亲说西祥庄的任医师昨天晚上去世了，这个给西祥庄的大人娃娃都看过病的人三天后要下葬了。

第三天早上，村主任王治民在广播上一遍又一遍地催着村里的人赶紧来打尖^①，马上就要起灵了。打尖的饭是素菜、花子馍和羊肉汤，素菜是红白萝卜丝、菠菜和豆芽等拌成的，花子馍是婚丧嫁娶时必不可少的，羊是任医师的几个女婿杀的。

打完尖以后，就开始起灵了。起灵前，是一个隆重的告别仪式。秦修齐在一旁念着悼词，总结着任医师的一生，任医师的孙子也念了一篇祭奠祖父的祭文。然后，亲朋好友们一批一批分别到灵前奠酒，向任医师做最后的告别。唢呐在外面吹着，吹得人的心里凉凉的。王治民让执客把埋人要用的杠子、绳索和盛五谷的斗等都往灵车上放。奠酒完了以后，人们就开始往张线绳的儿子张蛋儿开的灵车上移灵了。多年没见，这小子竟然在频婆街上做生意之余，还干起了这个营生。不愧是有商业头脑的人啊！这个时候，任医师家大门前站满了大大小小看起灵的人。

西祥庄的青壮年小伙子已经扛上铁锨、镢头往坟上走了，人们主要扛的是铁锨，镢头不多。有走着去的，有骑着自行车去的。灵车到墓地时，墓坑跟前已经围了一大堆扛着铁锨的人，有些人在墓坑周围看任医师的儿子给他大修的墓。这墓修得好，墓窖的底部和两侧都贴着瓷砖，墓门是铝合金框玻璃门，墓门的两侧贴着黑底金字对联的瓷片。有一些人在墓地旁边的苹果树下站着，抽着烟，说着话。

灵车到了墓地后，女孝子们拄着缠着一圈圈白纸条的柳棍排成一行行

味

301

---

① 茔地埋人时为了充饥，在起灵前吃的一顿饭。

跪下了，男人们开始忙碌起来。任医师的棺材被大家从车上抬下来，放在两条长板凳上，然后两条粗壮的绳索从棺底穿过，于是村里的青壮年小伙子分别牵起了四根绳头，有人把下面的长板凳抽掉，然后大家小心翼翼地把棺材往墓坑里挪。棺材下到墓坑里以后，木匠唐建俊和李有年下去了，他们两个人背对背，唐建俊的双脚顶住墓窑对面的坑壁，李有年双脚顶住棺材的一端。唐建俊弯起的双腿使劲地蹬着坑壁，他的腿伸直了，背对着他的李有年在唐建俊的推动下，双腿经过几个来回的伸缩，终于将棺材推进了墓窑。棺材的大头已经顶住墓窑的后面了。这时，任医师的儿子任承业下到墓坑，拿着一沓烧纸擦拭掉棺材上的灰土，盖好了绣着龙凤图案的暗红色绒棺罩。墓坑上面的人把给任医师准备的长明灯递下来，任承业把它放在墓窑左侧的一个小洞里，右面的一个小洞里则放着酵面碗。然后，在墓门口棺材的两边放上了纸糊的金童玉女。接着他又将墓坑上面递下来的一个绿色的保温瓶、一棵摇钱树、一台电视机、一个盛放着牙具和毛巾的蓝色脸盆分别放在棺材的两旁。棺尾底座的正中，端端正正地摆放着任医师的牌位，前面放着三碗献饭。一切摆放就绪后，丰登村的阴阳先生杨先生下来了，他用罗盘校正着棺材的位置，看棺材停放得端正不端正。等杨先生上来后，唐建俊下去扎墓门。家里定制的铝合金框玻璃门刚好和墓窑的券门大小一致，中间只是用几个碎瓦片垫了一下而已。门安装好后，墓坑周围的人开始往下接砖，用砖再来箍墓门。墓门箍好了，唐建俊上来了。这时，墓坑上面又将一个鼓鼓的蛇皮袋子扔下来，那是任医师生前穿过的旧衣服。这时，墓坑周围已经纷纷扬扬地往下撂土了。

墓坑上面正前方，杨先生开始在坟头念告土地神祭文，几杆黄铜唢呐这时在天空下苍凉地吹起来了。今天来给任医师送葬的人很多，王治民就让大家轮着撂土。张虎在不断隆起来的坟头上插了一根扁担，这根扁担是用来确定坟头的方向的。张豹提着一个斗，不停地往土里面撒着五谷杂粮。不到一炷香的工夫，一个鱼状的墓堆拢起来了，一头大一头小。最后，孝子们将所有的柳棍都大头朝下插在了坟上。人们用剩下的砖块在坟前堆了一个简易的祭台，任医师的女婿将端来的献包子和馒头掰碎，用烧纸包起来，分别埋进墓圈堆里。在王治民的主持下，孝子们上香磕头，亲友们上前奠酒。

拢墓结束以后，西祥庄的人就扛着锨和镢头陆陆续续往回走了，留下披麻戴孝的孝子和亲戚们在唢呐的伴奏下，沿着坟圈堆转三圈。回头望去，一座新坟出现在了西祥庄的公坟里，它的泥土是那样湿润清新。陪伴在这些泥土周围的，是一个个或洁白或鲜艳的圆形的、树叶形的花圈。在一阵阵的夏风里，那些撕裂后的缎带在空中飘扬着。

六外公和六外婆农厉二五八逢集时在频婆街上摆布摊，一四七在清风街上，三六九在伏敬街上。这几个地方离家都不远。

伏敬街的集是一个小集，和清风街一样，远远不能和频婆街、太谷街这样的大集相比。等到伏敬街上的集市散了以后，他们才开始收拾地上卖剩下的布料准备回家。回家的时候，六外公和六外婆常常要顺路去拜家村的妙龄姨家看一看。

去的时候，六外公、六外婆在伏敬街上卖麻花的摊子前买上一大捆麻花、一些油糕，准备给妙龄姨带上。去妙龄姨家的路是一条曲里拐弯、坑坑洼洼的小路。无论是骑自行车还是开三轮车，都没有走着舒服。六外婆坐在车厢里，总是不停地叮咛前面的六外公："你开慢点，慢点，我的心都快跳出来了！"

很快，三轮车停在了妙龄姨家的梢门口，吸引了一群孩子跑过来围观，周围的男人和女人都羡慕地看着妙龄姨家门口的这一辆车。他们有的认识六外公和六外婆，就热情地打着招呼，六外公、六外婆也笑着回应他们。然后，六外公和六外婆就提着东西从又深又黑的梢门洞里进去了。妙龄姨家现在还住在以前的地坑庄子里，院子里，妙龄姨正在柴垛上撕麦秸准备烧炕。看见六外公和六外婆来了，她的眼睛一下子变亮了，高兴而吃惊地说："六大、六娘，你们怎么这时候来了！"然后，就赶紧放下柴

笼，将六外公和六外婆迎进窑里。到了窑里，六外公将手里提的麻花和油糕放在炕对面的一张黑漆桌子上。

虽然这时天还没有黑，但窑里的光线已经暗下来了。妙龄姨对六外公、六外婆说："六大、六娘，你们坐下，我去给你们拾掇饭。"

"我和你六娘在街上已经吃了，你不拾掇了，我俩过一会儿就走了。"六外公边说边抬起头来朝窑里的周围看着。

"那我给你们倒点水。"妙龄姨说。

"不倒了。"六外公说。

"忠厚人呢？"六外婆问。忠厚是姨夫的名字。

"我邻家盖房，这几天当土工去了。"妙龄姨说。

"洪刚呢？"六外婆又问。

"他小艳姨介绍去伏敬街上的一个饭馆里端盘子去了。"妙龄姨说。

六外公和六外婆朝窑里四周望着。六外婆坐不住，走到窑后面案板旁的水瓮边，掀起稻黍箭秆做成的箅子上的笼布，看到整整齐齐地摆着几排玉米面蒸的斜子。现在除了吃稀罕，人们偶尔用玉米面和着糖精做一些甜斜子吃，整天吃的都是白米白面。看到这里，六外婆禁不住有点心酸起来。

回到炕边前，她对六外公说："时间不早了，咱走吧！"

六外公站起来了，对妙龄姨说："我和你六娘走了，你不出来了。"

"六大、六娘，你们来一口水都没喝就走了。"妙龄姨愧疚地说。

"让洪刚好好干，年龄也不小了，也该娶媳妇了。"临出门的时候，六外婆叮咛说。

"看他现在好不好好干！那死娃，我说啥都不听。"妙龄姨无奈地说。

"快回去，我和你六大开车就走了。"六外婆说。

"六大、六娘，天快黑了，刚下过雨路不好，你们路上小心。"妙龄姨说。

很快，六外公和六外婆的三轮车驶出了妙龄姨家的胡同，望着他们远去的背影，妙龄姨的眼里两股子眼泪流了出来。

楚默然生命中最耻辱的一年终于熬过去了，他又迎来了"新生"。

他想当班主任的这一愿望总算实现了。去年，他仅仅是初一年级两个班级的英语老师，这一次，他则不仅是初一七、八两个班的英语老师，而且还是八班的班主任。这是他的要求。去年惨痛的生活让他明白，每个人都有自己的命，你拿到了不属于你自己的东西，最终还是要还给人家。与其这样，还不如在一开始就不要不属于你的东西。

这一级的初一学生共分了八个班，前面四个重点班的学生在马路右侧新盖的主教学楼上，后面这四个普通班的学生在一进厂门的一栋破旧的四层楼上。这栋楼上，不仅有北方棉纺厂的一些办公部门，有一些卖布料的商店，还有秦城市教育局的档案室。他们的办公室就是由一个教室改成的，那些经常到教育局提档案的人不经意间就跑到他们这个教室来了。

他们这里似乎成了一个独立王国，老师们比较自由，不用担心学校的领导来突击检查。下课了，楼道里打打闹闹，吼声震天。他们似乎成了二等老师，学生自然是二等学生。他们活在属于自己的世界里。有人的地方就有比较，有人把你专门和别人进行比较，你必须忍受这样一种人与人之间的等级关系，否则，你觉得自己是活不下去的。城市的残酷之处就在于人与人之间赤裸裸的地位和等级关系，而人们似乎也接受了这一点。

给楚默然所带的班级上语文课的是一位女老师，叫梁丽。梁老师去年生了一场病，一开始在学校的图书室协助管理阅览室，后来就回家休息了，这学期又回到了课堂上。在办公室里，楚默然就坐在她的对面。梁老师看起来本来就很瘦弱，经过一场大病，看起来更显得单薄。见到梁老师的第一眼，他天然地觉得有一种很亲切的感觉。梁老师瘦削的身材使她的个子看起来并不是很低，她留着一头梳得很整齐的马尾辫，经常在一件高领的茶色毛衣外面套着一件青色的羽绒服，见了人总是微笑的样子。梁老

师常常让他想起小学六年级时教语文的梅老师。在雨车中学这么一个钩心斗角的地方，他从心里感到和梁老师做同事真是一件很欣慰的事情。

下课以后，教地理的谷老师领来一个上课时将粉笔头扔来扔去的学生陈超，交给了他的班主任文老师。文老师严厉地训斥了一顿之后，让陈超趴在办公室前面的讲台上，将《中学生守则》抄写二十遍。陈超笑着对文老师说："老师，我错了，能不能不抄了？"文老师说："不行！你在教室里乱扔粉笔头的时候为什么不想我不扔了呢？"于是，陈超也加入另一个班几个抄写《中学生守则》的学生行列里去了。他们抄着抄着，竟因为地方不够吵起来了。文老师厉声喝道："吵什么吵？再吵就中午不要回家了，吃饭的时候接着抄！你们想吵还是想抄？"这几个学生一齐说："老师，我们不想吵，也不想抄。"文老师倒被惹笑了："你们真是又可气又可怜。""可怜没人爱。"陈超接过来说。听到这一句话，文老师倒一下子没有话可说了。陈超的父母离婚了，由爷爷奶奶带着，他小小的个子，一头短发，看上去就像一个小周杰伦。文老师的心里一下子又有点难受了。

一天晚上，吃过晚饭，楚默然看了一会儿书刚睡下。这时，身边的手机响了，一接是班上李丹的妈妈打来的。她说："楚老师，我家丹丹现在还没有回来，急死我了！这可怎么办呀？"

"丹丹妈妈，你先别着急。你现在人在哪儿？要不我们一起去找一找！"楚默然安慰她说。

"那麻烦你了，楚老师！我现在就在渭河大桥上。"李丹的妈妈不好意思地说。

楚默然迅速穿好衣服，锁上门，走出了宿舍。喧嚣了一天的城市，终于安静下来了，只有旁边的路灯在头顶默默地照着，夜空里不时吹来一阵阵凄冷的风。在渭河大桥口，他见到了李丹的妈妈。他一边安慰着她，一边和她沿着世纪大道开始向路两边巡视着，这真有点大海捞针的感觉。时间一分一秒地过去了，可是根本看不见李丹的影子。他在心里默默地责备

着李丹：这个孩子，唉，又不让人省心了！

快12点了，他们还是没有找到李丹。李丹的妈妈说："楚老师，实在不好意思，你快回吧！实在找不到了，我就去报警！这孩子呀，从来就没有让我省心过！唉，都怪我当初不该和她爸离婚！"

"李丹妈妈，你先回吧，说不定李丹已经回家了。她回家后不见你，反而会更着急的！"楚默然安慰着李丹的妈妈。从她妈妈这里，他知道了李丹是一个父母离异的孩子。到现在为止，班里四十二个学生中，他已经知道有二十个孩子是父母离了婚的。这样的家庭，孩子怎么能健康成长呢？

刚回到宿舍，李丹的妈妈就打来电话，说："楚老师，李丹回家了。不好意思，麻烦你了！"

"李丹妈妈，那就好。你千万不要再训斥李丹了，她可能今天有什么心事。"楚默然说。

"好的，我不会训斥孩子的。"李丹妈妈说。

……

又是一个难忘的夜晚！

第二天一大早，楚默然走进教室，看到李丹正在看书，便将她叫到教室外面问："你昨天下午放学后干什么去了？让你的妈妈多着急啊！"

"对不起，楚老师，昨天我的心里有点难受！"李丹说。

"你如果心里难受，可以给老师说，也可以给妈妈说。天那么晚了，你不回家，如果出了什么事情，你妈妈怎么办？"

李丹一时低下了头，眼眶里挤出了两股子眼泪。突然，她对楚默然说："老师，我真想叫你一声爸爸！"

楚默然一下子真不知道说什么好，他感到尴尬极了！他说："快上课了，你快进教室吧！"

……

这就是楚默然的"新"生活，面对他的这些学生，每天的心情就像坐过山车一样，忽高忽低，时好时坏。

　　到这一学期期末的时候，楚默然去找北方棉纺厂组织部的领导，问关于他工作转正的事，到现在为止，他还处于试用期。然而，组织部部长的回答令他感到希望渺茫而又生气，好像他的转正问题又要变成求人的事了。他不想这样做！他觉得自己很委屈。不知为什么，他竟然又产生了辞职的念头。

味

30

最后，楚默然还是辞去了在秦城市雨车中学的工作。他告诉自己："不管前面是地雷阵还是万丈深渊，我都将一往无前，义无反顾……"这是他真实的想法。

正月初八早晨，楚默然和向新单位介绍了他的享言大哥一起去秦省师范大学网络教育学院上班。他开始了自己崭新的生活。那时他突然明白，原来人可以改变自己的境况。他相信，离开了秦城市雨车中学，他可以过得更好。

同秦城市雨车中学相比，他的工作环境发生了很大的变化。办公室里，每人一台电脑，每人负责一两门课程的编辑校对工作。每人的工作空间都是用玻璃方格隔起来的，就像在电视上看到的那些办公室一样。

在网络教育学院上班，最方便的是每天下班后可以不用做饭，就在学校的食堂吃饭。对于楚默然这样一个不喜欢做饭的人来说，这真是天大的好事。一天上午下班后，他和享言大哥一起去桃李园食府吃饭。食堂里人潮汹涌。当他在卖臊子面的窗口前等待时，突然听到一个女生喊他的名字，他觉得很奇怪，在这儿谁会认识他呢？他也刚来这儿不久呀！定睛一看，差点都认不出来了，原来是刘苗，她正和一个女生排队等着买饭。

"你好！楚默然！"没想到刘苗将他的名字记得这么清楚，"你怎么在这儿？"

"你好，刘苗，我现在在网络教育学院上班。"楚默然对刘苗说。

"网络教育学院，我知道。你什么时候来的？"

"今年过了年刚来。你上了几年了？"楚默然已经忘了刘苗是什么时候考上研究生的。

"我今年就要毕业了，现在正忙着写论文。"

"你工作找得怎么样了？"

"毕业后，我回咱们学校去。"楚默然明白了，刘苗留校了。

"以后，我们常联系啊！"刘苗说。

"好的。我过那边去了啊，再见！"楚默然说。

"再见！"刘苗说。

……

和刘苗的不期而遇，给了楚默然一个不小的刺激。他实在不明白为什么这种刺激这么强烈，但的确如此。

他突然觉得自己也应该考研究生了。

不知道女人在男人面前如果自卑的话是什么感觉，但男人在女人面前自卑的感觉，楚默然碰见刘苗时产生了。毕竟大四第一学期实习期间考研报名的事，曾经将他们联系在了一起。

碰到刘苗激发起他考研的想法只是一个原因，还有一些不得不提的原因。

回想在秦城市雨车中学苦楚的生活，楚默然觉得自己天生就不是为教小学生、中学生而来到这个世界的。他是为教大学生、研究生而来到这个世界的。这样说，你一定会觉得他很自负。其实好多人也讲过他不是一个擅长和人打交道的人，而是一个能够做学问的人。说这些话的人，他觉得他们了解他。可是，命运却没有安排他做学问，而是做了一名中学老师。现在想起来真有点可笑，记得刚到秦城市雨车中学开始备课的时候，面对那些刚刚升上中学的小学生，他竟然搬出他大学积累的工具书来给他们备课。人们讲做事要举重若轻，然而他却总是举轻若重，这可能不失败也不行了。举轻若重的结果是自己觉得很辛苦，而别人也不领情。而他之所以那样做，大概骨子里总有一股"学术研究"的情结，然而他搞错了对象，雨车中学不是让他搞学术研究来了。

在雨车中学时，楚默然常听到一些年轻的女老师考上研究生后辞职了。这多少对他有点刺激。其实，考不考研究生成了大学毕业前后同学见面时经常要谈论的话题。这个话题总像一条毛毛虫一样让他的心里很不舒服，不知别人是否也有和他一样的感觉。

慢慢地，楚默然有了一种疏离的感觉。虽然他也生活在大学校园里，然而他总觉得自己不属于这所大学。自己毕竟不是这个单位的正式员工，而只是一个招聘人员，他不知道自己为什么对于正式员工这样羡慕。

楚默然决定一边工作一边考研了。

考什么专业呢？还考原来的英语专业吗？天哪！如果考英语专业的话，他估计五年也考不上。不说别的课，光第二外语就成了问题。听说今年是实行研究生公费制度的最后一年，他想他不仅要考，而且要争取考个公费。否则的话，就会错失良机。

他决定考美学专业，他不是在毕业那一年，就考过美学专业吗？唉，那叫什么考试呀！

然而这一回，楚默然真的准备考美学专业的研究生了。他已经没有更多的回旋余地了。要是考别的专业，他也没有基础。至于考取他曾经下过一番功夫还订了一份《中国翻译》杂志的翻译资格证书的想法，也让位给了考研。这时他觉得自己是一个唯学历论者。很快，他从学校外面学子路转角处的新华书店里买来了李醒尘的《西方美学史》，至于像杨辛和甘霖的《美学原理》、叶朗的《中国美学史大纲》这些书他以前都买了。

为了考研，楚默然开始边工作边复习。在他的心目中，"研究生"这三个字是神圣的，研究生的生活就是他心目中理想的生活。一个人在真正进入一种生活之前，他常常会忽略这种生活事实上所存在的黑暗面，而更

多看到它的光明面。就像男女两人恋爱时只想着相处的快乐和幸福，然而却很少想到真正结婚后的磕磕碰碰，仿佛有一种神秘的力量拉着他不去朝那个方面想一样。

春天，本应是一个生机勃勃的季节。然而，这个春天，整个中国大地却变得人人自危起来了。

"非典"发生了！

广播里每天报告着各地的疫情——患者人数和死亡人数，以及各个地方所采取的措施。"非典"已经成了人们每天最关心的话题。

秦省师范大学给每个学生、教职员工配发了出入证。学校大门口的门卫成了学校最有权力的人，学校将学生中出现的咳嗽发高烧的人都隔离起来了。学校食堂专门熬制了防治"非典"的汤药，免费供师生饮用。学校还专门给每个师生发放了口罩，供外出的时候使用。学校鼓励学生在课余时间多活动，于是每天下午放学后，校园里、操场上到处都能看到学生打羽毛球、跳绳、打篮球和踢毽子的身影。

大街上，行人变得稀少了。人们戴着各种颜色的口罩，成为街上的一大景观。

虽然有一种对"非典"的恐惧感，但楚默然总相信自己不会感染"非典"。因此，他照例每天在吃完饭后去学校的公共教室看书。那里有许许多多准备考研的学生，他突然感觉：一个人为了自己的追求，难道不应该有这样一种精神吗？他觉得这样一种精神，一定会保佑他成功的。他在考研的英语辅导书扉页写下了这样一句话："诚心拜佛，佛自佑之。"

在网络教育学院上班的时候，许多陈年旧事有时会走进楚默然的心里。有一天，他突然想起了在雨车中学时的一件事。这个时候，他觉得在和自己进行一场精神上的对话。在这场对话的过程中，他发现自己扮演了好几个角色。

去年教师节开会的时候，殷校长说："今天下去以后，让喧妍老师给大家教《长大后我就成了你》这首歌。各位老师要好好学，而且要做笔记，到时候把你们的笔记交上来。如果没有学习笔记，罚款，每人十元。"

上课地点是在教学楼二楼学生上课的音乐教室里。

喧妍老师姓华，是一位美女，活泼开朗。长得漂亮的人差不多因为自信都显得如此。殷校长在大会小会上常常以喧妍为榜样，用来警示那些上课有问题，学生反映强烈的老师。

对于殷校长让喧妍老师给大家教宋祖英演唱的《长大后我就成了你》这件事，老师们说："这首歌是一首好歌，可是不适合老师演唱，教给那些刚参加工作的小姑娘、小伙子还行。我们都参加工作几十年了，都是些老皮了，谁还有激情唱这种装嫩的歌？"

于是，一些像柯老师那样有脸面的老教师就去找殷校长，反映大家的意见，希望不要再折磨老师们了。结果是，殷校长说："大家唱《长大后我就成了你》有什么不好？大家不是都喜欢看《激情燃烧的岁月》吗？难道我们现在不是一个充满激情的时代吗？我们老师没有激情，怎么能教出有激情的学生？大家都要学都要唱，我看到时候很有必要就这首歌来一次教师歌咏比赛。"殷校长最后的话让那些自觉很有脸面的老教师也没话说了。既然殷校长已经这么说了，他们只好唉声叹气地离开了校长办公室。

于是，在喧妍面前，老师们也当起了小学生。喧妍倒也没有将自己看成是校长派下来的钦差大臣，跟大家说着笑着，教着唱着。

其他的人要么是这个学校的老皮，至少也是小皮了，唯有楚默然是新来的一个刚毕业的大学生。然而，问题在于，他是这个学校一个刚上岗就下岗了的人，是一个多余的人，但他必须参加学校里举行的一切活动，否则就有放任自流、自动脱离组织之嫌。于是，他也就在一群教师中间学唱这首《长大后我就成了你》。对于他来说，这真有一种讽刺意味。有人说："要让人发现不了，就到人群中间去。"可是，对于他来说不是这样的。他已经被这所学校里所有的人孤立起来了。他每一天迎接的要么是

嘲弄，要么是冷漠，要么是同情。比这更难堪的是，他穿的鞋就将他和别人区别开来了。别人都穿着皮鞋，而他却穿着一双草绿色的胶鞋。那是若干年前的农民只有在下雨时才穿的鞋，而且就是现在估计也没有几个人穿了。现在都什么年代了！但是，他却穿在脚上，而且就坐在这么多城市人的中间。坐在音乐教室的木板讲台上，跷起二郎腿——这样是比较舒服一点，大家都是这样的姿势。于是他这双草绿色的胶鞋就自卑地迎接大家的目光了。

说起这双鞋，它是父亲在频婆街上逢集的时候买的。国庆节他从家里回到秦城市的时候，母亲给他装在包里，说是下雨的时候穿。其实，他平时穿的是皮鞋，今天下雨了，他不知怎么就把这双鞋换上了！他本来想买一双皮鞋，可是没有钱，他当时只领着学校发的二百元生活费。

楚默然突然产生了一种自惭形秽的感觉。想到他的这一双鞋，想到他在这所流淌着权力与欲望的学校，他自己都同情自己了。

他想起了一个人。有一天早上，他到学校里来的时候，一个身材高大、头发花白的老工人，举着一个牌子，上面书写着"刘公社"，嘴里不停地喊着："刘公社，你给我一个说法！刘公社，你给我一个说法！"刘公社，是这个厂里的头儿。他觉得此时的他就像北方棉纺厂的这位老工人一样可怜。

楚默然以为喧妍是这个学校的红人，他也以为这个学校的任何一个人都比他强，哪怕就是刚进入教学楼时门房里看大门的人，哪怕是在一楼那个旮旯里油印试卷的小伙子。谁都比他强！谁都比他活得有尊严！

现在，他终于愤然地离开了这所学校。他就为自己争了一口气，他觉得这所学校不属于他。秦城虽好，却无他立足之地。

令楚默然没有想到的是，在一次来西安的长途公交车上，他居然碰到了喧妍。在学校时，虽然她教他们唱过那首《长大后我就成了你》，但他们并不熟，好像也没有说过话。不过她肯定知道他在学校里的处境——那时谁不知道他呀！在秦城市这样的地方，人与人见面之后能够显得很亲

热，就很不容易，或者说比骆驼穿过针眼还难。喧妍见到他后的第一句话是："楚默然，听说你从咱们学校走了？"

"走了，没有活路了！"楚默然似乎带着一种翻身后的胜利感，但终于没有表现出来。其实，他想在这句话前加一句话："是你们学校，不是咱们学校。"但他害怕这样说出来，会让喧妍觉得尴尬。

"走了好，树挪死，人挪活。你还年轻，何必活得那么窝囊呢！"喧妍安慰他说。他又眼热了！他这个人很容易感受到别人对他的好——哪怕是几句安慰的话。

这是他第二次听人说他活得窝囊，第一次是去年初一（3）班班主任高顺红告诉他的。那么看来他活得真的很窝囊了！

"华老师，你也去西安？"楚默然问喧妍。

"我老公在西安工作，我就调到西安市五十九中了。"

"你跳槽了？！"楚默然有点吃惊地问。

"也算是吧！"喧妍有点谦虚地说，"咱们那个学校老师之间钩心斗角，老师和领导之间，不巴结、不送礼你就永远别想着出人头地。"

"你也这么看？我还以为只是我一个人这么想呢！"楚默然说。

"你还记得那次我教大家唱《长大后我就成了你》这首歌的事吗？"喧妍问。

"当然记得。"楚默然说。

"在当时的人群中我觉得你是最老实的，好像又是最自卑的。"喧妍说。

"是吗？看来，'老实'这两个字一辈子在我的脸上再也掉不下来了。你说我自卑，你看我当时穿得多寒酸，一双只有农民在下雨天才穿的草绿色胶鞋。更令我难堪的是，我当时是一个多余的人，又土气又老实。我觉得你当时才是最风光的，殷校长对你那么器重。"

"你错了，你只是看到我的表面。其实我也根本不想给大家教这首歌，殷校长简直把老师们都当成智障了。"

"原来你也这么看？"楚默然笑着问。

"谁不这么看？"喧妍反问。

"会飞的鱼"是楚默然他们办公室的一个女孩，中原大学中文专业毕业。他是被她那件白色的毛衣迷住的。她穿上那件衣服，就像一只洁白的鸽子。对于鸽子，他怀有许多美好的情结。多少次的梦境中，他总会梦见在他的肩膀上停着一只鸽子，那只鸽子简直就是他的情人。那样的梦醒来以后，常常会让他快乐好多天。当他们在网上聊天的时候，"会飞的鱼"会早早向他送来清晨的第一声问候。男女之间聊天，就像两个人坐在生活的斜坡上，总会自觉不自觉地滑到爱情的坡底去。他坚信这绝对是一个定律。所有别的聊天内容，都是为爱情这一最终的话题做铺垫的，或者对于这一话题，他们都是有"预谋"的。当一涉及爱情，两个人就可能会有故事发生。

楚默然总渴望能够和"会飞的鱼"一块儿去吃饭，或者说单独和她待在一起。其实，他所理解的单独待在一起，就是当恋爱中的男女双方单独待在一起时，他们从彼此的谈话中获得一种巨大的精神愉悦。这种愉悦不是仅仅停留在男女之间幽默的言谈，或者油嘴滑舌带给他们彼此的快乐。尽管这也让人快乐，但是真正将他们彼此联系在一起的，是使他们对于生活能够产生共鸣的态度，对于各自的人生事件的态度，以及彼此之间的宽容和理解。这里没有虚伪，没有做作，只有发自肺腑的心声。正是这些东西，使他们彼此产生信任和人格上的欣赏，这是维系他们之间感情的真正基石。只有在这样的基石之上所表现出来的幽默，或者偶尔的贫嘴才显得可爱。否则，只会让人觉得更加虚伪。如今社会上因为能说会道而吸引人的人太多了，你看街上的那些小商小贩，哪个不是能说会道？他们的语言有时令你佩服得五体投地。可是爱情不是这样，爱情不是彼此的花言巧语，它需要一些能够在彼此的心灵当中沉淀下来的东西。

楚默然好几次向"会飞的鱼"发出真诚的邀请，但是很遗憾，都被拒绝了。

后来他才知道，她有男朋友。

每天中午吃完饭后，"会飞的鱼"都会拿起桌边的电话煲起电话粥。她的语气有时低沉，有时开心，有时生气，有时嗔怪。楚默然不知道她是打给谁的，也许是打给她的男朋友的。想到这一点，不知为什么，他一时变得难受极了！他真有一种五味杂陈的感觉。他不想看到她打电话的情景，但他又不得不面对这样的情景。他多么希望她赶紧停止打电话！对他来说，她打电话简直就是一种折磨。可是，他又有什么资格干涉人家打电话的自由呢？

楚默然想同"会飞的鱼"保持有尊严的距离。他觉得他们只能成为见面很客气的同事而已，不要心存什么幻想了。时间一天天过去，他们彼此都在过着属于自己的生活。他想，一个人如果不顾一切地去满足个人的欲望，那整个世界都是黑暗的，可以为所欲为而不被人发现。相反，如果一个人能够理智地将自己及时地从悬崖边拉回来，那是因为他相信自己总是生活在阳光底下的，无论白天还是黑夜。他不想在"会飞的鱼"和她的男朋友之间扮演一个尴尬的角色。虽然影视作品中经常出现这样的角色，好像是一种身份和能力的标志，但他不想获得这样一种"高贵"的身份和能力。

然而，令楚默然没有想到的是，有一天，"会飞的鱼"给他打电话了，她哭着说她和男朋友吵架了，他又成了"会飞的鱼"可以倾诉的对象，毕竟她认为他还是一个可以信赖的朋友。他安慰她说："你也要理解你的男朋友，你们俩人都在大城市漂泊，生活工作的压力很大，难免会彼此发发脾气，只有你是最理解他的，你也要安慰安慰他。"

听了一堆安慰的话以后，她突然问："你怎么都是替你们男人说话呀？"电话的那边，楚默然感到她的情绪同刚开始说话时相比好多了。他笑了笑说："我们男人当然得替男人说话呀！虽然你的男朋友我还没见过，但是我倘若替你说话，那可就麻烦了！我得保护你们，也得保护我自己呀！"

31

对于楚默然来说，寒暑假就像一个窗口，他可以通过这个窗口看人生。

这不，刘美芹的前夫关学良回来了。

一天，楚默然从街上回来的时候，瞅见了在街边王志文家海鲜水产店门前空地上给人看自行车的关学良。原来，关学良并不像那些当年觊觎着刘美芹的男人所说的死掉了，他还活在这个世上。

以前关于关学良的所有传说现在都现实地凝聚在他的身上了。当楚默然见到他的时候，才知道关学良原来是这么一个人。确实，同要个子有个子、要钱有钱的文成昆比起来，关学良简直就像一根折断的木头。也许过去他是一棵昂首挺拔的大树，现在则变成了洪水过后留在岸边的一段枯朽的树根。后来，有时楚默然看见他一个人在频婆街上走过，他的头发已经掉光了，常常穿着一件蓝色的中山装。

关学良在受法的时候就知道了刘美芹和文成昆结婚的事。如果说以前他面对的只是一则消息而已，那么刑满释放后的关学良看到的则是昔日和自己生活在一起的刘美芹，现在却成了文成昆的老婆。有一回，楚默然感冒了去买药，开药的是文成昆，抓药的就是刘美芹。在文成昆的影响下，刘美芹也学会了辨别各种中药。"跟上做官的当娘子，跟上杀猪的翻肠子。"刘美芹已经成为抓药的娘子了，她在许多女人一片怪异的眼光中改变了她的人生轨迹。

关学良回到家里已经好几年了，他现在已经变成了一个六十多岁的老头。他仍然是一个人，儿子关保卫已经结婚，和他生活在一个院子里。女儿关雪丽初中没有上完就去东莞打工了，后来就嫁在了那儿，每年过年的时候，和她的丈夫抱着孩子回家看爸爸和哥哥一家，然后又到文成昆家去看望母亲。

堂妹婀娜结婚了。但是她的婚姻引发了一场巨大的家庭矛盾。

婀娜和土桥街一个叫路南的男孩恋爱了。那个男孩家里在土桥街中心路段开着一家大型超市，家里盖有两层楼房，有一辆黑色的轿车。看上去，路南高大帅气、彬彬有礼。在周围的人看来，这应该是一段美满的姻缘。

然而，这段婚姻在二婶看来却是一桩极不理想的婚姻。原来，路南年龄要比婀娜大好几岁，且没有正式的工作，整天东游西逛、游手好闲。二婶怎么也不明白，婀娜怎么会看上这样的小伙子。在她看来，婀娜虽然不是名门闺秀，但也不能嫁给这样的小伙子。献力叔叔虽然没有说什么，但他显然也是不满意的，他只是把自己的不满意装在心里。

无论大人怎么不同意，婀娜却坚持着自己的选择，她也许有自己的理由。儿大不由爹，女大不由娘。二婶怎么也劝说不下婀娜，最后，她的情绪失控了，狠狠地打了婀娜一巴掌。婀娜伤心地哭了。

可是婀娜依然坚持着自己的选择。

八月十五这一天，献力叔叔在频婆街上的王子酒店为婀娜举行了隆重的出阁仪式。婀娜在周围人的祝福声中出嫁了，但她却是哭着坐上婚车的。婀娜结婚后，家里只剩下沉默的献力叔叔和二婶，一切显得暗淡极了。

正月初二，婀娜和路南看望献力叔叔和二婶来了。婀娜和路南进门后，嘴里不断地喊着"妈"。然而，二婶一句话也不说。因为婀娜的这桩婚事，她对婀娜已经失望至极。婀娜和路南将提来的酒、糕点和酸奶等放

在桌子上，在屋子里默默地待了一会儿后，只好到雪兰姑姑家去了。

晌午，婀娜和路南在奋力叔叔家吃了饭。下午，路南因家里有事就先坐车回家去了，留下婀娜在奋力叔叔家待着。婀娜默默地坐在炕上，她的眼泪不停地流着。奋力叔叔和四婶在旁边不断地安慰着婀娜。婀娜在心里默默地问着自己为什么妈妈对自己的婚姻这样坚决反对。

几个姑姑去太阳雨洗浴中心替婀娜给二婶回话，也想劝二婶事到如今就认可了这一门婚事吧！既然婀娜和路南两个人都愿意，那就让他们过去。儿孙自有儿孙福。都什么时代了，两人之间年龄有差距有什么！这样路南才会更加地疼爱婀娜。可是，二婶什么都听不进去。她生气地骂着婀娜："我这一辈子就算没有养这个女儿！"最后她给几个姑姑留下一句话："她婀娜只要眼里没有我这个妈，就和那个路南过上一辈子！"听二婶这样说，几个姑姑也就不再说什么了。

初三下午，路南来接婀娜了。初四，他们还要去路南的几个亲戚家。婀娜和路南两个人默默地走出了家门，回频婆塬对面的土桥街上去了。

婀娜在巨大的压力和痛苦中生活着，每一天的日子沉闷得让人喘不过气来。她没有想到，自己的这个人生选择给自己带来了这么大的痛苦，还让母亲有这么强烈的反应。对她来说，婚姻生活里已经没有了幸福和美好可言。

……

一年后，婀娜和路南离婚了！

姨奶病重了！正月初五这一天，母亲说："咱们去看一看你姨奶吧！"

当楚默然和母亲再次见到姨奶的时候，姨奶的胳膊和腿已经变得只有一层粗糙的皮稀松地包着骨头。这时，他再一次明白了什么叫作瘦得皮包骨头。姨奶的样子，让他想起了十多年前祖父去世时的样子。姨奶已经认不出楚默然和母亲了！病痛让她已经无法静静地躺在炕上，被子已经被她踢成了一团，乱七八糟地堆在炕旮旯。她的头斜靠在被子上，伺候她的

是她的侄孙媳妇，那是一个收拾打扮得清清整整的年轻媳妇。她轻轻地对母亲说着姨奶的病情。这一次病倒后，姨奶已经有一个多月的时间没有下炕了。

楚默然的心里似乎有了一种不祥的预感。姨奶已经不是他四年前和母亲、妹妹见到的样子了。和姨奶待了一会儿后，那个年轻媳妇把母亲和他带到了对面的厦子，拿出了姨奶的寿衣让他们看。这些寿衣都是姨奶自己做的。像许许多多的老人一样，她早早地给自己准备好了寿衣。这些暗红色的寿衣看起来让人感到沉重极了！

厦子外面，正月的阳光里裹着一阵阵吹来的风，让人感到一丝丝的寒意。对面厦子墙角的板凳上坐着一位五十多岁的老人，静静地晒着太阳。楚默然知道他就是姨奶的侄儿，听说他得了白血病。

楚默然走上前去向他问好："表叔，晒太阳呢！最近身体好些了吗？"

"唉！就这样一天天往前熬着。我这个病，光医药费就需要几十万元，像咱这种庄稼人有什么办法？"他叹息着说。

"表叔，您别太悲观。我看你的精神很好，你的病一定会慢慢好起来的。"楚默然竭力地安慰着他。

楚默然本来就是一个嘴拙舌笨的人，这时候他觉得自己变得更不会

说话了，他不知道该如何安慰这位表叔。他知道白血病对于一个庄稼人来说意味着什么。他想到了"等死"这个词，这个词对于这位表叔来说实在有点残酷。他真不希望死神用这个词来填充表叔的日子，但愿有奇迹能够发生。

楚默然不愿在这个季节里，在这样的一个家里，死神在一老一少两个人身边盘旋。他只能默默地向苍天祈祷，但愿死神来得更晚一些吧！

三月初七，安平舅舅因肝硬化肝腹水去世了。

安平舅舅临终前，满头大汗，在炕上撕心裂肺地喊叫着。所有的亲戚都去了，目睹了他们生命中一次悲痛欲绝的人生离别。安平舅舅的屋子

里站满了人，大家都压低了声音。五外公痴痴地坐在安平舅舅的身旁，五外婆不停地擦着红肿的眼睛。侄女娟儿呜呜地哭出声来，侄儿盼盼、雷雷站在炕沿边一句话也不说，只见两行泪水从眼眶里直直地流下来。安平舅舅紧紧地攥着儿子星星的手。云霞妗子抱着女儿月月默默地流着眼泪，月月呆呆地望着炕上的爸爸。她还无法理解这生与死的离别，只有在她长大后的记忆里去搜索她生命中曾经经历的这一幕。死神在五外公家这座建于1976年的陈旧的厦子里飞舞。人们流出来的眼泪把时间一下子打湿了。

屋子外面，空气里还有一丝寒意。院子里，那棵高大的核桃树已从苍老干枯的枝头上绽出一片片新绿。

14点14分，安平舅舅的心脏停止了跳动，屋子里顿时哭声一片。

安平舅舅走了，年仅三十八岁。留下的是向亲戚朋友看病时借下的四万元欠债，三岁的女儿月月和十岁的儿子星星。

楚默然考上研究生的消息已经在西祥庄传开了！这是继他七年前考上大学后又一件具有里程碑意义的大事——至少他是这么看的。他想，像这样的消息传得总是很快的，他甚至能够想象人们在茶余饭后谈论他的情形。

然而，事实是虽然这件事已经有人知道了，但关注的人似乎并不多。这件事看来并不像他当年考上大学那样，让他能够成为整个频婆街都谈论的新闻人物。频婆街上的人们对于一个人考学的关注程度好像也分大众和小众。对于考上研究生这样的事情，似乎就显得有点曲高和寡了，或者说有点敬而远之了，谈论的人也就少了。人们显得冷静多了，或者说人们对于考上研究生意义的理解远没有像考上大学那样深刻。当然，考上研究生的意义要远远大于考上大学，这一点只有楚默然知道。这一点就像人们会向一个满月的婴儿表达庆祝，但对于他过了几年要上幼儿园并不会跑去庆祝大概是一样的道理。而上幼儿园，对于其父母来说，则是他们的孩子进入新的人生阶段的开始。对于楚默然考上研究生这件事大抵只能做这样的比喻了。

7月放暑假的时候，楚默然辞去了网络教育学院的工作，回到了家里。

第二天，频婆街逢集。吃完早饭后，楚默然准备去街上转一转，不知是想买一些生活用品，还是想将自己内心的愉悦向离别了半年多的频婆街散发出去。也许兼而有之吧！

来频婆街上做生意的人和赶集的人都在以自己的节奏走着、看着，说着、笑着，而楚默然倒好像成了一个可有可无的旁观者。他觉得频婆街越来越陌生了。频婆街是不是不想要这个从小在她的怀抱里长大的孩子了？

在街东靠近新华书店的地方，楚默然碰见了一个熟人——嘴儿甜。这是一个笑眯眯的人，不像他兄弟，老斜着眼睛看人，好像别人借了他的钱没还一样。嘴儿甜的真名叫辛里美。瞧人家父母这名字给取的，就让人感到喜气洋洋的。嘴儿甜是西祥庄一个脑子活泛的人。他夏天卖瓜果和玉米，冬天卖花生和橘子。没想到，现在嘴儿甜一家在频婆街上竟然摆摊卖起了衣服。看来，对于嘴儿甜这样的人来说，真是没有干不了的生意。嘴儿甜生在频婆街，真是生对了地方。

见了楚默然以后，嘴儿甜立即迎上来跟他聊起来。在频婆街上，只有考上大学那一年，他才受到过类似的待遇。以后，他就在人们的眼中像空气一样看不见摸不着了。

"默然，你什么时候回来的？"甜甜的微笑从嘴儿甜的嘴角和眼睛里流出来，仿佛花一样绽放在他的脸上。他满脸麻子的老婆就站在旁边，脸上带着羡慕的表情看着楚默然，好像心里在说着你看人家娃有出息的样子。

这让楚默然一时有点不好意思起来。

"夜来①。"楚默然热情地回答道。在西祥庄人面前，你越是用方言土语，西祥庄人越觉得你是一个没有脱离土地的人，他们越觉得你和他们

———————

① 昨天的意思。

没有距离。他们见不得人说普通话，好像天生和普通话有仇一样。他们觉得，一个从西祥庄出去的娃娃，如果带着一口普通话回来了，那就已经不是西祥庄的人了。

"一年没见，现在你胖了。"接着嘴儿甜又说了一句，"看娃长得乖哩！"楚默然已经是一个二十多岁的人了，还被人家叫作娃。虽然他感到有点不好意思，但心里却觉得很亲切。只有会说话的人才这么说，就像嘴儿甜这样的人。嘴儿甜一边打量着他，一边对他的老婆说："还是人家外面的水土好，养人。"

"这回你可给你大你妈把光争了。"看来嘴儿甜已经知道楚默然考上研究生的事情了，"你大你妈跟我和你姨一样都是恓惶人，整天日头从东山背到西山。这一下你大你妈可有盼头了。"其实，嘴儿甜再可怜也没有我大我妈那样可怜，像嘴儿甜这样的人走到哪儿都不会吃亏的，哪像我大我妈那样心很实的人，楚默然心里想。他也不知道三年后他能给父母带来什么样的盼头。

然后，嘴儿甜回过头去对正在绳子上挂衣服的儿子说："亚军，看看你默然哥，人家现在是研究生了，你什么时候才能有个出息呢？哎，默然，你说怎样才能把我亚军的学习抓上去？为他的学习，我和你姨把嘴皮都磨破了，不顶用！"这时，他显出一副已经绝望了的样子。在嘴儿甜的眼里，此刻楚默然仿佛已经成了个教育专家，或者说楚默然立刻就能拿出提高他儿子学习成绩的灵丹妙药一样。

"亚军也挺聪明的，以后肯定会有出息的。"楚默然笑着说。

"你不好好念书，将来连媳妇也娶不到！"嘴儿甜仿佛威胁地看看身边的儿子。亚军一边整理着蛇皮袋子里的衣服，一边撇撇嘴，一副人各有志、不以为然的样子。

"叔，你和我姨现在的生意挺好的吧？"为了转换话题，不让亚军感到尴尬，楚默然忙问道。

"好娃哩，这生意也就能混个零花钱。"嘴儿甜回答道。他似乎并不

乐意谈论他的生意，好像做服装生意是生活没法了才这样做一样。

他们就这样有一搭没一搭地说着。

这时，旁边一个摊子的女摊主过来了。

"这是我们村上食力家的娃，今年考上了研究生。"嘴儿甜一副很自豪的样子向她介绍着。

"看人家娃乖哩！唉，再看看咱那些娃，没一个成器的。"那个女的叹息着说。

楚默然突然觉得自己仿佛成了一个标本，心里难受极了。

于是，他赶紧对嘴儿甜说："叔、姨，你们忙，我到北街去转一转。"

嘴儿甜说："那你去转。唉，看人家娃长得乖哩！"当楚默然转过身后，他听见嘴儿甜又在重复地说着这一句话。

过了两天，楚默然买了些水果、饼干和奶粉之类的东西和母亲去看望五外公一家和六外公一家。五外公家的院子静得出奇，那是一种邻居们很少进来的静。五外公放羊去了，云霞妗子带着两个孩子去南街村娘家了，只有五外婆一个人在家里。安平舅舅去世的悲哀依然笼罩着五外公家这个深深的院子。这一天，天空万里无云，可那种白色的压抑一直让楚默然不知该怎样安慰五外婆才好。五外婆话不多，只是流泪，母亲也禁不住流下泪来。

傍晚时分，从五外婆家回来的时候，路过溪头村的公坟，母亲指着远处那座前面还残留着被风吹雨打过的花圈的新坟说："那就是你安平舅舅的坟。"那是一座新坟，坟上放着一个笼，周围的坟已经变得凹陷下去。天色即将黑下来，公坟后面墨绿色的玉米地里，那些不知道蛰伏在什么地方的秋虫叫了起来，顿时让人的心里感到沉闷压抑极了！

"今天没见我云霞妗子，她现在怎么样？"路上，楚默然问母亲。

"你六外婆将她的布摊分出一部分给你云霞妗子，她现在和你六外婆一样在清风街、伏敬街和咱们街上摆摊卖布、门帘、窗帘和被罩这些东

西。"母亲说。

"这样也好，她可以忘掉一点心里的痛苦，也可以挣一些零花钱支撑家里的日常开销。那多亏我六外公、六外婆呀，像他们这样的人真不多呀！"楚默然说。

"那一年，你六外公给你安平舅舅介绍了金城市的一个老中医，你安平舅舅来回看病的费用都是你六外公出的。你安平舅舅那几年看病，你六外公和六外婆加起来给了好几千块钱。"母亲说。

当楚默然骑车带着母亲快到西祥庄菜园子的时候，看见易常空和他的老婆石英莲扛着铁锨和镢头从苹果地里出来了。看见母亲，石英莲笑着问："你娘儿俩这是去哪儿了，现在才回来？"

"我和我默然去看了一下我六大和五大。"母亲笑着说。

"看你现在齐整哩，以后跟上娃享福呀！"易长空笑着说。

"唉，跟娃能享上什么福？"母亲也笑着说。

"辛兰，你闲了过多福胡同里来咱们说说话。"石英莲说。

"好，闲了我就过来了。"母亲说。

天色越来越暗了，楚默然加快了速度。因为见到了易长空，他突然想起了他们从韩爱琴的堂哥家抱来的那个孩子。

"长空叔叔家那一年抱来的那个孩子现在在干什么？"楚默然突然问母亲。

"喝了农药了。"母亲说。

"为什么？"楚默然的心里一惊。

"在学校里不好好念书，整天跟外面一个不学好的小伙子胡混。前年，偷了人家席家胡同一家人的商店，人家告到了法院，她害怕被抓去坐牢，就自己喝了农药。"母亲淡淡地说。

听着母亲的讲述，楚默然的心里一时感到难受极了！这时，他觉得周围浓黑的暮色已经将他完全包围了。

暑假，楚默然家准备要盖临街的房子。

逢集的日子，独承舅舅、于丽妗子、寒笑姨和创福姨夫都来了。大家一起讨论家里盖房的事，讨论的结果是姨夫帮忙腾地基，舅舅负责找木匠，姨和妗子来帮忙做饭。几个木匠是舅舅帮忙从清风乡孟家村找来的。盖房的材料中，椽是父亲去秦城南部的昭陵县拉的。其他的大梁、门窗是频婆街医院因为要建楼房而拆卸下来的病房的旧木料——听说工程是由县医院的舒业勤承包的，它们是通过献力叔叔帮忙买来的，价格便宜，结实耐用。

六月初八开始动工。此前，姨夫和舅舅来帮忙将原来大门边的土墙放倒，丰登村的表姐秀娟和姐夫于杰也来帮忙。早上，六外公来街上摆布摊的时候送来两千块钱。住在楚默然家前面的系国姑夫一有空也过来帮忙。

因为人手不够，父亲便让丰登村的姐夫在他们村里找了几个帮工，每人一天三十块钱。楚默然发现，那些青年小伙子干活时，总是拖拖拉拉的。一个小时能干完的活，能够拖上一个上午。早上快吃饭的时候才来，下午，早早地就收工了。"唉，没办法，现在花钱找来的土工已经不像二十年前你一叫就来帮忙的土工了。时代变了，一代不如一代。"系国姑夫叹息着说。

献力叔叔不时地过来看看房子施工的进度。看见献力叔叔过来了，周围的邻居总是迎上去笑着说："楚厂长，你过来了！"

父亲从街上给每个工匠买了帽子和手套。街上路过卖西瓜、卖桃的，父亲会去买上一些来，招呼大家停下来歇一歇，凉快凉快。干活的工匠们心里高兴极了。

几个木匠一起干活的时候，边干活边说笑。那个叫作建成的高个子木匠前一天下午没有来，这一天来了后，其他人就关切地问他前一天下午干什么去了，他说别人给他介绍了一个媳妇。

"咋样？"大家关切地问。

"没戏，人瘦得跟虼蚤一样，还带着一个孩子。"

味

"像你现在的样子，就别再挑挑拣拣的了。你没问人家什么态度吗？"

"人家没说什么，好像愿意。"建成说。

"能行，就过在一起算了。像你这样，家里没有个女人不行，一天回到家里冰锅冷灶的，连口热饭也吃不上。"盖房的大师傅劝说着。

"关键我看那个女的好像有点病恹恹的样子，我可不想再找一个弱不禁风的，如果以后有个三长两短，让人说起来还以为是我把人家克死的！"建成说。

"你越说越离谱了，有几个女的能像你说的那么短命？你还以为你是《白鹿原》里的白嘉轩呢？放心，女的寿命都比男的长。"一个和建成年龄差不多的小工笑着说。

"唉！一看见那个女的，我就想起了我原来的媳妇。一天晚上有月亮，我从街上往回走，走到村里，猛一抬头，我看见涝池边的柳树上好像有个人影，蓝脸白衣，从嘴里伸出一条红舌头来。我的妈呀！吓死我了。我赶紧骑着自行车往前跑，没把我差点从自行车上摔下来。"建成说。

这时，大家都不说话了。听说，建成原来的媳妇就是因为和他生气上了吊的。

这一天下午，天下过雨后，家里来了两个抄水表的，一男一女。男的家里人都认识，是溪头村六外公家斜对门的一个小伙子，按辈分说起来楚默然应该叫他舅舅。至于另一个女的，他就不认识了。

盖房子的这几天，家里的水表坑子上面堆满了厚厚的一层石棉瓦，不是三两下就能挪掉的。这个舅舅让他们挪走，父亲说这么多的石棉瓦一下子也挪不掉，让他们就先估计一个数，下次多退少补。

然而，他们两个人却一下子说出了五十方的用水量！"天哪，我们家一年也用不了那么多水！"楚默然反驳道。

"那你们就挪开石棉瓦，我们下去看吧！"

"可是这么多这么重的石棉瓦，哪能那么快就挪掉啊？能不能先估计一个数字，下一次抄水表的时候我多退少补？"父亲说。

"不行！你们看，要么挪掉石棉瓦，要么就按我们说的方数掏钱。"这个舅舅显出十分坚决的样子。

大家一时陷入僵持的局面。

后来，这个舅舅竟然威胁起父亲来了。

父亲一下子生起气来，他对着这个舅舅怒吼起来。长这么大，楚默然第一次看见父亲对着外面的人发火。这时，过路的秦修齐看见了，问清了事情的原委，就劝他们少收一点。他们两个人开始还是很硬，后来就做了一点让步，说是算上四十方水。

父亲生气地说："哪能用得了这么多的水！"

秦修齐说："算了，算了，下次算的时候，多退少补！"

父亲十分不乐意地掏了钱。

味

32

后来，婀娜在二叔和二婶的太阳雨洗浴中心的门房前开了一家诊所，叫"婀娜诊所"。给她帮忙打下手的，除了二婶，还有在秦城卫生学校上学寒暑假回到家的余佳。余佳就是当年二婶从职田街回到频婆街时抱回来的风华姨家的那个孩子，已经长成一个文静的大姑娘了。

放暑假前的两个月，诊所里来了一个实习生，叫赵一帆。他是频婆街税务所的王所长介绍到婀娜的诊所来实习的，是秦省中医学院即将毕业的学生。

赵一帆一表人才，身材高大匀称，脸色白净，戴一副金丝边眼镜，看起来文质彬彬。许多平时在婀娜这里看病的人看见来了这么一位帅气的小伙子，心里就想，朵川二婶会不会将婀娜让王所长说给赵一帆？当许多人这样想的时候，仿佛就成了真的一样。于是，到婀娜诊所看病的人越来越多了。与其说他们是来看病的，不如说他们是来看这个他们臆想当中婀娜要嫁给的实习生的。

一些人跑到婀娜的诊所里来说自己想戒掉吸了多年的烟，可就是怎么也戒不掉，问这位年轻的实习生有什么好办法。赵一帆就说："我告诉你们一个好办法，你们回到家里将鸡窝里那些干了的鸡粪磨成细末，然后泡水喝，喝上三天以后就可以戒掉烟了！"

于是，许多人就信以为真地按照赵一帆说的去做，他们从来没有想到

这么好的一个方子。

三天以后，张家胡同的书记张毛儿到婀娜的诊所里来了。这一天，赵一帆刚好回学校去办理离校手续了。张书记就向二婶诉苦说："你这儿那个小伙子给我说的破方子，我现在是烟没戒掉，饭每天倒是不想吃了。"

二婶笑着说："好张书记哩！你真是聪明一世，糊涂一时呀！要是喝鸡粪把烟能够戒掉的话，想戒烟的人都喝鸡粪去了！"

张毛儿说："以后谁的方子我也不信了，我不戒了！"

赵一帆回到秦城市以后就再也没有回来。二婶见了税务所的王所长说："你给我介绍的那是个啥实习生嘛，简直就是一个骗子！人不来了也不吭一声。"

王所长无奈地说："他姨，你不要生气，我没想到这碎尿是这个样子。我还本打算将你婀娜说给他，等我下次到秦城市见了我表兄，我好好地给他说一下他儿子的表现，让他好好地教训一顿。"

"王所长，你就别开玩笑了！那么多人给我婀娜介绍对象，我都没答应。难道我婀娜非要找这么一个不着调不靠谱的小伙子？"二婶说。

自从离开了频婆街供销社以后，二婶就用自己的全部精力去经营这个叫作频婆街纸厂的地方。她把全部希望都寄托在了对频婆街纸厂的经营上。

纸厂不再生产卫生纸以后，她就把纸厂里的经营分为三个项目：一是浴池，二是住宿，三是出租。浴池除了普通的男女淋浴浴室以外，还建了两间高档的盆浴浴室。她将纸厂院子右侧原来作为工人宿舍的房子改造成了供客商住宿的旅社，每间房子里放置了两张单人床，配备了镜子、电视和风扇等，所有的被褥、床单和枕头等都是二叔从秦城市专门买来的。纸厂前面的三间平房，一间租给了丰登村搞装潢的李宝宝，一间租给了泾滩县龙高塬上的老王销售汽车配件，最后一间给婀娜做了诊所。纸厂里面原来的厨房则租给了湖北来的卖豆腐的老刘。

二婶粗略地算过一笔账，一年下来，这三部分减去支出可以收入十万元左右，是一笔相当可观的收入。她以后的人生都寄托在这上面了，对于以后的生活心里也早已做好了打算。她想攒上一笔钱后，到时候成伟在秦城市或者西安市买房的话就不用向别人借钱了。

一想到这些，她好像有使不完的劲儿，每天不知疲倦地劳碌着。

每天天还没亮，二婶就起来了。洗漱完毕后，她便拿上笤帚、拖把、抹布去打扫浴池了。她先用笤帚扫干净浴池的地面，然后接上一桶清水，再将整个地面拖洗一遍。接着，又用抹布将衣柜、长凳和窗台等抹洗一遍。以前，她让余佳在周末去打扫，看到余佳打扫得不干净，就让她再打扫一遍。她常常对余佳说："人家来洗澡是为了舒适干净，可是一看咱们的浴池连脚都伸不进来，谁还愿意来？"余佳就笑着说："谁说不愿意来？除了咱们这儿他们还能去哪儿洗澡呢？"二婶就生气地说："现在好多人家里开始装热水器了，要是有一天真没有人来洗澡了，咱们就该喝西北风了！"

打扫完浴池以后，二婶又开始收拾前面的客房。她将客人退房后的床单、被罩换下来放到前面房子里的洗衣机里，再给床上换上新的床单被罩，接着又把客房里的地面打扫干净再拖一遍。当一切忙完的时候，已经到做早饭的时候了，她又赶紧淘米、洗菜、蒸馍。

吃完饭收拾完厨房以后，已经有人陆续提着洗浴用品洗澡来了，二婶笑着和来人打招呼。洗澡的人给了钱，她又去前面靠近浴池的那个小房子，那里有洗浴的人需要的毛巾、搓澡巾、香皂和洗发液等。她一会儿坐在小房子门口收钱，一会儿取洗浴的人需要的东西。认识的人来了，她就和他们寒暄两句。这时，太阳已经升起来了，照在小房子的单人床上和擦得干干净净的柜台上。虽然已经忙了一早上，但看着一个个前来洗澡的人，她的心里感到充实极了！

太阳雨洗浴中心的院子很深，后面是浴池、锅炉房和煤堆等，前面是

一大片十分开阔的空地，非常适合停车。秋天，来频婆街收苹果的外地客商就把车停在院子里，他们洗完澡后就住在旁边的客房里。他们说这儿停车方便，住着舒适，价格便宜。

晚上，当二婶刚睡下，正准备好好地放松一下来回跑了一天的腿，却听见大门外面有咚咚的敲门声。她赶紧穿好衣服走出去，原来是住宿的。她便将客人带到旁边的客房里，然后给客人提去一壶热水。当她再次躺下的时候，离天亮也不远了。

二婶每天的生活都是如此。可是，她却乐此不疲。她觉得这样她才活得踏实，而且充实。

除了经营好这些生意以外，二婶还发现了另外一些挣钱的门路。家里前些年种的苹果树已经老化了，她就找人把这些苹果树挖掉，又栽上了两长行小树苗。这一回，她没有再种"秦冠"树苗，全部种的是"富士"树苗。听司机老王说这几年玉米的价格上来了，她就请人在苹果树地里又种上了玉米。她思谋着苹果树三年才能挂果，即使挂果了，还可以种几年玉米，这又是一笔可观的收入。在玉米底下，套着种豆子。在地头，她又种上了各种蔬菜。这样到了青菜月里，就不用到街上去买菜了。

一回，在和前面门房老王的媳妇聊天的时候，听说养蜗牛这一行可以，现在许多人都在养蜗牛。于是，二婶就一个人坐车去鄠邑县北部的庙底乡一户人家那儿买回来了一批蜗牛，专门在纸厂里开辟出一个房间养起蜗牛来。

夏日的清晨，二婶早早地叫醒成伟、余佳和婀娜，四个人踩着露水去麦茬地里给蜗牛捋草。这个时候，成伟还在睡梦中，她对成伟说："早上天不热，咱们趁早去，你回来了好好睡。"成伟睡眼蒙眬地起来穿衣服，边穿边说："人睡得正香。晌午了，日头照得那么红，谁还能睡得着？"一副十分无奈的样子。当几个人提着一笼笼的青草回来的时候，日头已经升得老高，到了快吃早饭的时候了。放下草笼，二婶又进了厨房，赶紧做饭，余佳和婀娜在旁边给她打下手。

味

然而，养蜗牛这件事很快就中途夭折了。因为频婆街上没有人养蜗牛，二婶虽然通过看书学习养殖蜗牛的技术，但养了不到一个月的蜗牛最后还是全死光了，而且打听遍了整个豳邑县，也没有收蜗牛的人。买蜗牛的时候，人家说蜗牛是餐桌上的一道黄金大菜，可事实上在豳邑县，根本就没有几个人吃蜗牛。献力叔叔知道后，生气地对周围的人说："当初我让不要养那些东西，她偏要养，怎么样？还是按我说的话来了，是不是白花了钱！"二婶听到后则说："无非就是赔了一些钱和工夫，吃一堑才能长一智嘛！"

下午吃过饭，没有什么事干，楚默然就到婀娜的诊所里去闲逛。

他和二婶坐在诊所后面被隔开的屋子里说话。像母亲一样，二婶给他说着家里的日子，他告诉二婶以后的打算。突然，一个熟悉的身影出现在了诊所的大门口。只见这个人的眉毛拧成了黑绳，脸似乎已经变了形，两只胳膊交叉在胸前。这个人气势汹汹地对坐在单人床边的二婶说："你到底是给钱还是不给？不给的话，你把从我那儿拉走的化肥原样给我拉回来！"

这不是隔壁的多泉吗？楚默然没有想到，多泉会以这种形象出现在他和二婶面前。原来，今年春上二婶从他那儿赊了二十袋化肥，说是到玉米收了以后就把钱给他。"赊"这个字，是人在困窘中把脸当钱用。频婆街上多少人在别人那儿赊过东西啊，小到一盒烟一包盐，大到一顿饭一车煤。对于卖家来说，赊是同情，是理解，是信任；对于买家来说，赊是脸面，是尊严，是承诺。赊是日常生活中庄稼人的一种生存方式，不尴尬，也不可耻。然而，当一方破坏了这种同情、理解和信任，或者另一方破坏了这种脸面、尊严和承诺的时候，就让人觉得有点尴尬了。

对于二婶来说，多泉只是一个从年龄上来说不到三十岁的小伙子，他应该把二婶叫姨。然而，多泉现在却横眉竖眼、气势汹汹地站在二婶的面前要钱。"姨"这个称呼，现在已经不值钱了。

二婶听多泉发泄完，平静地对多泉说："多泉，你不要着急，我这两天实在是一分钱都拿不出来，我一有钱就给你拿过去。"

　　"我不着急，能再一回跑来向你要吗？！如果都像你这样，我这生意还做不做了？我准备明天去秦城进货，没钱拿什么去进货，我给人剁手指头呀？！"多泉生气地说。

　　楚默然发现，二婶一时陷入了沉默。这是一时拿不出钱来的极其无奈的沉默。这时候，他想起了父亲常常说的一句话："钱是一个硬腾货，没有就是没有。"

　　"我不管你想什么法子，你赶紧给我弄钱，没钱你就把化肥原样给我拉回来。"再看一看多泉，他的整张脸都变形了，一副根本不容商量的口气。这个场景把这个下午和谐的气氛一下子给搅碎了，是不是这个下午的和谐只是为现在的这种不和谐设置了一种背景，从而才让它显得更加不和谐？二婶和多泉之间僵持着。

　　楚默然从来没有见到过这样的场景。作为邻居，他们之间也没有多少交集，每次回家他们只是见了面打一个招呼而已，但现在他们却有交集了。一个是他的二婶，一个是他的邻居。

　　楚默然觉得自己一时无法忍受这种尴尬的生活情景。他不会对多泉气势汹汹，如果那样只会让事情变得更坏。人在屋檐下，不得不低头啊！欠人钱的人才是孙子啊！

　　楚默然突然想要帮二婶摆脱这个难堪的局面。刚好，他现在有三千块钱，那是他今年考上研究生后在西安市带家教挣的，现在他一时还用不着。

　　楚默然平静地问二婶："二婶，你欠多泉多少钱？"

　　"两千块。你说现在我到谁跟前去借这么多钱？现在家家苹果都没卸，玉米没收，娃娃眼看就要上学……"二婶说。

　　"多泉，你先回，我回去给你把钱拿过去。"楚默然对多泉说。

　　听了楚默然的话，多泉也没有再说什么，然后又对二婶重复了刚才的

那一句话，就气冲冲地走了。

　　"你有那么多的钱吗？"二婶有点迟疑地问楚默然。

　　"二婶，你不用管，我去给多泉还。"楚默然说。

　　过了一会儿，他回家去了。天下着小雨，他的心却在冒着热气，他的血也在冒着热气。他从箱子里拿出了两千块钱，就到隔壁的多泉家去了。

　　多泉不在临街的门面房里，楚默然只好到后面的院子里去找。快二十年过去了，虽然是邻居，但他几乎没有走进过这个和他家一墙之隔的院子。多泉家后面是二层楼房，前面是临街的平房，右边是厦子，院子是水泥地面。搭着塑料帐篷的院子里安静极了，只有小鸟的鸣叫声。他进了多泉家一楼右边的房子，看见多泉正坐在靠墙的桌子跟前算账。看见楚默然来了，多泉停了下来。

　　"多泉，你看是多少钱，我把钱给你。"楚默然平静地对多泉说，一句话也没有多说。

　　多泉也极力消解着他刚才在二婶面前的怒气，恢复了他平和的一面。他翻了翻账本，认真地看了看，说是两千元整。楚默然也在一边看到了"席朵川，化肥二十袋，两千元整"的字样。

　　楚默然将钱递给了多泉说："你数一下钱。"

　　多泉认真地点了一下钱，说："对着哩！"他似乎要说什么，楚默然先开口了："那你忙，我走了。"天空正在下着小雨，阴郁极了。但多泉家的水泥地上，却干干的。

　　诊所里，二婶正在忙着给一个病人抓药，但楚默然能感觉到她的心事。他告诉二婶说："二婶，你欠多泉的钱，我已经还给他了。"

　　二婶说："我知道你也没有钱，我本想去向别人借。那我过几天把钱给你。"二婶说。

　　"我现在不用，你不着急。"楚默然说。

　　傍晚，楚默然一个人从多福胡同走过。每一次走在这条胡同里，仿佛

是要用脚踩出岁月尘封在这条胡同里的记忆一样。这里藏着他童年时的多少记忆啊！每一次从大姑家回来时遇到的彭家那一群围堵他的孩子，他们现在在哪儿呢？他们一群孩子围在少云家大门口要他的父亲从煤矿上拿回来的细铜丝的情景似乎历历在目，现在少云的爸爸已经退休了；冬日的傍晚，他站在梢门口望眼欲穿般等着一片迷茫的胡同里母亲的身影，妈妈什么时候才能回来呢……

夜幕已经降临，天地一色。从每家敞开的大门里望进去，楚默然看见了白色的或黄色的灯光。西祥庄人在这样的灯光里，吃着所谓的晚饭，其实就是晌午吃剩的饭菜而已，总结着自己一天的生活。有人还在大门口忙活着，说着话。他看不清他们的面目，但知道他们是谁。他们的容颜变了，可是神态没有变。有一种东西连接在他和他们之间。

走着走着，楚默然在一座五间的大门房前看见了任依荣。大门在门房的中间，随着夜幕的降临，这座贴着白瓷砖的大门房暗淡了许多，只是发出淡淡的光，但在夜色里依然显示着主人殷实的生活。

任依荣坐在一把低矮的藤椅上，藤椅的扶手边靠着他的拐杖。他将头深深地低下去，也许他正在假寐，也许他生病了。他的头发已经花白，根根直立，和夜色融在了一起。楚默然心里想，这些年不见，任依荣已经老了！一个昔日生龙活虎的人一下子变得像霜打了的茄子。

楚默然怎么也忘不掉一个情景：任依荣的哥哥任医师去世以后，任依荣在灵前大声地哭着说："怎么不把我死掉啊！"见此情景，旁边的一个人悄悄地笑着说："你死了，谁将来再到咱们西祥庄街上给人夸自己的儿子呀！"

任依荣的儿子大学毕业后，工作找到了长庆油田。这是一个好单位，听人说每个月工资在五千元以上。那几年，任依荣陶醉在巨大的荣耀中。只要在大伙当中，他总是要将话题自然而然地转到儿子身上，一切显得那么自然。后来，人们见他张口又要说他的儿子了，就笑着对他说："光听你说你儿子，能不能说一下你女儿？这样让你女儿心里也平衡一下。大家

知道你儿子挣的钱多，我们的儿子没你儿子有出息，你不要再说了，要不然我们心里难受。"这让任依荣一时感到尴尬极了！任依荣的女儿离了三次婚，所以他从来不在人面前提起女儿。他就对人家说："你咋知道我又要说我儿子？"人家就说："你每天除了说你儿子，还能再说些什么？如果人都像你一样，省长他大可能都披上被子上天了——张得连领都没有了！"任依荣说："我回家吃饭去啊！不和你说了！"说着就气哼哼地走了。没了任依荣，大伙一下子感到轻松了许多。

几年前，任依荣的老婆去世了，儿子就让他去城里住。住了一段时间后，他怎么说也要回来。回来后，人见了面问他："依荣，怎么不跟上娃享福去了？"他就说："城里的房子住不惯，来回门都关着，像坐监狱一样，还是回到咱农村来住着舒服，来回也自由。"

早上，太阳还没有出来，频婆街还沐浴在一片宁静之中。街道两边的商店陆续打开了门。频婆街医院对面卖化肥的王力的媳妇穿着睡衣正圪蹴在街道的路沿边端着一个粉红色的塑料杯子刷牙，嘴边是一圈白色的泡沫，她用牙刷过来过去地在牙齿上刷着，然后端起杯子喝了一口水，水在嘴里翻腾的时候发出一阵阵咕噜咕噜的声音，然后头往后一仰又朝前一伸啪的一声吐到了地上，便站起来回到屋子里去了。每天刷牙的时候，她都把水端出来在外面刷牙。打扫卫生的老李拉着一个架子车，用锨端起每家每户放在路沿边的垃圾倒在车子上，车子上已经装了不少的垃圾，像菜叶子、花花绿绿的食品塑料袋以及没有吃完的剩菜剩饭和西瓜皮等。他的嘴里不停地嘟囔着："这些人啊，一天不知道怎么就能造这么多的垃圾，真不愧是农民啊！这样把我老汉还不累死！"收拾完一家的垃圾又拉着车子朝前走去。这时，"闲不住"的核桃拉着一架子车粪过来了，正在往频婆中学背后的地里拉去。核桃一年到头都在忙着，除了正月初一歇着以外，西祥庄的人一年四季似乎都能看见他忙碌的身影，他家的日子就是这么过下来的。"你以为频婆街上的清洁工这么好当？那一年村上让我去干这个差事，我就没干。""闲不住"说。

"咱不干不行嘛，咱没钱了，谁给你一分钱？"老李说。

"你不是有双职工的儿子和媳妇吗？他们还能让你要饭去？""闲不住"说。

"谁有都不如自己有啊！"老李说。

太阳一点一点地升起来了，东边露出了鱼肚白。这时，频婆街两边渐渐传来了一阵阵唰——唰——唰扫地的声音。朝两边望去，地上的尘土随着扫帚的挥动而扬起来了，空气里好像掀起了一阵土雾。这个时候，在收拾了屋子，打扫了院子之后，家家都有一个人出来扫着自家大门前的地方。打扫门外比打扫院子和收拾屋子还重要，这是涉及脸面的事情，也是关系到过日子的心劲问题。对于那些不打扫大门外的懒汉，人们从心里就看不起。

唐建俊一边扫着门外，一边朝对面的李祖艺说："听说领着客商装苹果的孟家村的书记孟炳坤的儿子昨天被县上公安局抓走了。"

"怎么了？"李祖艺问。

"和一群初中还没毕业的碎尿偷人家范祥村的变压器哩！"

"这东西也敢偷，这不是找死吗？"

"那可不，现在这些碎尿越来越不学好了。"

"这一回可把孟炳坤的脸丢完了。谁不知道，孟炳坤可是咱们频婆塬上的能行人啊！"

"是呀，孟炳坤能行了一辈子，这一回可栽到娃手里了。"

"这可不。这一回有好戏看了。"

"唉，现在农村也越来越没有安全感了。前几天上堡村一个人来我这儿买农药，把刚买的摩托车就停在路边，心里想车就在门口，人一会儿就出来了，就没有锁车，结果人出来以后，车就不见了。"

"这算什么，现在还有专门偷人家汽车的。席家胡同席茂盛的车要不是听到汽车报警声，早就被人偷走了。"

"现在你听见'倒车——请注意'的声音，可千万要注意了，已经不是过去的往后倒车，而是有人在偷车了。"

　　"这真像一个笑话。"

　　"这不是笑话，这是真的。"

　　"现在应该把这些碎贼关起来，好好地教育一下。"

　　"关起来解决不了什么问题，出来后，照样不学好。依我看，凡是偷人东西的，应该把手指头给剁了，看以后还有没有人再敢去偷人东西！"

　　……

　　令人意想不到的是，几年后向城的父亲又成了频婆街人街谈巷议的一个话题。

　　回到家里后，和母亲说起将来毕业后的话题，楚默然对母亲说："我将来准备把咱们家现在的地方卖掉，把你和我大接到我买的房子里去住。"母亲听后严肃地对楚默然说："你听着，在我和你大活着的时候，你就不要想着卖掉我们这一院子地方。你没看向城他大含玉，现在的处境多么可怜。为了给向城买房子，将自己家的那一院子地方卖掉了，说是到城里去和向城住在一起，可是现在呢，回来和向城他妈住在咱们频婆街西沟边的一孔烂窑里，跟要饭的一样。"

　　楚默然突然想起了几年前在向城家见到他父亲的情景。没有想到，他现在竟然是这个光景。

　　十年前，向城他大的名字因为向城考上中专而被频婆街上的人们广为传诵，那时他是人们羡慕的对象，那时是因为儿子；现在，向城他大因为卖掉了自己的那院子地方而最终住在频婆街西沟边的一孔烂窑里，这件事也被频婆街上的人们到处谈论着，这时他又成了人们同情甚至有点挖苦的对象，现在是为了儿子。

　　当人们说起是否要卖掉农村的地方然后和在城里工作的儿子、儿媳生活在一起这个话题时，向城他大便成为频婆街上的人们常常要举起的一个例子。向城他大似乎成了人们吸取教训的一个反面教材。

为什么向城他大要卖掉自己的那院子地方？原因很简单，是为了帮向城在秦西市买一套房子。而为什么向城他大他妈最后不得不住进频婆街西沟边的一孔烂窑里？频婆街上人们的说法是，向城他妈和儿媳妇相处不好。也许有这一方面的原因吧，但真正的原因谁也说不清。唉，不过你看一看听一听家家的日子，就是再和睦的家庭，也会出现各种各样的矛盾，那么向城家里怎么可能会例外呢？家家都有一本难念的经。既然如此，那又有什么难以理解的呢？只是，他们在南街村已经没有了属于自己的房，卖房容易买房难，最后只好花很便宜的价钱买了频婆街西沟边的一孔烂窑。

天还没有亮，许多人还沉浸在梦乡里，只有零零散散的小学生向学校走去的时候，那些住在频婆街两边农民家里的人就起来了，他们常常三个一群、五个一伙，朝街中心走去，他们是从上塬的职田、太谷和庙底等地方来的，有的甚至来自甘肃省正宁和宁县等地方。

他们这个时候来频婆街上是给人卸苹果挣钱的。

9月份以后，开始了频婆街上一年当中最热闹的一段日子。这时，来自全国各地收购和运输苹果、运送苹果箱子的大卡车常常停靠在路上，占了路的一大半。街上的各个大小饭馆、果行的生意一下子也红火起来了。出出进进这些地方的，是操着天南地北各种方言的人和他们的口袋里重重的钞票。此时的频婆街像是一个具有全国影响性的地方。

天渐渐地亮了，在街中心聚集的人越来越多。除了外地人，还有本地频婆街上的人。现在卸苹果的工价越来越高，一天可以达到一百二。许多灵醒的人算过一笔账，只要把这一段时间抓住，挣个一两千块钱不成问题，这比平时给人打工强多了。

这时，想找人卸苹果的雇主从频婆街四周的各个村子里也来了，有开着摩托车来的，有开着三轮车来的，也有走着来的。他们到了大伙当中，

那些打工的人一下子就上去把他们围住了，好像要从他们身上抢钱一样。他们主动问雇主要不要人，要几个人。雇主先问卸一天苹果多少钱，其实他知道现在的行情，但还是装作不知道的样子。一群人当中领头的人就说："现在是官行情，一天一百二。"

"你们这是叼人呀嘛，这么贵？"雇主说。

"那你看能不能寻下便宜的！"雇工们毫不示弱，有点生气地说。

"你们看能不能再便宜点？"雇主试探性地问。

"那你再去问一下别的人，看人家少了这个价愿不愿意跟你去？"说话的人一种作为卖方市场的口气。

雇主又跑到别的雇工当中去了，仿佛在另一堆人中能捡上便宜一样。

太阳已经升起来了，照着频婆街上这块熙熙攘攘的地方。去西安市、秦城市的长途车从北街的张家胡同下来了，司机不停地按着喇叭，聚集在一起的人们才慢腾腾地挪开，车开走以后，他们很快又聚集到了一起。

雇主转过来转过去，问了又问，比较了又比较，总算找到了几个人。没办法，钱再少了人家不去。一个男的，两个中年女人，还有一个女孩子。说好了价钱以后，雇主让他们坐上开来的三轮车，拉着他们朝自家的地里去了。三轮车开得很快，行驶在一条已经废弃的公路上，路上坑坑洼洼的，把人颠得心都快跳出来了。

到吃早饭的时候，街中心的人越来越少，今天能出场的都走了，剩下稀稀拉拉几个人，看来今天已经没有出场的希望了。他们只好坐在街边的路沿上，从随身带着的口袋里拿出一个已经干硬的锅盔啃起来，只能等着明天再出场了。

频婆街上卸苹果的日子，是人们最快乐的时候，也是最容易出事的时候。这一段时间就像正月里过年的时候一样。

这几天，人们在传递着一个重大的新闻：李正芳被车轧死了！

这一天中午卸完苹果，一家人都回屋里吃饭去了，地前头李正芳坐在塑料棚下的苹果堆里看苹果。卸苹果的这几天实在是太累了！他觉得自己现在还不太饿，就想靠在苹果堆上眯瞪一会儿。看着这么一大堆红彤彤的苹果，他心里高兴啊！他仿佛守着的不是一堆苹果，而是一大堆粉红色的百元大钞。想一想当年任医师领着自己要饭的日子，再看看现在，真是天上地下啊！多么善良的老人啊，可是已经去世多年了。如果任医师还活着，每年苹果刚卸下来，他一定会给任医师送去两箱最新鲜的苹果。可是，人就这么走了，多么可惜啊！

然而，当李正芳正在想着已经去世的任医师时，他却怎么也想不到一场飞来的横祸正在向他靠近。

苹果棚外面，一个年轻的小伙子开着一辆三轮车正准备去地里拉苹果。这时，新修的幽泾公路上一辆小轿车飞速朝他开过来。车主好像开的不是车，而是一架飞机一样。这时，小伙子眼看躲不及了，以为路边的苹果棚里没有人，就飞快地把车往路边开，以躲过一劫。然而，当他把车开到路边苹果棚时，只听见有人"哎哟"大喊一声，然而，车这时已经倒下去了，不偏不倚正好压在了李正芳的身上。

李正芳就这么被轧死了，留下了他沉默不语的妻子、给人主持红白喜事的儿子和一个两岁的孙子。

味

33

再次走进大学校园读研究生的楚默然还不知道，家里的父亲正在经历着一种痛苦的不幸。

快放寒假前的一天中午，楚默然正在图书馆看书的时候，突然接到了从邻居谢碧芳家打来的电话。接过电话，母亲在电话里告诉他，前两天父亲在张福全家给钱王义扛苹果箱子的时候，被从门框上面掉下来的一块玻璃将手腕割破了，正在医院里进行治疗。他的心里顿时一惊！想不到家里刚盖完房，就发生了这样的事情。他变得难受极了！再也无心看书了。不知寒假回到家里后将会看到什么样的情景。

他很快回到了家里，母亲告诉他父亲的手再也握不成锨把了！父亲只是默默地在家里待着，平时沉默寡言的他此时变得更不言不语了。可是父亲还得继续在地里干活。楚默然看见，父亲在干活时只好将锨把放在右手腕上，这只手腕就像杠杆的一个支点一样，然后用左手的力量将锨把艰难地撬起来。他的心里感到难受极了！

这一天，是频婆街腊月二十二集日。

从频婆街上回来以后，楚默然什么东西也没有买——他也不知道为什么到街上去，也许是因为无聊和忧伤。在街上转的时候，他就感觉到有点无聊和困倦了。于是，他赶紧往回走，他心里明白只有家才是接纳他的无

聊和困倦的地方。回来之后，也不知道为什么，他一点也不想和母亲谈论在街上的见闻——也许街上就没有什么新鲜的东西给他留下深刻的印象。脱了鞋，他一头靠在被子上，不一会儿就睡着了。

大白天，楚默然不知道他做了一个什么梦。今天的天气很好，阳光普照。只有这点金黄色的阳光他可以尽情地享受，可是他现在却睡着了。阳光喜欢照在哪儿就照在哪儿，都和他没有关系了。

睡梦中，楚默然听见了频婆街上赶集的人们的声音，他们的嘈杂声竟然和他的梦境搅在了一起——他的梦里已经没有一点的斤斤计较，变得十分纯净。来频婆街赶集的人，个个看起来都虎虎生威，这势头来自他们口袋里的钱，因此这集也就有赶头。不知道他们哪儿来的那么多钱，也许攒了一个月、两个月，或者就根本不用攒。有些人生下来口里就含着金汤匙，就睡在席梦思上。可是，有的人生下来就注定是要辛辛苦苦地挣钱和攒钱的。谁都知道，人没钱了，就像骑的自行车轮胎没气了一样，一下子就走不动了。这时，你再说你是"街上人"人家是"乡里人"已经没有任何意义了。"街上人"这个称谓已经没有任何含金量了。乡里人没有多少人会羡慕没钱的"街上人"，就像农村人不会羡慕失业的城市人一样。

这时，楚默然听见外面有亲戚到家里来存放自行车，他们在院子里亲切地喊着母亲。他们无论是把母亲叫姑姑、姐姐，还是直接叫母亲的名字，母亲都热情地答应着，但这并不代表母亲对于日子有着像他们一样的心情。他觉得母亲真正的心情和表面上的这种对于来人的热情是不一致的。母亲不想因为自家的境况让别人扫兴。

看来，来楚默然家存放自行车的人日子不错。他们今天估计要离开一个商店然后进另一个商店，要提着大包小包的东西从人群中挤出来。不知道他们有过楚默然今天这样的心情没有？这一时很难看出来。

在梦中，院子里的太阳慢慢地斜下去了，温暖里渐渐加入了一阵风的味道。街上赶集的人，一开始就像烧红的油，这时也慢慢地凉下来了。有人背着一个蛇皮袋子走来了，有人挂着两串子大蒜过来了，有人提着两条鲤鱼出来了。在他家门口，有一个村子的一群人都上了一辆手扶拖拉机，他们站在冷风里正在等着一个还没有从街上人堆里出来的人。这时，只见那个人两只手都占满了，正在吭哧吭哧地往手扶拖拉机跟前跑。而楚默然就像一个无所事事的人，看着街上每个赶集的人的一举一动，看乡里的人和街上的人有哪些相同的地方，有哪些不同的地方。

这时，楚默然才觉得频婆街上的集市是他的了。然而，这时他已经醒来了。

今天，频婆街上的这个集市，楚默然就在梦里度过了！对于他来说，这是一个插曲。

味

楚默然在日记里记下了过年前后这几天的情景。

腊月二十九，和叔叔姑姑们去给婀娜送核桃。经人介绍，婀娜和太谷镇的郑敏结婚了。这一天是太谷镇的最后一个年集。在一阵阵料峭的寒风中，到处弥漫着一股尘土的味道。黄风肆虐着，纸片和塑料袋子在天空中乱飞，大风好像要把太谷街上的东西一下子都吹走一样。坐车路过太谷街道旁边一片空地的时候，太谷街上今天正在唱戏，不知是从哪儿请来的演员，看样子好像是豳邑县剧团的。透过车窗，楚默然看见在路边的空地上搭了一个简易的舞台，一个凤冠霞帔的旦角正在咿咿呀呀地唱着。台下坑坑洼洼的地上没有几个人，倒是乱七八糟地停放着一堆自行车、摩托车和三轮车。遍地的塑料袋子，一阵风吹过来，一个个塑料袋子飞舞起来，朝戏台上旦角的脸上飘去。

腊月三十，和叔叔姑姑们去了住在泾滩县城的雪梅姑姑家。稳远姑夫的父亲去世后，他们一家就在泾滩县城过年。他们几年前已经在泾滩县城买了房子。晌午吃饭的时候，献力叔叔和稳远姑夫谈起了反腐的话题。稳远姑夫说："现在再也没有人敢过年的时候大摇大摆地给市上煤炭局的领导送情了。有个领导见没有人来送情，实在等不住了，就打来电话要东西。最后，实在没办法，矿上就找人在咱频婆街上买了四个猪头给寄去了。"

初二下午，三个姑姑家一群人从奋力叔叔家提着东西来家里了。在昏暗的屋子里，稳远姑夫询问了父亲受伤的前后经过后，安慰了父亲几句。然后，他们便默默地坐在椅子上、炕沿上，看着父亲的样子一句话也不说，任时间在静默中一分一秒地流逝。母亲放在桌子上的瓜子、花生、水果糖，谁也没有心情吃。坐了一会儿，他们便一块儿走了。大门外面，太阳快要落下去了，吹来了一阵冷风，让人感到凉凉的。

正月初三上午，来到六外公家后不久，刚坐在沙发上喝了一杯六外公泼的茶水——"泼"这个字的形象之处在于茶叶对于从保温瓶里倒出的热水的突然袭击有一种被吓得六神无主的感觉，楚默然就听见六外婆在院子里拖长声音高兴地喊着："洪刚——"他知道，是洪刚来了，赶紧从六外婆家的上房里走出去。

洪刚骑着一辆暗红色的摩托车，好像是一辆二手车。暗红色的摩托车看起来雾蒙蒙的，脚踏板上沾满了因为长期的踩踏而留下来的一道道泥巴。对于还没有骑过摩托车的楚默然来说，洪刚骑的这一辆虽然有点暗旧的摩托车让他觉得不能无限地去想象母亲口中洪刚的可怜，虽然他事实上在这个社会的底层，或者说早已被这个时代所抛弃，但就表面看来，人们不会一时将他身边的摩托车和他的生活现状联系起来。

洪刚个子高高的，人胖胖的，依然很敦实的样子。他穿着一件黑色的皮夹克，不是很新，上面是皮子裂开了的口子，就像他冬天冻得像红萝卜一样皲裂的手。

"就你一个人来了！你骑着车没有把你妈也带来吗？"六外婆关切地问。

"我妈这两天病了，她来不了。"洪刚边说边把车停稳，取下手上那一双蓝色的棉手套，然后从摩托车的把手上解下一个绑着的皮包。因为东西装得太多，皮包的拉链没有完全拉上，一个红色的塑料包装袋露在了外

面，楚默然看见里面装的是一块块金黄酥软的萨其马。这是洪刚给六外公和六外婆带来的过年礼物。

“怎么了，要紧吗？”六外婆关切地问。

“感冒了，我妈说吃点药就好了。”洪刚说。

“你人来就行了，拿这些东西弄啥，你爸你妈又没钱。”六外婆一边嗔怪着洪刚，一边说，“快，到上房去，炕热着，你看今天这股子冷风。”六外婆提着从阴面的厦子里取出的冷冻的带鱼进了厨房。

上房里，六外公陪着创福姨夫还有另外一个客人坐在火炉边，他们一边喝着茶水，一边说着话。六外公对姨夫和从宜禄县来的这位客人说：“你俩喝我刚泼的这种茶，是鲲鹏过年前托人从云南带回来的普洱茶。”

“这普洱茶还就是跟咱平时喝的茶味道不一样。”那位客人说。

“确实不一样。”姨夫喝了一口也点头说。

“听说这种茶一斤得好几百块钱。鲲鹏一天就知道乱花钱，到底买这么贵的东西干什么！”六外公说。

“这也是人家的一片孝心嘛！”姨夫说。

上房里，鲲鹏舅舅的小女儿伊伊和姨夫的女儿冰冰，以及从宜禄县来的那位客人带的孩子在炕上玩着扑克牌。电视机开着，好像是给空气演的一样，或者说电视开着的意义只是为了增加新年里的气氛，它并不需要人们去看它，尽管整个中午都重播着中央电视台的春节联欢晚会。几个孩子一边出牌，一边相互争吵着。一会儿听见一个说“我赢了”，一会儿又听见另一个说“你在耍赖皮”。

“伊伊，去给你奶在厨房里帮忙。”六外公说。

“厨房里有那么多人，还要我去干什么？”伊伊噘着嘴说。

“你个懒女子，整天就知道玩！”六外公无奈地说。

洪刚进了上房，把那个黑皮包放在房子正中的方桌上后，没有上炕去。他就站立在靠着窗户的炕前的黑色长柜边，眼睛一直注视着靠背墙的黄色立柜上的电视。他似乎很喜欢看正在重播着的春节联欢晚会，只见他不时地从盘子里捏起一个花生，剥开取出花生仁后把壳扔在炕洞门前的脚地上，把又小又红的花生仁放进嘴里。一瞬间，楚默然又看到了他放在嘴前的那双手，又粗又红，上面布满了小小的裂痕，真的像冬天频婆街上卖的没有保护好的红萝卜一样。

"洪刚，这儿有水，来喝点水。"姨夫叫道。

"我不喝。"洪刚沙哑着声音说。

"洪刚今年都快三十了吧？"姨夫问六外公。

"三十？都快三十二了。"六外公说。

"也该结婚了。"姨夫说。

"人家谁愿意把女儿嫁给他？这么大的人了，还一天在地上捡烟头吃。"六外公生气地说。

"那都是小时候不懂事，现在大了，也知道了。"姨夫说。

"唉，现在还不如小时候呢！你不知道，去年冬上装苹果的时候，跑到人家思变他丈人家去，让人家思变他丈母姨给他买一个裤头。你看，把人都丢完了！嗯，你就缺那么一个东西？你就是向我和你六奶来要也行，你跑到人家里去要，丢不丢人？"六外公生气地对姨夫详说着。

姨夫没有说话，他在听六外公说。

洪刚没有说一句话，依然默默地看着电视，吃着果盘里的瓜子花生。他好像已经把那件事忘了，或者说那件事对他来说像没有存在一样。

离吃晌午饭还有一段时间，姨夫说："咱们去你修身舅舅家转转吧，吃了饭就不用去'丢馍'了。"

六外婆说："对着哩！来了你们就去转一转，我就不去了。"

修身舅舅家住在刚进入溪头村的坡边上的一排人家中间。当母亲、姨夫、姨、冰冰和楚默然走进舅舅家的时候，没想到洪刚已经坐在了舅舅家的沙发上。楚默然发现，这时候洪刚和玉凤妗子的话却明显多起来了，好像变了一个人一样。这一点让他没有想到。玉凤妗子一边倒茶让烟，一边和大家寒暄着。

"你的命咋这么好，两个媳妇要人有人，要本事有本事。"姨笑着对玉凤妗子说。

"好寒笑哩，你不知道为这两个媳妇，把我和你哥两个人没颇烦死！"玉凤妗子笑着说。

"你没看哥和嫂子现在人瘦成了什么样子了，这就是人说的好事多磨。"姨夫接着说。

"你看你创福姨夫的嘴多会说。"玉凤妗子笑着对楚默然说。

大家有一搭没一搭地说着、笑着。这一会儿，外面的阳光暖和极了，厦子里虽然生着炉子，倒显得更冷了。跟着大家一起来的伊伊总是在厦子里待不住，跑进跑出。过了一会儿，六外公进来了，他对大家说："走，你们都到我家去吃饭。"这时，楚默然突然发现六外公走路的时候左腿有点瘸。

玉凤妗子说："姐姐、寒笑每一年初二来你们都不吃饭，今天就在我家吃饭吧！"

"我们不吃了，六叔六姨都在那边，我们得过去。"姨夫说。

"那我就不留你们了！"玉凤妗子歉意地说。

"修身、玉凤，你们也一起去吧！"六外公说。

"六大，我们就不下去了。"玉凤妗子微笑着说。

临走的时候，只见洪刚从窗台上顺手拿起了一个小本子，撕了一张纸，对玉凤妗子说："妗子，把你家的茶叶给我捏一些！"说着就捏了一点茶叶，用纸包了起来，塞进了夹克口袋里。玉凤妗子没有说什么，只是笑着看了看大家。

路上，楚默然悄悄地对姨说："我六爷的左腿好像有点瘸。"姨说："这都是前些年冬天开车去街上卖布时落下的病根。"听到这里，看着旁边走路有点瘸的六外公，楚默然的心里一时难受极了。

到了六外公家里，六外婆已经把菜炒好了，又是样样数数的两大桌子菜。

吃饭的时候，大人们一桌，小孩子一桌。洪刚和伊伊、冰冰他们几个小孩子一桌。

饭后，母亲和姨帮六外婆收拾好了厨房以后，大家都来到了上房里。六外婆让母亲和姨上去坐在炕上，于是，大家又说了一阵话。这一阵话让过年走亲戚有了更实在的内涵，它比吃饭更充满过年时的亲情感。说话的过程中，大家的话题又不知不觉地落到了洪刚身上。

"看洪刚什么时候娶媳妇呀！难道就这么打一辈子光棍？"姨叹息着说。

"那你有什么办法。谁能看上他呢？"六外婆无奈地说。

"记着，以后不要再到人家里去要东西了。你看你这么大的人了，都不怕人笑话！"六外公叮咛似的说。

"你以后需要什么了，到六爷、六奶家，爷和奶给你，记住了没有？"六外婆说。

"记住了。"洪刚说。

……

"六爷、六奶，我要回去了。"过了一会儿，洪刚突然说。也许他早已做好了回家的准备。

"这么早急着回去干什么，来了多待两天，明天吃完饭了再回去。"六外婆说。

"我回去呀！"洪刚似乎已经做好了决定。小时候，他每年过年到六外公家来，常常一待就是好几天。

"那爷和奶就不留你了，你妈一个人在家里，回去好好照顾你妈。"六外公说。

"来把提兜给我，我给你装上一些包子、御面，还有我今天晌午炸的鱼。今年肉贵，你大可能也没给你们称几斤肉。"六外婆说。

"你把盆里煮下的肉再给切一些拿上。"六外公给六外婆叮咛说。

当洪刚发动好了摩托车的时候，六外婆将满满的一提兜东西递给他，

又给他的口袋里塞了二百块钱。洪刚看见后要还给六外婆。

"拿上，回去给你和你妈两人买上两件衣服。"六外公说。

"六爷、六奶，那我走了。"洪刚说。

"你车开慢点，路上小心啊！"六外公站在门前叮咛。

洪刚骑着摩托车走了，车后冒出了一股青烟。大门外，六外公、六外婆、母亲、姨和姨夫等目送着他的离去。这时，路边站着许多邻居，人们吃完午饭后都出来在太阳底下晒一晒，或者送别这一天来的亲戚。

"唉——看洪刚都这么大了，咋办呢？"姨叹息着说。

云霞妗子没有扔下也没有带着两个孩子离开五外公家。她没有走，而是留在了溪头村。去年当人们卸完树上苹果的时候，云霞妗子的娘家就她的婚事在频婆街上的一家饭馆办了几桌酒席，招待了一下亲戚。那一天，所有的亲戚都去了，大家的心情都很复杂。

新舅舅是和频婆街隔沟相望的陈家河滩人，家里弟兄五个，因为家里穷，三十多岁了还是说不上媳妇。六外婆经常在街上摆摊卖布，认识的人也多，就把云霞妗子的情况讲给一些熟人，让他们给留意看有没有合适的人。最后终于有人介绍了现在的这个新舅舅。

每一年过年，楚默然和母亲去过五外婆家后总要去修身舅舅和安平舅舅家。下午，他们去了云霞妗子的新家。云霞妗子他们有了自己的一院子地方，楚默然见到了新舅舅。

走进厦子时，妗子一家人正在吃饭。

"这是默然，街上辛兰姐姐家的，研究生。"云霞妗子向新舅舅介绍着楚默然。

"舅舅新年好！"楚默然轻轻地说着"舅舅"两个字。

"姐姐，来给你盛碗饭吧！"云霞妗子对母亲说。

"我们吃过了，你们快吃吧。"楚默然说。

院子里，星星攥着一把小摔炮正一个个向地上使劲地摔，不时传来啪——啪——啪的声音。

"快，星星，赶紧吃饭，吃完饭再玩，要不然饭凉了。"新舅舅喊道。

云霞妗子端出一盘子花生、瓜子和水果糖让他们吃。

"姐姐，地下冷，坐到炕上去吧。"云霞妗子关切地说。

大家坐着聊了一会儿，新舅舅说："过了年，我们准备把布摊再扩大一点。然后，到今年后季把苹果卖了，把对面的厦子盖起来。"

"那明年我来了以后咱们在你们新盖的厦子里喝酒！"楚默然笑着说。"没问题！"新舅舅热情地笑着说。

独承舅舅家的收入中除了来自他手中的刨子、锯子，树上的苹果以外，就是正月十五以前做的灯笼了。舅舅做的家具是很精致的，或者说简直是精美的。他用做家具的手来做灯笼，那简直就是易如反掌的事情了。

一进入冬季，当地里的苹果卸完，苹果树叶子扫完以后，地里基本上就没什么活儿了。至于苹果什么时候卖，那要看市场行情，等苹果价上去了再卖。苹果树什么时候剪，也不用着急，到时候让创福姨夫帮忙，再叫上几个人，三两天就剪完了。进入冬天，舅舅和妗子的活儿就是做灯笼。

舅舅的"工作室"就在他们家里的阴面厦子。这座厦子已经有几十年的历史了，是外公在世的时候盖的。在这座厦子里，发生过多少艰难的生活往事啊！但那都成了过去。现在，舅舅要用它来开辟未来。冬天里，妗子每天把厦子里的炕烧热，就和舅舅还有他们的两个孩子秦敏、秦锐坐在炕上做灯笼。舅舅他们做的是火罐灯笼。火罐灯笼做法比较简单：先用刨子推出来的刨花做成一大一小两个圈子，然后再把红黄两色染成的灯笼纸拓上绿色的叶子或者诸如"福""禄""贵"之类的字，最后将这些折了一道道细痕的灯笼纸和圈子黏合起来就行了。做灯笼虽然简单，但也是一门技术活。灯笼上一大一小的两个圈子要圆，灯笼纸和圈子之间粘得要紧，一般只有红黄两种颜色，绿色作为枝叶是在黄色上面的一种搭配，红色的灯笼一般上面没有什么点缀。做好的灯笼放在热炕上，这样刚粘好的

灯笼就会干得快一点，圈子和纸之间不容易脱落。灯笼干了后，舅舅就小心翼翼地将灯笼放在一个长方形的塑料柜里，然后，就等着正月初五以后拿到街上去卖了。

灯笼必须赶在正月十五卖完。为了卖灯笼，舅舅真可谓起早贪黑，翻沟上塬。他常常分成两个灯笼柜去卖。因为两个镇点比较远，常常在同一天逢集，他就让妗子和秦敏推着一个灯笼柜来频婆街上卖，他和村子里的人坐上邻居永锋的大车翻沟或上塬去别的乡镇卖。这一天，舅舅在频婆街上卖完灯笼后，让楚默然帮他第二天到职田街去卖灯笼，楚默然高兴地答应了，因为他还没有去过从频婆塬往上走的上塬。

第二天天还没有亮，楚默然就从六外公家的炕上起来了，然后朝舅舅家走去。当他走到舅舅家门口的时候，在漆黑清冷的空气里，在门口吊着的那盏昏黄的电灯下，他看到一辆大车，有好多人在忙着往车上抬灯笼柜，他们不时地叮咛着："小心着，不要把灯笼撞了！"装完车后，大家一起用粗绳小心翼翼地将这些灯笼柜揽起来。

永锋问大家坐好了没有，准备走了。这时，一个叫彬峰的"舅舅"说："等一下，我去尿一下。"永锋说："就你屎尿多，快去！"这时，妗子出来了，对舅舅说："你和默然今儿去了买饭吃吧，就不拿馍了。"坐在车帮上的三兴说："独承，今儿卖完了灯笼，和你外甥要到馆子里好好吃一顿，挣下那么多钱干啥！"妗子笑着说："谁看你哩！能和你相比？"

人都到齐了，坐好了。在清冷漆黑的黎明里，车开出了坑坑洼洼的溪头村村路，终于驶到了平坦宽敞的幽泾公路上。黎明渐渐退去，田野里仿佛被一种神秘的力量吸走了黑暗一样，人们又迎来了一个光明的世界。到了职田街的时候，天已经大亮了。朝街边望去，只见一个老头拉着架子车正在清扫路边的垃圾，一个男人端着牙缸正蹲在路沿边刷牙。这时，街上的许多商店还没有开门。

车停下了，隔一段距离放一家的灯笼柜。舅舅的灯笼柜放在位于街拐角的位置。摆好灯笼柜后，舅舅说："我们先去吃点饭吧！"吃完早点

味

后，回到放灯笼柜的地方时，街上已经有了来回走动的行人。舅舅打开了灯笼柜，但几乎没有人来问价钱。过了好长时间，一个推着摩托车的小伙子过来了，问灯笼咋卖，舅舅说："两块钱一个。""给我拿上两个。"舅舅小心翼翼地从柜子里拿出一红一黄两个灯笼，用细线贯起来递给那个小伙子。小伙子递过来钱，开上摩托车走了。两个灯笼在他的身后迎风飞了起来。

街上的人终于多起来了，好像潮水一样从四面八方涌过来。一个老人走到灯笼柜跟前问多少钱一个灯笼，舅舅说："两块。"那个老人说："咋这么贵啊！今年好像什么东西都贵！"说着，又走了。舅舅对楚默然说："买东西的人没有嫌东西便宜的！"

太阳终于升到了头顶，街上的人变得拥挤起来了，各种吆喝声不绝于耳，这时的职田街就像一个混浊的大涝池。舅舅也吆喝起来了："灯笼捎上啊！两块钱一个！"他的吆喝声还真管用，一下子围过来好几个人，有看的，有买的，最后看的人也说："来，给我也贯上两个。"舅舅把那个人要的灯笼递给楚默然，楚默然就在旁边给舅舅扯线、贯灯笼，忙得不亦乐乎。

慢慢地，柜子里的灯笼渐渐少下去了，可以看见柜底了。留下的，是几个有点被压得变了形的灯笼。这时，舅舅又吆喝起来了："灯笼贱卖了啊，五毛钱一个！"看见一个中年人过来了，舅舅说："大哥，过来看一下，就剩最后几个灯笼了。人家卖一块，我五毛钱给你。"那个人看了看说："那你全给我贯上吧，到了十五晚上发灯的时候用。"

……

终于，舅舅的灯笼全部卖完了。舅舅数了数口袋里的钱，说今天卖得还行，看上去很满意的样子。数完钱后，他说："我们再去吃点什么吧！"楚默然说："不吃了，回去再吃吧！"舅舅说："那我去给咱们买上几个锅盔吃吧！"过了一会儿，舅舅回来了，他说其他几家的灯笼，有的还有大半柜呢！楚默然说："他们做的灯笼哪能和你做的相比！"舅

舅笑着说："好默然哩，我做的灯笼哪有你说得那么好！赶紧吃吧，过一会儿，吃完了咱俩把灯笼柜抬到永锋的车跟前去。街上人多，车开不过来了。"

回来的路上，当车路过频婆街烤烟收购点的时候，车上人的心提了起来。这是一个丁字形路口，朝南下去是频婆街，东西方向是幽泾公路，过往的车辆多。在这里经常发生交通安全事故，许多人在这里丧生，简直成了频婆街上的"百慕大"。只见来来往往的大小车辆呼啸而过，车前灯常常照得人的眼睛都睁不开。车开到这里时，永锋也慢了许多。

唉，谢天谢地！车终于开过去了。

一路疾驰，车终于停在了溪头村永锋家的门口。想一想早上出发时的情景，一天就这么过去了。下了车，妗子等一群人站在大门口说着话。"你们怎么才回来，把人都等得急死了！"永锋他娘嗔怪着说。说着，大家一起在皎洁的月光下将轻重不一的灯笼柜从车上抬了下来，各人朝自己的家里走去。

34

　　5月的一天，从学校图书馆回来的路上，楚默然接到了表弟乐乐打来的电话。电话中，表弟说他刚从青海格尔木回来，想到秦省师范大学来转一转、看一看。时间已经到了夏季，太阳在天空明晃晃地照着，让人只有一个想法，赶紧回宿舍里凉快一会儿。

　　在研究生宿舍楼的梅园，当乐乐出现在楚默然面前的时候，他已经是一个成熟的小伙子了，人看上去精干极了，一副充满青春活力的样子。他的手里提着一个深蓝色大包，里面装着他所有的行李。

　　回到宿舍放下行李后，乐乐在洗水池前好好地洗了一下脸。休息了一会儿后，楚默然和他一起到学校的溢香食府吃饭。两个人边吃边聊。

　　"你什么时候去的格尔木？去干什么？"楚默然问。

　　"今年过完年后去的，我一个初中同学的哥哥在那儿开了一家印刷厂。"乐乐说。

　　"去了怎么样？怎么又回来了？"楚默然又问。

　　"企业不景气，挣不下什么钱，而且气候也不太适应，比咱们这儿冷多了！"乐乐说。

　　"那你回来以后准备干什么？"楚默然问。

　　"我也不知道，回来再看吧！走一步看一步。"乐乐说。

　　楚默然一下子沉默了，不知该再说什么了。"你多吃点吧，吃完了再

味

357

给你来一碗！回到宿舍后好好休息一下。"楚默然说。

生活的巨浪接连而来，让人无法逃避。

在独承舅舅和于丽妗子平静的生活下面，却潜藏着巨大的暗流。

这几年舅舅种苹果、卖灯笼攒下了一些钱。盖五间新厦子就成了他的人生理想。很快，舅舅将外公在世时盖的厦子拆掉了，也将院子前面摇摇欲坠的门楼连同长满了苔藓的围墙一起拆掉推倒了。代替被拆下来的厦子、围墙和门楼的，是一排五间贴着洁白的瓷砖的平房，一个贴着耀眼的瓷砖的门楼以及紧挨着门楼的浴室。这样的生活，是母亲和寒笑姨以及其他亲戚所希望的。然而，生活的逻辑并没有顺着亲戚们的祝福一直向前发展。

舅舅和妗子吵架了。这不是一般的吵架，而是伤筋动骨的吵架。吵架是因为另一个男人的问题。从此之后，舅舅和妗子就进入了长期的冷战状态。

事情的起因是有一天晚上，舅舅从频婆街上回来走进院子的时候听见了妗子给一个男人打电话。盛怒之下的舅舅一下子冲进了屋里，夺过妗子的手机，狠狠地摔在了地上，然后上去就给了妗子一巴掌。妗子也不甘示弱，一下子将舅舅推倒在地。邻居永锋他妈听到吵架的声音，赶紧跑过来。进到厦子，两个人已经不吵了，只见地上的手机被摔得七零八落，妗子在大声哭着，舅舅靠着床上的被子喘着粗气。永锋他妈说了舅舅几句，又去安慰妗子。

从此以后，舅舅和妗子两个人有一个多月没有说话。

这一天，四外公过七十大寿，舅舅去祝寿了。没想到一向不能喝酒的舅舅竟然喝醉了，人一下子醉倒在院子里，在地上吐了一摊——这真有点像过去的伊最姨夫。酒后的舅舅突然哭起来："我的命怎么这么苦啊！从小没大没娘，别人欺负我；长大娶了媳妇，媳妇连同别人也一起来欺负我！呜——呜——呜！我不想活了，我这样活下去还有什么意思！"

六外婆赶紧将舅舅扶起来，安慰着说："别胡说了，于丽对你不好能和你一起过这么多年？人家又是养儿又是育女的。"

"你们别给我宽心了，我每天在外辛辛苦苦挣钱，在地里东山的日头背到西山，挣的钱都给于丽拿上买了衣服了。原来，她穿着那么好的衣服都是给别人看的！呜——呜——呜！她把我当什么了？"

"她把你当她男人，当什么！她穿上了好衣服，难道你脸上没光？快别说了！"旁边的四外婆在劝说着。

几个人把舅舅硬拉着扶回了家里，让他好好休息一下。来人走了以后，看见舅舅醉成了一滩烂泥，妗子嘴里不停地骂着："明明知道自己喝不成酒，还要硬撑，就不能少喝点，丢人都不知道深浅！"舅舅睡着了，嘴里还在说着："于丽，你对不起我，你对不起我！""秦独承，你到底对得起谁？你对得起我吗？结婚这么多年了，我跟你享过几天福，过过几天好日子？"

……

舅舅和妗子吵架的事在亲戚们之间传开了。这一天舅舅上频婆街来了。这一回，他是自己一个人来的，没有骑着自行车带妗子来。寒笑姨碰巧也上频婆街赶集来了。大家的心里都装着舅舅和妗子的事。母亲在炕上一边纳着鞋底，一边对舅舅说："你和于丽之间不知有多大的矛盾哩，现在咱整个溪头村的人都知道了。"

"就是有矛盾，你们两个能不能心平气和地说？人说，好事不出门，坏事传千里。你这回是把你抹得黑黑的！"姨说。

"我就是受不了她动不动给一个男的打电话。那个浑蛋也不知道有啥事经常要给于丽打电话。"舅舅说。

"你知道打电话的是谁吗？你知道了以后，见面告诉他不要有事没事再给于丽打电话了，有什么事和你说。"姨说。

"啥时候我见了于丽，也要给她提醒一下，女的也要注意自己的影响。我们街上有一个女的，她好像跟哪一个男的都能黏上，人家谁在背后

不说她，不骂她！"母亲说。

"实在过不下去了就离婚，谁离了谁还不活了！"舅舅生气地说。

"你以为离婚就那么容易？你们解脱了，娃怎么办？你们两个从小缺大少娘，还要让娃像你们一样吗？"母亲说。

"不要再说离婚的话了，于丽也不是那种招蜂引蝶的人，你找个机会给于丽道个歉，这事就过去了。夫妻之间没有隔夜的仇。"姨说。

"也别再待着了，上街来该办啥事情赶紧去办吧！办完就回去过你们的日子。下一集，让于丽上我们家来吧！"母亲说。

"连你们也不让我待了！"舅舅无奈地笑着说。

父亲的咳嗽一天天加重了，他的痰里面有了血，吃饭已经变得有点困难了。像钢铁一样的父亲，实在觉得受不了了，便一个人去幽邑县医院看病。一位白发苍苍的老中医诊断后皱着眉头说："你怎么一个人来看病？"父亲说："我的孩子一个在外地工作，一个还在上学，他们都来不了。"医生听了以后，再也没有说什么，默默地给他开了一些止痛的药，只好这样来安慰一下他，并建议他到省上的大医院再检查一下。医生心里明白，父亲得的是咽喉癌，可他怎么也不能将这个消息告诉父亲。

父亲吃饭越来越困难了，平时吃两个馒头一碗面，现在半个馍也吃不下去了，于是母亲只好每顿饭给他冲奶粉喝。每一次喝奶粉，对他来说都是一个艰难的过程。喝完奶粉后，他便上炕去了，靠在被子上，眼睛眯缝着，看起来像是打盹的样子。

学校放寒假后，回到家里，腊月清冷的空气笼罩着院子里的每一个角落。看见楚默然回来了，母亲和妹妹从屋里出来了，母亲对他说："你才回来，鸣雁今天晌午一直在门口等着你。饭给你在锅里热着。"他提着包走进昏暗的房子，发现乐乐盖着被子靠墙默默地坐着。父亲在乐乐的旁边躺着，人好像已经睡着了。"哥哥，你才回来？"乐乐问楚默然。

"乐乐什么时候来的？"楚默然问。

"我今儿晌午来的。"乐乐说。

房子里，炉子里的火苗透过炉盖上一圈圈的缝隙发出红红的火光，院子里清冷的天色从窗子里透进来。电灯没有拉开，房子里显得昏暗极了。

坐了一会儿后，乐乐说："姨、哥哥，我要回家了。"母亲说："天黑了，你明天回吧！""没事，路近着哩，我骑摩托车一会儿就到家了。"于是，楚默然和母亲、妹妹从院子里出来送乐乐。在大门口，母亲叮咛乐乐说："乐乐，天快黑了，你路上骑车小心。"乐乐说："姨，没事。你和我哥哥他们回吧，我姨夫一个人在家里。"

腊月二十八，是频婆街一年中的最后一个集。阳光很好，是金黄色的，但大家的心情却很阴郁。吃过早饭，献力叔叔请销售汽车零配件的老王到家里来了，他拿着一个装有推子的盒子，要给父亲理一下发。楚默然和母亲轻轻地扶起了父亲，妹妹从厨房里端来了一盆水。老王轻轻地对父亲说："老哥，你头发长了，今天天气暖和，我来给你理一下发，这样你人就轻松了。"父亲理解地低下头来，他努力使自己打起精神。老王用水轻轻地淋湿了父亲的头发，然后抹上洗头膏，轻轻地揉起来。洗完头以后，他便一手扶着父亲的头，一手拿着推子轻轻地推起来。屋子里这时显得安静极了，只能听见推子发出的声音。

一会儿的工夫，老王就推掉了父亲那一头浓浓的黑发，父亲一时露出了光光的头顶，一下子似乎显得轻松了许多。在父亲的生命中，楚默然多少次看见他理过发后回到家里的样子啊，以前他每一次看上去都很轻松，仿佛通过理发理掉了他一年来所有的重负一样。但这一次，大家谁都轻松不起来。

大年初一的下午，父亲还是离开了这个辛苦了一生的世界！带着一颗颗晶莹的泪珠，走了！从此，他把所有的思念留给了这个世界。

三天后，三个姑姑搀着祖母从立着纸讣的大门外面颤巍巍地进来了，脚下的大地在支撑着祖母，头顶的天空在注视着祖母，院子里的人们在凝

视着祖母。此刻，祖母的脸上还没有显出那种沉痛的表情。她只看见院子里来来往往披麻戴孝的人，以及房门两边的白纸对联。

当祖母被姑姑们搀扶着来到父亲的灵床前，姑姑哭着揭掉了父亲脸上的苦脸红，这时，祖母一遍又一遍地喊着父亲的名字："食力啊！食力！"可是父亲再也听不见祖母的声音了，他的眼睛紧紧地闭着，他的嘴微微地张着。父亲已经成了另一个世界的人。

此刻，祖母哭起来了。姑姑们也跟着哭起来了。周围的人们也都哭起来了。祖母把在父亲遗体前的每一分每一秒都用泪水浸泡得透透的，过了好久雪兰姑姑和雪梅姑姑才将祖母劝走，雪菊姑姑又将那块红布苫在了父亲的脸上。

五天后，父亲出殡了。灵车停在那座已经属于别人家的老屋门前时，楚默然仿佛看见了父亲的灵魂在深情地向这座他生活了许多年的老屋告别。那一刻，在春日的微风和阳光中，那些燃起的麻纸像一个个多情的幽灵，在老屋的门前飞舞着。浑厚的黄土地上，留下了楚默然洒下的一滴滴悲痛的泪水。

永别了，悲辛一生的父亲！

……

频婆街作为幽邑县重点发展的城镇化示范镇之一，镇党委和镇政府调整发展战略，将张家胡同所在的北街作为发展的重点。每个有着商业头脑的人都在这样的历史潮流面前寻找着属于自己的商机。位于北街正中位置的太阳雨洗浴中心这块地皮自然成了许多人眼中的一块肥肉。这里面的博弈和较量只有当事人心里最清楚。但其带来的影响，却是惊天动地的。

这一天终于来了！历史的潮流和欲望的洪流终于冲击到这块地方了！结果是，太阳雨洗浴中心所在的这一块地被镇政府卖给了房地产开发商宁宏彬。当献力叔叔将这件事告诉朵川二婶时，她怎么也没有想到，自己苦心经营了这么多年的地方，一下子变成别人的了！

"这本身就是人家政府的土地。"献力叔叔说，"而且人家也不是白白收走，到时建成住宅小区后，会给我们上下两层共三百平方米的两套房子。"

"我在纸厂里辛辛苦苦经营了这么多年，难道就值这么两套房子？两套房子才多少钱呀！"二婶生气地说，"我坚决不同意！"

"现在，不是你同意不同意的问题，这是人家镇党委和镇政府的决定。"献力叔叔说。

"我还准备将来自己在院子里面盖楼呢！"二婶说。

"盖楼？这是你说盖就能盖的？镇政府说了，赶今年年底之前，要让纸厂里面所有的住户搬迁。"

"这是你说的，还是镇政府说的？我怎么不知道镇政府的决定？怎么没有通知我去开会？"二婶问。

"人家找的是能拿事的人，你能拿得了事吗？"献力叔叔说。

"纸厂这些年都是我在辛辛苦苦地经营，我拿不了事，也应该把我叫去旁听一下吧！"二婶问。

"把你叫上有什么意义？即使你去了也改变不了人家的决定。"

"我坚决不同意拆迁！凭什么？"此刻，二婶已经有点无法控制自己的情绪了。

"这不是咱自己家的土地，这是人家国家的土地。"献力叔叔说。

"我看这是镇政府和开发商联合起来在牟利，这里面一定有什么不可告人的秘密！"二婶说。

"这话你给我说也没用！要说你给书记和镇长说去！"献力叔叔最后说。

从这一天开始，二婶吃饭饭不香，睡觉觉不甜，人一下子消瘦下去了。

……

十天后，镇政府下了搬迁通知。这时，临街门面房的墙上用白灰刷上了一个个凄凉的"拆"字，然后用一个个圆圈圈起来。临街门面房里所有

的租户只得依依不舍地搬走了。来拆迁的人笑着对他们说："你们放心，到了明年，这里面将会是咱们频婆街上第一处高层住宅小区，外面将是一排崭新的上下二层楼的商铺，就像前面的市场一样，到时还会让你们搬回来的。"租户们苦笑着说："那还看我们能不能租得起这样的商铺！"

很快，推土机和挖掘机开进来了。不到一天的时间，太阳雨洗浴中心里变成了一片废墟，一堆堆的砖头瓦块硌得人下不了脚。一扇扇拆下来的门和窗横七竖八地躺在砖头堆里，窗户上已经破碎了的玻璃变得尖锐而狰狞，玻璃上的红色"福"字已经四分五裂。

二婶哭喊着问："你们凭什么要将我辛辛苦苦经营的地方拆掉？"开挖掘机的人说："老嫂子，这事我管不了，我只是按老板的要求负责拆迁。"

二婶眼巴巴地看着自己辛苦经营的房子被推倒了。那些房子就像大树一样哗啦啦一下子都倒了。这时，她一下子觉得自己的心被挖空了，变成一个失去了家园的人。看着所有的希望破灭了，她的精神彻底坍塌了，再也没有恢复过来。

祖母住在四叔家进了院子左边的一间厦子里。里面的灯亮着，祖母躺在炕上。每天都是几个叔叔、姑姑端吃端喝，接倒大小便。看见楚默然来了，她的眼里仿佛一下子有了亮光。听母亲说，因为祖母下台阶的时候不小心摔了一下，然后就再也坐不起来了。祖母这一摔倒，真是雪上加霜，让人的心情变得更加沉重了。以前，她虽然患有阿尔茨海默病，但毕竟还可以来回自由行动。可是，现在她再也不能下炕了。小屋里，祖母静静地望着楚默然，她仿佛要说话的样子，却一直没有说出来。他静静地坐在炕边，将祖母身上的被子往上拉了拉。突然，他的眼睛一下子变得酸楚起来，他努力控制住自己没有让眼泪掉下来。他多么希望祖母还能在院子里走一走，去大门口转一转。可是，现在已经没有任何可能性了。陪伴祖母的，只有这炕。

大年初一，楚默然再也不能像去年一样和祖母及三个叔叔坐在四叔家上房前的台阶上在春日的阳光里吃团圆饭了，而代之的是以将四婶做好的饭端到祖母跟前，然后轻轻地扶起她，让她靠在炕旮旯叠放起来的被子上，然后一勺一勺地给她喂饭。祖母吃每一勺饭的时候，都是那么艰难和痛苦。她吃不了几口，然后就不吃了。

正月初六下午，阳光灿烂。四叔家客厅的西屋里坐了一堆人。有孙家屯庄的德成表叔和楚菡表姨，有凝力叔叔和三婶，有奋力叔叔和四婶，有堂妹莹玉和她的女婿。他们正在看堂弟飞龙结婚时的碟片。飞龙结婚时的喜庆场景仿佛让大家又重温了一遍幸福的生活往事。过了一会儿，表叔和表姨要回鄄邑县城的家了，大家都从客厅里走出来送他们。走到门口时，他们俩再一次来到祖母居住的屋子里，向祖母告别。

看见表叔表姨来了，已经不能说话的祖母示意要坐起来，表姨赶紧伸出手轻轻地扶祖母躺好。这时，表叔从口袋里掏出一百块钱放在祖母的枕边。四叔见状赶紧阻挡表叔说："哥哥，你不给了，现在我娘想花钱也花不了了。"

表叔说："让我给姨，现在给姨钱，比以后人老了到坟前给烧纸强。"

这时，大家再也不说什么了。

表叔和表姨给祖母指着外面，示意他们要走了。祖母静静地看着他们，晶莹的泪珠从眼角滚落下来。大家都送表叔和表姨出来，看着表姨坐上表叔的摩托车走了。远处，一阵春日的寒风刮来，让人脸上凉凉的。天边，一轮夕阳沉沉地朝着地平线掉下去了。

奋力叔叔家的大门口，一张长长的枋板靠在院墙上，上面是祖母去世的纸讣，对面的砖墙上靠着人们送来的花圈。院子里，人们进进出出，亲戚们和村里的大婶嫂子们正在厨房的里里外外忙着洗碗、切菜和择菜等。祖母的灵堂设在四叔家的上房客厅里。在三个姑姑的陪伴下，楚默然来到祖母的灵前。雪兰姑姑、雪梅姑姑打开了冰棺盖，揭掉盖在祖母脸上的苫

脸红。躺在冰棺中的祖母，戴着金耳环、金戒指，左手腕上戴着一只金丝玉镯。只见她那银灰色的头发一根根地垂在脑后，她的还残留着一些血色的脸已经冰凉，她的嘴微微地张着。望着祖母的遗容，楚默然悲痛交加，痛哭流涕。

祖母出殡的前一天晚上，外面下着雨，雨越来越大。在给祖母的灵前献馔以后，接下来就是给祖母点曲子了。点一首曲子五块钱，钱就放在吹手们前面的小桌子上。孝子们报出曲名后，一个弹电子琴的艺人和两个唢呐艺人就演奏起来了。当几个艺人在演奏着奋力叔叔给祖母点的曲子《祭灵》时，围跪在祖母灵前的叔叔、姑婶、堂表兄弟姐妹们都被这悲哀凄凉的乐曲深深地打动了，这乐曲让人想到了祖母艰难的一生，也想到了人可怜的一世。外面，除了厨子们在忙着准备明天的菜品以外，许多人都到灵前来了。执客易长空也坐在一条长板凳上，他若有所思地听着，他也被这首曲子打动了。

第二天一大早，当村里所有的人打过尖以后，就开始起灵了。许多人已经早早地扛着铁锨来到了坟上。在西祥庄的公坟里，所有前来参加祖母安葬仪式的人站在雨地的泥里，深一脚浅一脚，鞋上沾满了泥巴。人们的头上、身上就像苹果树上的枝叶一样，不停地往下滴水。旁边的苹果树地里，那些已经变得有点干枯的荒草和瓜蔓散漫地铺了一地，任雨水在不停地滴答着。

在来到西祥庄公坟上的亲友们的哭泣声中，祖母入土为安了。一个崭新的坟堆出现在了秋雨中的西祥庄公坟丛中。

下午，所有的来客坐完席走了以后，献力叔叔说："把灵前的桌子收拾一下，我们一起照个相吧！"一切收拾好了以后，很快大家都来了。等大家站好后，随着年轻的摄影师手里照相机的闪光灯一闪，咔嚓一声，大家定格在这个唯独缺少了祖母的画面里。照完相后，亲戚们开始匆匆忙忙地收拾东西，然后准备坐车或者开车回去。很快，奋力叔叔家的院子里又变得空落落的，只剩下三个叔叔、母亲和两个婶子在厨房的里里外外忙碌着。

　　院子里，秋雨依然在淅淅沥沥地下着……

2015年1月1日始写于映雪书屋

2016年3月重写于映雪书屋

2019年6月2日定稿于映雪书屋

味

跋

在我上大学的时候，便朦朦胧胧地产生了一种想法，希望能够为我的故乡、亲人和乡亲们写一部长篇小说，但我不知道什么时候可以完成这样的一部作品。后来，我视之为生命中的这件大事就这么一直向后拖延着，其中的原因也许是机缘未到。

2014年年底，我的学术著作《独开水道也风流——陈忠实文学思想探微》和散文集《一棵树给人的荣耀》完成以后，我便想到应该趁热打铁，开始这部小说的创作。于是，2015年1月1日我便正式开始写作。我将这一天看作一个神圣的日子，就像农民动工拾掇地方时也要请阴阳先生选一个好日子一样，在我的意识中也要为这部小说的创作选取一个好日子。我常想，作为父亲应该为孩子留下一座精神意义上的房子，让他长大后在这样的房子里健康坚强充实地成长。这部小说的创作，大概就含有这样的苦心和初衷。这部小说的内容，从小的方面说反映的是个人的心灵史、家族的生活史，从大的方面说表现的则是时代的变奏曲、人生的哀叹调，所以从本质上来说就像一座房子的结构一样，任何一个部分都不可或缺。

我的前三十年是在"父母之邦"陕西度过的，之后十三年是在新疆度过的，经历了从农村到城市，从儿童到青年这一人生阶段。四十多年的人生故事，无数平凡的日子都像水一样流走了，但有一些人、事、物却像河里的石头一样留下来了，它们永远地留驻在了我的生命记忆里，常常让我去咀嚼和反思。许多人、事、物的意义，都是随着年龄的变化而变化的。

陈

过去视之为奇珍异宝的现在却觉得黯然失色、不值一提，过去视之为碎砖烂瓦的现在却觉得情深意长、弥足珍贵。

对于我来说，不是这些人、事、物的旁观者，就是亲历者和参与者。作为亲历者和参与者，那就有话要说。所以这部小说在某种程度上可以视为个人的心灵史。从本质上来讲，我是一个内向性的人。那些已经流逝的平凡的人生故事，站在人生的这边往岁月的深处看，我觉得每一个个体的生存生活生命都是具有诗意的，或者说具有某些诗意的瞬间，这种诗意的瞬间呈现了人活在这个世界上的普遍形态，因而是值得悲悯和同情的。我常想，个体的存在虽然是微不足道的，但却又是不可复制的。既然不可复制，自然有其独特的存在价值，也就值得向世界呈现这种独特性。这些都是我写这部拙作时的生命哲学基础。

小说中的祖父祖母、六外公六外婆，以及献力叔叔、朵川二婶、独承舅舅、寒笑姨，还有关学夔、易长空、高心和张虎等人物，他们都是现实生活中存在的人物，或者说都具有我所熟悉的亲人或乡亲们的影子。我想通过文学的真实，以艺术的形式表达他们人生的喜怒哀乐、悲欢离合和生老病死。我无意于通过这部小说宣泄对于过往生活的个体情绪——事实上没有一个人在这个世界上是活得完全称心如意的，我的写作初心是无论美好的回忆还是心酸的过往，我都希望能够从人性的角度去进行探索，从而向岁月深处投去悲悯的情怀和深刻的思考。当然，我也想在其中表达自己的一种生活态度和价值倾向。

总而言之，在这部长篇小说中，我个人近四十年的生存生活生命经验都包含其中了。它是我和许多亲人们乡亲们存在过的一种证明。我想，只要能写成一部与故乡的亲人们、乡亲们有关的长篇小说献给他们，即使我突然有一天倒下去，那也是另外的人生缺憾。

无论是在写作过程中还是在阅读修改过程中，对于其中的许多情节和细节我都是饱含着热情和热泪去写去读的，它们本身首先打动了作为作者的我——为我笔下这些人物的遭际和命运。毕竟它们传递着我的人生温度，这也是我对自己的写作要求。我觉得自己触摸到了来自心灵的感动。

不言而喻，我虽然已经尽了最大的努力，但从语言表达、结构安排和审美理想等方面来说，这都是一部需要我不断超越的作品。借此机会，我衷心地欢迎读者朋友们不吝赐教，从而使我在创作上获得新的更大进步。我深信，不满是前进的车轮，差距是向上的动力。

五年前，刚开始写作这部作品的时候，我的孩子才准备进幼儿园，而当写完这部作品的时候，他已经上小学三年级了。与此同时，从我的映雪书屋的窗前望出去，五年前的一片荒地也已变成了一座供人们休闲游玩的乐园。这些只能证明时间的力量和人面对时间时的无奈。陪伴和充实这一段人生岁月的，则是在一片孤灯下我对这部作品的精心打磨惨淡经营。

对我而言，这部作品的诞生过程十分艰难，四年前因为一时的疏忽，我当时写好存储在移动硬盘中的初稿因为无法打开，无奈付之东流，前功尽弃，悔恨之状可想而知。在经历了从万分沮丧一蹶不振到重起炉灶的过程，第二遍的重写艰难地开始了！这真是一个痛悔不堪且积聚力量的过程，其间滋味如鱼之于水。通过这个过程，我深切地体味到了凤凰涅槃的含义。我觉得这就像生活本身一样，跌倒了，你需要再爬起来。因为，人不能永远匍匐在大地上哭泣。

好在终于可以面对过去五年的是，这一部拙作终于完成了！写完了，就交给读者去品评，无论好也罢不好也罢，它都是在我的创作生涯中一个具有里程碑意义的事件。正像鲁迅先生所说的，它是一座坟，既是埋葬也是留恋。

在本书的写作过程中，我认真参考了关于故乡旬邑县的一些文献资料。诸如《旬邑县志》《旬邑文库》《旬邑文史资料》《旬邑民间谚语集成》等，在此谨向编撰这些著作的乡贤们表示崇高的敬意和衷心的感谢。正是来自他们的这些历史文化沉淀的精神滋养，才给我提供了认识故土旬邑的一个崭新视角。在他们的身上所体现的远见卓识，是功在当代利在千秋的宏业伟举，值得后人好好地珍惜和汲取。

拙作从开始写作到最后出版，得到了畅广元、李建军、吴德新、杨梦萍、冯娇、菅海洋、何爱英、张栋、陈彦华、马慧娜等诸多师友，以及我的堂弟陈伟、表妹赵阿娟和妻子吕建梅等众多亲人的真诚赐教、鼎力襄助、热情激励和默默奉献。众人拾柴火焰高。没有他们，这部拙作是难以呈现在世人面前的！无论是他们的精神激励和真知灼见，还是出谋划策和倾囊相助，都令我感激不尽且终生铭记。他们的深情厚义，是我人生中最美好的生命记忆和在以后创作中不竭的精神动力。

路漫漫其修远兮，吾将上下而求索！

是为跋。

2019年9月22日于映雪书屋

味